天譴@天堂

曹禺影劇的密碼模式

曹禺的影劇作品
在中國影劇史上佔有著
承先啓後不可替代的集大成地位

首創透過結構主義
解讀影劇大師曹禺的影劇劇本

曹禺將《雷雨》、《日出》、《原野》、《北京人》、《艷陽天》
等一系列影劇作品貢獻給中華民族暨人類社會。

張耀杰 著

題記

曹禺影劇的斯芬克斯之謎

在古希臘，有一則關於「斯芬克斯之謎」的神話故事。斯芬克斯是獅身、蛇尾、人面、美女頭，並且長有一對鷹翅膀的女妖怪。這種妖怪早在古埃及傳說中就已經存在，並作為驅災祛禍的神聖象徵，被置於墓頂或刻於盾牌，大概是在邁錫尼時代，開始流傳到古希臘。斯芬克斯在古埃及是獅身人面的男性，流傳到希臘之後才逐漸演變成為女性，還多出了一對鷹翅膀。

按照古希臘神話中的介紹，天后赫拉的情敵塞墨勒，是忒拜城邦的國王卡德摩斯的女兒。赫拉出於對情敵的報復，委派斯芬克斯到忒拜禍害當地民眾。斯芬克斯來到忒拜，坐在城外的山上向過路人提出一個難猜的謎語，猜不出的人就要被她活活吃掉。當科任托斯國王的養子、同時又是忒拜城邦現任國王拉伊俄斯的親生兒子的俄狄浦斯來到忒拜時，斯芬克斯同樣提出這個謎語：「什麼生物早晨用四隻腳走路，中午用兩隻腳走路，晚間用三隻腳走路，而腳最多的時候，又是速度最慢，力量最小的時候？」俄狄浦斯一語道破謎底道：「人。」斯芬克斯聽了羞憤難當，當即跳崖而死。

經過古希臘悲劇作家索福克勒斯的經典悲劇《俄狄浦斯王》的戲劇化處理，「斯芬克斯之謎」被搬上舞臺並且流傳至今。由於它是關於人的發現和人的命運的謎語寓言，即使被揭開謎底之後，依然具有既普遍又永恆的藝術魅力。曹禺通過《雷雨》、《日出》、《原野》、《北京人》、《豔陽天》等一系列影劇作品，貢獻給中華民族乃至全人類的，同樣是一個關於中國人的人生宿命和文化密碼的「斯芬克斯之謎」。對於這則謎語的解讀揭穿，不但不會抹殺其普世永恆的藝術魅力，反而會使人們更加透徹地欣賞其審美價值。

曹禺影劇作品中的文化密碼及其難猜之謎，究竟是什麼呢？現成的答案是不存在的，要不然，曹禺本人不會先在〈《雷雨》的寫作〉中表白說：「至於雷雨象徵什麼，那我也不能很清楚地指出來，但我已經用力使觀眾覺出來。」然後又在〈《雷雨》日譯本序〉中寫道：「那麼，我是如何表現自己的呢？我這個人膽小謹慎、憂鬱、愛挑剔，不能理解自己。我缺乏希臘人的智慧──『自知之明』，心中只是亂雲般的焦躁與一種不可擺脫的迫切的思緒。因此，當我談論自己的作品時總是模糊不清的。」到了〈《日出》跋〉中，他依然在強調說：「曾經有人問過我，《雷雨》和《日出》哪一本比較好些，我答不出來。……我一個感情用事，素來不能冷靜分析的人，只知道哪一個最令我關心。」

好在「不能理解自己」的曹禺，打從南開中學時期就不間斷地對自己創作的作品，以及自己從事創作時的思想情緒，進行著不厭其煩地傾訴和表白，為後人解讀他的作品中的文化密碼及其難猜之謎，提供了最具權威的第一手資料。

談起曹禺，人們總要從《雷雨》說起。一九三七年二月，先後執導過《雷雨》、《日出》的戲劇界老行尊歐陽予倩，在〈《日出》首次演出特刊〉中甚至寫下「曹禺先生的確是劇壇忽然跳出來的天才者，人家歡喜演他寫的戲，我也歡喜導演他的戲……」的風趣話。而在實際上，即使是天縱之才，也不是一下子就能夠成長起來的，曹禺自然也不能例外。早在南開中學時期，早熟早慧、情竇初開的曹禺，就在一位沒有留下姓名的女孩子的點燃之下，有過一次創作高潮……

目次

第三章 應運而生的《日出》

第六章 捨家愛國的《蛻變》

第七章 《北京人》的男權美夢

第一幕

圖片說明（從上至下）：

一九三五年冬曹禺鄭秀給同學何汝輯吳季班充當伴郎伴娘

楊振聲照片

張伯苓張彭春兄弟

第一章
曹禺早年的戲劇與情愛

作為中國現代最為著名的影劇大師，曹禺一生中主要創作、翻譯、導演、改編了十五部影劇作品，依次是《雷雨》、《日出》、《原野》、《全民總動員》、《正在想》、《蛻變》、《鍍金》、《北京人》、《家》（改編），《羅密歐與茱麗葉》、《橋》、《豔陽天》、《明朗的天》、《膽劍篇》、《王昭君》。在這些影劇作品中，若隱若現地貫穿著一種既根源於中國傳統神道文化，又充分吸納外國宗教文化的「陰間地獄之黑暗＋男女情愛之追求＋男權家庭之反叛＋專制社會之革命＋捨身愛人之犧牲＋天誅地滅之天譴＋替天行道之拯救＋陽光天堂之超度」的密碼模式。這種密碼模式可以直接追溯到曹禺青少年時代就已經初步顯現的「原始的情緒」和「蠻性的遺留」。

一、童年時代的神道環境

曹禺本姓萬，名家寶，字小石，小名添甲。田本相在《曹禺傳》中認為，曹禺於一九一〇年九月二十四日（農曆八月二十一日），出生於天津租界，也就是現在的天津河北區民主道二十三號曹禺故居所在地。另據劉清祥、董尚華著《中國戲劇大師——曹禺》考證，曹禺其實是出生於湖北潛江的萬氏塾館。

曹禺的親生母親產後三天就因病去世。生母的早亡以及由此而來的戀母情結，決定了他對於富有犧牲奉獻精神的善良女性的神聖美化。一九八二年十二月十一日，晚年曹禺在致巴金信中表白說：

「人是很不幸的動物，因為他有敏銳的感覺。但正因如此，才產生宇宙間罕有的事物，美的人和美的詩和藝術。有時，我想自然賜與我的種種夠多了。我應該感謝母親給我以生命，尤其是我，我的母親生下我三天，便因產褥熱死去，她才十九歲。我對她沒有一點印象，只覺得一切做母親的都可憐，都偉大，不可形容的美。美得讓人心痛……」①

曹禺的父親萬德尊，字宗石，湖北潛江人，祖上幾代都是家境清貧、飽讀經書的私塾先生，致使萬德尊常有「寠人（窮人）之子」的浩歎。萬德尊十五歲考中秀才，後來到湖廣總督張之洞創辦的兩湖書院求學，一九〇四年被選派到日本留學深造，先後在振武學校和陸軍士官學校學習，是日本陸軍士官學校一九〇九年畢業的第六期學員。他的同學中先後成為大小軍閥的，有閻錫山、孫傳芳、趙恆惕、李烈鈞、程潛、李根源、胡謙、劉存厚、羅佩金、楊文愷、孔庚、張開儒、張鳳翽、盧香亭、顧品珍、周蔭人等人。

萬德尊學成歸國後，考中滿清政府的陸軍步兵科舉人，被直隸總督端方任命為直隸衛隊的標統。他先後娶過三位夫人，第一位夫人姓燕，在萬德尊留學日本期間病死於湖北老家，留下長子萬家修和女兒萬家瑛兩個孩子。一九〇九年冬天，萬德尊續娶武昌商人之女薛氏為妻，一年後生下曹禺即萬家寶。薛氏夫人去世後，萬德尊與薛氏的孿生妹妹薛詠南結為夫妻。

繼母薛詠南沒有生育，一直把曹禺當作親生兒子來看待。她是個戲迷，無論京戲、評戲、河北梆子、山西梆子、京韻大鼓、文明戲都愛看。曹禺三歲時就被繼母抱在懷裡到戲院看戲，潛移默化中成長為表演慾極強的一個小戲迷，家裡一本一本的《戲考》，被他翻得滾瓜爛熟、破爛不堪。薛詠南還是個小說迷，她喜歡讀《紅樓夢》，能夠把黛玉的《葬花詞》背誦得聲情並茂、滾瓜爛熟。《雷雨》中關於蘩漪的舞臺提示——「她是一個中國舊式女人，有她的文弱，她的哀靜，她的明慧，——她對詩文的愛好……」——中，就有薛詠南的影子。一九八一年七月二十八日，曹禺接受田本相採訪時回憶說：「周樸園有我父親的影子，在蘩漪身上也可以找到我繼母的東西，主要是那股脾氣。」②

繼母還像曹禺影劇作品中的周樸園、魯侍萍、焦母、曾皓、梅小姐、鳴鳳、馮樂山、高老太爺、陳姨太、瑞玨、陰兆時那樣，是一位佛教信徒。她從小就教曹禺背誦《往生咒》中的經典咒語「南無阿彌多婆夜，哆他伽多夜，哆地夜他，阿彌利都婆毗……」據曹禺在〈《日出》跋〉中介紹，一九一二年他兩歲生日時，「母親」薛詠南給他買來的「護神和玩物」中，就有他「最心愛的馬瓷觀音」。

辛亥革命特別是中華民國的第一任正式大總統袁世凱去世之後，萬德尊一直把自己的政治命運，與以繼任大總統黎元洪為首的湖北幫捆綁在一起。一九二三年六月，黎元洪因為直系軍閥曹錕賄選總統而不得不退出政治舞臺，萬德尊也只好賦閒回家，在天津義大利租界的二馬路三十六號過起寓公生活。他除了陪太太抽鴉片、與友人吟詩寫字之外，還在一次中風後很虔誠地念起了《金剛經》。

對於當年或官場得志或失意下野的軍閥政客來說，居住在外國人統治下的租界區裡誦經禮佛、皈依宗教，是十分時髦的一種普遍現象：段祺瑞下野後「復歸於禪」卻又不甘寂寞，還要發起「佛教救國」運動以撈取政治資本。山東膠東半島的小軍閥劉珍年，甚至命令士兵佩帶他的像章、背誦他的語錄。挖掘西太后和乾隆陵墓的小軍閥孫殿英，創辦號稱廟會道的教派並且自任道首，幾萬官兵都是他的道徒。唐生智割據湘南的時候碰上一個顧和尚，從此迷戀藏傳佛教，親自領著法師給受戒官兵發放受戒證章。馮玉祥在接受來自蘇聯的革命理論之前，曾經一度號稱是「基督將軍」。孫傳芳倒臺後與萬德尊一樣在天津租界充當頌經禮佛的居士寓公，最後依然沒有躲過血仇報復的血光之災。與萬德尊一起留學日本的閻錫山，乾脆把日本軍國主義的組織方法照搬到山西農村，在村、閭、鄰的行政網路之外，另外組織「息訟會」、「監察會」之類的社會團體。村閭長都是省裡登記在案的「村幹部」，對所轄村民握有生殺予奪之權。用老百姓的話說，閻錫山通過「村幹部」控制農村社會，等於是「滅門知縣安到老百姓的炕頭上來了」。抗日戰爭時期，閻錫山還組織過幫會式宗教團體「洗心團」，企圖利用宗教神道的神聖天理來鼓舞鬥志。

伴隨著父親萬德尊和繼母薛詠南的誦經禮佛，曹禺很小就開始有意識地接觸中外宗教。晚年曹禺在與田本相談話時回憶說：

「記得小的時候，有一段接觸過教堂。……少年時期，對生活有一種胡思亂想、東撞西撞的味道。接觸一下教堂，到裡邊去看看，似乎是想解決一個人生問題，究竟人到底應該走什麼道路，人應該怎麼活著，人為什麼活著，活著又為什麼？總之，是莫明其妙，覺得宗教很有意思。在清華大學時，有音樂唱片的欣賞，對巴赫的音樂有過接觸。我對佛教不感興趣，太講出世了，跟父親念了一段佛經，念不下去。讀《聖經》覺得文章漂亮。……俄羅斯的托爾斯泰的《復活》，我讀過，我非常想看看復活節是怎麼搞的，也想看看大彌撒，參加參加。它為什麼叫人入迷？……一進教堂，就覺得它裡面很高很高，在幽暗中所展示的是一個無邊的蒼穹，是異常寧靜肅穆，聖母像美麗得不得了。人一進教堂就安靜下來了，真好像使人的靈魂得到休息。其實我根本不信教，我現在是個共產黨員，我更不相信上帝，但是我很喜歡教堂中那種寧靜肅穆的氛圍。」③

一九一七年，不滿七周歲的曹禺，曾經有過替大總統黎元洪「圓光」的經歷。這一年的五月二十三日，黎元洪下令免去實力派軍閥段祺瑞的內閣總理職務。段祺瑞跑到天津通電全國，拒不承認黎元洪的此項命令，導致保皇派首領張勳率領辮子軍乘虛而入推行復辟。在兵臨城下的危急關頭，黎元洪和幕僚們想出依靠「圓光」來預測政局的辦法。由於萬德尊時任黎元洪的秘書，小小年紀的曹禺便有了直接為大總統效勞的機遇和榮耀。

所謂「圓光」，就是把童男子曹禺即萬家寶與另一名童女子關進黑屋子裡，讓他們把一張白紙貼在牆壁上，然後透過蠟燭的光線說出從白紙上看到了什麼？這種以童男童女的靈性可以交通神鬼的「圓光」法術，只是中國傳統道教巫術自欺欺人的一種老把戲，卻為喜歡表演的萬家寶提供了一次難能可貴的表演機會。在「圓光」過程中，當大人們問他看到什麼時，他煞有介事地把代神立言的靈童角色扮演得活靈活現，說是自己看到了打勝仗的千軍萬馬，而且從帽徽軍服上看出率領千軍萬馬的首領，就是大總統黎元洪……

與曹禺同時參加「圓光」的童女子，回答大人們的卻是什麼也沒有看見的老實話。關於自己在「圓光」中的表現，曹禺晚年在與田本相談話中解釋說：「我當時是順嘴溜出來的，講得那麼神氣。……其實，也不奇怪，家裡有客人來，他們談這談那，有時也說點有關時局的東西，我雖然不能全懂，但也多少知道一點點。當他們問我時，我就順著說了幾句。也許這就是我生平第一次演戲吧。」④

一個所謂的民選大總統和他手下為數眾多的精英智囊，在窮途末路、黔驢技窮之際，竟然要借助七、八歲的童男童女代神立言的老把戲，來預測自己連同整個國家的前途命運。中國傳統神道文化與人類現代文明的難能接軌，由此便可見出一斑。

二、南開中學的戲劇活動

曹禺四歲的時候，同父異母的大哥萬家修、大姐萬家瑛，從湖北潛江的鄉下老家來到天津萬公館。家瑛很喜歡小弟弟，是最早教曹禺識字的啟蒙老師，自然也會從巫風很盛的湖北老家，帶來不少民間流傳的神怪傳說。

在自己的政治前途被徹底斷送之後，萬德尊光宗耀祖的使命感變得更加激切。眼見在天津法政學院學習法律的長子萬家修，畢業之後不僅沒有成家立業，反而像自己一樣染上鴉片煙癮，萬德尊一怒之下踢斷了家修的一條腿。與父親積怨極深的家修不等養好腿傷，便偷偷逃往哈爾濱，後來是繼母花錢雇人把他找回家中的。家修回家之後依然舊習不改，在偷吸鴉片時再一次被萬德尊發現。萬德尊這一次沒有踢打兒子，而是兩膝一軟跪倒在兒子面前，像《北京人》中的曾皓跪倒在曾文清面前那樣撕心裂肺地哀求道：「我給你跪下，你是父親，我是兒子。我請你再不要抽，我給你磕響頭，求你不——」

長子廢掉之後，萬德尊只好把全部希望寄託在小兒子曹禺即萬家寶身上。他為曹禺設計的人生路徑是報考北京協和醫院，學成之後在大城市充當一名萬人求的名醫。只可惜曹禺兩次報考都因為物理、化學不及格而名落孫山。好在這番心思並沒有白費，到了一九四〇年，三十歲的曹禺在《蛻變》一劇中，借著身懷絕技救死扶傷的丁大夫，淋漓盡致地表現了自己所神往的一方面要成賢成聖、修成正果，另一方面還要香火不斷、人丁興旺的人生宿願。

一九二二年，十三歲的曹禺進入南開中學，從初中二年級開始讀起，與章方敘（靳以）同學。一九二五年，曹禺加入由南開校長張伯苓的弟弟、從美國哥侖比亞大學留學歸來的張彭春負責主持的南開新劇團，開始了他男扮女裝的演劇生涯。一九二七年七月，張彭春決定把易卜生的《國民公敵》搬上舞臺，選定曹禺扮演劇中的女主角裴特拉。該劇的排演費時兩、三個月之久，原打算在十月十七日南開校慶時公演，由於劇名觸犯天津軍閥褚玉璞的忌諱而遭到禁演。直到一九二八年易卜生一百周年誕辰之際，該劇才由張彭春易名為《剛愎的醫生》正式演出。

繼《國民公敵》之後，曹禺又在易卜生的《娜拉》中扮演女主角娜拉。該劇於一九二八年十月十七日，也就是南開中學二十四周年校慶日公演，演出時南開禮堂座無虛席，幾無插足之地。連演兩天後，天津婦女會認為此劇對於提倡女性解放的女權事業很有幫助，特邀南開新劇團加演一場。

除了易卜生的兩部經典戲劇，曹禺當時參演的話劇劇目還有霍普特曼的《織工》、丁西林的《壓迫》、田漢的《獲虎之夜》和未來派戲劇《換個丈夫吧》。一九二六年校慶前夕，校長張伯苓宣佈京劇開禁，曹禺還與一批京戲迷為初中畢業班同學演出過《打漁殺家》和《南天門》，兩劇中的男主角蕭恩和曹福都由曹禺扮演。《南天門》又名《走雪山》，劇中的曹福是一名義僕，為了救護小姐曹玉蓮，他在大雪紛飛中凍倒在雪地之中，彌留之際有一大段長歌當哭式的唱腔和道白，被曹禺表演得聲情並茂：

「△西皮導板」耳邊廂又聽得有人呼喚，／咳，小姐呀！／△二六」尊一聲小姑娘細聽我言，／實指望保姑娘脫離大難，／有誰知行至在中途不能夠周全，／倘若是到了大同地面，／是這等數九寒天，大雪紛飛，／閃得你甚是可憐。／我的小姑娘啊！／△白」小姑娘，此處離大同不遠，／少時自有人前來接你，／恕我曹福不能遠送了！／△接唱」數九天凍得我虛氣喘，／三魂渺渺歸九泉。」

通過這種既動情又投入的戲曲表演，傳統戲曲舞臺上隨處可見的彌留之際有小鬼勾魂，人死之後還要「三魂渺渺歸九泉」的民間神道觀念，潛移默化地積澱為曹禺的潛意識或集體無意識。一九三八年七月二十五日，曹禺在標題為《編劇術》的演講中，專門以《南天門》為反面教材，介紹了他對於傳統戲曲的理解感悟：

「中國舊劇界有一名老話：『戲不夠，神來湊。』編劇本之前沒有計劃，寫到後來，自己也不知道如何結尾，只能用鬼神出現，搭救好人（如南天門），湊成一個善惡終有報的結尾。這種錯誤，即是在偉大的劇作家，有時也不免要觸犯的。」⑤

為迎接一九二九年的南開校慶，張彭春打算把英國戲劇家高爾斯華綏的《爭強》搬上舞臺。他約請曹禺和自己一道改譯該劇的演出劇本，並由曹禺、張平群分別扮演劇中的董事長安敦一和工人領袖羅大為。演出再一次獲得成功，不久前剛從英國留學歸來的黃佐臨，專門寫作標題為《南開公演的〈爭強〉與原著之比較》的評論文章，連載於一九二九年九月二十三、二十四日的天津《大公報》。

一九二九年冬季，張彭春前往美國講學。《爭強》的演出本經曹禺整理之後，於一九三〇年以南開新劇團名義發行單行本。曹禺在〈《爭強》序〉中，介紹了自己對於西方近現代社會問題劇的初步理解：

「《爭強》（strife）是晚近社會問題劇的名著。著者高爾斯華綏（John Galsworthy）的性格素來敦厚樸實，寫起劇來也嚴明公正。在這篇劇內他用極冷靜的態度來分析勞資間的衝突，不偏袒，不誇張，不染一絲個人的色彩，老老實實把雙方爭點敘述出來，決沒有近世所謂的『宣傳劇』的氣味。全篇由首至尾尋不出一點搖旗吶喊，生生地把『劇』賣給『宣傳政見』的地方。我們不能拿劇中某人的議論當作著者個人的見解，也不應以全劇收尾的結構——工人復工、勞資妥協——看為作者對這個問題的答案。因為作者寫的是『戲』，他在劇內儘管對現代社會制度不滿，對下層階級表深切的同情，他在觀眾面前並不負解答他所提出的問題的責任的。」

關於《爭強》的戲劇人物，曹禺解釋說：「劇內有一對強項的人物──傲悍的董事長和頑抗的技師──全劇興趣就繫在這一雙強悍意志的爭執上。董事長安敦一是代表廠方的，一位真有骨氣的老先生，抱定了見解，一絲一毫也不退讓。對方技師羅大為是鐵礦罷工的領袖，……然而結果，二人都過於倔強，他們的意見都沒有實現，一個女人白白做犧牲，兩個頭腦也徒然地被人推倒。大概弱者的悲劇都歸於他太怯弱，受不住環境的折磨或內心的糾紛，強者的悲劇多歸咎在過於倔強，不能須應境遇的變遷。兩個都是一場淒慘的結果，卻後者更來得莊嚴，更引起觀眾崇高的情感。所以在第三幕將終時，安敦一辭去了董事長職。羅大為看罷死妻，由家跑來，恍然明白工人們已離叛他講和，這時造化環境的播弄真令他哭不得笑不得。這一對強項人物對他們所遭環境的宰割也只得俯首。」

〈《爭強》序〉中最值得注意的，還是曹禺的結束語：「末了，我們應當感謝原作者的，他所創出那兩個角色，無意中給我們許多靈感。說起來，二人自有二人的短處──譬如見解的偏頗，過分的倔強。然而他們那種剛撓不屈的魄力，肯負責，肯顧大局的骨氣，的確是晚近青年們心靈貧弱的補藥。」

與這一段話相印證，曹禺在《雷雨》的舞臺提示中，對於一心祈求彼岸天堂式的拯救與新生的周萍另有說明：「他怕，他有時是怕自己內心的殘疾的。現在他不得不愛四鳳了，他要死心塌地愛她，他想這樣忘了自己。當然他也明白，他這次的愛不只是為求自己心靈的藥，他還有一個地方是渴。」

應該說，〈《爭強》序〉中所說的「心靈貧弱」的「晚近青年們」，是包括曹禺自己在內的。這一劑「補藥」並沒有成功醫治曹禺身上根深蒂固的「原始的情緒」和「蠻性的遺留」，致使他始終沒有像西方戲劇大師易卜生、高爾斯華綏那樣，創作出「全劇興趣就繫在這一對強悍意志的爭執上」的經典悲劇；更沒有塑造出具備「剛撓不屈的魄力，肯負責，肯顧大局的骨氣」的經典意義上的悲劇人物。

三、處女小說的男權意識

在南開新劇團參與演劇活動的同時，曹禺還與同班同學章方敘（靳以）、孫毓棠等人聯合起來，一起為天津《庸報》創辦了《玄背》文學副刊。一九二六年九月，《玄背》第六期開始連載曹禺的小說《今宵酒醒何處》，至第十期連載完畢。這篇小說是十七歲的萬家寶第一次以曹禺為筆名發表文學作品，堪稱是他的處女之作。

按照曹禺本人的說法，《今宵酒醒何處》是在郁達夫的《沉淪》、《春風沉醉的晚上》等浪漫小說的直接影響之下創作出來的一篇自傳性小說：「我記得這篇小說是受一個漂亮的女護士的觸動。大約是一次坐船時，見到了這個姑娘，長得很漂亮，又加上郁達夫小說的影響，就寫了這篇東西」。⑥然而，他的第一任妻子鄭秀和南開中學時代的老同學孫毓棠，卻提供了另一種說法。《雷雨》中的周沖就是曹禺自己。在《雷雨》創作期間，孫毓棠曾悄悄告訴過鄭秀說：「我看了家寶寫的劇本的草稿，你知道他那個劇本裡頭的周沖是誰嗎？就是家寶，他對他們家一個小丫頭就曾有過那麼點意思。這事，他以前親口告訴過我的。」⑦

這場動了真感情的初戀，對於曹禺全身心的刺激，自然比一次偶然的路遇要刻骨銘心，想必對於啟動曹禺創作處女小說的靈感，起著更具決定性的作用。曹禺在這篇初女小說中，也曲曲折折地透露了這場神聖初戀的蛛絲馬跡：夏震與謝文偉都是由江南家鄉來到北方的B地K大學任教的青年教授，謝一直充當著夏、梅二人自由戀愛的保護神：「在他與梅璇數次長談之後，他承認梅是一個爽直，有感情，有判斷力的女子。雖然他為夏、梅的交往未經過社會認可的正當手續，他時常鼓勵著，使他們的愛建設在鞏固的地基上，不落在進銳退迅的深谷裡。」

暑假期間，謝文偉返回江南和母親及情人團聚，夏震卻置母親一封接一封的家書於不顧，留在B地經受著一場失戀之苦。由於「黑胖的野村三郎」一面對梅殷勤，一面向梅的叔父講夏震的壞話，再加上「外界及梅的叔父對他們的不滿」，夏震與梅璇之間的戀愛關係難以為繼。在沒有與野村三郎訂婚之前，梅璇曾有過與夏震一同私奔（Elope）的浪漫（Romantic）打算。對於虛擬中的私奔計畫，失戀之後的夏震，在致謝文偉的書信中，曾經懷著一份浪漫情懷大肆渲染說：

「你走後一個月中我的生活是美滿的，也是淒迷的。我同她在溶溶的小河中劃舟，月光下常在麥地間散步。那裡空氣帶著土香，黃長的麥桿暗地迎風欺凌而呼號。回視村中，紅光點點，閃爍著如遠處的螢火。然而她抽噎了，她訴說野村三郎不形於色的忌妒和逼迫，叔叔時時對她的行動的干涉，她忿激地哭求我與她一起Elope。請你想彼時的情景，滿地浮幻著月的銀光，夜半的夏風搖曳她的衣裙向我飄搖。這時一個女人倚著肩兒哭泣，哭訴她的痛苦，輕輕地吐出Elope字的顫聲，這是如何的Romantic。」

但是，怯弱而又自以為「我很聰明」的夏震，並沒有表現出與梅璇私奔的勇氣。在自己的私奔要求得不到回應的情況下，梅璇只好暫時屈從叔父的安排，投入到自己所不愛的「黑胖的野村三郎」的懷抱之中。不肯做出絲毫犧牲的夏震，在寫給謝文偉的書信中，偏偏要站在男權立場上譴責詛咒道：

「只解歡娛的女子喲，怎麼眼光如豆般的狹小。假如你是為你日本的愛人，這有K大學教授名目的朋友也值得如此留戀？——梅璇，既然以前月下的談心是你的一片謊語，現在只要你在我面前求恕；那麼，因為你仍為懼怕觸發我高傲的狂情而編織悅耳的言語，我恕宥你了。……唉，只要你等待我，總有一天你知道夏震為如何人。他給你鑽石，我給你鐳（Radium）珠。他不是日本野村公舞的長子？我要作世界的偉人。唉，梅呀！」

這位於精神亢奮時高調表示要投身於「漆黑的社會」之中「作世界的偉人」的夏震，眼見自己的戀人投進別人的懷抱，既不去致力於實現「要作世界的偉人」的宏誓大願，也不去與有「惡魔」之稱的「黑胖的野村三郎」正面抗爭。反而欺軟怕硬地針對比自己更加柔弱的梅璇痛加譴責，然後於「心花已經枯槁了」的失魂落魄中，到酒鋪裡縱於酒，到妓院裡縱於慾，再到醉夢之中去尋求精神上的慰籍：「昨夜我又夢見我的姆媽，彷彿已曉得兒子的遭遇，她抱著我哭，我投在她的懷裡大嚎，醒來還是孤孤淒淒的自己。」

既以「我很聰明」標榜自己，又自相矛盾地以「我仍然做我的呆子」表白自己的夏震，接下來另有一番充滿男權意識的高談闊論：

「或者你心中想出，假若我做一次呆子與這Cogitative（深刻）的女人一同Elope即便被棄了，這樣深刻失戀之苦必能把我逼成。然而文偉，現在我確實地被棄了。詩未作成，酒反喝的不少。由那些淫婦被窩中半夜踽踽歸來，仰視天上淒寂的星辰，反問自己適才為何那樣狂暴獸性的摟抱摸索。淒涼與苦惱催出我心中的熱淚，獨自在蒼茫的田野裡嗚咽著。是如是的麼？」

這裡的Dowon指的是英國浪漫派詩人席勒的詩體小說《唐璜》中縱情縱欲的花花公子唐璜。以「哲人般的呆子」和「Dowon一般的詩人」自居的男權人物夏震，對於「說部的故事」——也就是古今中外所常見的浪漫言情的小說傳奇——所提供的解釋是這樣的：「文偉，不要想某國一位美麗的公主，因愛一個平民而私奔，或一個富族因拯其愛人而致死。事實終是事實，這些話不過是說部的故事，引起騷人的逸思罷了。」

這裡所透露出的正是多重人格的曹禺，正在形成中的既執迷神道又離經叛道、既繼承傳統又迎合時代、既高度女性化又極端男權化、既有童話神話般的浪漫情懷又有「存天理，滅人欲」的「天地間的『殘忍』」的高度宗教化的人生觀和文藝觀。擁有這種自相矛盾的詩情畫意的詩人，自然是凌駕於一般意義的聰明人和呆子之上的大智若愚並且愚不可及的「哲人般的呆子」。借用女兒萬方的話說，曹禺一直是在「用慣常的、虛偽的方式表現他的那種真誠。」⑧

幸虧有及時返回B地K大學的謝文偉繼續充當愛情保護神的角色；梅璿又是一位以暫時的犧牲來換取永恆的情愛的女神式人物；在「惡魔」野村三郎遠在日本的家中恰巧還有一位能夠降妖伏魔、以夷制夷的妻子。隨著梅璿以勝利者的姿態再一次回到「心花已經枯槁」的男權情人夏震身邊，《今宵酒醒何處》最終出現了男歡女愛的大團圓結局。

四、中學時代的神聖初戀

曹禺的第一部劇本《雷雨》的構思，可以一直追溯到寫作《今宵酒醒何處》前後的南開中學時期。田本相在《苦悶的靈魂——曹禺訪談錄》中，記錄有曹禺侄子萬世雄的奶媽王振英，對於萬公館的相關回憶。其中與《雷雨》和《日出》的故事情節頗多吻合之處：

「家修比老太太小一圈（十二歲），他也不幹事，整天就在家裡待著。我聽說準備讓他當武清縣長，關係、門路都找好了，他就是不去。我去他家前，他有丫環，是買來的，叫福子，老太太有些疑心，便找人許配走了。《雷雨》，老太太和我們都看了，老太太不喜歡，我也不喜歡。據說，還是曹禺自己導演的。曹禺的奶媽不知是姓劉還是姓李，我在的時候，她也常來萬家，要這要那的，衣服啦，煤啦，什麼都要。她家不會過日子，丈夫也不是個正經人，抽大煙、耍錢。他們的一個女兒，就是她爹把她賣到那種地方去了。」

對於情竇初開的曹禺來說，最為神聖的並不是傳統文化及其宗教神道中的上帝、佛祖、老天爺，而是世俗人生中的神聖初戀。應該說，《雷雨》中的魯侍萍當姑娘做女僕時原本姓梅，與《今宵酒醒何處》中的梅璇並不只是偶然性的巧合。關於《北京人》中的女主人公愫方，晚年曹禺在與田本相談話中表白說：「我是根據我死去的愛人方瑞來寫愫方的。為什麼起名叫愫方，『愫』是取了她母親的名字『方愫悌』中的『愫』；方，是她母親的姓，她母親是方苞的後代。」⑨

與愫方的名字相印證，作為曹禺初戀情人的萬公館女僕的姓名，應該與「梅」字相關，這裡姑且稱之為「梅姑娘」。曹禺寫作處女小說《今宵酒醒何處》時，與「梅姑娘」之間的神聖初戀還處於「欲說還休」的虛擬試探階段。這篇小說中因此充斥著一種「少年不識愁滋味，為賦新詩強說愁」的浮薄之氣和矯情之態。到了一九二八年上半年，曹禺在《南開雙周》上接連發表三首抒情詩，第一首《四月梢，我送別一個美麗的行人》，直白而又感傷地交待了「我」與一個「美麗的行人」的分手離別：

「古城啊，古城，／日後牆外不飛娟娟柳絮，／日後樓頭不見紙鳶輕影。／這一夜半，／枝頭的濕花滴瀝著／淒傷的淚，／便飄飄地沾埋污泥，／又投入流水伴你長征。／明晨熹光斜照一堆／殘頹的花，／你已無蹤無影。」

如果把這首詩看作是曹禺與「梅姑娘」之間神聖初戀的真實記錄，後兩首宗教氣息十分濃厚並且具備了戲劇化的故事情節的長詩，就應該是他對於失去之後才更覺珍貴的神聖初戀的回味反思；同時也是他對於《雷雨》、《日出》、《原野》等經典戲劇的一種預演。在第二首的《不久長、不久長》中，曹禺寫道：

「不久長，不久長，／烏黑的深夜隱伏，／黑矮的精靈兒恍恍，／你忽而追逐在我身後，／忽而啾啾在我身旁。／啊，爹爹，不久我將冷硬硬／睡在衰草裡喲，／我的靈兒永在／深林間和你歌唱！」

詩中表現的是一個既聰慧敏感又空洞虛弱的靈魂，對於彼岸有「水晶路」和「清澄的光」的天堂淨土的神聖嚮往。其中有幾分哀婉纏綿的癡迷，也有幾絲超脫飄逸的禪味，同時還有對於宗法制男權專制家庭以死相殉的淒慘決絕。

如果說第二首的《不久長、不久長》，已經具備了《雷雨》的雛形；第三首的《南風曲》，就稱得上是《原野》的胚胎。這首詩長達一百七十行，其中描繪的是一個「腹內是這樣飽滿」的「粗胖的村童」，在溫旭的日光、習習的南風、迷人的草香的撫慰之下，所進行的「還似少，少了一件什麼要去尋追！」的浪漫神遊。這「呆笨的村童」倚著野地裡的一幢草屋進入了夢鄉，他的「睡魂兒」在南風吹拂下出了軀竅，在一片池水旁尋見了有著「紛披的長髮」、「圓白的手腕」、「雪白的裸足」的「夢中情人」。正在村童為自己的「夢中情人」神魂顛倒的時候，半山禪寺「當當，當當！」的鐘聲攪碎了他的一場春夢。夢醒之後，呈現在他面前的是「暮色裡鐘聲土廟的依稀」和慘兮兮一派肅殺景象的「殘花」和「土岡」。

把《今宵酒醒何處》與這三首抒情詩綜合了看，對於曹禺與「梅姑娘」之間的神聖初戀施以棒打鴛鴦式的粗暴干涉的，應該是作為周樸園原型之一的「爹爹」萬德尊，而不是「姆媽」薛詠南。薛詠南所充當的角色，應該像《雷雨》中一方面辭退四鳳、魯貴，另一方面又委派周沖送錢補償的周蘩漪那樣，是辭退事宜的具體經辦者和善後事宜的精神安撫者。

五、罵人有理的時評雜感

《玄背》的作者大都是浪漫派作家郁達夫的崇拜者，《玄背》創刊後每期都要給遠在廣州中山大學任教的郁達夫寄去一份。令他們喜出望外的是，名重一時的郁達夫竟然於一九二六年十一月寄來一封回信，其中寄託著文壇先驅對於追隨其後的文學青年的熱切期望：

「現在上海北京，有許多同《玄背》一樣的刊物問世，它們的同人，都是新近很有勇氣的作者。可是有一點，卻是容易使人感到不快的，就是這一種刊物的通病，狂犬似的沒有理由的亂罵人。罵人，本來是不容易的事情，尤其是在現在的中國。我的朋友成仿吾也喜歡罵人，可是他罵的時候，態度卻很光明磊落，而對於所罵的事實，言語也有分寸。第一，他罵的時候，動機是在望被罵者的改善，並非是在尖酸刻薄的挖苦，或故意在破壞被罵者的名譽。第二，他罵的，都是關於藝術和思想的根本問題，決不是在報睚眥之仇，或尋一時之快。……總之，我希望你們同志諸君，也能夠不屈不撓地奮鬥，能夠繼續作進一步打倒惡勢力、阻止開倒車的功夫。」

郁達夫的來信刊登在《玄背》一九二六年第十六期。與郁達夫罵人有理的身份特權意識相一致，田漢在寫作於一九二七年的自傳體長篇小說《上海》中，以另一種更加露骨的男權特權意識，為停妻（孫荃）別戀（王映霞）的郁達夫（余質夫）辯護說：「余質夫是個有妻有子的人，本不應感著性的煩悶，但煩悶既是現代的世紀病，任何手段的性的滿足，尤其是藝術家的特權，何況素以尋求官能的享樂為性的生活的全部的余質夫呢。」⑩

曹禺當時的年齡是十七周歲，與《雷雨》中的周沖、《蛻變》中的丁昌、《北京人》中的曾霆、《家》中的高覺慧恰好同歲，正值情竇初開的青春年華。《雷雨》中關於周沖的舞臺提示，很大程度上是曹禺自己傳神寫意的自畫像：「他身體很小，卻有著大的心，也有著一切孩子似的空想。他年青，才十七歲，他已經幻想過許多許多不可能的事實，他是在美的夢裡活著的。」

郁達夫的熱切希望，對於「有著大的心」並且「在美的夢裡活著的」曹禺來說，無疑是一種強刺激。一九二七年四月十八日，曹禺在他與章靳以等人共同編輯的《南中週刊》發表《雜感》，其中既表現了他對於文壇先驅郁達夫的精神回應，同時也顯示了他對於佛洛伊德、榮格等人的精神現象學說的理解感悟：

「先覺的改造者委身於社會的戰場，斷然地與俗眾積極地挑戰；文學的天才絢爛地造出他們的武器，以詩，劇，說部向一切因襲的心營攻擊。他們組成突進不止的衝突與反抗，形成日後一切的輝煌。然而種種，最初的動機不過是在那服從權威，束縛於因襲畸形社會的壓制而生的苦悶懊惱中，顯意識地或潛意識地，影響了自己的心地所發生雜亂無章的感想。那種紛復的情趣同境地是我們生活的陰蔭，它復為一切動機的原動力和內驅力，形成大的小的一些事業。」

這篇「雜感」包含有三則小雜感。在第一則的「Gentlemen的態度」中，曹禺先談到一個洋車夫在法租界的英中街與乘客討價還價時，被斥罵為「放屁」。於是，他便與乘客拉扯著到印度「站人」即街頭巡警面前去講道理：「這可是法國地呀，看你的，外國兵全不打人的，你卻頭一個罵我。咱們有地方說理。」

接下來，曹禺又談到一位很有紳士（Gentlemen）風度的教授的「大講道理」：「外國人有金錢有強勢，用Gentlemen的態度對待我們，我們反不自量力，不以Gentlemen的態度向他們，這不是自找苦吃麼？」

曹禺在認定洋車夫與大教授「全屈服於洋權威之下」的同時，頗為超前地談到了日後將要席捲中國大地的「思想改造運動」的反智主義的原則性問題：「改正觀念似乎洋車夫還可教些，因為教授的博士帽是『仰之彌高，鑽之彌堅』，很自以為教人者，非可隨隨便便為人教的。」

到了一九六七年前後的所謂「無產階級文化大革命」中，包括曹禺在內的「很自以為教人者」，幾乎全部變成必須接受工人階級和貧下中農再教育的專政對象，當時最為流行的政治口號是「知識越多越反動」。

在題為「文憑同教育救國」的第二則小雜感中，曹禺揭示了包括他自己在內的青年學子，所面臨的家與國合一、政與教合一的教育現狀：文憑在學校和社會中是「受過教育聽過救國的話的執照」；在家中又是父親「將來爹爹全指你頂門立戶」的一種寄託。

在第三則小雜感「Supply and demand」中，處於青春期的曹禺，針對包括自己的女同學在內的新潮女性，在婚姻市場的供應（Supply）與需求（demand）關係中的激烈競爭，進行了充滿男權意識的道德譴責：「有志的女士們，鑒於舊女子的糊塗，力求平等，解放，入學校，讀洋書，做女留學生，達到競爭不失敗的目標而為所崇拜人物的太太。於是在富而美的丈夫面前獲得自由，平等和解放。啊，萬能的女校，祝這裡面的學生女權發達。」

也正是在一九二七年四月十八日前後，曹禺的母親薛詠南的義女、正在北京女子大學讀書的王右家，突然離開家庭私自前往美國留學。到了一九三六年前後，正在與羅隆基有聲有色地演繹驚世駭俗的婚外情愛的王右家，更被曹禺當作陳白露的原型寫進了《日出》。

六、一網打盡的天譴詛咒

繼《雜感》之後，曹禺又接連在《南中週刊》發表雜文《偶像孔子（閒說）》和《中國人，你聽著！》。在《偶像孔子（閒說）》中，曹禺「閒說」的對象，竟然是他自己的把孔子當作崇拜偶像的啟蒙恩師劉其珂。

對於曹禺早年的啟蒙教育，萬德尊是不惜血本的。當時的天津因這帶有濃厚的殖民地色彩，而有「東方小巴黎」的美譽。這裡既有舊私塾又有洋學堂，萬德尊對於兩者都不滿意，便把自己中過秀才的外甥也就是曹禺的姑表兄劉其珂，專門從湖北家鄉請到天津充當家庭教師。八、九年之後，也就是以毛澤東、朱德、賀龍等人為首的共產黨人，在江西、湖南、湖北等地發動「秋收起義」的一九二七年，回到家鄉的劉其珂不能忍受當地農民的起義暴動，不得不再次來到天津，於是便在大街上遇到了自己早年的弟子曹禺。劉其珂面對曹禺訴說道：

「現在鬧得烏煙瘴氣，家居三日，氣得不能出門一步。女娃子剪頭髮滿街跑不必講，老太太們也扯著旗子同他們一齊鬧街。你想老人家也那樣禽獸，我還責什麼老骨頭，我家的麒兒每天不在家，你的師母也迫我入什麼黨。哎，仁弟，一家全要成禽獸，我怎不傷心！——我們詩書子弟，總得顧全祖宗和體面，於是我一人偷偷地跑到文廟裡……哎！禽獸之邦，我豈能久留呢！於是一氣跑到這裡來！」

接下來，「老先生一句話不說，突而沉沉地哼起《桃花扇》中的《哀江南》，宛似亡國的舊鬼。」十八歲的中學生曹禺看在眼裡、記在心頭，隨後便把啟蒙恩師劉其珂作為口誅筆伐、天譴詛咒的對象，寫進了《偶像孔子（閒說）》：

「我一人在路上這樣想。因為孔家的《孟子》、《論語》是科舉時代的寒士們的飯碗。都通了，便不愁帝國的腳下沒有一塊骨頭啃，同時帝國也因為他們能夠Appreciate（欣賞）那種曲解的偏頗的忠孝，一發鞏固這父傳子授的特權，而不惜以種種的榮利蠱惑之。……誰知天皇不佑，遇見一種革命的亡八兔子賊，造反不已，復起革命，革人的命也罷了，還要革聖人的命，以至於乾坤倒持天地鬱塞，革命之聲未止，夫子之希望已絕，此先生所以叩天歎息之基者也。」

《中國人，你聽著！》發表在《南中週刊》一九二七年十月十日的雙十國慶專號。以愛國自居的曹禺，在這篇雜文中乾脆搶佔了中國傳統神道文化「存天理，滅人欲」的道德制高點，理直氣壯地針對所有「中國人」發出一網打盡的天譴詛咒：

「假如你是個人，你是個中國人的話（我要再抓一把斧子來劈你這賤種！）你將知『雙十』不僅聽幾聲爆竹，吃一頓肥肉就了事，你將知『雙十』寫在任何紙上，都隱有血絲，你自命為國民，何嘗有一絲創國的勇氣，你們只會退縮、固執，見小利即像蠅逐矢，狗逐臭，搶去責功，危急在前，鼠一般地脫逃。事過，笑當事者的錯誤，指摘尋隙，又如鬼祟之唧唧。你們何曾對得起『雙十』，你們哪有這兩個字的精神！你們笑光明磊者為傻子，你們自己卻真是稀有的白癡。——啊，卻是你也來慶祝『雙十』，你也自命為中國人，你也在今日歡呼！啊，中國人，我為汝羞，我真不佩服你！」

一九二八年七月，胡適發表在《新月》一卷五號的《名教》一文，所批評的恰好是曹禺這種為中國傳統的儒家禮教和巫術名教所固有、所慣用的既名正言順又理直氣壯的「存天理，滅人欲」式的天譴詛咒：

「現在大多數喊口號，貼標語的，也不外這兩種理由：一是心理上的過癮，一是無意義的盲從。少年人抱著一腔熱沸的血，無處發洩，只好在牆上大書『打倒賣國賊』，或『打倒日本帝國主義』。寫完之後，那二尺見方的大字，那顏魯公的書法，個個挺出來，好生威武，他自己看著，血也不沸了，氣也稍稍平了，心裡覺得舒服的多，可以坦然回去休息了。於是他的一腔義憤，不曾收斂回去，在他的行為上與人格上發生有益的影響，卻輕輕地發洩在牆頭的標語上面了。這樣的發洩感情，比什麼都容易，既痛快，又有面子，誰不愛做呢？一回生，二回熟，便成了慣例了，於是『五一』『五三』『五四』『五七』『五九』『六三』……都照樣做去：放一天假，開個紀念會，貼無數標語，喊幾句口號，就算做了紀念了！於是月月有紀念，周周做紀念周，牆上處處是標語，人人嘴上有的是口號。於是老祖宗幾千年相傳的『名教』之道遂大行於今日，而中國遂成了一個『名教』的國家。」

應該說，在罵人有理的郁達夫等文壇先驅以及整個白話文運動的直接影響之下，中學時代的曹禺，接觸到了傳統文化與時代精神的諸多方面。他在《偶像孔子（閒說）》中，既對固守孔子偶像的啟蒙恩師劉其珂加以天譴詛咒；又自相矛盾地對新儒家代表人物梁漱溟的孔子觀表示認同——「翻開東西文化及其哲學，在梁漱溟氏的眼裡，孔子不至是哲學家，教育家，抑復為對生這個字而有充分瞭解的唯心者。……純粹闡明生的意義的偉人」——這一切所折射出的，恰恰是中國傳統神道文化在讀書人身上既根深蒂固又與時俱進的精神影響力。到了《〈雷雨〉序》中，曹禺便把自己從事劇本創作的原動力和內驅力，形象地概括為集動物本能的野性蠻力和宗教精神的神性魔力於一身的「原始的情緒」和「蠻性的遺留」。

七、清華園內的演劇與情愛

一九二九年陰曆除夕，曹禺陪同父親萬德尊外出洗澡理髮，萬德尊忽然覺得頭痛，趕回家裡想抽幾口鴉片以消災祛病，沒有想到剛拿起煙槍就中風而亡。時年四十四歲。此時的曹禺已經是南開大學政治系的一名學子。他既不喜歡政治系的枯燥課程，也不滿足南開大學的思想保守，張彭春的再度出國更使他備感寂寞。一九三〇年暑假，曹禺在繼母支持下到北京考取清華大學西洋文學系二年級的插班生。與他同時被錄取的還有其他幾名南開同學，孫毓棠進的是歷史系。

據曹禺晚年的回憶，他對於清華大學最高層次的嚮往，就是這所留美預備學校所特有的歐美自由主義的思想傳統：「清華非常之自由，和南開不一樣，南開統治很嚴。……我很不喜歡天津，不喜歡南開大學，南開的生活循規蹈矩，張伯苓每週訓話都是『公』與『能』，不如清華那麼自由。……張伯苓並不文明，常罵：『你這個混小子過來，我要揍你！』這就是天津衛那股勁兒，爽快。天津人直快熱心，但有時很『狗食』，我不喜歡這個地方。清華是自由主義，上課不點名，我很少聽課，到圖書館去看書。」⑪

清華大學剛剛離職的文學院長兼國文系主任楊振聲，是一位學貫中西的小說家和戲劇愛好者。西洋文學系主任王文顯，更是一位專門用英文寫作的著名戲劇家。在這些前輩大師的影響下，清華圖書館購置了大量中外戲劇書刊，埃斯庫羅斯、索福克勒斯、歐里庇得斯的古希臘悲劇，連同莎士比亞、易卜生、奧尼爾、契訶夫的近現代經典劇目，給曹禺打開了一扇扇的藝術門徑，使他看到了人類戲劇的別有洞天。

與南開一樣，清華大學也有自己的演劇傳統。南開時期已經訓練有素的曹禺，開始嘗試性地自編自導自演。一九三一年，由曹禺執導並且扮演女主角的《娜拉》，在清華大禮堂演出並引起轟動，曹禺因此贏得「小寶貝」的昵稱。當時還在貝滿高中讀書的鄭秀，因為看戲認識了曹禺。

一九三二年冬天，曹禺開始改譯並執導高爾斯華綏的三幕劇《罪》，又名《最前的與最後的》，由早他一年考入清華的南開老同學孫浩然擔任美術設計，孫毓棠扮演男主人公吉斯，曹禺自己扮演吉斯的弟弟拉里。在曹禺的請求下，拉里的情人由孫浩然出面邀請剛剛考入清華大學法律系的鄭秀扮演。

一九三三年一月一日，日本侵略軍悍然出兵山海關，駐守熱河省的張學良東北軍不戰自退，日軍得以長驅直入，於三月四日佔領省城承德。接著又分兵數路，攻向長城東部各主要關口，進逼平津。危急關頭，國民政府從南方抽調中央軍第十七軍北上，先頭部隊第二十五師於三月四日凌晨四時趕到古北口，與日軍主力第八師團全部及騎兵第三旅展開決戰。日軍雖然經過三天的苦戰攻克了古北口，卻為此付出傷亡二千餘人的代價，從此再也不敢輕敵冒進。二十五師也為此付出師長關麟徵重傷、四千餘人傷亡的慘重代價。曹禺當時曾經與一些同學好友一起慰勞過從古北口前線撤退下來的受傷士兵。

一九三三年五月二十六日清華大學校慶之際，《罪》在清華園連演七、八場。隨著該劇的排演與演出，在舞臺上假扮戀人的曹禺與鄭秀，開始在現實生活中展開情愛追逐。癡情的曹禺在遭到拒絕後，整夜守候在女生宿舍古月堂下。當鄭秀終於答應陪他出去散步時，曹禺竟然如癡如醉，連近視眼鏡丟在樹林子裡都不知道。與鄭秀如癡如醉的熱戀，直接點燃了曹禺的創作激情，助推了《雷雨》一劇的橫空出世。

八、曹禺《雷雨》的橫空出世

由於北平正籠罩在戰爭陰雲之下，清華大學決定免除期終考試，以全年平均分數評定成績，於六月初提前放暑假。在大部同學離開校園放假回家期間，應屆畢業後留在清華攻讀研究生的曹禺，卻在鄭秀的陪伴下經受著炎熱的天氣與熾熱的情愛的雙重煎熬，堅持完成了從南開中學時期就開始構思醞釀的四幕劇《雷雨》。一九三三年的盛夏，當這部既集中國傳統文化之大成又標誌著中國現代話劇之成熟的經典巨著橫空出世的時候，劇作者曹禺只有二十三歲。

前面已經談到過，按照鄭秀和孫毓棠的說法，《雷雨》中的周沖就是曹禺自己，四鳳就是作為曹禺初戀對象的女僕「梅姑娘」。而在事實上，出現在曹禺筆下的人物，幾乎無一例外地帶著或正面或負面、或淺顯或深致、或理想或寫實的自傳性色彩。《雷雨》中那個與曹禺一樣經常去外國教堂的周萍，對於繁漪的又愛又恨又怯又憐的複雜情感，就透露著曹禺與鄭秀之間愛恨交加的蛛絲馬跡：

「他要把自己拯救起來，他需要新的力，無論是什麼，只要能幫助他，把他由衝突的苦海中救出來，他願意找。他見著四鳳，當時就覺得她新鮮，她的『活』！他發現他最需要的那一點東西，是充滿地流動著在四鳳的身裡。她有『青春』，有『美』，有充溢著的血，固然他也看到她是粗，但是他直覺到這才是他要的，漸漸地他厭惡一切憂鬱過分的女人，憂鬱已經蝕盡了他的心；他也恨一切經些教育陶冶的女人，（因為她們會提醒他的缺點），同一切細緻的情緒，他覺得膩！」

大家閨秀出身又專攻法律的鄭秀，理想中的白馬王子是理工科英俊瀟灑的男生。曹禺不僅是學文科的，個頭也太矮，身材還沒有穿高跟鞋的鄭秀高，完全不是鄭秀的理想人選。然而，作為一名少不更事的純情女子，鄭秀無論如何也招架不住與自己筆下的諸多戲劇人物一樣擁有神秘莫測的「原始的情緒」和「蠻性的遺留」的曹禺的窮追不捨。少男少女的男女情愛總是在愛恨交加、冷熱交錯中輪迴反覆的；曹禺與鄭秀的浪漫情愛，更是少不了時而山窮水盡、時而柳暗花明的大起大落、大喜大悲。作為見證人，清華學長李健吾一九三九年三月二十二日發表在《文匯報》「世紀風」副刊的《時當二三月》，活現出了一九三三年春天的曹禺與鄭秀，在清華園中的熱烈情戀：「想想家寶那副做愛的可憐相——朋友都為他擔心，然而，滾你們的！他幸福了，有情人成了眷屬，如今添了一位千金。」

與李健吾的這段文字相印證，《雷雨》中的周沖為初戀情人四鳳所描繪的，分明是陽光天堂般神聖美好的情愛神曲：「在一個冬天的早晨，非常明亮的天空，……在無邊的海上……有一條輕得像海燕似的小帆船，在海風吹得緊，海上的空氣聞得出有點腥，有點鹹的時候，白色的帆張得滿滿地，像一隻鷹的翅膀斜貼在海面上飛，向著天邊飛。那時天邊上只淡淡地浮著兩三片白雲，我們坐在船頭，望著前面，前面就是我們的世界。」

《日出》中的陳白露，對於自己與詩人前夫之間陽光天堂般的美好婚戀，另有充滿詩情畫意的舊事重提：「我愛他！他叫我離開這兒跟他結婚，我就離開這兒跟他結婚。他要我到鄉下去，我就陪他到鄉下去。他說『你應該生個小孩！』我就為他生個小孩。結婚以後幾個月，我們過的是天堂似的日子。他最喜歡看日出，每天早上他一天亮就爬起來，叫我陪他看太陽。他真像個小孩子，那麼天真！那麼高興！有時候樂得在我面前直翻跟頭……」

與李健吾所說「家寶那副做愛的可憐相」最為合拍的，是曹禺改編自巴金同名小說的話劇劇本《家》中，既偷偷摸摸又神神秘秘地向二哥覺民洩露情愛秘密的高覺慧：「（眼裡浮出快樂的光彩，低聲，感動得顫抖地）我愛了一個人。」「（喜悅地）回頭我告訴你！（彷彿忽然來了靈感）你知道麼？泥土裡生米，水底下出珍珠，沙漠裡埋黃金，（忘卻一切）天哪這都是造物的恩惠呀！」

九、《雷雨》的發表和出版

一九三一年一月，北平立達書局約請曹禺的南開校友、本名章方敘的靳以負責編輯的大型文學刊物《文學季刊》，在北海公園東側的三座門大街十四號正式創刊。靳以認為自己的資望不足以擔此重託，轉請在上海與傅東華合辦《文學》雜誌的燕京大學教授鄭振鐸出面籌畫；同時約請冰心、巴金、李健吾、李長之、楊丙辰等人參與編務。

由於與靳以之間的同學關係，曹禺把《雷雨》及時交到靳以和巴金的手中，並在巴金的推薦下得以在《文學季刊》正式發表。關於此事，巴金在《〈蛻變〉後記》中回憶說：「我感動地一口氣讀完它，而且為它掉了淚。不錯，我落了淚，但是流淚以後我卻感到一陣舒暢，同時我覺得有一種渴望，一種力量在我身內產生了。我想做一件事，一件幫助別人的事情，我想找個機會不自私地獻出我的微少的努力。」

一九三四年七月一日，《文學季刊》一卷三期在劇本欄中同時發表了三部劇作。第一部是李健吾的《這不過是春天》，第二部是曹禺的《雷雨》，第三部是顧青海的《香妃》。對於這樣的排序，李健吾在《時當二三月》中先談到靳以：「我不想埋怨靳以，他和家寶的交情更深，自然表示也就淡。做一個好編輯最怕有人說他徇私。所以，我原諒他。」

接下來，李健吾筆鋒一轉，把一腔怨氣撒在巴金身上：「從《這不是春天》起，幾乎沒有一出不是他逼我的，從我案頭抄去的。他的理由是『我愛家寶的戲，也愛你的戲，我都想要。』他不寫戲，至少不私下寫戲，像家寶那樣信口所之，兜起我的疑心。巴金是一個不追女人的男人，……說話會可靠的，一個鬧戀愛的人一定在朋友面前扯謊。巴金不然，他始終過著流浪的生活，沒有比他來去自由的人了，沒有比他誠摯的人了（看看他一部又一部的巨著），所以我相信他。也就是這種信心叫我上當，一再給他寫戲。曉得自己不成器，單只貪圖二三知己的賞愛，我便馬不停蹄地趕著。我製作的時間從來不長。《這不過是春天》，破費了我六天的時間。」

在此之前，李健吾已經發表了兩部相當成熟的三幕劇《村長之家》和《梁允達》，對於這兩部劇作的份量，曹禺自然是心中有數。在《文學季刊》一卷三期還沒有出版之前，李健吾與曹禺在編輯部不期而遇，曹禺顫動著小嘴，評評這個人，論論那個人，最後把李健吾推舉到第一的位置：「老哥，不是我恭維你，當今寫戲的，在中國還要數你。」

李健吾聽了別人的恭維，心中自然得意。不過，得意之餘，他卻多了一個心眼兒。過後他找靳以問起曹禺的劇本，靳以說就在自己的抽屜裡，只是曹禺還沒有決心發表，打算先給大家看看再作決定。巴金和靳以看過之後大為感動，同時覺得還有些小毛病需要修改。末了，靳以對李健吾說：「你先拿去看看。」李健吾的回答是：「不，不登出來我不看。」

《雷雨》發表之後，短時期內並沒有在國內引起太大反響，不斷被人演出談論的，反而是李健吾稍嫌單薄的三幕劇《這不過是春天》。這是一部頗為精緻的輕喜劇，恰好適合在校學生在盛行一時的愛美劇（Amateur）運動中從事業餘性質的校園演出。

一九三五年四月二十七、二十八、二十九三日，由中國留日學生以中華話劇同好會的名義在東京神田一橋講堂舉行的《雷雨》演出，以牆外開花牆內香的特殊形式引起國人的高度重視。一九三六年一月，《雷雨》作為巴金主編的《文學叢刊》第一集、《曹禺戲劇集》第一種，由上海文化生活出版社出版。曹禺在《〈雷雨〉序》中，專門提到了鄭秀的貢獻：「不過這個本頭已和原來的不同，許多小地方都有些改動，這些地方我應該感謝穎如，和我的友人巴金（謝謝他的友情，他在病中還替我細心校對和改正），孝曾，靳以，他們督催著我，鼓勵著我，使《雷雨》才有現在的模樣。」

與此同時，曹禺通過巴金專門為鄭秀印製了一冊精裝本，封面上鐫刻著他親筆題寫的燙金題詞：「給穎如——家寶。」鄭穎如是鄭秀在清華大學註冊登記的正式姓名。

① 田本相、劉一軍主編《曹禺全集》，花山文藝出版社，一九九六年，第六卷，第四七八頁。本書所引用的曹禺影劇作品，大部分出自《曹禺全集》所收錄的文本，不再逐一注解。

② 田本相、劉一軍編著《苦悶的靈魂——曹禺訪談錄》，江蘇教育出版社，二〇〇一年，第五十六頁。

③《苦悶的靈魂——曹禺訪談錄》，第二十一頁。

④《苦悶的靈魂——曹禺訪談錄》，第八十二頁。

⑤ 曹禺：《編劇術》、《曹禺戲劇集・論戲劇》，四川文藝出版社，一九九五年，第一三八頁。

⑥《苦悶的靈魂——曹禺訪談錄》，第一四四頁。

⑦ 曹樹鈞著《走向世界的曹禺》，天地出版社，一九九五年，第五頁。

⑧ 萬方：《我的爸爸曹禺》、《文滙月刊》，一九九〇年第一期。

⑨《我的生活和創作道路——同田本相的談話》、《戲劇論叢》，一九八一年第二期。

⑩ 田漢：《上海》，連載於上海《申報・藝術界》，一九二七年十月十六日至十二月三日，

⑪《苦悶的靈魂——曹禺訪談錄》，第一五一頁。

第二幕

圖片說明：

北京人藝演出《雷雨》劇照

第二章 「絕子絕孫」的《雷雨》

四幕悲劇《雷雨》，是曹禺創作的第一部現代戲劇作品，也是中國戲劇史上標誌著現代話劇走向成熟的經典巨著。關於該劇神秘混沌的思想內涵，可以套用莎士比亞研究中關於哈姆雷特的一句老話來加以形容：有多少個讀者觀眾，就會有多少種各不相同的解讀感悟。儘管如此，貫穿全劇的核心密碼只有一個，就是由替天行道的魯大海所發佈的「絕子絕孫」的天譴罰罪。劇中所有人物的故事情節和前途命運，冥冥之中都是圍繞著這個核心密碼逐步展開的。①

一、原始情緒中的文化密碼

古希臘悲劇作家索福克勒斯的經典悲劇《俄狄浦斯王》（Oedipus Tyrannus），取材於希臘神話傳說中俄狄浦斯殺父娶母的故事。拉伊奧斯年輕時曾經劫走國王佩洛普斯的兒子克律西波斯，因此遭到來自天神的天譴詛咒。他的兒子出生時，神諭顯示他會被自己的兒子所殺。為了逃避被兒子所殺的命運，拉伊奧斯刺穿新生嬰兒的腳踝，把他丟棄在山野中等死。奉命執行的牧羊人心生憐憫，偷偷將嬰兒轉送給鄰國科林斯的國王波呂波斯充當養子，這個嬰兒被養父取名為俄狄浦斯。俄狄浦斯長大後，從神諭得知自己將會殺父娶母。為了逃避殺父娶母的命運，他只好選擇離開科林斯自我流放。有一天，他來到忒拜的一個岔路口，在與一群陌生人的衝突中失手殺死並不相識的親生父親、忒拜國王拉伊奧斯。接下來，他因為幫助忒拜人除掉危害民眾的獅身人面怪獸斯芬克斯，而被擁戴為國王，並且在不知情的情況下，娶國王的遺孀也就是自己的生身母親約卡斯塔為妻。在與自己的母親共同生育二男二女之後，俄狄浦斯才得知自己犯下了殺父娶母的亂倫大罪。母親約卡斯塔羞愧自殺，悲憤不已的俄狄浦斯也刺瞎雙眼，再一次選擇自我流放。

佛洛伊德的精神分析學說，把人類一切創造性活動都歸根結蒂於遭受壓抑的性本能或性力，尤其是潛意識中的戀母憎父的伊底帕斯情結，甚至於提出「宗教、道德、社會和藝術之起源都繫於伊底帕斯情結上」②的極端命題。他的這種學說雖然有簡單化、絕對化的嫌疑，潛意識或集體無意識中諸如戀母憎父、兄妹相戀、亂倫群婚之類的性愛情結，在藝術創造中所發揮的最為內在的驅動力量，卻是不容置疑的。作為中國戲劇史上最具藝術創造力的影劇大師，曹禺所有的影劇作品都直接根源於他在《〈雷雨〉序》中所介紹的「原始的情緒」和「蠻性的遺留」。

在《〈雷雨〉序》中，曹禺鑒於諸多演出者和評論者認為《雷雨》是社會問題劇或政治宣傳劇的嚴重誤讀，採用「原始的情緒」的概念回應說：「累次有人問我《雷雨》是怎樣寫的，或者《雷雨》是為什麼寫的這一類的問題。老實說，關於第一個，連我自己也莫明其妙；第二個呢，有些人已經替我下了注釋，這些注釋有的我可以追認——譬如『暴露大家庭的罪惡』——但是很奇怪，現在回憶起三年前提筆的光景，我以為我不應該用欺騙來炫耀自己的見地，我並沒有顯明地意識著我要匡正諷刺或攻擊些什麼。也許寫到末了，隱隱彷彿有一種情感的洶湧的流來推動我，我在發洩著被抑壓的憤懣，譭謗著中國的家庭和社會。然而在起首，我初次有了《雷雨》一個模糊的影像的時候，逗起我的興趣的，只是一兩段情節，幾個人物，一種複雜而又原始的情緒。」③

接下來，曹禺對於連他自己都莫明其妙的「原始的情緒」，進行了多側面多角度的闡述解釋。

其一，作為創作《雷雨》一劇的原動力和內驅力，這種「複雜而又原始的情緒」，得之於「原始的祖先們」的神道信仰，或者說是宗教迷信：

「《雷雨》可以說是我的『蠻性的遺留』，我如原始的祖先們對那些不可理解的現象睜大了驚奇的眼。我不能斷定《雷雨》的推動是由於神鬼，起於命運或源於哪種顯明的力量。情感上《雷雨》所象徵的對我是一種神秘的吸引，一種抓牢我心靈的魔。《雷雨》所顯示的，並不是因果，並不是報應，而是我所覺得的天地間的『殘忍』，（這種自然的『冷酷』，四鳳與周沖的遭際最足以代表，他們的死亡，自己並無過咎。）如若讀者肯細心體會這番心意，這篇戲雖然有時為幾段較緊張的場面或一兩個性格吸引了注意，但連綿不斷地、若有若無地閃示這一點隱秘——這種種宇宙裡鬥爭的『殘忍』和『冷酷』。在這鬥爭的背後或有一個主宰來管轄。這主宰，希伯來的先知們贊它為『上帝』，希臘的戲劇家們稱它為『命運』，近代的人撇棄了這些迷離恍惚的觀念，直截了當地叫它為『自然的法則』。而我始終不能給它以適當的命名，也沒有能力來形容它的真實相。因為它太大，太複雜。我的情感強要我表現的，只是對宇宙這一方面的憧憬。」

榮格在《集體無意識和原型》一文中介紹說，「一個民族的神話集是這個民族的活的宗教。……宗教是聯繫心理活動過程的一個重要環節，這個過程是處在心靈的深邃幽暗之處，既獨立於意識，又超越意識。」④《雷雨》中的「複雜而又原始的情緒」正是如此，它直接根源於曹禺童年時代所聽到的流傳於民間社會的神話傳說和鬼怪故事：「《雷雨》是一種情感的憧憬，一種無名的恐懼的表徵。這種憧憬的吸引恰如童稚時諦聽臉上劃著經歷的皺紋的父老們，在森森的夜半，津津地述說墳頭鬼火，野廟僵屍的故事。皮膚起了恐懼的寒栗，牆角似乎晃著搖搖的鬼影。然而奇怪，這『怕』本身就是個誘惑。我挪近身軀，咽著興味的口沫，心懼怕地忐忑著，卻一把提著那乾枯的手，央求：『再來一個，再來一個！』」

其二，《雷雨》中「複雜而又原始的情緒」，包含著以神道設教、替天行道的宗教先知加抒情詩人自居的曹禺，對於即將遭受天誅地滅、天譴罰罪卻又盲目無知、洋洋自得的「人類」，所表現出的一種「如神仙，如佛，如先知」般「升到上帝的座」的「悲憫的心情」：

「寫《雷雨》是一種情感的迫切的需要。我念起人類是怎樣可憐的動物，帶著躊躇滿志的心情，彷彿是自己來主宰自己的運命，而時常不是自己來主宰著。受著自己——情感的或者理解的——捉弄，一種不可知的力量的——機遇的，或者環境的——捉弄；生活在狹的籠裡而洋洋地驕傲著，以為是徜徉在自由的天地裡，稱為萬物之靈的人物不是做著最愚蠢的事麼？我用一種悲憫的心情來寫劇中人物的爭執。我誠懇地祈望著看戲的人們也以一種悲憫的眼來俯視這群地上的人們。所以我最推崇我的觀眾，我視他們，如神仙，如佛，如先知，我獻給他們以未來先知的神奇。……我是個貧窮的主人，但我請了看戲的賓客升到上帝的座，來憐憫地俯視著這堆在下面蠕動的生物。」

曹禺為自己設定的神道設教、替天行道的宗教先知加抒情詩人的特權身份，其實就是荀子在《禮論篇》中所說的「禮有三本：天地者，生之本也；先祖者，類之本也；君師者，治之本也」的「君師」身份。在曹禺看來，幾乎所有的個人，都是不能夠獨立自主地掌握自己前途命運的被奴役、被主宰、被操縱、被天譴、被罰罪的「鬼」、「傀儡」和「可憐的動物」；幾乎所有的個人以及包括家庭、學校、企業、社團、黨派、民族、政府、國家在內的人造集體，都是他或實施天誅地滅的天譴詛咒，或實施陽光天堂的超度禮贊的目標對象。

其三，《雷雨》中「複雜而又原始的情緒」，是曹禺那份「性情中鬱熱的氛圍」與煩躁鬱熱的自然環境天人合一、天人感應的結果：「與這樣原始或者野蠻的情緒俱來的還有其他的方面，那便是我性情中鬱熱的氛圍。夏天是個煩躁多事的季節，苦熱會逼走人的理智。在夏天，炎熱高高升起，天空鬱結成一塊燒紅了的鐵，人們時常不由已地，更歸回原始的野蠻的路，流著血，不是恨便是愛，不是愛便是恨，一切都走向極端，要如電如雷地轟轟地燒一場，中間不容易有一條折衷的路。代表這樣的性格是周蘩漪，是魯大海，甚至於周萍……」

其四，作為創作《雷雨》一劇的集動物本能的野性蠻力和宗教精神的神性魔力於一身的原動力和內驅力，「原始的情緒」和「蠻性的遺留」與曹禺潛意識中根深蒂固的戀母憎父的「伊底帕斯情結」密切相關。作為該劇核心密碼的「絕子絕孫」的大結局，所要打擊的首選目標，就是一心要保家衛道的周樸園。周樸園的三個兒子周萍、魯大海、周沖，無一不是曹禺化解不開的戀母憎父情結的化身。「絕子絕孫」的天譴詛咒，正是出自周樸園並不相認的親生兒子魯大海之口。大兒子周萍在引咎自裁前，另有對於周樸園的血淚控訴：「爸，你不該生我！」周沖神往於天邊外的陽光天堂般的「真世界」的直接原因，是父親周樸園在「喝藥」一場戲中，針對母親周蘩漪的精神強暴。用周沖的話說，「我恨這不平等的社會，我恨只講強權的人，我討厭我的父親，我們都是被壓迫的人，我們都一樣。」

曹禺在《〈雷雨〉序》中，還把周沖之死歸根結蒂於俄狄浦斯式的戀母憎父情結的徹底破滅：「待到連母親——那是十七歲的孩子的夢裡幻化得最聰慧而慈祥的母親，也這樣醜惡地為著情愛痙攣地喊叫，他才徹頭徹尾地感覺到現實的粗惡。他不能再活下去，他被人攻下了最後的堡壘，青春期的兒子對母親的那一點憧憬。他於是整個死了他生活最寶貴的部分——那情感的激蕩。以後那偶然的或者殘酷的肉體的死亡對他算不得痛苦，也許反是最適當的了結。」

在發表於一九八一年《人生》創刊號的《從「關關雎鳩」想起的》一文中，晚年曹禺對於自己童年時代根深蒂固的戀母憎父的伊底帕斯情結另有回憶：「我小時候，老師教《詩經》，並不從『關關雎鳩，在河之洲。窈窕淑女，君子好逑』這首詩啟蒙。我的老師十分得意，挑選『父兮生我，母兮育我……』那篇開講。這大得我父親的歡心，到處讚揚教師得『天地之心』。似乎世界都從『父母之恩』發展出來。男女總要結為『父母』，這樣造成人類的歷史。因此，我幼時的生育知識第一課，是從《詩經》明瞭的。後來又是『多福、多壽、多男子』，許多的祝辭，以及孟子講的『不孝有三，無後為大』種種，滔滔不絕地灌輸。於是罵人也從『斷子絕孫』罵起。頌老人，『子孫滿堂』；祝新婚，『早生貴子』。叨叨了下上古今幾千年，延續到今天，我們就成為擁有十億人口的泱泱大國。」

晚年曹禺在與田本相談話中，依然在回憶孩童時代的一天，父親萬德尊臉色陰冷地從外面回來，他「怯怯地喊道『阿爹、阿爹』」迎了上去，父親先是沒好氣地讓他背詩，接著便是重重的一記耳光：「我的父親是一個喜怒無常的人。……這一巴掌給我的印象太深刻了。父親這個人真使我想來可恨，這就使我聯想起《朝花夕拾》中，魯迅寫的《我的父親》中的扼殺兒童的情景。」⑤

其五，以神道設教、替天行道的宗教先知加抒情詩人自居的曹禺，還以形而上的詩意眼光，看到了「原始的情緒」和「蠻性的遺留」中陽光天堂般神聖美好的另一面：「我愛著《雷雨》如歡喜在溶冰後的春天，看一個活潑潑的孩子在日光下跳躍，或如在粼粼的野塘邊偶然聽得一聲青蛙那樣的欣悅。……我對《雷雨》的瞭解只是有如母親撫慰自己的嬰兒那樣單純的喜悅，感到的是一團原始的生命之感。」

在談到該劇的「序幕」和「尾聲」時，曹禺在《〈雷雨〉序》中進一步解釋說：「《雷雨》誠如有一位朋友說，有些太緊張（這並不是句恭維的話），而我想以第四幕為最。我不願這樣戛然而止。我要流蕩在人們中間還有詩樣的情懷。……我把《雷雨》做一篇詩看，一部故事讀，用『序幕』和『尾聲』把一件錯綜複雜的罪惡推到時間上非常遼遠的處所。因為事理變動太嚇人，裡面那些隱秘不可知的東西對於現在一般聰明的觀眾情感上也彷彿不易明瞭，我乃罩上一層紗。那『序幕』和『尾聲』的紗幕便給了所謂的『欣賞的距離』。這樣，看戲的人們可以處在適中的地位來看戲，而不致於使情感或者理解受了驚嚇。」

按照榮格的說法，「（原型模式）是一種很奇怪的東西，它的存在，派生於人的精神的深處——它使人聯想到把我們和史前時代分隔開來的時間鴻溝，或者喚來一個將光明與黑暗作對比的超人世界。這是一種超越人類理解力之上的原始經驗，……它把罩在畫著秩序井然的世界的圖畫之上的帷幕從頭到底撕裂了開來，並允許對尚未生成的事物這一深邃莫測的地獄略作一瞥。這是否就是其他世界的幻象，或者是精神上蒙昧的幻象，或者是關於史前時代的事物之始的幻象，或者是關於尚未誕生的一代又一代人的幻象？我們很難說其中任何一種是的，也很難說上述的全都不是。」⑥曹禺所說的「原始的情緒」和「蠻性的遺留」，一方面是出於對於榮格的「集體無意識」理論中的「原型模式」的學習借鑒，明顯打上了歐美戲劇尤其是基督教文化的一些烙印；另一方面也貫穿著中國傳統神道文化中更加神秘混沌也更加根深蒂固的集體無意識。《雷雨》中的周樸園、魯侍萍、周蘩漪、魯四鳳不斷祈求的最高主宰，就是中國本土神道信仰中的「天」及其「天意」、「天命」。按照存活於中國民間社會的宗教觀念，既是自然現象又是人格化的最高主宰的「天（老天爺）」並不是一個孤家寡人，在他手下有許多神仙鬼怪可供調遣驅使。《雷雨》中直接操縱八個出場人物的既是自然現象又是人格化的宗教神祇的「雷雨（雷公）」，就是中國民間普遍認同的一員替天行道的罰罪天神。到了《原野》中，因為殺死焦大星及小黑子而迷失於原野黑林子之中的仇虎及花金子，不僅於失魂落魄、神魂顛倒中採用了更加通俗也更加親昵的稱呼「老天爺」，而且直接遭到了與「天（老天爺）」相對應的俗稱「閻王」的「黑臉的閻羅（地藏王）」替天行道、天譴罰罪的末日審判。

二、《雷雨》中「最『雷雨』的性格」

《雷雨》是一部描寫舊式家庭裡面通姦亂倫的傳奇故事的宿命悲劇。三十年前，周公館的少爺周樸園與女僕梅侍萍未婚同居，先後生育了周萍、大海兩個兒子。周公館為了讓周樸園與門當戶對的一位小姐正式結婚，在除夕之夜驅逐了梅侍萍和剛剛三天的二兒子大海。侍萍母子投水獲救後嫁給魯貴，改姓為魯的她又生育了女兒四鳳。三十年後，魯貴和四鳳成為周公館的僕人，魯大海成為帶領工人在周家煤礦罷工鬧事的工人代表，周樸園的太太周蘩漪生育了「二少爺」周沖。在外地幫工的魯侍萍來到周公館尋找女兒時，竟然與周樸園意外重逢。劇中八個主要人物之間，因此形成或亂倫通姦或替天行道的複雜關係，冥冥之中等待著他們的，卻是一場天誅地滅、絕子絕孫的天譴罰罪。

在《〈雷雨〉序》中，曹禺對於劇中八個主要人物有過這樣的分析說明：「夏天是個煩燥多事的季節，苦熱會逼走人的理智，……人們會時常不由已地，更歸回原始的野蠻的路，流著血，不是恨便是愛，不是愛便是恨。一切都是走向極端；要如電如雷地轟轟地燒一場，中間不容易有一條折衷的路。代表這樣的性格是周蘩漪，是魯大海，甚至於周萍，而流於相反的性格，遇事希望著妥協，緩衝，敷衍便是周樸園，以至於魯貴。但後者是前者的陰影，有了他們，前者才顯得明亮。魯媽，四鳳，周沖是這明暗的間色，他們做成兩個極端的階梯。所以在《雷雨》的氛圍裡，周蘩漪最顯得調和。……她是一個最『雷雨的』（原是我的杜撰，因為一時找不到適當的形容詞）性格，她的生命交織著最殘酷的愛和最不忍的恨。她擁有行為上許多的矛盾，但沒有一個矛盾不是極端的，『極端』和『矛盾』是《雷雨》蒸熱的氛圍裡兩種自然的基調，劇情的調整多半以它們為轉移。」

把這段話說得直白一點，劇中的周蘩漪、魯大海、周萍屬於極端性格，也就是「交織著最殘酷的愛和最不忍的恨」的「一切都走向極端」的「最『雷雨』的性格」。被置於對立面的周樸園、魯貴，屬於避免極端的妥協性格。魯媽、四鳳、周沖，是屬於兩個極端之間的中間性格。

到了〈《日出》跋〉中，曹禺又依據老子《道德經》中「損有餘而補不足」的「天之道」與「損不足以奉有餘」的「人之道」的神道格局，給出了另一種分析說明：「《雷雨》裡原有第九個角色，而且是最重要的，我沒有寫進去，那是就稱為『雷雨』一名好漢。他幾乎總是在場，他手下操縱其餘八個傀儡。……寫《雷雨》，我不能如舊戲裡用一個一手執鐵釘，一手舉著巨錘，青面紅發的雷公，象徵《雷雨》中渺茫不可知的神秘。那是技巧上的不允許。」⑦

按照存活於中國民間社會的儒、釋、道三教合流的宗教神道觀念，《雷雨》中的「雷公」既是自然現象也是人格化的宗教神祇，一直充當著替天行道、天誅地滅的罰罪天神。在「最重要」的「雷公」之上，另有最最重要的既是自然現象又是人格化的最高主宰的「天（老天爺）」，最終決定著發生在天堂、地獄、人間三界之中一切的一切。《雷雨》中的所有人物，都是替天行道的「雷公」，依據至高無上的「天（老天爺）」的天命天意而加以主宰的人間「傀儡」。他們之間所存在的只是大同小異的量的差異而不是質的區別。借用恩格斯在《反杜林論》中的說法，他們同屬於因「缺乏自我規定的意志」而「甘受奴役」的異化人物。⑧

三、周樸園的保家護種

周公館是一個既通姦亂倫又謀財害命的人欲橫流、罪孽滔天的宗法制男權家庭，性慾減退的周樸園，是這個家庭中主宰一切的男權主子、專制家長。他的頭腦中所充斥的，是中國傳統神道文化中以天神天命天意天理天道天堂為本體本位，以人身依附性質的天、地、君、親、師的禮教綱常來捆綁限制所有個人的神道信仰體系和社會價值體系。其中既包括保護所有個人最為低等的動物性的生存權、生殖權的「人命關天關地」、「不孝有三，無後為大」的所謂仁愛；也包括根除消滅所有個人意思自治、獨立自主的人身、情愛、財產、言論、信仰等自由權利的「存天理，滅人欲」的綱常倫理；尤其是通常所說的君為臣綱、父為子綱、夫為妻綱的三綱；仁、義、禮、智、信的五常；未嫁從父、既嫁從夫、夫死從子的三從；德、容、言、工的四德。

正是因為有這一套中國傳統的神道文化武裝頭腦，周樸園才會相信自己的家庭是一個「最圓滿、最有秩序的家庭」，自己所教育的子弟是「健全的子弟」。為了保家護種，他不惜置妻子、兒子的情感於不顧，像替天行道的天神一樣實施著「存天理，滅人欲」的天譴誅心之術：「（冷峻地）蘩漪，當了母親的人，處處應當替孩子著想，就是自己不保重身體，也應該替孩子做個服從的榜樣。」

為了逼迫周蘩漪喝下她深惡痛絕的苦藥，周樸園先後命令四鳳、周沖、周萍像「傀儡」一般依次上陣，充當天譴誅心的幫兇打手，直到周蘩漪面對與自己亂倫通姦的大少爺周萍而被迫屈服：「（望著萍，不等萍跪下，急促地）我喝，我喝，我現在喝！（拿，喝了兩口，氣得眼淚又湧出來，她望一望樸園的峻厲的眼和苦著的萍，咽下憤恨，一氣喝下）哦……（哭著，由右邊飯廳跑下）」

周樸園在逼哭周蘩漪之後，又祭出據說是投水自盡的梅侍萍的陰間亡靈，對大少爺周萍實施新一輪的天譴誅心之術：「將近三十的人應當懂得『自愛』——你還記得你的名字為什麼叫萍嗎？」「那我請你為你的生母，你把現在的行為完全改過來。」

在「喝藥」這場戲中，周樸園是比照著在自己心目中早已被神聖美化的梅侍萍的形象，來強制周蘩漪「替孩子做個服從的榜樣」的。令他料想不到的是，周蘩漪早已離經叛道，走上了與周萍亂倫通姦的人生歧路。三十年前投水自盡的梅侍萍，轉眼之間卻「活見鬼」般出現在他的面前。他與侍萍三十年前生育的第二個兒子，竟然就是帶領工人罷工鬧事的魯大海。魯侍萍以「天」和「不公平的命」的神聖名義，率先對周樸園表現天譴詛咒的怨恨之情。與周樸園並不相識的親生兒子魯大海，更是借著「兩千二百個小工」的陰間亡靈的名義，用一句「姓周的，你發的是絕子絕孫的昧心財！」的天譴詛咒，徹底打破了周樸園的心理平衡。

當天深夜，大白天還在居高臨下針對家人實施「存天理，滅人欲」的天譴誅心之術的周樸園，一旦置身於「雷雨（雷公）」的震懾之下，馬上像軟弱下來的魯侍萍、周蘩漪一樣低頭認命、乞憐上蒼。他先是耐不住寂寞，從心底裡哀歎道：「怎麼這屋子一個人也沒有？」接著便一反常態，主動招呼小兒子周沖陪自己說話：「今日——呃，爸爸有一點覺得自己老了，你知道麼？」「你怕你爸爸有一天死了，沒有人照拂你，你不怕麼？」

再後來，周樸園在大兒子周萍面前敞開心扉，向至高無上的「天」哀哀乞憐道：「（畏縮地）不，不，有些事簡直是想不到的。天意很——有點古怪，今天一天叫我忽然悟到為人太——太冒險，太——太荒唐，（疲倦地）我累得很。（如釋重負）今天大概是過去了。（自慰地）我想以後——不該，再有什麼風波。（不寒而慄地）不，不該！」

有了這樣的人生感悟，當魯侍萍為尋找四鳳而再一次來到周公館時，周樸園才會認親悔過。他認親時所搬用的精神法寶，依然是強制蘩漪喝藥、周萍悔過時所採用的「存天理，滅人欲」的綱常倫理：「（尊重地）不要以為你跟四鳳同母，覺得臉上不好看，你就忘了人倫天性。（沉重地）萍兒，你原諒我。我一生就做錯了這一件事。我萬沒想到她還在，今天找到這兒。我想這只能說是天命。（向魯媽歎口氣）我老了，剛才我叫你走，我很後悔，我預備寄給你兩萬塊錢。現在你既然來了，我想萍兒是個孝順孩子，他會好好地侍奉你。我對不起你的地方，他會補上的。」

周樸園的低頭認命和當眾悔過，雖然表現出了痛改前非、重新做人的契機；只可惜為時已晚，一張針對周公館連同依附於周公館的魯貴一家替天行道、天誅地滅的天羅地網，已經開始收網合圍。因為遭受「絕子絕孫」的天譴罰罪而喪失幾乎所有人生寄託的周樸園，只好由信仰中國傳統神道文化的佛教徒和衛道士，演變成為在天主教堂的彌撒神曲中尋求精神解脫的天主教徒。

四、周蘩漪的亂倫通姦

被曹禺寄予最大份額的愛憐與同情的周蘩漪，是《雷雨》中「不是恨便是愛不是愛便是恨」的「一切都走向極端」的「最『雷雨』的性格」。但是，她與周樸園的「遇事希望著妥協，緩衝，敷衍」之間，只存在量的差異而沒有質的區別。他們都屬於恩格斯《反杜林論》中所說的因「缺乏自我規定的意志」而「甘受奴役」的「傀儡」般的空洞人物；他們的共同之處就在於欺軟怕硬的多重性格：既強暴又軟弱；既高度女性化又極端男權化；得意亢奮時居高臨下地針對別人實施「存天理，滅人欲」的天譴詛咒，失意落魄時在乞憐上蒼和糾纏別人中祈求形而上的拯救與新生。

年老力衰的周樸園，已經較為徹底地消解了青春期的本能情慾，從而變成念經吃素、禮佛衛道、保家護種的男權主子和專制家長。而年富力強、多情多慾的周蘩漪，在周樸園身上所得到的不是情和慾、靈和肉的全面滿足，反而是全身心的禁錮壓抑。久而久之，便釀成了她「最『雷雨』的性格」的情慾衝動和神奇魔力。在以周萍為情愛救星的情慾追逐不能如願的情況下，她甚至幻化出一個仰之彌高、求之彌切的「新的世界」：「你欠了我一筆債，你對我負著責任，你不能看見了新的世界，就一個人跑。」

為了所謂的「新的世界」，或者說是為了在滿足自己變態情慾的前提上獲得拯救與新生，軟弱下來的周蘩漪甚至不惜容忍一男二女的群婚生活：「（懇求地）不，不，你帶我走，——帶我離開這兒，（不顧一切地）日後，甚至於你要把四鳳接來——一塊兒住，我都可以，只要，只要（熱烈地）只要你不離開我。」

對於被劇作者曹禺詛咒為「閹雞似的男人」的周萍來說，周蘩漪奉之為情愛救星的引誘糾纏，本身就是一種誅滅人性的精神強暴：「（望著她，忍不住地狂喊出來）哦，我不要你這樣對我笑！（更重）不要你這樣對我笑！（苦惱地打著自己的頭）哦，我恨我自己，我恨，我恨我為什麼這樣活著。」

以「最『雷雨』的性格」追求變態情愛的周蘩漪，一旦亢奮起來就會像瘋子一般肆無忌憚地走極端。至高無上的「天（老天爺）」連同替天行道的「雷雨（雷公）」，是她對周萍和四鳳一次又一次實施天譴罰罪的神道籌碼。連親生兒子周沖和合法丈夫周樸園，最後也被她拉出來充當破壞周萍與四鳳的情愛關係的現實籌碼。最具自相矛盾的諷刺意義的，是已經離經叛道的周蘩漪，用來敗壞與自己一樣追求「新的世界」的周萍和四鳳的正當理由，恰恰是她已經背離的三綱五常、三從四德之類的綱常倫理：「你受過高等教育的人現在同這麼一個底下人的女兒，這是一個下等女人。」

正是周蘩漪自相矛盾的報復行動，一步步地把周公館連同魯貴一家推向「絕子絕孫」的大結局。然而，在真相大白的緊要關口，周蘩漪並沒有把離經叛道的變態情慾堅持到底，反而像周樸園一樣在良心發現中幡然悔悟：「突然發現一個更悲慘的命運，逐漸地使她同情萍，她覺出自己方才的瘋狂，這使她很快地恢復原來平常母親的情感。她不自主地愧恨地望著自己的沖兒。」

與周樸園當眾向魯侍萍低頭悔過相彷彿，周蘩漪對於魯侍萍賢妻良母式的傳統美德的精神回歸，是在命運重錘狂暴打擊下換來的一種靈魂救贖。但是，這種回歸傳統的道德覺悟為時已晚，在隨之而來的一場天誅地滅的天譴罰罪中，周蘩漪只能與魯侍萍一樣，在精神倒懸、失魂落魄中徹底瘋狂。

筆者如此解剖周蘩漪的性格內涵，並不是要抹殺她身上所具備的時代色彩。恰恰相反，一個被曹禺認定為「中國舊式女人」的周蘩漪，不再盲目順從於傳統神道文化中三從四德、男尊女卑的綱常倫理，甚至敢於當眾吶喊出「現在我不是你的母親。她是見著周萍又活了的女人，她也是要一個男人真愛她，要真真活著的女人」的情愛追求，在二十世紀三十年代的中國社會，無論如何都是一種人性解放的時代強音。

五、魯大海的天譴詛咒

在《雷雨》中的八個主要人物之間，存在著四組連環套式的或一男二女或二男一女的三角情戀。老一輩的周樸園與魯侍萍、周繁漪是第一組；周樸園與魯侍萍、魯貴是第二組；周繁漪與周萍、魯四鳳是第三組；周萍、魯四鳳、周沖是第四組。超然於這些亂倫通姦的三角情戀之外的，只有像石猴孫悟空那樣閹割消解掉本能性欲的工人代表魯大海。

第一幕中，魯大海剛一上場就像鬼神附身的巫師神漢一般，對四鳳預言著與他作為工人代表的職業身份毫不相干的天譴詛咒：「剛才我看見一個年輕人，在花園裡躺著，臉色發白，閉著眼睛，像是要死的樣子，聽說這就是周家的大少爺，我們董事長的兒子。啊，報應，報應。」

《雷雨》中最不該被忽略卻偏偏一直被人們忽略的關鍵細節，是魯大海以中國民間宗教神道中陰魂不散的冤死者的名義，向他並不相識的親生父親周樸園發出的天譴詛咒：「哼，你的來歷我都知道，你從前在哈爾濱包修江橋，故意在叫江堤出險——」「你故意淹死了兩千二百個小工，每一個小工的生命你扣三百塊錢！姓周的，你發的是絕子絕孫的昧心財！你現在還——」

這個直接從劇作者曹禺的「原始的情緒」和「蠻性的遺留」中孕育出來的「雷公」崽子般的怪漢子，最接近於曹禺在《〈雷雨〉序》中為自己設定的神道設教、替天行道的宗教先知加抒情詩人的特權身份。他以替天行道的臨時過客和局外超人的眼光所發佈的天誅地滅、絕子絕孫的天譴詛咒，直接啟動了由至高無上的「天（老天爺）」連同替天行道的「雷雨（雷公）」，所主宰操縱的一場綱舉目張、一網打盡的神聖罰罪——

純美的四鳳，因為母親三十年前與周樸園犯下過未婚同居的通姦「原罪」，便被註定了重蹈覆轍的人生宿命，於不知不覺中與同母異父的兄長周萍偷情通姦，從而懷上周公館第三代的子孫，最後在「絕子絕孫」的天譴罰罪中觸電而死。

純情的周沖，因為是既偷情通姦又謀財害命的周樸園的兒子，便於不知不覺中捲入新一輪的情慾追逐，從而被註定了追隨四鳳觸電而亡的悲慘命運。

大少爺周萍由於約束不住自己的本能欲望，先後與繼母周繁漪和異父同母的妹妹魯四鳳犯下亂倫通姦的雙重罪惡，最後只好用開槍自殺的方式，把周公館推向「絕子絕孫」的極端絕境。

經過「雷雨（雷公）」替天行道的天譴罰罪，罪孽滔天的周公館存活下來的老一代的未亡人周樸園、周蘩漪、魯侍萍，都因為「絕子絕孫」而喪失了人生寄託，只好在失魂落魄的精神倒懸中苟延殘喘。寄生在周公館裡充當僕人的魯貴，也因為周、魯兩家的「絕子絕孫」而丟掉飯碗以至於落魄而死。只有寡情無欲、替天行道的魯大海，以外姓人的身份亡命天涯，曹禺還要在「尾聲」中借著周樸園之口，暗示了他的不得好死、不能善終：「我怕，我怕他是死了。」「（搖頭）我找了十年了，——沒有一點影子。」

應該說，魯大海的可愛之處，並不在於他巫師神漢般、雷公崽子般替天行道的神聖光環，而在於他身上僅有的一點既脆弱幽暗又真切平實的人性之光：在既被周樸園開除又被自己所代表的工人同事背叛之後，魯大海所謂「我們這次罷工是有團結的，有組織的」之類的教條信仰，於無形之中化為烏有。洩氣落魄的他頗為知趣地收斂起替天行道、天譴詛咒的虛囂張狂，表現出一份養家糊口的平常心。失魂落魄中面對母親魯侍萍的一句

「錢完了，我也許拉一晚上車」的哀哀訴說，充分證明這個寡情無欲的怪漢子，其實與周樸園、周蘩漪等人一樣，擁有著既強暴又軟弱、既高度女性化又極端男權化的「最『雷雨』的性格」。

六、周沖的陽光天堂

《雷雨》中的八個主要人物，幾乎都懷揣著一份或婚外之戀、或家外之家、或天堂淨土、或精神家園的浪漫幻想。相比之下，周沖身上所體現出的戀母憎父的「伊底帕斯情結」，就顯得更加浪漫超脫也更加神聖美好。甚至可以說，周沖是從曹禺的「原始的情緒」和「蠻性的遺留」中直接孕育出來的一個純真純情的少年天使。全劇中最為神聖輝煌也最具藝術魅力的所在，就是像天使一般純真純情的周沖，在初戀情人魯四鳳面前神往陶醉於陽光天堂般的「真世界」的一場春夢：

「有時我就忘了現在，（沉醉在夢想裡），忘了家，忘了你，忘了母親，並且忘了我自己，像是在一個冬天的早晨，非常明亮的天空……在無邊的海上，……有一隻輕得像海燕似的小帆船……像一隻鷹的翅膀，斜貼在海面上飛，向著天邊飛。那時天邊上只淡淡地浮著兩三片白雲，我們坐在船頭，望著前面，前面就是我們的世界。」

「……我同你，我們可以飛，飛到一個真真乾淨、快樂的地方，那裡沒有爭執，沒有虛偽，沒有不平等的，沒有……（頭微仰，好像眼前就是那麼一個所在）……」

被周沖稱之為「真世界」的陽光天堂般的淨土家園，歸根到底只能是形而上的彼岸性的烏托邦，永遠不可能在此岸世界裡落地生根、開花結果。正如曹禺在關於周沖的舞臺提示中所介紹的那樣：「他身體很小，卻有著大的心，也有著一切孩子似的空想。他年青，才十七歲，他已經幻想過許多許多不可能的事實，他是在美的夢裡活著的。」

無論周沖的「美的夢」如何地浪漫高蹈，終究需要一點點此岸性的世俗因緣。大煞風景的是，這種世俗因緣偏偏是現實社會中最為黑暗、最為醜惡的所在。當周沖神往於陽光天堂般的「真世界」的時候，他正坐在「白天蒸發著臭氣，只有半夜才從租界區域吹來一陣好涼風的水塘邊上」的杏花巷十號魯貴家裡。站在他面前的，是他從來沒有當作「底下人」卻又確實是「底下人」的「鳳姐姐」；也就是從來沒有讀過書卻偏偏被周萍、周沖兄弟一廂情願地認定為女神般的「引路的人」的性感女子魯四鳳。為了與身份低下的魯四鳳結合在一起，周沖甚至願意與她的另一個男人在陽光天堂般的「真世界」裡群婚雜居：「你願意同我一塊兒去麼，就是帶著他也可以的。」

與此相印證，周沖的母親周蘩漪以及《原野》中被花金子斥罵為「天生的王八」的焦大星，為了滿足自己最低限度的情愛衝動，同樣自甘墮落地表示過要與「第三者」的「他」或「她」，一起去過一男兩女或兩男一女的群婚雜居的淫亂生活。

話又說回來，周沖這種彼岸性的陽光天堂般的群婚雜居，恰恰是中華民族乃至全人類集體無意識中普遍存在的一種「原始的情緒」和「蠻性的遺留」。在《紅樓夢》中，被預先設定了補天救世的神聖身份的賈寶玉，正是在「太虛幻境」的天堂美夢中，向他所鍾情的侄媳婦秦可卿奉獻了自己的童貞。賈寶玉的夢遊太虛幻境歷來被視為中國古典文學的「意淫」典範，而曹禺戲劇對於更加多姿多彩的「意淫」場面的經典描繪，卻始終沒有引起研究者的充分注意，這不能不說是曹禺研究的一大缺憾。

在白蓮教之類的民間宗教中，同樣存在著一個被形容為「真空家鄉，無生父母」的天堂老家。「真空家鄉，無生父母」的「八字真言」⑨，還經常被以真命天子自居的皇帝及准皇帝們，用來充當奉天承運、替天行道、改朝換代、一統江山的革命口訣。也許可以這樣說，正是因為白蓮教的「真空家鄉」、賈寶玉的「太虛幻境」，以及周沖的天邊外的「真世界」；所印證的恰恰是中國傳統神道文化乃至於全人類的宗教信仰中非理性的「原始的情緒」和「蠻性的遺留」，它們才具備了一種既空靈又永恆的藝術價值和精神魅力。周作人在談及「猥褻的歌謠」時，曾經為人類文明史以及藝術史上既原始野蠻又大同小異的「意淫」現象辯護說：「在野蠻民族，各國缺少教育的人民中間，猥褻的笑話非常通行」，這是社會「男女關係很不圓滿」的產物，「過著端莊的生活而不能忘情於歡樂，於是唯一的方法是意淫」。猥褻的笑話、歌謠等等「即是他們的夢，他們的法悅」。「他們的粗俗不雅至少還是壯健的，與早熟或老衰的那種病的佻蕩不同。」⑩

七、周萍的人性幽暗

從表面上看，《雷雨》中為曹禺所偏愛的男性人物，一個是作為理想化的自傳性人物的天使般的周沖；另一個是同樣作為理想化的自傳性人物的巫師神漢、雷公崽子般的魯大海。前者是曹禺的「伊底帕斯情結」中偏於一極的「最殘忍的愛」的戀母結晶；後者是偏於另一極的「最不忍的恨」的憎父結晶。但是，所謂「最雷雨的性格」中「最殘忍的愛和最不忍的恨」，是不可能像切死豬肉那樣截然兩分的。就像無論如何切割斷開都要保留著陰陽兩極的磁鐵一樣，曹禺筆下的每一個人物，都存在著自相矛盾的「最殘忍的愛和最不忍的恨」的陰陽兩極。這一點在同樣具有自傳性的寫實色彩的周萍身上，有著更加集中的體現。

《雷雨》一開場，曹禺便通過魯貴糾纏四鳳要錢一場戲，借著戲曲舞臺所常見的從頭道來講故事的旁白腔調，把周萍與周蘩漪離經叛道的亂倫通姦，以及周萍正在醞釀的自我放逐式的離家出走，作為周公館的頭等大事擺了出來。一心要離家出走的周萍，所要逃避的既是父親周樸園的專制權威，更是繼母周蘩漪變態亂倫的情慾追逐。他滿心指望著到外邊的世界中構建一個屬於自己和四鳳的更加人道的「新的世界」，以便開始新一輪的情愛生活，結果卻是事與願違、適得其反。無論他如何努力追求，等待他的都是天譴罰罪的「絕子絕孫」。

《雷雨》中先後出場的八個主要人物，全部被曹禺斥之為被「雷雨（雷公）」所主宰操縱的「傀儡」。在這些「傀儡」般的人物中，肯於和敢於承認自己「傀儡」般的人性幽暗和精神空虛的，只有被同胞弟弟魯大海斥罵為「你父親雖壞，看著還順眼。你真是世界上最用不著，最沒有勁的東西」的周萍。在《〈雷雨〉序》中，劇作者曹禺對於周萍，另有諸如「一個情感和矛盾的奴隸」、「一棵弱不禁風的草」以及「閹雞似的男子」之類雪上加霜的天譴詛咒。

「閹雞似的」周萍，雖然不是古希臘悲劇中能夠把獨立自主的主體意志貫徹到底的俄狄浦斯式的英雄人物，卻是《雷雨》全劇中最具人情味兒的一個善人。周蘩漪拼命吶喊的「她也是要一個男人真愛她，要真真活著的女人」，所要求的只是男女有別、男尊女卑的男權性的人性解放。周萍在魯大海面前對於自己所祈求的彼岸家園的推心置腹，才真正標誌著《雷雨》中男女平等的最高境界：「我說的話不是推託，我也用不著跟你推託，我現在看你是四鳳的哥哥，我才這樣說。我愛四鳳，她也愛我，我們都年青，我們都是人，兩個人天天在一起，結果免不了有點荒唐。然而我相信我以後會對得起她，我會娶她做我的太太，我沒有一點虧心的地方。」

話又說回來，周萍最後怨天尤人的開槍自殺，雖然是《雷雨》中最大份量的人格擔當，與古希臘的悲劇英雄俄狄浦斯表現出的「我的罪除了自己擔當而外，別人是不會沾染的」的崇高境界，是不能夠相提並論的。曹禺戲劇與黑格爾《美學》所介紹的主要表現「自由的個人的動作的實現」，以及「對自己的罪行負責正是偉大人物的光榮」⑪的古希臘崇高悲劇之間，存在著難以逾越的文化鴻溝。

八、魯四鳳的在劫難逃

既是周萍的性感之藥又是周沖、魯侍萍、周蘩漪的希望之光的魯四鳳，是《雷雨》中深藏不露的一個核心人物。她有自己的一份本能情慾和生命活力，卻又一直在逆來順受地任人擺佈。母親魯侍萍把四鳳當作洗雪恥辱的命根子，希望通過保全她的處女貞節，來補償救贖自己三十年前與周樸園主僕通姦的人慾罪孽，所以堅決反對把她送到大戶人家去當「底下人」。父親魯貴把她當作換取酒資、賭資以及風流錢的搖錢樹，不僅自作主張把她介紹到周公館當「底下人」，而且一心想借助於她弄到更多的錢財去尋歡作樂。在既是情人又是異父同母的兄長周萍眼裡，四鳳是一劑祈求拯救與新生的靈丹妙藥，既可以形而下地在她身上獲得肉慾的滿足，又可以形而上地把她神聖化為精神救贖的聖女救星。到了情竇補開的「二少爺」周沖眼裡，四鳳更被神聖化為追求天邊外的陽光天堂「真世界」的「引路人」，逼著她帶領自己一塊去「飛」。即使在老輩情敵周蘩漪的眼裡，四鳳也是追求欲望滿足和情愛實現的「新的世界」的象徵。

保家護種的周樸園與魯四鳳之間雖然沒有直接聯繫，魯四鳳卻偏偏懷上了周公館的第三代子孫，從而註定了她與周沖、周萍一道在「絕子絕孫」的天譴罰罪中被一網打盡、天誅地滅的悲劇宿命。

第三幕中有一場直接動用替天行道的「雷雨（雷公）」，對偷情通姦的周萍、魯四鳳及周繁漪實施天譴罰罪的誅心戲：

魯四鳳　有，有，你聽，像有個女人在歎氣。

周　萍　（聽）沒有，沒有，（忽然笑）你大概見了鬼。

△雷聲大作，一聲霹靂。

魯四鳳　（低聲）哦，媽。（跑到萍懷裡）我怕！（躲在角落裡）

接著這個「活見鬼」式的戲劇場面，劇中刻意寫下這樣一段舞臺提示：「雷聲轟轟，大雨下，舞臺漸暗。一陣風吹開窗戶，外面黑黝黝的。忽然一片藍森森的閃電，照見了蘩漪的慘白死青的臉露在窗臺一面。她像個死屍，任著一條條的雨水向她的頭髮上淋她。痙攣地不出聲地苦笑，淚水流到眼角下，望著裡面只顧擁抱的人們。閃電止了，窗外又是黑漆漆的。再閃時，見她伸進手，拉著窗扇，慢慢地由外面關上。」

隨著母親魯侍萍的上場，四鳳遭遇到的是比周樸園逼蘩漪喝藥更加殘酷的「存天理，滅人欲」的誅心之術。四鳳已經奉獻出她的靈魂，說出了「我以後永遠是媽的了」的誅心話語，魯侍萍依然不依不饒，彷彿神鬼附身而又心術毒惡的老巫婆，仰仗著至高無上的「天（老天爺）」和替天行道的「雷雨（雷公）」的名義，對親生女兒實施著天譴罰罪的精神強暴：「孩子，天上打著雷，你要是以後忘了媽的話，見了周家的人呢？」「孩子，你要說，你要說，假若你忘了媽的話……」

回報魯侍萍天譴罰罪的誅心之術的，是魯四鳳完全徹底的精神屈服：「（不顧一切地）那——天上的雷劈了我。（撲在魯媽懷裡）哦，我的媽呀！」

這是《雷雨》中與周樸園對於周蘩漪的逼喝藥、周蘩漪對於周萍的性誘惑鼎足而三的又一場驚心動魄的重頭戲，其藝術魔力恰恰在於觸及靈魂、誅滅人性的天譴罰罪。

一九三五年四月《雷雨》在日本演出時，曹禺專門給劇組人員寫下一篇真情表白的私人信件，其中特別強調了這場戲的舞臺處理：

「爾難道不喜（恕我誇張一點這是作者的虛榮心，爾且放過了這個。）雷聲轟轟過去，一個男子（哥哥）在黑得像漆似的夜裡，走到一個少女（妹妹）窗前說著囈語，要推窗進來，那少女明明喜歡他，又不得不拒絕他，死命地抵著窗戶，不讓他親近的場面？爾難道不覺得那少女在母親面前跪誓，一陣一陣的雷聲，（至於雷雨象徵什麼，那我也不能很清楚地指出來，但是我已經用力使觀眾覺出來。）那種莫名其妙的神秘終於使一個無辜的少女做了犧牲，這種原始的心理有時不也有些激動一個文明人心魂麼？使他覺到自然內更深更不可測的神秘麼？」⑫

這裡所說的「原始的心理」，就是《〈雷雨〉序》中進一步介紹的集動物本能的野性蠻力和宗教精神的神性魔力於一身的「原始的情緒」和「蠻性的遺留」。在四鳳眼裡，已經佔有她的肉體的周萍就是他的神聖救星。這個「缺乏自我規定的意志」的弱女子，原本是母親魯侍萍從精神到物質的雙重奴隸，自從被周萍佔有之後，她便無怨無悔、死心塌地做穩了男權主子周萍從肉體到靈魂的雙重奴隸。她所渴求的陽光天堂般的神聖理想，就是在家外之家的「新的世界」中，繼續恪守已經被中國傳統女性恪守了幾千年的「妾婦之道」：「萍，我好好地侍候你，你要這麼一個人。我跟你縫衣服，燒飯做菜，我都做得好，只要你叫我跟你在一塊兒。」

大雷雨之夜，四鳳剛剛在母親面前發誓詛咒「我以後永遠是媽的了」，接下來就在周萍的誘惑下跨出離家赴死的第一步。走投無路的四鳳，連說話的口吻都與前輩女性周蘩漪維妙維肖：「萍，我現在已經沒有家，哥哥恨死我，母親我是沒有臉見的。我現在什麼都沒有，我沒有親戚，沒有朋友，我只有你，萍，你明天帶我去吧。」

一旦周萍答應要帶她出走，四鳳馬上打消尋死的念頭，一頭扎在他的懷裡，把剛剛奉獻給母親的她自己，自相矛盾地奉獻給周萍：「真的，真的，真的，萍，你是我的救星，你是天底下最好的人，你是我──哦，我愛你！」

這幾乎是苦命的四鳳一生之中僅有的快樂時光。在她的頭頂之上，由「天（老天爺）」和「雷雨（雷公）」所主宰操縱的天誅地滅、天譴罰罪的天羅地網已經收緊。片刻之後，周萍與四鳳之間同母異父的兄妹身份便真相大白，註定要使周公館「絕子絕孫」的四鳳，於失魂落魄中奔向劇作者曹禺為她精心安排的死亡陷阱，在周公館花園走了電的藤蘿架下觸電而死。

九、天堂天譴的詩化悲劇

按照傳統戲曲「戲不夠，神來湊」的編劇套路，每一部戲曲傳奇之中，大凡要有一個或天神、或地祇、或皇帝、或清官的大救星來懲惡揚善、賞忠罰奸。以古希臘悲劇為源頭活水的西方戲劇，也同樣不乏「機械降神」的戲劇處理。在《雷雨》中，只是因為「技巧上的不允許」；劇作者曹禺才沒有把「象徵《雷雨》中渺茫不可知的神秘」的那尊「一手執鐵釘，一手舉著巨錘，青面紅髮的雷公」，請上現代話劇的寫實舞臺；而是通過一再「重描」周公館花園裡那根漏電的電線，為四鳳與周沖的慘亡以及周公館及魯貴一家的「絕子絕孫」埋下伏筆、設下陷阱。在曹禺的刻意編排之下，隨著一場大雷雨的到來，周沖與已經懷上周家第三代子孫的四鳳，在夜奔中觸電而死。與同母異父妹妹亂倫通姦的周萍也隨之開槍自殺。與親生父親周樸園剛剛相認的魯大海，在母親魯侍萍的阻攔之下放棄復仇遠走天涯。老一輩的魯侍萍和周繁漪，一個在沉默中發瘋，一個在狂躁中發瘋。

同樣是在曹禺的刻意安排之下，作為罪魁禍首的專制家長周樸園，在「序幕」和「尾聲」中把「一天夜裡連男帶女死過三個人」的周公館，出賣給了一家天主教堂的附屬醫院。周樸園自己也由此前的念經吃素、禮佛衛道，轉變為對於天主教的精神皈依。天主教堂中巴赫《B小調彌撒曲》的背景伴奏，既實現了對於觀眾及讀者的精神洗禮和心靈撫慰；也對劇中慘遭罰罪以至於「絕子絕孫」的陰間世界的慘死者和人間社會的未亡人，實施了陽光天堂般的精神超度和靈魂安頓。《雷雨》全劇至此較為完整全面地呈現出了一種既根源於中國傳統文化，又充分相容外國文化的「陰間地獄之黑暗＋男女情愛之追求＋男權家庭之反叛＋專制社會之革命＋捨身愛人之犧牲＋天誅地滅之天譴＋替天行道之拯救＋陽光天堂之超度」的密碼模式；其中最為原始、最為永恆也最具藝術魅力的文化密碼，是形而下的天誅地滅、絕子絕孫的天譴罰罪加上形而上的神聖美好的陽光天堂所合成的天羅地網。

對應著天堂、地獄、人間的宗教「三界」連同序幕、尾聲中的教堂彌撒，可以把《雷雨》一劇的主題內涵區分為四個方面：

其一是被貶斥為「鬼」、「傀儡」卻又活靈活現的八個主要的出場人物。他們同屬於因「缺乏自我規定的意志」而只能在天譴罰罪加陽光天堂的天羅地網中討生活的「最『雷雨』的性格」。除了相互之間大同小異的共性之外，每個人物又各有自己的一份人性亮點：在以頗為人道的「新的世界」為神聖歸宿的周萍、周蘩漪、四鳳身上，或多或少地存在著人性覺醒、個性解放的時代精神。在替天行道的雷公崽子般的工人代表魯大海身上，存在著極其原始野蠻地從事階級鬥爭的政治色彩。

其二是在至高無上的「天（老天爺）」連同替天行道的「雷雨（雷公）」的主宰操縱之下，借助於既相互依附又相互傷害的八個主要人物所實施的「絕子絕孫」的天誅地滅、天譴罰罪。用曹禺寫在《〈雷雨〉序》中的話說，就是「也許寫到末了，隱隱彷彿有一種情感的洶湧的流來推動我，我在發洩著被抑壓的憤懣，譭謗著中國的家庭和社會」。

其三是天使般的周沖所神往的陽光天堂般神聖美好的「真世界」，和這個天邊外的彼岸性的「真世界」，在「絕子絕孫」的天譴罰罪中的徹底破滅。

其四是序幕、尾聲中印證著周沖所神往的陽光天堂般的「真世界」，以及周萍、四鳳、周蘩漪所追求的婚外之戀、家外之家的「新的世界」的教堂彌撒，對於陰間世界的慘死者和人間社會的未亡人的靈魂安頓和精神超度。

歸結了說，曹禺從事劇本創作的原動力和內驅力，是集動物本能的野性蠻力和宗教精神的神性魔力於一身的「原始的情緒」和「蠻性的遺留」；以及由此而來的以神道設教、替天行道的宗教先知加抒情詩人自居的「如神仙，如佛，如先知」般「升到上帝的座」的身份特權意識。像這樣的「原始的情緒」和「蠻性的遺留」，其實就是《論語・述而》中「敬鬼神而遠之」的孔子絕口不談的「怪、力、亂、神」。作為這種「原始的情緒」和「蠻性的遺留」較為充分地啟動展現，《雷雨》中若隱若現地貫穿著一種既根源於中國傳統神道文化，又充分吸納外國宗教文化的「陰間地獄之黑暗＋男女情愛之追求＋男權家庭之反叛＋專制社會之革命＋捨身愛人之犧牲＋天誅地滅之天譴＋替天行道之拯救＋陽光天堂之超度」的密碼模式；從而成就了中國現代戲劇史上第一部集大成的百科全書式的四幕悲劇。借用曹禺在《〈雷雨〉的寫作》中的話說，可以把這樣一部四幕悲劇界定為「一首詩，一首敘事詩」，一首「叫觀眾如聽神話似的，聽故事似的」來欣賞感悟的戲劇化的敘事詩和宗教化的戲劇詩。

① 本章初稿曾以《〈雷雨〉：神道設教的宗教悲劇》為標題，發表於中國藝術研究《藝術學教育與科研》一九九九年第一期。另有部分內容以《百年曹禺：天堂天譴的文化密碼》為標題，發表於《民族藝術》二〇一〇年第四期。

② 佛洛伊德著《圖騰與禁忌》，中國民間文藝出版社，一九八六年，第九十二頁。

③ 本文所依據的《〈雷雨〉序》及《雷雨》劇本，是田本相編《曹禺文集》第一卷收錄的上海文化生活出版社一九三六年一月出版的版本。見《曹禺文集》第一卷，中國戲劇出版社，一九八八年。

④ 榮格：《集體無意識和原型》，引自《西方二十世紀文論選》第一卷，胡經之、張首映主編，中國社會科學出版社，一九八九年，第三〇一頁。

⑤ 田本相、劉一軍編著《苦悶的靈魂——曹禺訪談錄》，江蘇教育出版社，二〇〇一年，第八十一頁。

⑥ 榮格：《心理學與文學》，伍蠡甫主編《西方古今文論選》，復旦大學出版社，一九八四年，第四五七頁。

⑦ 〈《日出》跋〉，上海文化生活出版《日出》單行本，一九三六年十一月。

⑧ 恩格斯《反杜林論》中的原話是：「甘受奴役的現象發生於整個中世紀，在德國直到三十年戰爭後還可以看到。普魯式在一八〇六年戰敗之後，廢除了依附關係，同時還取消了慈悲的領主們照顧貧、病和衰老的依附農的義務，當時農民曾向國王請願，請求讓他們繼續處於受奴役的地位——否則在他們遭受不幸的時候誰來照顧他們呢？……無論如何，我們必須認定，平等是有例外的。對於缺乏自我規定的意志來說，平等是無效的。」見《馬克思恩格斯選集》第三卷，人民出版社，一九七二年，第一三八頁。

⑨ 《銷釋收圓行覺寶卷》，轉引自[美]歐大年著《中國民間宗教教派研究》，上海古籍出版社，一九九三年，第一五八頁。

⑩ 周作人：《猥褻的歌謠》、《歌謠周年紀念增刊》，一九二三年十二月十七日。

⑪ 黑格爾著、朱光潛譯《美學》第三卷下冊，商務印書館，一九八一年，第三〇九頁。

⑫ 曹禺：《《雷雨》的寫作》、《雜文（質文）》月刊第二期，一九三五年七月十五日出版於日本東京。

第三幕

圖片說明（從上至下）：

財狂的舞美設計林徽因

一九五三年張彭春指導曹禺演財狂

羅隆基、王右家僅有的合影

第三章 應運而生的《日出》

作為中國現代最為著名的影劇創作大師，曹禺一生中主要創作、翻譯、改編了十五部影劇作品。在這十五部影劇作品中間，與社會現實最為貼近的，是創作於一九三六年前後的《日出》。劇中有死於建築工地的農民工；有被賣入下等妓院的農民工的女兒；有依靠賣淫養家糊口的老妓女；有下崗失業後沒有勇氣跳樓自殺而毒死三名兒女的小職員；有在大都市的大旅館裡縱情縱慾的銀行家和交際花；有包養面首的老富婆；更有比當今社會的文強、王懷忠、慕綏新、馬向東還要神通廣大的神秘人物金八。與《雷雨》遲遲沒有引起廣泛關注不同，直接反映社會現實的《日出》，是曹禺一生中最為幸運的一部作品。①

一、《雷雨》的演出與論爭

一九三四年十月上旬，在號稱「北有南開，南有春暉」的浙江上虞春暉中學裡，高二年級學生、校學生會主席景金誠，在學校圖書館讀到《文學季刊》發表的《雷雨》。他在取得校方支持之後，聯絡胡玉堂、陳維輝等同學開始排演，並於當年十二月二日校慶晚會上正式演出。這是《雷雨》一劇有據可查的最早演出。

據曹樹鈞在《走向世界的曹禺》一書中考證，一九三四年秋冬，濟南女子師範學校的「六一劇社」，也在本校公演過《雷雨》，之後還於一九三五年一月十九日、二十兩日晚上，借山東省立劇院（原濟南城內貢院牆根）公開演出。戲劇評論家劉念渠在《一九三五年國內劇壇》一文中，曾對「六一劇社」的《雷雨》演出有過記載。②

但是，真正引起世人對於《雷雨》一劇的廣泛關注和充分重視的，是一九三五年四月二十七、二十八、二十九三日，由中國留日學生以中華話劇同好會名義在東京神田一橋講堂的演出。據本名桂鎮南的杜宣回憶，《雷雨》在《文學季刊》發表一個月，也就是一九三四年八月之後，引起日本的中國現代文學研究者武田泰淳和竹內好的關注。他們帶著刊登《雷雨》的《文學季刊》第一卷第三期來到茅崎海濱，把該劇介紹給了正在海濱度夏的中國留日學生杜宣。三個人經過討論，認定「《雷雨》雖然受歐洲古代命運悲劇和近代易卜生的影響很大，但它是中國的，是戲劇創作上的重大收穫」，並且產生了演出《雷雨》的初步打算。③

杜宣返回東京之後，開始為《雷雨》的演出奔走聯絡，從而贏得東京帝國商科大學的中國留學生邢振乾、邢振鐸兄弟的資金支持。武田泰淳、竹內好和他們所在的「中國文學研究會」，也對《雷雨》演出給予配合。日本學者影山三郎在觀看過《雷雨》首演的當天，連夜撰寫《需要理解中國戲劇》，在東京帝國商科大學的《東大新聞》上發表，明確指出中國戲劇由「梅蘭芳」階段發展到《雷雨》是一個飛躍，「由這次留學生的公演，使我們對中國戲劇的既成觀念，根本推翻了。……日本的各劇團與其遠遠的到歐美去苦心慘澹的找那不合於日本人脾味的腳本，不如就近早日把鄰邦的巨作翻譯公演。」

這篇文章的發表，在中國留學生中引起很大反響，邢振鐸等人因此與影山三郎結為朋友。一九三五年五月十五日，由中國左翼作家聯盟東京支部的杜宣、陳辛人、魏猛克、林煥平、林林、邢振乾、邢振鐸、任白戈、張香山等人聯合創辦的《雜文（質文）》月刊，在日本東京創刊。創刊號上發表有白寧的演出報導，認為《雷雨》「在寂寞中的劇壇上，……曾激起了一陣猛烈的浪花」；稱讚劇作者曹禺「運用靈活的手段，內容穿插得非常的生動，他是描寫一個資產階級的家庭中錯綜複雜的戀愛關係，及殘酷的暴露著他們淫惡的醜惡。用夏夜猛烈的『雷雨』來象徵這階級的崩潰。」

在《雷雨》首演之前，吳天、杜宣、邢振乾等人給正在天津河北女子師範學院外文系任教的曹禺寫信，同時寄來經過刪改的演出劇本和為演出準備的宣傳材料。針對吳天等人所提出的問題，曹禺寫了一封回信，一九三五年七月十五日以《《雷雨》的寫作》為題發表在《雜文（質文）》第二期中。在同期月刊中，還發表有吳天的《〈雷雨〉的演出》和（羅）亭恭錄的《〈雷雨〉的批評》。

據吳天介紹，東京首演不僅刪去了序幕、尾聲，還在「落幕前使魯大海出現」，其原因在於「魯大海是暗示新興的人物，作者不應使他『不知所終』，致使全劇陷入混亂感傷中」。應該說，這是提倡階級鬥爭的左翼文化人，對於《雷雨》原著削足適履的為我所用。曹禺早在一九三〇年的〈《爭強》序〉中，就已經旗幟鮮明地表示過對於生生把「劇」賣給「宣傳政見」的「宣傳劇」的深惡痛絕。在《《雷雨》的寫作》中，他結合自己的創作體驗，更進一步地發揮說：

「我寫的是一首詩，一首敘事詩，（原諒我，我決不是套易卜生的話，我決沒有這樣大膽的希冀，處處來仿效他。）這詩不一定是美麗的，但是必須給讀詩的一個不斷的新的感覺。這固然有些實際的東西在內（如罷工……等），但決非一個社會問題劇。——因為幾時曾有人說『我要寫一首問題詩』？因為這是詩，我可以隨便應用我的幻想，因為同時又是劇的形式，所以在許多幻想不能叫實際的觀眾接受的時候，（現在的觀眾是非常聰明的，有多少劇中的巧合……又如希臘劇中的運命，這都是不能使觀眾接受的。）我的方法乃不能不把這件事推溯，推，推到非常遼遠時候，叫觀眾如聽神話似的，聽故事似的，來看我這個劇，所以我不得已用了《序幕》及《尾聲》，而這種方法猶如我們孩子們在落雪的冬日，偎在爐火旁邊聽著白頭髮的老祖母講從前鬧長毛的故事，講所謂『Once upon a time』的故事，在這氛圍裡是什麼神怪離廳的故事都可以發生的。」

然而，在《雜文（質文）》的編輯者為《《雷雨》的寫作》所寫的編者按中，卻把自己一方誤讀、誤改《雷雨》劇本的嚴重事實輕輕放過，反而給劇作者曹禺戴上一個作品與世界觀不相一致的緊箍咒式的理論怪圈，並且以為不如此就算不得「意味深長」：

「這是《雷雨》的作者曹禺先生致《雷雨》的導演者們的一封信，我們覺得非常有趣味。他原來是在寫一首詩，本意是要使讀者和觀眾猶如在聽一個神話似的，回到更古老，更幽靜的境界裡去。所以他對於序幕和尾聲刪去了覺得真是可惜的事。這是多麼意味深長的呢！只是不知因為是將序幕和尾聲刪去了的緣故呢還是怎麼著，就這回在東京的演出上看，觀眾的印象卻似乎完全與作者的本意相距太遠了。我們從演出上所感覺到的，是對於現實的一個極好的暴露，對於沒落者的一個極好的譏嘲。是的，易卜生或者也是在寫詩，但他卻終於也要遭婦女們聯合起來道謝的煩惱。這封信對於研究戲劇的人們也許很有意思，至少是那作者的作品與他自己的世界觀是否恰恰合致是可以看出一點的，固然在這歷史上早有先例：如托爾斯泰他們也就每每逃不出這圈兒。至於在從事劇本創作的人們，則藉以當作一面鏡子大約也是很好的吧。」

由這段文字可以斷定，主持編輯《雜文（質文）》雜誌的杜宣等人，閱讀過瞿秋白於一九三三年譯介的列寧論列夫・托爾斯泰的一組文章，並且認同於由瞿秋白、周揚等人提出的所謂「世界觀與創作方法的矛盾」的文藝命題。這種世界觀與創作方法並不一致甚至於截然相反的文藝二元論，在以後的曹禺研究中還將反覆不斷地被張庚、田漢、周揚、楊晦等人反覆運用。到了一九四九年之後反胡風、反右派之類的文化批判及政治運動中，這種緊箍咒式的文藝二元論，甚至演變成為可以致人於死地的武器批判。

二、李健吾的《雷雨》評論

《雷雨》在日本東京演出成功的消息反饋到國內之後，立刻引起國內人士異乎尋常的熱情關注。最早做出反應的是天津市立師範學校孤松劇團。一九三五年八月十七、十八日，該劇團在位於天津河東金場三馬路口的學校大禮堂公演《雷雨》，擔綱執導的是曹禺的老校友、時稱南開新劇團四大導演之一的呂仰平。這次演出在征得曹禺同意的前提下，也對序幕和尾聲進行了刪改。排演過程中，曹禺親臨現場對人物性格進行了講解說明。

在演出之前的八月十一日，天津《大公報》「本市附刊」上，率先刊登丁尼的文章《教育名劇——〈雷雨〉》。演出成功後，天津《大公報》、《益世報》、《庸報》等報刊紛紛發表評介文章，其中包括發表於十七、十八日《大公報》的署名馮椒的《〈雷雨〉的預演》；發表於十九日《益世報》的署名伯克的《〈雷雨〉——孤松演出批評》；發表於二十至二十三日《大公報》的署名白梅的《〈雷雨〉批判》；發表於二十二日《庸報》的署名霞漪的《〈雷雨〉的演出》；發表於二十二至二十五日《益世報》的署名劉雯的《關於孤松的〈雷雨〉》；發表於二十四至二十九日《大公報》的署名不凡的《〈雷雨〉的演出》；發表於三十一日《大公報》的署名劉西渭的《雷雨》評論。

從總體上看，孤松劇團的《雷雨》演出，呈現出來並且為評論家所接受的，依然是文以載道的社會問題宣傳劇，而且儼然是一部集大成的百科全書式的社會問題宣傳劇。在諸多的批評文章中，儘管結論千差萬別，批評的套路卻頗為一致，那就是找足了各種各樣的理由，為自己不求甚解的削足適履進行辯護。唯一依據《雷雨》原著進行審美意義上的理性分析和學術批評的，是以劉西渭著稱的文藝評論家李健吾。他在首肯《雷雨》「是一個內行人的製作」，「一部具有偉大性質的長劇」的同時，頗為敏銳地點破了劇中存在的諸多問題。

關於《雷雨》的主題內涵，李健吾寫道：「在《雷雨》裡面，作者運用（無論他有意或者無意）兩個東西，一個是舊的，一個是新的：新的是環境和遺傳，一個十九世紀中葉以來的新東西；舊的是命運，一個古已有之的舊東西。……然而這出長劇裡面，最有力量的一個隱而不見的力量，卻是處處令我們感到的一個命運觀念。你敢說不是鬼差神遣嗎？否則，三十年前的種子，三十年後怎麼會開花結果呢？」

走筆至此，李健吾筆鋒一轉又換上另一副腔調：「但是，作者真正要替天說話嗎？如果這裡一切不外報應，報應卻是天意嗎？我怕回答是否定的，這就是作者的勝利處。命運是一個形而上學的努力嗎？不是！一千個不是！這藏在人物錯綜的社會關係和人物錯綜的心理作用裡。什麼力量決定而且隱隱推動全劇的進行呢？一個旁邊的力量，便是魯大海的報復觀念；一個主要的力量，便是周蘩漪的報復觀念。」

在這裡，李健吾頗為高明地指出，形而上學的天意和命運，到頭來終歸要落實到人物的「心理作用裡」；從而歸納出了推動《雷雨》劇情發展的三種力量：其一，「最有力量」的「命運觀念」；其二，「決定而且隱隱推動全劇的進行」的「一個主要的力量」——「周蘩漪的報復觀念」；其三，同樣「決定而且隱隱推動全劇的進行」的「一個旁邊的力量」——「魯大海的報復觀念」。

但是，在《雷雨》中「最有力量」的「命運觀念」與「決定而且隱隱推動全劇的進行」的「周蘩漪的報復觀念」和「魯大海的報復觀念」之間，究竟是什麼樣的關係呢？曹禺的世界觀、創作觀又究竟是什麼樣子呢？李健吾顯然沒有足夠的學力來正面回答，於是，他轉而求其次，把筆力集中落實到對於人物性格的具體分析上。

關於魯大海，李健吾認定他是一個性格不一致的「新式的英雄」，既有「不近人情」的一面：「例如在尾聲，從姑乙和老翁的對話，我們曉得他十年了，沒有回來看看他生身的母親。無論怎麼一個大義滅親的社會主義者，也絕不應該滅到無辜的母親身上。」又有「懂人情」的另一面：「他追到周府（第四幕），要打死周萍，但是就在周萍閉目等死的時候，他不惟不打了，反而連槍送過去：『我知道我的媽。我妹妹是她的命，只要你能夠多叫四鳳好好地活著，我只好不提什麼了。』」

關於周蘩漪，李健吾一方面指出她是全劇的「生命」所在；另一方面又指責劇作者曹禺「不把戲全給她做」，「戲的結尾不是由於她的過失和報復」，以至於最終「不知道同情誰好了」。

關於周沖，李健吾一方面指出「在男子中間，我最感興趣的，是二少爺周沖，……周沖愛的不是女人，而是女性，或者再深刻些，是他那點兒赤子之心的理想，一句話，他愛的是愛情」；另一方面又認定周沖是一個「失敗」的人物：「作者寫他愛一個女孩子，絕不透出他愛的只是自己那點兒憧憬，直到最後要緊關頭，才叫他硬生生改口，未免突兀。他和他哥哥愛一個女孩子。我們一直希望他們衝突，結局卻用他輕輕一改口，抹掉他在戲裡的位置，毫無糾紛發生，未免令人失望。那麼，要他幹什麼，僅僅就為作一個陪襯嗎？我替周沖抱不平。」

關於周樸園，李健吾認定他是「真正應該負起這些罪惡的」，並指責劇作者「筆下放了他的生」。

在戲劇創作方面已經很有成就的李健吾，是一位從法國留學歸來的學者型著作家，他頗為自覺地循著西方文學的理性標準來衡量並評判《雷雨》，卻沒有充分意識到曹禺戲劇中既根源於中國傳統文化，又充分吸納外國文化的非理性的「原始的情緒」和「蠻性的遺留」，以及由此而來的「陰間地獄之黑暗＋男女情愛之追求＋男權家庭之反叛＋專制社會之革命＋捨身愛人之犧牲＋天誅地滅之天譴＋替天行道之拯救＋陽光天堂之超度」的密碼模式。

三、田漢、張庚論《雷雨》

一九三六年四月二十二日，魯迅在日記中寫道：「得日本譯《雷雨》一本，作者寄贈。」隨後，他在接受美國記者愛德格・斯諾訪問時談到：「最好的戲劇家有郭沫若、田漢、洪深和一個新出現的左翼戲劇家曹禺。」④

實際上，曹禺並不是左聯中人，魯迅把它歸入左翼戲劇家，大概是看到日本共產黨領袖人物秋田雨雀連同流亡日本的郭沫若，都為《雷雨》日譯本寫作了序言。在其他的左翼文化人眼裡，對於曹禺和《雷雨》的態度，與作為左聯盟主的魯迅大不相同。

一九三六年六月，不知是偶然的巧合還是有計劃的政治安排，左翼文化人一下子推出兩篇針對《雷雨》的重磅文章。其一是剛從國民黨監獄裡面保釋出來的左翼影劇界領袖人物田漢，他在《暴風雨中的南京藝壇一瞥》中，一連使用八個排比句來強化自己的批判語氣：「在被稱為『小中國』的阿比西尼亞被暫時壓伏在意帝國主義的鐵鞭下發著慘呼的時候，在埃及、阿拉伯各地的反帝運動蓬勃興起的時候，在各帝國主義更積極的備戰，企圖要分割殖民地和半殖民地的時候，在東北四省數千萬同胞呻吟在敵人統治下已達五年之久的時候，在日本南苑駐兵，整個華北已經在人家更完全的控制下『名實俱亡』的時候，在廈門事件緊張、華南危機日益嚴重的時候，在山積的貨潮水似的侵入內地，要吸盡中國民眾最後的血汗的時候，在北方苦力同胞們的屍首成百成千地漂流在河裡海裡，怒氣衝天的時候。」⑤

作為這八個排比句的歸結，是田漢搶佔「存天理，滅人欲」式的道德精神制高點的神聖「一瞥」：「不幸，中國現代藝術家的某一些群，雖則在技術上也有了較好的成就，所表現的還未能敏銳地適切地回答當前的客觀要求。」田漢的神聖「一瞥」具體落實在「中旅最近最賣錢的《雷雨》」，便有了這樣的一段評語：

「在這一劇中作者也接觸了好一些現實問題，如大家庭的罪惡問題，青年男女的性道德問題，勞資問題之類，也正因為接觸了這許多問題才使觀眾感濃厚的興味。但作者怎樣看這些問題的呢？顯然的，這許多悲慘的事實的構成，在作者看來既非由於性格，也非由於境遇，而只是一再由男女主人公口裡說的『不可抗的命運』。『老太太，你別發呆，這不成，你得哭，您得好好哭一場，這是天意，沒有法子……』甚至跪在母親前發誓的四鳳最後也觸雷而死，這是多麼摩登的《天雷報》啊！受過五四洗禮的青年，假使不幸或是簡直這樣『巧合』的遭遇著這樣的境遇，他們是不會像此劇中的男女主人公一樣自處的。……試想，假使大家都當帝國主義的征服中國是『天意』，『沒有法子』，豈不一切解放運動都完了麼？劇中卻也有一個革命工人，但你以為這會是一線光明的希望麼？不，作者原意壓根兒就不在來描寫一個革命工人，他的目的只是用他來湊成這運命悲劇，使這勞資鬥爭歪成父子鬥爭，同時也學著高爾斯華胥的在《鬥爭》中所寫的一樣，在工人代表激烈地和公司總理爭持的時候，別的工人代表已和廠方簽好復工的合同了。他自己也被開除了。作者這樣成就了一個孤城落日的新式英雄，留給我們的是對於整個工人階級的辱罵和誣衊：一則曰：『這群沒有骨頭只怕餓的東西』，一則曰：『這些地上沒有勇氣的工人們就出賣了我了。』對於人生，對於發展中的時代，這樣灰暗的、神秘的看法，對於青年的力量這樣的估計，可以回答中國觀眾當前的要求麼？」

級的辱罵和誣衊。」

由於《雷雨》中的「現實問題」與田漢所列舉的「暴風雨的時代」貼得不緊、扣得不嚴，不能被徹頭徹尾地納入戲劇藝術為政治鬥爭服務的理論框架，田漢便仰仗著絕對神聖化的政治教條，指責曹禺「不像一個二十七歲的年輕人，甚至不像一個現代人」，進而得出滿帶殺機的神聖裁判：「留給我們的是對於整個工人階級的辱罵和誣衊。」

事實上，身為秘密共產黨員的田漢，與《雷雨》中的工人代表魯大海一樣，不久前恰恰是由於黨內叛徒李竹聲、盛忠亮的告密出賣而被捕入獄的。到了史無前例的「無產階級文化大革命」中，曾經因革命活動而被捕入獄的田漢，更被宣判為無產階級的「叛徒」，被更加左傾的革命同志迫害致死。

張庚是一位旗幟鮮明的馬克思主義批評家。比之於田漢，他發表在由自己參與編輯的《光明》半月刊創刊號上的《悲劇的發展——評〈雷雨〉》，就顯得較為理性也較為扎實。

在正文之前，張庚開宗明義地引用卡爾・馬克思的語錄來充當題記：「蜜蜂建築它的蜂窩，使人類的建築師慚愧。但最拙劣的建築師起初就比最靈巧的蜜蜂高超，那原故是在於人類的建築師在用蜂蠟建蜂窩之前，早就在他的頭腦中把它建築起來了。」在全文的結束語中，張庚對於卡爾・馬克思的語錄進一步發揮道：「最後我必須提到前面所引的卡爾的名言。一個現代的劇作者應當不只是一個蜜蜂，而應當是一個建築師。不應當只是一個直觀的詩人，而且還應當是一個社會科學家，在他的頭腦裡，應當有一個整個社會的建築。」

這裡所說的「在他的頭腦裡，應當有一個整個社會的建築」的「社會科學家」，既是張庚自以掌握絕對真理的自許自負，同時也是針對「只是一個直觀的詩人」的曹禺所懸置起來的嚴格要求的高標準。正是憑藉著這樣一種高標準嚴要求的神聖教條，張庚對於曹禺的階級地位和世界觀，給出了既大膽又隔膜的推理判斷：「依據我大膽的想像，他也許是一位從地主家庭中成長起來的，所以在他不能先有一個正確的對社會事件的看法之前，他只有對於『愚蠢』的人類抱著一種悲憫的心情。因為普遍在我們民族思想裡的，是上代遺留下來的宿命論。作者對於這種哲學比之於新的世界觀，在生活上是更其接近的，即使是不意識的，可也是由傳統中殘留下來的。」

同樣是憑藉著「現代」的「社會科學家」的嚴格標準，張庚對於曹禺《雷雨》給出的第二個判斷是：「在大體上說，作者在《雷雨》中最成功的一方面是人物。在別方面我們拋開不說，但在人物典型的創造上說，作者是個不自覺的成功的現實主義者。」

「《雷雨》中最成功的一方面是人物」，是一個不爭的事實。早在張庚之前，李健吾已經有過同樣的結論。但是，被李健吾誤讀為「一個大義滅親的社會主義者」的魯大海，在田漢筆下卻變成了曹禺「對於整個工人階級的辱罵和誣衊」；到了張庚的筆下，又被判定為《雷雨》「失敗」的主要依據：「魯大海這個人格看起來對於作者似乎是極生疏的，……為了非完成不可，魯大海才成了一個概念化的人物。沒有從深處發出來的心聲，而只有理論上的發展出來的對話。前面的單純，和結尾的愚懦，都還沒有劃出一個能充當工人領袖人物的輪廓來。」

揭穿了說，所謂「能充當工人領袖人物」的魯大海，與《雷雨》中的周蘩漪、周萍一樣，是曹禺最為熟悉的人物，而且是最具中國特色的舊得不能再舊的傳統人物。中國歷史上所特有的替天行道、改朝換代的神聖革命，可以一直追溯到西元前十六世紀的商湯滅夏。《尚書・商書・湯誓》中的神聖咒語「時日曷喪，予與汝偕亡！」，連同「夏氏有罪，予畏上帝，不敢不正」的神道設教，就是商湯起兵滅夏時用來祭祀天地、佈告天下的革命誓言。曹禺童年時代所熟讀的《目連救目》中的目連，《天雷報》中的雷公，《桃花扇》中的李香君，《水滸傳》中的宋江、李逵、武松、魯智深，《西遊記》中的石猴孫悟空、《七俠五義》中的包拯、展昭，……都屬於懷著「存天理，滅人欲」的神聖情感而替天行道的同一類別，從而與魯大海在精神氣質上一脈相傳。對於這類人物最恰切的稱謂，並不是張庚所說的「概念化的人物」，而是曹禺一再強調的「鬼」、「傀偏」和「可憐的動物」。在這類人物身上，想要找到「從深處發出來的心聲」，幾乎就是從雞蛋裡面挑骨頭。儘管如此，曹禺還是從窮途末路的魯大海身上尋找到了一句「從深處發出來的心聲」：「（孤獨地）錢完了，我也許拉一晚上車。」如果說曹禺戲劇裡果真有恩格斯所說的「現實主義的最偉大勝利」的話，魯大海的這一句哀怨之辭，就是《雷雨》中「現實主義的勝利」。只可惜張庚已經先入為主地從瞿秋白、周揚那裡照搬了所謂「世界觀與創作方法的矛盾」的文藝二元論，在他的眼裡也就只能從魯大海身上看到「失敗」了。

在討論了蘩漪、周萍的所謂「成功」和魯大海、周樸園的所謂「失敗」之後，張庚得出的第三個判斷，就是把所謂「世界觀與創作方法的矛盾」的緊箍咒式的文藝二元論，直接套在劇作者曹禺的頭顱之上：「《雷雨》的作者在創作過程上所表現的不幸，就是在我們反覆述說的這點，世界觀和他的創作方法上的矛盾。如果他的創作方法戰勝了他的世界觀，他的這個劇作是要更其深入和感人的。不幸的是也像他的故事一樣，那不可知的力量戰勝了他的創作方法。」

翻檢一下馬克思、恩格斯和列寧的相關著作，不難發現這樣一個並不複雜的事實：由瞿秋白、周揚等人提出的「世界觀與創作方法的矛盾」，原本就是對於馬列原著的嚴重誤讀。列寧在《列夫・托爾斯泰是俄國革命的鏡子》等一系列文章中指出的是「托爾斯泰的作品、觀點、學說、學派中的矛盾」，而不是「世界觀與創作方法的矛盾」。恩格斯在《致瑪・哈克奈斯》中談到的巴爾扎克的「現實主義的最偉大勝利」，指的是巴爾扎克在其創作實踐中，對於自己的思想觀念不斷修正的動態過程，而不是所謂「現實主義的創作方法」的勝利。在一個活生生的人的活生生的思想意識與行為方式之間，儘管有各種各樣的差別和矛盾，像切割死豬肉那樣分割出世界觀與創作方法的兩大塊，是永遠不可能的。單就曹禺來說，存活在他的「原始的情緒」和「蠻性的遺留」之中的「陰間地獄之黑暗＋男女情愛之追求＋男權家庭之反叛＋專制社會之革命＋捨身愛人之犧牲＋天誅地滅之天譴＋替天行道之拯救＋陽光天堂之超度」的密碼模式，無論如何都要比這種

「世界觀與創作方法的矛盾」的理論怪圈要博大得多也鮮活得多。率先提出「世界觀與創作方法的矛盾」的瞿秋白、周揚，連同嚴厲批評曹禺《雷雨》的田漢、張庚等人，沒有一個創作出比曹禺《雷雨》更加經典的影劇作品，就是最好的證明。

四、與張彭春的再次合作

在寫作《雷雨》的同時，曹禺完成了他的畢業論文《論易卜生》。論文是用英文寫成的，主要參考了蕭伯納的《易卜生的精華》與胡適的《易卜生主義》中的一些觀點。一九三三年夏天，曹禺大學畢業後考入清華研究院，專門從事戲劇研究。為了積蓄足夠的學費與鄭秀一起出國留學，他隨後前往保定明德中學充當英語教員。兩個月後，他以拉痢疾為由回到北平，請畢業於北京大學英文系的青年詩人卞之琳接替教職。關於這段經歷，鄭秀接受田本相採訪時解釋說：「曹禺一九三三年畢業考入研究生院，人們都說是養老院，每月給三十元生活費。他父親給了他一萬元，錢交給章靳以的父親的交通銀行存起來，利息從優，每月有三十至四十元的利息。我父親每月給我三十元。」「曹禺從保定回來，又讀清華研究生，是有道理的，因為我當時還沒有畢業，他是在等我，這是別人不知道的。」⑥

一九三四年暑假，曹禺為了籌集出國留學的錢款，接受南開老校友楊善荃的邀請，出任天津河北女子師範學校外文系教授。當曹禺偕鄭秀回到天津時，楊善荃專門在小白樓起士林為二人接風洗塵。曹禺在河北女師主講《聖經》、《聖經》中與中國傳統宗教神道息息相通的神道設教、替天行道、天譴罰罪、天誅地滅之類的宗教觀念，在一定程度上啟發了《日出》的創作靈感。

曹禺回到天津不久，張彭春也從美國回到南開。為了該年度的校慶紀念，張彭春邀請曹禺共同改編他十六年前的舊作《新村正》。一九三四年十月二十七日南開校慶之際，《新村正》以嶄新的面貌在南開中學瑞廷禮堂公開演出。

經過曹禺改編的《新村正》，基本上可以納入中國式社會問題劇的範疇。劇中對於城鄉結合部的農村社會的關注，對於農民命運的思考，對於國人缺乏團體意識的針砭，對於劇中關帝廟的中心地位的設定，在一定程度上為《日出》與《原野》的寫作，進行了預演和鋪墊。

曹禺的第二部經典劇作《日出》的構思，直接得益於《雷雨》在大江南北引起的轟動效應。一九三五年十月，唐槐秋率領中國第一個職業話劇團體中國旅行劇團，在天津新新影戲院公演《雷雨》。演出期間，曹禺與「中旅」的唐槐秋、戴涯、陶金、唐若青、趙慧深等主要演員過從甚密，並且經常在他們租住的惠中飯店留宿。惠中飯店裡既有揮金如土的大款，更有以飯店為家的交際花，從而為《日出》提供了一部分的現實素材和創作靈感。

同年十一月，張彭春再度邀請已經名聞天下的曹禺，與自己一起改譯排演莫里哀的著名戲劇《財狂》（又譯《守財奴》或《慳吝人》）。他用強大陣容進行了為期一個多月的嚴格排練，還特邀已經成為京派文壇核心人物的著名美女林徽音擔任舞臺設計。十二月七、八兩日，《財狂》在南開中學舉辦校慶公演，鄭振鐸、靳以等人專門從北平趕來觀看。

為配合《財狂》的演出，天津《大公報》副刊《藝術週刊》於十二月七日刊出「財狂公演特刊」，其中包括宋山的《關於莫里衷》、李健吾的《L' Arae的第四幕第四場》和常風的《莫里哀全集》。天津《益世報》也從十二月七日起推出「南開新劇團公演莫里哀《財狂》專號」，陸續發表曹禺的《在韓伯康家裡》、水波的《財狂的演出》、伯克的《財狂評》、嵐嵐的《看了財狂之後》等多篇介紹文章。

十二月十五日，《南開校友》一卷三期刊登鞏思文的《〈財狂〉改編本的貢獻》，其中特別提到改編者創造性地添加進去的新內容：「現在的時代變了，現在用的錢不是金子銀子，而信用。您想，現在的鈔票，股票，不都是一張紙，要是社會整個不鞏固，一切信用便站不住，這鈔票到哪里去兌，股票到哪里領到利息去，不是一個錢也不值嗎？」

與這些新添加的現實內容相適應，原著中守財奴阿巴公的錢財失而復得的結局，也被改寫成韓伯康三十萬元的美國股票忽然跳水貶值而「全不值錢了」。股票一夜之間「全不值錢」的慘局，曾經在曹禺家裡發生過，而且是導致他的父親萬德尊發病猝死的主要誘因。到了《日出》中，大豐銀行經理潘月亭在既是絕對專制的「閻王」又是絕對有餘的「財神」的神秘人物金八的主宰操縱之下，因公債貶值而面臨破產，所帶來的更是對於劇中所有相對有餘者和完全不足者一網打盡、天誅地滅的天譴罰罪。

在同一期的《南開校友》中，另有著名記者蕭乾的《〈財狂〉之演出》，其中以美國著名喜劇演員賈波林（現通譯為卓別林）和以飾演孫悟空著名的戲曲演員郝振基的經典表演為榜樣，對於本名萬家寶的成功表演給予肯定：「他簡直把整個自我投入了韓伯康的靈魂中。……在喜劇角色中，遠了使我們想到賈波林，近了應是花果山上的郝振基，那麼慷慨地把每條神經纖維都交托給所飾演的角色。失財以後那段著名的『有賊呀』的獨白，已為萬君血肉活靈的表演，將那悲喜交集的情緒都傳染給我們整個感官了。」

五、陳白露與民國美女王右家

中國旅行劇團的男女演員們在生活作風上一向不夠檢點，據曹樹鈞考證，「中旅」女演員唐若青就是陳白露的幾個生活原型中的一位，她戲演得好，「人也很風流，交遊廣，有點玩世不恭」。但是，陳白露更加重要的生活原型，是被曹樹鈞誤寫為王又佳的民國美女王右家。據曹樹鈞介紹，鄭秀在接受採訪時回憶說：「王又佳在美國留過學，交往的都是上層人物，達官貴人。曹禺的好友靳以曾經追求過王又佳，靳以人大氣，老實，在女中教書，後被王背棄，為此精神上大受刺激，整天咒罵女人，發誓決不再娶妻子，曹禺還勸靳以『要娶也不要娶這種女人』。」⑦

一九六二年四月三日，《光明日報》刊登張緯、張卉中採訪曹禺的訪談錄《老作家談創作》，其中記錄了曹禺對於王右家不點名的回憶：「這個女人，長得漂亮極了，跟我的一個朋友很要好。後來這女的上了大學，又到美國去留學，回來之後，跟一個有妻子的報社總編輯搞在一起，這樣的一個人物，使我想起社會上許多這一類的人，覺得非把她寫出來不可。但是真的坐下來寫之後，陳白露又不是原來那個女人了，許多情節都不一樣。」

這裡所說的「報社總編輯」，指的是一九三二年一月離開上海到天津任《益世報》社論總撰兼南開大學政治系教授的羅隆基。與羅隆基搞在一起的這個女人，指的是少女時代曾經與曹禺、靳以關係密切的王右家。關於羅隆基與陳白露的風流情事，田本相在《曹禺傳》中介紹說：「見過她的人都說她長得很漂亮，沒有多麼高的文化，但舉止卻落落大方。當時，她和《益世報》的羅某某同居了，羅某某去南開大學講課，王小姐也跟著他坐汽車去，她的風流豔事在文化界流傳著，她的打扮、風度都使人刮目相看。但她卻不是交際花。」⑧

田本相在《苦悶的靈魂》一書中，記錄了曹禺晚年關於王右家更加詳細的介紹，只是把王右家的名字也錯寫成了王又佳：「點燃陳白露形象的王小姐，她的父親和我的父親要好，是朋友，我就是這樣同她認識的。她不是陳白露，也不是交際花，但她長得確實非常漂亮，也非常聰明。真正的交際花我也見過，但王小姐不是。她是胡鬧，她是不賣錢的。我同她家不十分熟，但這個人呢，卻一下子把我寫陳白露形象點燃起來了。……王小姐叫王又佳，她父親和我的父親是很好的朋友，都是湖北人，確切地說，她不是我戲裡人物的模特兒，就像蘩漪似的，有這麼一點影子；但王小姐這個影子，和我心中的人物形象，這麼一碰，陳白露就出來了，要是沒有這麼一碰也出不來。方達生有靳以身上的東西，當然靳以有他的長處，他很會做編輯嘍！靳以曾經和這位王小姐好過，當然這不要提了。」⑨

與曹禺所說的「我同她家不十分熟」恰好相反，曹禺的侄子萬世雄的奶媽王振英回憶說：「曹禺的同學倒是常來，我記得的有章方敘、王又佳。」

章方敘筆名靳以、方序、蘇麟、陳涓、章依等，與小他一歲的曹禺是天津南開中學時代的同班同學，而且同為《玄背》文學副刊和《南中週刊》的編輯。另據曹禺的繼母薛詠南的乾女兒鄒淑英回憶說，「王又佳的母親與曹禺的母親是乾姐妹，交過蘭譜，也是潛江人」。「說起王又佳，她是十八九歲去美國並落難於美國的，碰巧遇上了羅隆基，他們就同居了。回國後，她常來看乾媽，那時不過二十來歲，她母親跟乾媽也很不錯。王在抗戰時去了重慶，跟羅隆基離婚了。抗戰勝利後在北平又與人結婚了（這個人曾是阮玲玉的丈夫），還給乾媽發來了很考究的帖子，乾媽沒去。」⑩

六、曹禺對王右家的一往情深

二〇〇二年九月十八日，陳清在《中華讀書報》發表《章靳以與王右家沒有任何瓜葛》，其中介紹說，章靳以一九二七年中學畢業離開天津，到上海復旦大學商學院國際貿易系就讀，先進入預科班，然後升入大學。一九三二年畢業於復旦大學。他「早年是有失戀，他的中學好友曹禺也確實勸過他『要娶也不要娶這種女人』，而這個女人非指王右家，而指章靳以的大學同窗，當時復旦大學的一名校花，一位陳姓女子。章靳以與他的這位同窗整整熱戀三年（約在一九三〇年～一九三二年間），而當章靳以一脫下大學畢業的方帽子，立即棄商從文，……那位陳姓女子則進入銀行當上職員，在銅臭和利祿的薰染之下，終於變心，投入銀行經理的懷抱。」

依照常識理性，曾經以陳涓為筆名的章靳以在上海復旦大學可以失戀，在一九二七年之前的南開中學期間同樣可以失戀。「陳姓女子」的存在，無論如何也不足以證明章靳以此前沒有與王右家戀愛過。進一步說，章靳以的「棄商從文」，與「陳姓女子」的當銀行職員以及「投入銀行經理的懷抱」之間，只是路徑選擇的不同，而不存在「萬般皆下品，唯有讀書高」之類的道德高下。包括銀行家在內的工商企業家對於整個社會的價值貢獻，要遠遠超過「棄商從文」的章靳以的紙上談兵。而且南開中學時期的章靳以和曹禺，很有可能是同時暗戀上了王右家。黃佐臨在接受田本相採訪時，就以歷史見證者的身份介紹了曹禺與王右家之間的舊情往事：

「陳白露的模特兒我見過，此人姓王，叫什麼我忘了。她是羅隆基的情人，人們叫她王小姐，長得很漂亮。曹禺跟這個王小姐是有交往的，相當熟悉；他自己就是那個方達生了。潘經理我也見過，天津一個銀行的經理，是外交部副部長章文晉的父親，與羅隆基是同學，在英國也是同學，又在南開大學共同教課。羅隆基是結了婚的，經常同老婆打架。王小姐是官僚的女兒，家裡有錢，她不是陳白露那種交際花。北京、上海都沒有像她這樣漂亮的。在重慶時，曹禺常提起這個王小姐，他還陶醉那段生活。王小姐又漂亮又聰明，但是她文化並不高。我想排《日出》，但找不到一個像王小姐那樣漂亮的人。王小姐沒學問。林徽音是梁思成的夫人，學建築的，有學問又漂亮。王小姐在曹禺創作生活中是很關鍵的人物。張駿祥知道得更清楚些。曹禺和王小姐，不是為獵奇而獵奇，而是朋友的關係。」⑪

前外交部副部長章文晉的父親是章以吳，他於一八九七年出生於浙江寧海縣（今三門縣）的海遊鎮，與小他一歲的周恩來是天津南開中學的同班同學；並且與周恩來以及後來的曹禺一樣，是南開新劇團裡面擅長於男扮女裝的旦角演員。章以吳的妻子朱淇筠，是曾任北洋政府交通總長及代理國務總理的朱啟鈐的二女兒。朱啟鈐與梁士詒、周自齊、葉恭綽等交通系人物，一直是交通銀行及新華儲蓄銀行的大股東。有了這層關係，章以吳進入社會之後，很快成為「天津一個銀行的經理」。到了一九三六年，三十九歲的章以吳與四十歲的羅隆基，於不知不覺中被二十六歲的南開小校友曹禺高度關注，從而成為曹禺筆下的大豐銀行經理潘月亭的生活原型。

曹禺於一九四五年前後在重慶寫作《橋》時，剛剛見證過與自己頻繁交往的王右家，與羅隆基之間的一場婚變。於是，他在該劇的舞臺提示中，一往情深地介紹了以王右家為生活原型的梁愛米：

「梁愛米是一個士大夫家庭的小姐。她的家庭已經沒落得沒剩下幾個人。她彷彿是一棵凋零的老樹上惟一的一支鮮豔的花朵，終於脫離了這個老朽的根，以自己所有的燦爛來遊戲取悅於人間。她二十五六歲，上天給了她一副不能再美的外表，同時也給了她更難於捉摸的性情。她看不起人，驕傲，無比的自負，卻也有足夠的聰明，這聰明是一望無餘的表現在人們的眼前的。善於利用自己的長處，那惟一的長處也就是自己的美貌。好虛榮，喜露鋒芒，生活奢侈，而不檢點，她的許多『大膽』的行為，常常使人為之側目。可以大量地弄到錢，也可以毫不吝惜地讓錢從手裡流出去。管不住地好動，無恆心，什麼地方也待不久，什麼事情也做不成。……雖然如此，她的心裡倒也有一個小小的角落還保持著乾淨，真摯，和溫暖。她和沈承燦是青梅竹馬的玩伴，從小就彆彆扭扭，時常吵架，一直到今天，他們還是無止境地一見面就得爭起來。她對承燦有一種分不得的感情，怕只有這一點感情才是心靈中最純潔的了。」

「二十五六歲」恰好是一九三六年前後曹禺寫作《日出》時王右家的年齡，而不是他寫作《橋》時的王右家的實際年齡。刻在曹禺記憶之中並且讓他一往情深的，顯然是因為與羅隆基的婚外情愛而鬧得滿城風雨的王右家。在《苦悶的靈魂》一書中，田本相還記錄有晚年曹禺的另外一段話：

「王小姐歲數和我們差不多，後來到美國去了。我寫《橋》的時候，其中也有她一點東西，但也不是她了。就是那個沈承燦的朋友，古先生的一個姘頭，高級的，有錢的，這樣又從王小姐身上分出一點來。羅隆基到了北京，一天給她打兩次電話，我都覺得邪門。這個王小姐非常聰明，非常漂亮，極有魅力。但是，她不是那麼墮落，她也胡搞，卻不那麼亂七八糟，不是低級的，而是高級的。家道中落後，就不是在旅館裡搞了，但她也不是交際花。不知什麼時候跟羅隆基離婚了，又嫁給一個外國的什麼人，在倫敦住下了，後來的情況就不大清楚了，恐怕死了。」

七、王右家與羅隆基的情愛傳奇

一九七四年一月，王右家的閨中密友同時也是羅隆基婚外情人的呂孝信，在臺灣《傳記文學》第二十四卷第一期發表長篇回憶文章《憶一對歡喜冤家——王右家與羅隆基》，後來又出版有回憶錄《耄年憶往》。按照呂孝信的介紹，她與王右家「從拖鼻涕時代——小學一年級就同學，以至中學、大學都同校、除了她出國三年，抗戰八年……沒在一處外，其餘時間我們是經常在一起的」。

王右家和呂孝信從北京女子高等師範學校附屬小學畢業後，一起考入宣外大街的春明女中，之後又一起考入北京女子大學。她們原本約定要一起到美國留學，沒有想到王右家突然私自離開。兩三年後的一九三一年，沒有拿到學位的王右家又突然回國。關於王右家的女性魅力，呂孝信寫道：「有人說她的美是：『增一分則長，減一分則短，施粉則太白，施朱則太赤』，又有人說：她靜時如聖女瑪麗亞，動時如春天的一朵花。這些都是女朋友給她的鑒定。按理娥眉善妬，一般女人總不願承認別人比自己美，而她能從女朋友中得到這種品評，可見她是真的美麗。對於她的美我欣賞得最多，因為從小我就和她是死黨，看見她成長——由一個黃毛丫頭變成一個美麗的少女。我認為她最美的地方不是在她的面孔體型，而是在她的動作和她的氣質上。她動作時的美，我以為縱集天下美女於一堂也無法與之相比。她的一舉手一投足，都給人一種如音樂旋律的美感。」

一九三一年五月二十日，羅隆基從上海給遠在北京的新月社老大哥胡適寫信說：「舜琴已於昨日離滬返新加坡，彼此同意暫分六個月（最少六個月）。國家的個人自由沒有爭到，家庭的自由爭來六個月，未始非易事！前此情況，譯書都不得安寧，十天功夫盡費在吵架上面，真不值得。」⑪

同一天，羅隆基在寫給徐志摩的書信中同樣表示說：「舜琴已於昨日離滬返新加坡，暫分六個月。短期的自由，爭來亦不容易。將來，讓將來照顧將來罷！」

張舜琴的父親張永福，是與孫中山、黃興、胡漢民等人關係密切的新加坡華僑富商、老同盟會員。張舜琴在倫敦留學期間，在一次舞會上與在倫敦大學政治經濟學院跟隨拉斯基攻讀博士學位的羅隆基相識，兩個人很快結婚成家。一九二八年，張舜琴跟隨羅隆基回國，租住在上海霞飛路一〇一四弄十五號的花園洋房裡，與羅隆基的清華同學梁實秋比鄰而居。張舜琴在英國學習的是法律專業，回到上海一邊掛牌當律師，一邊在上海光華大學兼任英語教師。羅隆基更是身兼中國公學政治經濟系教授、光華大學政治系教授、暨南大學政治經濟系講師、《新月》雜誌主編等多項職務。

吳孝信出生於一九一〇年，與曹禺是同齡人。而王右家要比呂孝信一大兩歲，與章靳以的年齡更加接近一點。出生於一八九六年七月三十日的羅隆基，要比王右家大十三歲左右。王右家出國之前，已經與她的義母的兒子訂下婚約。當她從美國歸來時，未婚夫恰好不在國內。於是，她在上海與羅隆基（努生）一見鍾情。關於羅隆基與王右家的情愛傳奇，呂孝信回憶說：「右家那時不過二十出頭，美得像一朵花，見到她的男人，無人不為之傾倒，正是要風得風，要雨有雨的時候，她無論想嫁誰，都是別人求之不得的事，可是偏偏遇到努生是個有妻室的人，……我問她：『你為什麼一定要和一個有妻室的人同居，難道只為了表示你有對這社會挑戰的勇氣麼？』後來我才知道她有這勇氣，都是努生給她的挑戰。努生說：『你這麼青春美麗，如能給這古老封建的社會來顆炸彈，使得萬萬千千的人為你的勇敢喝采、讚美，一定會給這死氣沈沈的社會，平添生氣。——』右家天生本來就有反叛性格，所以就在這種恭維鼓舞之下，不顧一切後果的和努生同居了。」

關於羅隆基與王右家既轟轟烈烈又風光無限的同居生活，呂孝信的介紹是：「努生喜歡外表美麗的女孩子，更欣賞女孩子有美麗的內心，因此鼓勵她多讀書、練習寫作，那時她確實讀了很多書。以後她又辦《益世報•婦女週刊》，對文化工作非常熱心。……努生除了在天津《益世報》工作，又在南開大學兼課，後來又兼領了北平一家大報的社長兼總編輯（好像是《晨報》），他們又在北平大水車胡同另租了一所房子，平津兩地輪流的住。」

一九三七年「七七事變」發生後，羅隆基與王右家離開北平前往南京，不僅得到蔣介石等國民黨最高當局的禮遇，而且與共產黨方面的周恩來、鄧穎超等人交往密切。在漢口期間，羅隆基與王右家的臨時住宅，一度成為上流社會的一個交際中心。用吳孝信的話說：「那時一個在燕大教書的胡教授，她是我小學同學的丈夫，有次他告訴我：『你的好朋友王右家，現在在漢口好出風頭，已成了通天教主，家中賓客如雲，男男女女全有，凡是未婚的男人想找太太，只要去通天教主處掛號，一定可以如願以償。』」

八、王右家與羅隆基的絕情離異

羅隆基與王右家的婚外同居，一直維持到一九三八年前後的重慶時期。打算與自己的一個學生結婚的張舜琴，終於同意與羅隆基辦理離婚手續。王右家隨後便與被她昵稱為「騾子」的羅隆基正式結婚。據吳孝信介紹，羅隆基對於感情是「多元論者」，王右家對於自己的女性魅力也充滿自信。不曾想與羅隆基有婚外情愛的一位「太太」，找到王右家想要回寫給羅隆基的情書。王右家出於好奇，「隨便在其中抽了一封看看」，竟然看到「她計畫要離開丈夫，而騾子也計畫要和我離婚。」

據章詒和在《這樣事和誰細講》一書中考證，這位「太太」是楊度養在蘇州的小老婆所生育的大女兒楊雲慧。王右家無法接受羅隆基在情書裡跟楊雲慧談婚論嫁，只好選擇離家出走。在情場上從來都是戰無不勝、攻無不克的羅隆基，竟然被自己心愛的女人絕情離異，他無論如何也不願意承受這樣的精神打擊，於是便在此後的情愛生活中變本加厲地表現出「逢場作戲，玩世不恭」的態度。關於楊雲慧和吳孝信，晚年羅隆基在親筆寫作的「年譜」中有明確介紹：「一九三八年，四十二歲：同楊雲慧（楊度之女）發生友誼和戀愛。」「一九四九年，五十三歲：到京後又同呂孝信重修舊好。一個時期內，極為親熱，這是在抗戰前的一個女友。到京後又見乾女兒梁文茜。她已經二十一歲了。她十分愛我，一個時期內，十分親熱，已超過乾父女之愛了。」⑬

王右家與羅隆基分居的時間是一九四三年六月二十八日。同年七月二十四日，她離開重慶前往成都。羅隆基追到成都，她便逃往昆明。羅隆基追到昆明，她乾脆途經印度前往英國。羅隆基與王右家分手之後，無論是在情場還是在官場上，都表現得得心應手、左右逢源。一九四九年之後，他歷任中華人民共和國政務院委員、森林工業部部長、政協全國委員會常委、第一屆全國人大代表，中國人民世界和平大會宣傳部長、民盟中央副主席等職。他在到處沾花惹草的同時，與彭德懷元帥的妻姊、著名記者浦熙修維持了多年的戀愛關係。兩個人最終並沒有結婚，反而在一九五七年的反右運動中雙雙被打成右派分子。一九六五年十二月七日深夜，羅隆基突發心臟病死於家中，終年六十九歲。

王右家抗戰勝利後回國，與羅隆基在上海辦理離婚手續，然後結識已故電影演員阮玲玉的丈夫唐季珊，嫁給他做了第五任太太。王右家的自我解嘲是「老大嫁作商人婦」。

一九四八年的秋末冬初，唐季珊與王右家在北平舉辦婚禮，然後在平津戰役的隆隆炮聲中南下上海。一九四九年，唐季珊、王右家夫婦隨國民黨政府遷往臺灣，在臺北郊區北投的山頂上購買了一座別墅。唐季珊仍然經營他的華榮茶葉公司，王右家仍然應酬於達官貴人中間，唐家別墅很快成為臺北上層社會的一個交際中心。一九五八年四月十二日，由王右家編導的古裝歷史劇《龍女寺》，在三軍托兒所連續公演二十天，一時間頗受好評。只是由於風流成性的唐季珊舊習難改，又悄悄愛上酒吧女郎安娜小姐，致使王右家於一九五九年帶著兒子離開臺灣來到香港。失去王右家的唐季珊，茶葉生意一落千丈，以至於傾家蕩產、流落街頭。王右家在香港創業的計畫，也同樣沒有獲得成功，後來她只好返回臺灣。一九六七年前後，她因為頭痛住進一所平民醫院，「入院後昏迷不醒，越日即行逝世」。

九、應運而生的《日出》

曹禺的第一部經典戲劇《雷雨》開始構思於南開中學時期，完成於一九三三年暑假由清華大學畢業之際，其間經歷了五、六個年頭的反覆醞釀和重複修改。相比之下，《日出》更像是一部急就章。一九三六年四、五月間，曾經編輯《文學季刊》並且經手發表《雷雨》的巴金、靳以，正在南京籌辦《文季月刊》，一心想拿曹禺的新劇作充當創刊號的扛鼎之作，所以催稿甚急。曹禺只好白天為天津河北女子師範學院的學生上課，晚上埋頭寫作《日出》：「《日出》寫得非常之快，我一幕一幕地寫，刊物一幕一幕地登，很像章回小說的連載，他們催著發稿，我還要教課，只得拼命寫，有時幾天不得睡覺。」⑭

一九三六年六月，《文季月刊》在南京創刊，創刊號上發表了《日出》第一幕，《日出》全劇至第四期連載完畢。同年十一月，《日出》作為《文學叢刊》第三集、《曹禺戲劇集》第二種，由巴金主持的上海文化生活出版社出版。曹禺在寫作〈《日出》跋〉的同時，又對《文季月刊》上發表的「未定稿」進行了改寫加工。其中最為明顯的改動，是把旅館茶房阿根，改名為頗帶天譴詛咒意味的王福升即王八爺，並且改正刪除了「第一幕在方達生口裡有『上海』字樣」的「筆誤」。

一九三六年夏天，曹禺應校長余上沅的邀請，來到位於南京鼓樓東南角的國立戲劇學校任教，主講《劇作法》、《西洋戲劇》和《現代戲劇與戲劇批評》等課程並兼做導演。國立戲劇學校創辦於一九三五年十月十九日，後臺老闆是以陳立夫、陳果夫兄弟為首的國民黨CC系骨幹、中央文化事業計畫委員會副主委張道藩。曹禺到南京工作，自然投合了鄭秀的心願。鄭秀於當年從清華大學法律系畢業，她的父親、時任最高法院檢察署檢察長的鄭烈，希望女兒回到自己身邊。鄭秀回南京後，在南京政府審計部充當科員，主管大學經費的審核工作。

一九三六年十月二十七日，曹禺與鄭秀在南京平倉德奧瑞同學會舉行訂婚儀式。據鄭秀回憶說：「德瑞奧同學會類似一個國際俱樂部，在那裡舉行訂婚儀式，事先發了二、三百份請帖，國立劇專的同事，戲劇界的朋友，還有其他一些親友。他的母親特地從天津趕來。巴金和靳以是專程坐飛機從上海來的，那時上海到南京的飛機航線才開闢起來，機票二十五塊錢。他們帶來的禮物是一個十分漂亮的從美國進口的洋娃娃，這個洋娃娃會叫人。當訂婚儀式即將結束時，田漢也來了，他拿了一幅中堂來作為禮物。晚上，在家裡有個家宴。」⑮

最令曹禺激奮的，是新創作的《日出》所引起的熱烈反響。一九三七年元旦來臨之際，蕭乾作為曹禺的朋友，在自己主持的天津《大公報》「文藝」副刊上，先後採用三個整版的篇幅，對《日出》進行了一次「集體批評」。在一九三六年十二月二十七日的《大公報》文藝副刊第二七三期上，刊登有燕京大學西洋文學系主任謝迪克（H.E.Shadick）的《一個異邦人的意見》、李廣田的《我更愛〈雷雨〉》、楊剛的《現實的偵探》、陳藍的《戲劇的進展》、李影心的《多方面的穿插》、王朔的《活現的廿世紀圖》。在一九三七年一月一日的《大公報》「文藝」副刊第二七六期上，刊登有茅盾的《渴望早早排演》、孟實的《捨不得分手》、聖陶的《成功的群象》、沈從文的《偉大的收穫》、巴金的《雄壯的景象》、靳以的《更親切一些》、黎烈文的《大膽的手法》、荒煤的《還有些茫然》、李蕤的《從〈雷雨〉到〈日出〉》。

一九三七年二月十八日，作為對前兩個整版的答覆回應，《大公報》「文藝」副刊以整版篇幅發表曹禺的長文《我怎樣寫〈日出〉》，也就是在此前的一九三六年十一月已經被收入《日出》單行本的〈《日出》跋〉。對於一部新人新作能夠展開如此規模的「集體批評」，稱得上是中國現代戲劇史和現代文學史上的空前之舉。

被曹禺稱讚為「一位好心的編輯」的蕭乾，在《新文學史料》一九七九年第二期發表的《魚餌・論壇・陣地》中，曾有這樣的回憶：「關於《日出》的討論，這個劇本問世後，我想通過它把評論搞得『立體化』一些。我長時期感到一部作品——尤其一部重要作品，由專業書評家來評論是必要的，由作者自剖一下也有助於深入瞭解，但應不應該也讓讀者發表一下意見？要不要請文藝界同行來議論它一下？我用三個整版做了一次試驗，頭兩次是『集體批評』，也即是請文藝界新老作家對它各抒己見，最後一期是作者的自我剖析。

當時除了為加深讀者對於劇本的理解之外，我還有一個意圖，想用這種方式提倡一下『超捧場超攻訐』，『不阿諛，不中傷』，心平氣和，與人為善的批評。討論是熱烈的，評者與作者的態度是誠懇的。」

依據現有的資料，被蕭乾稱之為「超捧場超攻訐」的集體批評，是頗有刻意策劃、精心導演的雙簧戲嫌疑的；所謂「超捧場」，其實是一場沒有脫盡「捧場」味道的「超級捧場」。

一九三六年，為紀念《大公報》改版十周年，報社專門策劃設立「文藝和科學獎金」。在恩師楊振聲、沈從文的大力扶持下主持《大公報》文藝副刊的蕭乾，於這一年春天來到上海，參與籌辦滬版《大公報》，無形中起到了溝通上海與京津文藝家的橋樑作用。由蕭乾一手操辦的這場圍繞《日出》的集體批評，是《大公報》在這次評獎活動中大造聲勢的重頭戲。參與這次集體批評的大凡是經常為《大公報》文藝副刊連同《文季月刊》撰稿的京派同人或准同人，美籍教授謝迪克甚至還透露了沒有最後完成的曹禺第三部戲劇《原野》的相關資訊：「在社會資料的豐富和露露這個人物的創造上，作者顯然比《雷雨》中進步多了，但在結構上則不如他第三齣戲能包容《雷雨》和《日出》的共同優點，我確信我們將有一部偉作可讀了」。

正是由於蕭乾與參與這次集體批評的撰稿人之間同人、准同人的密切關係，保證了每個撰稿人能夠及時讀到由靳以、巴金主編的《文季月刊》，並且及時把各自的稿件交到作為《大公報》編輯的蕭乾手中。《日出》於九月份在《文季月刊》連載完畢，十一月份便由巴金主持的文化生活出版社出版，其間只有不到兩個月的時間空檔。在這兩個月裡，蕭乾不僅成功組織到了全部稿件，還及時地把這些稿件轉交曹禺，以便讓他參照這些批評意見寫作《我怎樣寫〈日出〉》，一方面作為〈《日出》跋〉收入十一月份出版的《日出》單行本之中；一方面拿到《大公報》文藝副刊予以發表。蕭乾的煞費苦心，由此即可見出一斑。

十、《日出》演出的轟動效應

《日出》在《文季月刊》發表後不久，曾經於一九三五年執導過上海復旦劇社《雷雨》演出的歐陽予倩，專程從上海來到南京向曹禺當面徵求意見，表示要與上海戲劇工作社合作把《日出》一劇搬上舞臺。上海戲劇工作社是由曾經主演過《雷雨》的復旦大學畢業生鳳子（封禾子），與吳鐵翼等人自發組織的復旦大學校友劇社。該劇社在歐陽予倩的執導下，經過幾個多月的排演籌備，於一九三七年二月二日至五日，在上海卡爾登大戲院隆重公演。公演之前，曹禺專程到上海為演職人員講解《日出》並觀看彩排，並且在〈《日出》跋〉中，對於第三幕的慘遭刪除表示異議說：

「這些天我常詫異《雷雨》和《日出》的遭遇，它們總不得已地受著人們的支解，以前因為戲本的冗長，《雷雨》被砍去了『序曲』和『尾聲』，無頭無尾，直挺挺一般軀幹擺在人們眼前。現在似乎也因為累贅，為著翠喜這樣的角色不易找或者也由於求佈局緊湊的原故，《日出》的第三幕又得被刪去的命運。這種『挖心』的辦法，較之斬頭截尾還令人難堪。我想這劇本縱或繁長無味，作戲人的守法似乎應先求理會，果若一味憑信自己的主見，不肯多體貼作者執筆時的苦心，便率爾刪除，這確實是殘忍的。」

與《雷雨》相彷彿，《日出》的內涵同樣具有百科全書式的豐富多彩。因此，對於《日出》的誤讀與刪改，並不妨礙首次公演的轟動效應。首演成功的消息傳到日本東京，鳳子的復旦同學嚴興坤的丈夫林一屏，代表「中華留東同學會話劇協會」寫信邀請鳳子赴東京主演《日出》。鳳子也恰好有到日本留學的想法，很快便抵達東京。

鑒於復旦戲劇工作社首演《日出》的經驗教訓，鳳子到東京後堅持排演第三幕。一九三七年三月十九日至二十一日，《日出》以中華國際戲劇協會的名義在神田一橋講堂演出。這次演出贏得了更加廣泛的好評，尤其是扮演花翠喜的尹孟珏，以其高超的演技扣動了觀眾們的心弦。三天公演後，本打算應觀眾的要求再加演兩場，由於中國駐日使館以有辱國體為名橫加干涉，第四天演出只好刪去第三幕，第五天索性輟演。鳳子也因此放棄留學的念頭返回國內。

在《日出》轟動日本東京的同時，由南京中國戲劇學會公演的《日出》也在國內引起轟動。中國戲劇學會由曹禺、戴涯、馬彥祥等人聯合發起，由於《雷雨》、《日出》的公演為中華戲劇學會帶來了豐厚的經濟利益，該學會於一九三七年六月一日正式改組為職業劇團。

《日出》的成功，使得曹禺一時間變得空前活躍。一九三七年一月二日至九日，國立戲劇學校在新街口世界大戲院公演由張彭春、曹禺改譯的《國民公敵》。由曹禺親自執導的《爭強》，也於一月十四日至十六日在南京世界大戲院公演。出於對《日出》第三幕被刪除的不滿，曹禺徵得校長余上沅的同意，親自組織了全本《日出》的排演。排演過程中，適逢南開校友會南京分會成立，張伯苓、張彭春兄弟都在南京，曹禺便邀請自己的恩師張彭春來指導排演第三幕。經過三個月緊張排演，《日出》於四月二十三日作為國立戲劇學校第十一次公演劇目在中正堂演出。多家報紙為此刊登醒目的廣告和評論，《南京日報》「每日出電影」發行《日出》公演專號，《扶輪日報》發行《日出》公演特輯，《大夏晚報》也發行了《日出》公演特刊。

據曹樹鈞《走向世界的曹禺》考證，真正把《日出》演遍大江南北的，依然是作為中國第一個職業話劇團體的中國旅行劇團。一九三七年春天，「中旅」特邀歐陽予倩執導《日出》，由陳白露原型之一的唐若青扮演陳白露，經過精心排演，於六月份在上海卡爾登大戲院公演，共演出二十天，計三十二場。「導演在舞臺調度上別具一格。劇中場景的展開，以陳白露與方達生看著窗上結的冰花回憶童年時雙雙的背景開始，把觀眾的想像引向遙遠。最後以陳白露面向觀眾，對著精心設計的空框鏡臺默默端詳自己作結，令人回味無窮。」⑯

十一、周揚與黃芝岡「批評的批評」

正當文藝界頗為一致地為《日出》吶喊叫好的時候，黃芝岡猶如一匹不夠合群的黑馬，從左翼文藝的陣營裡殺將出來，以一篇《從〈雷雨〉到〈日出〉》，把左翼文化人對於曹禺戲劇的政治化批判，推演到了一個極致。在正文之前，黃芝岡在題記中公開表明自己高度政治化的功利立場：「最受觀眾歡迎的戲不一定是最好的戲劇；作者除技巧成熟而外還得對社會有正確認識和剖析；劇作者對劇情無正確的估量，不但是幻術般的欺騙了觀眾，而且也因為觀眾的盲目擁護認不清他自己的前途。」

基於所謂的「正確認識」，黃芝岡先以「現實性」的名義對《雷雨》的「失敗」痛加批判：「當《雷雨》在南京上演的時候，在一位青年觀眾在深深地歎息著；他說：『愛情是最危險的』。我一回頭看他，心上便起了一陣寒栗，因為他的話是千真萬真的一句古話，外面包著一層糖衣；骨子裡在宣傳『萬惡淫為首』，誰能不說是這種意思呢？……這劇中的最荒謬最大膽的斷定莫過於工人們將工頭賣了，工人賣工頭是『對門山裡人咬狗，拿起狗來打石頭』的事情，在這裡代表著革命的整個毀滅，然而，事實上是不會有的；正好像頭巾氣的絕望戰勝了青年的前途，『一失足成千古恨』斷送了青年人的生命是代表著舊勢力的絕對穩固，然而事實上也是不會有的一樣。……事實上所有的是作者心裡潛在的暗影在劇中的活躍，因此，《雷雨》對青年的指導上走上了歪路。」

同樣是基於「現實性」的名義，黃芝岡接著批判《日出》道：「一直到最後，達生仍在狂喊著：『竹筠（即白露）你聽我一句，你這麼下去，一定是一條死路，你聽我一句要你還是跟我走，……你看，外面是太陽，是春天！』難道白露一跟達生走，嫁給他，跟他養孩子便是生路了，便有了太陽春天麼？難道說『日出』的意義便只是這樣，女人的『日出』便只是和男人結婚生小孩麼？好一個『正式結婚至上主義者』呀！」

黃芝岡的這篇文章，與他的湖南籍老同學加老同鄉的田漢所寫的《暴風雨中的南京藝壇一瞥》一樣，走的是魯迅在《對於批評家的希望》中所批評的「獨靠了一兩本『西方』的舊批評論，或則撈一點頭腦板滯的先生們的唾餘，或則仗著中國固有的什麼天經地義之類的，也到文壇上來踐踏」的「近於宗教家而且援引多數來恫嚇」的文藝歧路。⑰與魯大海一廂情願地以工人代表的身份，向周樸園發出「絕子絕孫」的天譴詛咒相彷彿；黃芝岡剛剛以「一個戲劇運動者」的身份，理直氣壯地把魯大海被工人弟兄所出賣認定為「事實上是不會有的」；他自己轉眼之間就遭到同一陣營的周揚的迎頭痛擊。

一九三七年二月，黃芝岡的《從〈雷雨〉到〈日出〉》發表在由夏衍、沙汀等人主持的「左聯」機關刊物《光明》半月刊二卷五期中。一個月後，《光明》半月刊二卷八期推出周揚的《論〈雷雨〉和〈日出〉——並對黃芝岡先生的批評的批評》。與黃芝岡相彷彿，周揚在「批評的批評」中擺出來的，依然是魯大海式的替天行道、天譴詛咒的神聖姿態。出於「保證文學批評的健全的發展和信用」的政治正確，周揚指責黃芝岡表現了「對於作家的態度的粗率」和「對於文藝的特殊性，以及文學和現實之關係的樸素而不正確的理解」，甚至於把黃芝岡的批評斥之為「如果不是由於色盲，就是出於『毒舌』」。

在對黃芝岡實施嚴厲批評、無情打擊的同時，周揚給予《雷雨》、《日出》的卻是藝術創作方面的充分肯定：「《雷雨》和《日出》無論是在形式技巧上，在主題內容上，都是優秀的作品，它們具有反封建反資本主義的意義。」

接下來，周揚憑著異乎尋常的藝術直覺，指出了《日出》一劇「現實主義的不徹底不充分」：「作者說，他為《日出》全部材料的收集，受了不少的苦難，這努力是值得尊重的。但是我恐怕他還只是搜集了這些材料，整理了剪接了它們，還沒有能夠把他們綜合，構成一個有機的整體。所以他現在還只能用片段的方法，人生零碎去闡明一個觀念，而這個方法決不是藝術的大路。……《日出》的結尾，雖是樂觀的，但卻是一個廉價的樂觀。他關於『損不足以奉有餘』的社會，只說出了部分的真實，他向黑暗勢力叫出了：『你們的末日到了』。而對於象徵光明的人們的希望也只是一種漠然的希望，他還沒有充分地把握：只有站在歷史法則上而經過革命，這個『損不足以奉有餘』的社會才能根本改變。」

正如錢理群指出的那樣，周揚對於同一陣營中的黃芝岡的「批評的批評」，實質上所要解決的是馬克思主義者對於非馬克思主義作家的戰略選擇問題：「是以『批判』、『揭露』為主，意在明確地與之劃清界限，以保持自身的『純潔性』；還是以『引導』為主，以從中引發出有利於自己的『積極意義』。黃芝岡與周揚的分歧實質正在於此。」⑱

換言之，周揚對於黃芝岡的「批評的批評」，帶著極其明顯的政治操作意味。其歷史意義在於正式確立了對「第三種人」的作品既有所批判又為我所用的標準化模式：先把「第三種人」的作品網羅到「現實主義」的「世界觀與創作方法的矛盾」的文藝二元論的理論圈套之中，然後再像唐僧對孫悟空念誦緊箍咒一樣，實施削足適履的文藝為政治服從的政治批判。由於周揚的特殊地位，在此後長達半個多世紀的歷史進程中，這種緊箍咒式的文藝二元論，一直是主宰中國的文藝理論與批評的主旋律。

一九八〇年六月二十二日，曹禺接受田本相、楊景輝採訪時，對於以周揚為代表的這種緊箍咒式的文藝二元論，進行了一番深刻反思：「我不大贊成戲劇的實用主義，我看毛病就出在我們的根深蒂固的實用主義上。總是引導劇作家盯在一些具體的問題上，具體的目標上。這樣，叫許多有生活的人，有才能的人，不能從高度看，從整個的人類，從文明的歷史，從人的自身去思考問題，去反映生活。我們太講究『用』了，這個路子太狹窄。對於文學藝術來說，實用主義是害死人的。……不要用政治把人性扣住。這些話叫周揚聽了，會很不舒服。當年，他寫的批評《雷雨》、《日出》的文章，是很有份量的，但是，也是把人性的東西解釋得很狹窄。……這裡提一下，建國初期，周揚的話，我佩服得不得了，我修改《雷雨》和《日出》，就是開明書店出版的那本劇作選，我基本上是按照周揚寫的那篇文章改的，……我不是怪罪周揚，而是說明：不能把沒有想通的東西，把自己還沒有搞清楚的問題，就去生硬地灌到自己的作品中去。……寫作這東西，可是心血，是心血啊！」⑲

回過頭來想一想，周揚等人動不動就要用「世界觀與創作方法的矛盾」的緊箍咒，曲解割裂文藝作品的真實內涵的「現實主義」理論，也就是曹禺所說「引導劇作家盯在一些具體的問題上，具體的目標上」的「戲劇的實用主義」，整整扼殺了包括曹禺在內的幾代文藝家的創作活力和藝術生命。成就曹禺成其為影劇大師的，反倒是集動物本能的野性蠻力和宗教精神的神性魔力於一身的「原始的情緒」和「蠻性的遺留」，以及由此而來的「陰間地獄之黑暗＋男女情愛之追求＋男權家庭之反叛＋專制社會之革命＋捨身愛人之犧牲＋天誅地滅之天譴＋替天行道之拯救＋陽光天堂之超度」的密碼模式。這一慘痛的歷史教訓，必須引起人們高度重視。

① 本章初稿曾以《〈日出〉文本的重新解讀》為標題，發表於《民族藝術》二〇〇二年第四期。另有《點燃曹禺戲劇創作的民國美女王右家》一文，發表於《南方週末》二〇一〇年九月二十三日。

② 曹樹鈞著《走向世界的曹禺》，天地出版社，一九九五年，第五頁。

③ 杜宣：《憶〈雷雨〉首次上演》、《文匯報》一九五七年十二月十五日。

④ 尼姆三威爾士：《現代中國的文學運動》、《新文學史料》一九七九年第二期。

⑤ 南京《新民報》日刊一九三六年六月九、十、十二、十四、二十九日。阿比西尼亞，現通譯為埃塞俄比亞。

⑥ 田本相、劉一軍編著《苦悶的靈魂——曹禺訪談錄》，江蘇教育出版社，二〇〇一年，第二一一頁。

⑦ 曹樹鈞《走向世界的曹禺》第三頁，天地出版社，一九九五年。

⑧ 田本相著《曹禺傳》第一七六頁，北京十月文藝出版社，一九八八年。

⑨ 田本相、劉一軍編著《苦悶的靈魂——曹禺訪談錄》，第一一四頁。

⑩ 《苦悶的靈魂——曹禺訪談錄》第二七〇、二七二頁。

⑪ 《苦悶的靈魂——曹禺訪談錄》第二三三頁。

⑫ 《胡適來往書信選》中冊，中華書局，一九八〇年，第七十頁。

⑬ 章詒和著《這樣事和誰細講》，香港牛津大學出版社，二〇〇九年。

⑭ 曹禺：《我的生活和創作道路——同田本相的談話》、《戲劇論叢》，一九八一年第二期。

⑮ 《苦悶的靈魂——曹禺訪談錄》，第二一四頁。

⑯ 曹樹鈞著《走向世界的曹禺》，第一四三頁。

⑰ 魯迅：《對於批評家的希望》、《反對「含淚」的批評家》、《魯迅全集》第一卷第四〇一、四〇三頁，人民文學出版社，一九八一年。

⑱ 錢理群著《大小舞臺之間——曹禺戲劇新論》第九十七頁，浙江文藝出版社，一九九四年。

⑲ 《苦悶的靈魂——曹禺訪談錄》，第三十六頁。

第四幕

第四章 《日出》中的陽光天堂

與此前的《雷雨》相比較，曹禺的第二部經典戲劇《日出》，所集中表現的已經不再是私人性的男女情愛和家族宿命；而是整個社會貧富懸殊的階級對立；以及老子《道德經》中所倡導的以「損有餘而補不足」的陽光天堂「天之道」的神聖名義，對於「損不足以奉有餘」的人間地獄「人之道」的現實世界而實施的「存天理，滅人欲」式的奉天承運、替天行道、天誅地滅、一網打盡的天譴罰罪。①

一、陳白露的「有餘」與「不足」

《日出》的戲劇情節並不複雜。劇中的女主人公陳白露是一位聰明美麗的女學生，父親去世後失去了經濟保障，只好依附於大豐銀行經理潘月亭，被包養在某大都市的大旅館裡，過著見不到陽光的「放蕩，墮落」的「發瘋的生活」。她從前的「朋友」或者說是初戀情人方達生，從鄉下老家前來英雄救美，卻在與她相處的幾天裡，逐漸認識到整個社會的黑暗與不公，最後一個人昂首走向由砸夯的工人們，以及他們高亢洪壯地合唱著的「日出東來，滿天大紅！要想得吃飯，可得做工！」的《軸歌》，所象徵的「損有餘而補不足」的陽光天堂。在既是絕對專制的「閻王」又是絕對有餘的「財神」的金八主宰操縱之下，一場「存天理，滅人欲」式的奉天承運、替天行道、天誅地滅、一網打盡的天譴罰罪，即將降臨到包括大豐銀行經理潘月亭在內的所有有餘者與不足者的頭上。已經走投無路卻又不願意追隨方達生追求陽光天堂的陳白露，只好吟唱著她的詩人前夫的天堂神曲──「太陽升起來了，黑暗留在後面；但是太陽不是我們的，我們要睡了」──而喝藥自殺。

第一幕中，方達生從遙遠的鄉下乘火車來到某大都市的大旅館，想通過求婚的方式把已經改名為白露的舊情人竹筠，從見不得陽光的「放蕩，墮落」的「發瘋的生活」中拯救出來，去和他一起過「真正的自由的生活」；卻遭到陳白露的堅決拒絕。在與方達生髮生爭吵的過程中，陳白露有這樣一段「自報家門」：「你要問我自己是誰麼？你聽著：出身，書香門第，陳小姐；教育，愛華女校的高材生；履歷，一陣子的社交明星，幾個大慈善遊藝會的主辦委員；……父親死了，家裡更窮了，做過電影明星，當過紅舞女。」②

到了第四幕中，陳白露又向方達生介紹了自己曾經有過的一段「平淡無聊，並且想起來很可笑」的婚姻生活。她的前任丈夫是一位詩人，而且是與方達生一樣的「傻子」：「我愛他！他叫我離開這兒跟他結婚，我就離開這兒跟他結婚。他要我到鄉下去，我就陪他到鄉下去。他說『你應該生個小孩！』我就為他生個小孩。結婚以後幾個月，我們過的是天堂似的日子。他最喜歡看日出，每天早上他一天亮就爬起來，叫我陪他看太陽。他真像個小孩子，那麼天真！那麼高興！有時候樂得在我面前直翻跟頭，他總是說『太陽出來了，黑暗就會過去的』。他永遠是那麼樂觀，他寫一本小說也叫《日出》，因為他相信一切是有希望的。」

對於陳白露來說，這種看似陽光天堂般神聖美好，實際上卻「平淡，無聊，厭煩」的婚姻生活，無論如何也不能令她滿意。用曹禺寫在舞臺提示裡面的話說，陳白露所憧憬的是「在情愛裡偉大的犧牲（如小說電影中時時常誇張地來敘述的）」。孩子的夭折宣告了婚姻家庭的徹底破裂，再一次從家庭束縛中解放出來回到大都市的陳白露，依靠被她昵稱為「我可憐的老爸爸」的潘月亭，在大旅館裡安置了一個被包養的家外之「家」。住在大旅館裡縱情縱慾的「放蕩，墮落」生活，依然不能令她心滿意足。潘月亭的破產又使她陷入債臺高築、走投無路的生活絕境。最後，她彷彿當真又彷彿演戲般從詩人前夫蒼白空洞的天堂神曲——「太陽升起來了，黑暗留在後面，但是太陽不是我們的，我們要睡了」——中，參透了自己走投無路並且在劫難逃的人生宿命：「可……可……可上哪里去呢？我這個人在熱鬧的時候總想著寂寞，寂寞了又常想起熱鬧。整天不知道自己怎麼樣才好。你叫我到哪里去呢？」

既為相對有餘者潘月亭奉獻過美麗肉體，又對完全不足者小東西實施過慈善救助的陳白露，最後懷著對於美麗青春和美好情愛的無限留戀，尤其是對於詩人前夫以及「朋友」方達生所歌頌的「損有餘而補不足」的陽光天堂的無限神往，吞下了過量的安眠藥；從而徹底實現了「在情愛裡偉大的犧牲」。換句話說，曹禺所謂「在情愛裡偉大的犧牲」，其實就是以「存天理，滅人欲」式的自裁自贖，把陳白露美好的肉體和善良的靈魂，全部奉獻給中國傳統神道文化中天譴罰罪加陽光天堂的天羅地網般的神道祭壇。

被曹禺稱之為「《日出》的心臟」的第三幕，是專門為下等妓院「寶和下處」的花翠喜、小東西這兩個「可憐的動物」樹牌坊、唱輓歌的。小東西是陳白露和方達生為一個「約莫有十五六歲的樣子」的「瘦弱膽怯的小女孩子」起的代號；小翠是下等妓院「寶和下處」給她起的花名。她早年喪母，她的農民工父親不久前在為潘月亭的銀行大樓砸夯奠基時，被大鐵椿子活活砸死；她自己流落到黑社會流氓頭子黑三手裡，被黑三當作貢品奉獻給了金八。小東西因為「實在是怕他」，就在金八施暴時「狠狠地在他那肥臉上打了一巴掌」。作為懲罰，黑三等人把小東西痛打一頓，還餓了她一天多不給飯吃。小東西從黑三那裡逃出來躲進陳白露的房間，進而跪倒在陳白露面前乞求拯救。被陳白露認作乾女兒又被方達生認作「小妹妹」之後，小東西一時間大為改觀，變成一個「塗彩的泥娃娃」。不曾想轉眼之間，她就被黑三一夥人抓走並且送到了「寶和下處」充當雛女。

「大約有三十歲左右，……已經為人欺凌蹂躪到幾乎完全麻木」的老妓女花翠喜，與陳白露一樣是既要把肉體奉獻給有餘者，又要對不足者實施救濟補助的善良女性。只是陳白露的美麗肉體，相對固定也相對純潔地奉獻給有錢有勢的潘月亭一個人；花翠喜的肉體卻要極其廉價地不斷出賣給眾多的男性嫖客。陳白露補助的不足者，是與她完全沒有血親關係的小東西；花翠喜通過廉價賣淫換來的金錢，卻全部補助了自己家裡染上性病的丈夫、瞎了眼睛的兩個兒子和癱在床上的婆婆。耐人尋味的是，曹禺通過自傳性人物方達生，給予陳白露的竟然是「放蕩，墮落」、「一個錢也不值」的天譴詛咒；他自己在〈《日出》跋〉中，卻為老妓女花翠喜極其廉價地歌唱起了神聖禮贊：

「在這堆『人類的渣滓』裡，我懷著無限的驚異，發現一顆金子似的心，那就是叫做翠喜的婦人。她有一副好心腸，同時染有在那地獄下生活各種壞習慣。她認為那些買賣的勾當是當然的，她老老實實地做她的營生，『一分錢買一分貨』，即便在她那種生涯裡，她也有她的公平。令人感動的是她那樣狗似地效忠於她的老幼，和無意中流露出來對那更無告者的溫暖的關心。……而落在地獄的小東西，如果活下去，也就成為『人老珠黃不值錢』的翠喜，正如現在的翠喜也有過小東西一樣的青春。」

由此可知，在曹禺的心目之中，是完全沒有現代性的以人為本、意思自治、契約平等、民主參與、憲政共和、大同博愛之類的價值體系和文明常識的。他幾乎所有的價值判斷，都是隨著自己喜怒哀樂的情緒變化而不斷變化。這種隨心所欲、為所欲為的戲劇化處理，本身就是前文明時代的一種原始野蠻的極端表現，借用他自己的話說，就是「原始的情緒」和「蠻性的遺留」。

二、黃省三的「奉有餘」

黃省三是大豐銀行的「書記」，也就是現在所說的文書和抄錄員。作為工商契約社會中依照傭工合同上崗就業的現代員工，他做人的道德信條，卻依然是中國傳統農耕社會中「上天不負苦心人」之類遠遠落後於時代精神的「天地良心」。第二幕中，他剛一上場，就被旅館茶房王福升揭穿了真實身份和本來面目：

「我知道，你從前是書記，你姓黃，你叫黃省三，你找李先生，潘經理，大豐銀行的人你都找。你到處裝孫子。要找事。你當我不知道，不認識你？」

「我在這旅館看見你三次，你都不認識我，就憑你這點王八記性，你還找事呢！去你個蛋吧！」

面對王福升的揭發詛咒，黃省三既惱羞成怒又自欺欺人地吶喊出了反抗之聲：「你為什麼罵人？我，我知道我窮，可是你不能罵我是王八，我不是王八，我跟你講，我不是。你，你為什麼——」

然而，「活脫脫一個流氓」的王福升，僅僅以一句威脅話語——「你要敢罵我一句，敢動一下子手，我就打死你」——就輕鬆解除了黃省三的精神武裝。泄了底氣的黃省三，只好從王福升身邊悄悄走開。

在大豐銀行秘書李石清面前，「實在沒有路走」的黃省三，終於說出了自己確實充當了「王八」的家庭悲劇：「我沒有家，我拉下臉跟你說吧，我的女人都跟我散了，沒有飯吃，她一個人受不了這樣的苦，她跟人跑了。家裡有三個孩子，等著我要飯吃。我現在口袋裡只有兩毛錢，我身上又有病，（咳嗽）我整天地咳嗽！李先生，您叫我回到哪兒去？您叫我回到哪兒去？」

面對黃省三的乞憐求救，同為無產階級銀行雇員的李石清，冷酷無情地回答說：「怎麼你連偷的膽量都沒有，那你叫我怎麼辦？……我告訴你，這個世界不是替你這樣的人預備的。（指窗外）你看見窗戶外面那所高樓麼？那是新華百貨公司，十三層高樓我看你走這一條路是最穩當的。」

黃省三沒有接受李石清的跳樓建議，而是在大豐銀行經理潘月亭面前下跪乞憐道：「（走到潘面前，哀痛地）經理，您行行好，您要裁人也不能裁我，我有三個小孩子，我不能沒有事。經理，我跟您跪下，您得叫我活下去。」

像黃省三這樣下跪乞憐，是很難感動工商契約社會中的資本家潘月亭，以及他的白領秘書李石清的。絕望之中的黃省三乾脆擺出拼命架勢，吶喊出他的替天行道式的天譴詛咒：「我不是白拿你們的錢，我是拿命跟你們換哪！（苦笑）並且我就會死的。（憤恨地）你們真是沒有良心哪，你們這樣對待我，——是賊，是強盜，是鬼呀！你們的心簡直比禽獸還不如——」

黃省三一邊哭訴一邊開始動手：「（哭著）我現在不怕你們啦！我不怕你們啦！（抓著潘經理的衣服）我太冤了，我非要殺了——」但是，不等他把話說完，潘月亭當胸一拳就把他打倒在地。李石清更是以中國傳統戲曲舞臺上所常見的旁白點評，揭穿了黃省三陰柔膽怯的人性底蘊：「經理，他是說他要殺他自己——他這樣的人是不會動手害人的。」

到了第三幕，曹禺借助下等妓院「寶和下處」的啞巴報販與方達生之間的讀報交流，以戲曲舞臺所常見的從頭道來講故事的旁白腔調，簡單介紹了黃省三的家庭慘劇：

「一個書記怎麼沒有飯吃，怎樣走頭無路，只得買鴉片煙，把一家的小孩子自己親手毒死。小孩子不肯吃，怎樣買紅糖攪在一起，逼小孩子喝下去。全家都死了，但是鴉片煙沒有了，他自己就跑出去跳大河，但是不幸被員警捉住，把他帶到局子裡去，說他有罪，謀殺罪，不知是死是活。……」

到了第四幕中，曹禺是用陰間地獄裡的「鬼」來形容「非常神經質而膽小」的黃省三的：「他幽然地進來，如同吹來了一陣陰風。他叫人想起鬼，想起從墳墓裡夜半爬出來的僵屍。」

關於三個孩子被活活毒死以及自己的無罪釋放，黃省三在李石清面前精神錯亂地回憶說：「庭長，您不要信我這些鄰居的話，他們是胡說八道，我那時候很明白，我沒有犯神經病。國家有法律，你們不能放我。庭長！（抓住李的手）庭長，我親手毒死了人，毒死我的兒子，我的望望，我的小雲，我的……（抱著李）我的庭長，您得要殺死我呀！」

對於這種沒頭沒腦的大肆渲染，戲曲舞臺上的專業行話叫做「灑狗血」。《日出》中最擅長「灑狗血」的，就是這個連自己的親生兒女都養不活的黃省三。他正是在淋漓盡致「灑狗血」的變態表演中，吶喊出了奴性反抗的最強音：

「潘，潘經理，人不能這麼待人呀，人不能這麼待人呀！前些日子我孩子們在，我要活著，我求你們叫我活著，可是你們偏不要我活著。現在（涕哭）他們死了，我要死了，我要死，我求你們叫我死，可是你們又偏不要我死。潘經理，我們都是人，人不能這麼待人呀！（哀弱地哭了起來）」

最為慘絕也最為難堪的是，黃省三除了扯開嚷子高喊天譴詛咒的道德高調之外，連尋死自殺的膽量和勇氣都不具備，於是他只能一次又一次地求助於已經被他毒罵為「是賊，是強盜，是鬼」的潘月亭：「不，我求您，潘經理，您行行好吧。我再也活不下去了，我跟您跪下，您可憐可憐我吧，您別再逼我了（跪下）您讓我走一條痛快的路吧。」

對於這樣一個「鬼」一般的空洞人物，曹禺再一次借著李石清的戲曲式旁白，給出了「哀其不幸，怒其不爭」的點評：「天啊！這個傻王八蛋，你為什麼瘋了？你為什麼瘋？你太便宜他了！」

三、李石清的「損不足」

積極主動地為階級敵人潘月亭充當「損不足以奉有餘」的幫兇打手的李石清，相對於底層職員黃省三等人來說，勉強稱得上是有餘者；相對於更加上層的高級富人潘月亭、陳白露、顧八奶奶等人來說，卻又是一個貨真價實的不足者和無產者。他為了討好陳白露和潘月亭，不惜用典當皮大氅換來的錢款，強迫自己的妻子到以大旅館為家的陳白露的房間裡打牌應酬。面對妻子「孩子生了病，沒有錢找好醫生治，還得應酬」的抱怨，他吶喊出的是對於整個社會的滿腔仇恨：

「你看不出我自己總覺得我是個窮漢子嗎？我恨，我恨我自己為什麼沒有一個好父親，生來就有錢，叫我少低頭，少受氣嗎？……我告訴你，這個社會沒有公理，沒有平等。什麼道德服務，那是他們騙人。你按部就班地幹，做到老也是窮死。只有大膽地破釜沉舟地跟他們拼，還許有翻身的那一天。」

李石清通過討好巴結被他貶斥為「舞女不是舞女，娼妓不是娼妓，姨太太又不是姨太太，這麼一個賤貨」的陳白露，被潘月亭破格提拔為一名秘書。然後又通過偷開潘月亭的抽屜竊取商業機密之類的違法行為；當上一名襄理。接下來，他一方面在弱勢者面前炫耀自己高人一等的身份等級；另一方面以奴性的忠誠死心塌地替潘月亭出力賣命，以至於連重病住院的小兒子的死活都置之度外。令他意想不到的是，潘月亭根本不理會他的耿耿忠心，銀行剛剛出現轉機，就把他斥罵為「不學無術的三等貨」一腳踢開。被解除職務的李石清只好像黃省三一樣，在「灑狗血」式的吶喊抗議中徹底敗露自己甘受奴役的精神空虛：

「我為著你這點公債，我連家都忘了，孩子的病我都沒有理，我花費自己的薪水來做排場，打聽消息。現在你成了功賺了錢，忽然地，不要我了。（獰笑）不要我了……」

接下來，李石清接到報館張先生打來的電話，獲悉潘月亭的大豐銀行並沒有賺錢，而是在金八的主宰操縱之下面臨著破產倒閉的命運。他的情緒因此亢奮起來，反過來搶佔中國傳統道德「存天理，滅人欲」的制高點，向潘月亭發起天誅地滅的天譴詛咒：

「潘經理，你可憐可憐你自己吧。你還不及一個窮光蛋呢。我叫一個流氓耍了，我只是窮，你叫一個更大的流氓耍了，他要你的命。……明天早上我要親眼看你的行裡要擠兌，我親眼看著付不出款來，我還親眼看著那些十塊八塊的窮戶頭，（低聲惡意地）也瞧不起你，侮辱你，挖苦你，罵你，咒你，——哦，他們要宰了你，吃了你呀！你害了他們！你害了他們！他們要剝你的皮，要挖你的眼睛！你現在只有死，只有死你才對得起他們，只有死，你才逃得了！」

正是在這種「灑狗血」式的煽情表演中，李石清充分暴露了自己的心理黑暗和精神空虛。劇作者曹禺先讓潘月亭揪住李石清的脖子，逼迫他吶喊出黃省三式的喪氣話——「你殺了我吧！你宰了我吧。可是金八不會饒了你……」——隨後又讓他接到妻子給小兒子報喪的電話，進一步堵塞他的心竅，泄掉他的底氣。泄了氣的李石清只能像被他罵為「傻王八蛋」的黃省三一樣，灰溜溜地不辭而別。

四、從「有餘」到「不足」的潘月亭

大豐銀行經理、人稱「四爺」的潘月亭，是一個「短髮已經斑白，行動很遲緩」的「龐然大物」；一個見到陳白露，「他的年紀、舉動態度就突然來得如他自己的兒子一般年青」的性情中人。在《日出》所有的出場人物中，他是唯一可以與金八直接進行不對等談判的重量級人物；同時也是最為直接地遭受金八的主宰操縱的一個傀儡。在第四幕中，像賭徒一樣把大豐銀行的命運抵押給金八的潘月亭，與陳白露之間有這樣一番推心置腹的真情表白：

「我告訴你，公債到底還要漲，漲，大漲特漲。這一下子真把我救了！你知道，我今天早上忽然聽說公債漲是金八在市面故意放空氣，鬧玄虛，故意造出謠言說他買了不少，叫大家也好買，其實他是自己在向外拋，造出好行市向外甩。那時候我真急了！我眼看我上了他的當，我買的公債眼看著要大落特落，我整個的錢都叫他這一下子弄得簡直沒有法子周轉，你看我這一大堆事業，我一大家子的人，你看我這麼大年紀，我要破產，我怎麼不急？我告訴你，露露，我連手槍都預備好了，我放在身上，我——（咳嗽）」

潘月亭儘管在應對金融危機時奪走了黃省三等人的職業飯碗，同時又安插了像胡四那樣拿乾薪不做事的白相閒人，從而製造了《日出》中最為典型的一例「損不足以奉有餘」的實證個案。基於現代工商契約社會所通行的以人為本、意思自治、契約平等、民主參與、憲政共和、大同博愛的價值體系和文明常識；潘月亭並沒有像黃省三、李石清、金八、黑三等人那樣，明顯觸犯相關的法律法規。他與陳白露之間年齡懸殊的婚外情愛，儘管沒有履行合法的婚姻手續，卻是建立在甲、乙雙方兩情相悅、平等自願的契約誠信之上的。用陳白露的話說，「我沒故意害過人，我沒有把人家吃的飯硬搶到自己的碗裡。我同他們一樣愛錢，想法子弄錢，但我弄來的錢是我犧牲過我最寶貴的東西換來的。我沒有費著腦子騙過人，我沒有用著方法搶過人，我的生活是別人甘心願意來維持，因為我犧牲過我自己。我對男人盡過女子最可憐的義務，我享著女人應該享的權利！」

在金八暗箱操縱的公債交易中，潘月亭像傀儡一樣陷入一場金融騙局，以至於債臺高築、徹底破產，從而與黃省三、小東西等人一樣，變成了被掠奪、被損害的不足者。難能可貴的是，即使在大難臨頭的情況下，他依然沒有忘記讓王福升給陳白露捎去一句貼心話：「叫您好好保重，多多養自己的病，叫您以後凡事要小心點，愛護自己……」

隨著潘月亭經營的大豐銀行負債破產，包括顧八奶奶、胡四、張喬治、陳白露在內的依附於大豐銀行討生活的相對有餘者，全部變成赤貧如洗的完全不足者。該劇中唯一戰無不勝、攻無不克的絕對勝利者，就是一直躲藏在幕後從事暗箱操作的神秘人物、既是絕對專制的「閻王」又是絕對有餘的「財神」的官商合一的金八。

五、「閻王」加「財神」的金八

在《日出》第一幕中，由於「代表一種可怕的黑暗勢力」的金八，一直躲藏在幕後為非作歹，曹禺只好通過陳白露與私自躲藏到她房間裡避難的小東西，以及旅館茶房王福升之間的旁白對話來加以介紹。

據王福升介紹：「金八爺！這個地方的大財神。又是錢，又是勢，這一幫地痞都是他手下的，您難道沒聽見說過？」

陳白露聽了，開始擔心起小東西的命運：「（低聲）金八，金八。（向小東西）你的命真苦，你怎麼碰上這麼個閻王。——小東西，你是打了他一巴掌？」

長期把陳白露包養在大旅館裡的潘月亭，對於金八的評論是：「這個傢伙不大講面子，這個東西有點太霸道。」

李石清在第二幕中對於金八化公為私、官商合一的特殊身份另有介紹：「本來公債等於金八自己家裡的東西，操縱完全在他手裡……」

在中國傳統的儒、釋、道三教合流的民間宗教信仰裡面，自古就有十地閻羅的觀念。在每個俗稱「閻王」的「黑臉的閻羅（地藏王）」手下，又有「活無常」、「死有分」，以及牛頭、馬面等許多鬼卒供它驅使、為它效勞。作為在陰間地獄裡面專門負責替天行道、天譴罰罪的地獄之王，「閻王」身上最為可貴的美德，就是鐵面無私的公正嚴明。關於這一點，魯迅在《無常》中介紹說：

「人是大抵自以為銜些冤抑的；活的『正人君子』們只能騙鳥，若問愚民，他就可以不假思索地回答你，公正的裁判是在陰間！……無論貴賤，無論貧富，其時都是『一雙空手見閻王』，有冤的得伸，有罪的就得罰。」③

比起《原野》中的「閻王」和《雷雨》中既是自然現象又是人格化的宗教神祇的「雷雨（雷公）」；《日出》中既是絕對專制的「閻王」又是絕對有餘的「財神」的金八，因為在政教合一的替天行道、天譴罰罪的神聖法權之外，又多了一份官商合一的主宰經濟命脈的神奇魔力，就越發顯得戰無不勝、攻無不克。他以見不得陽光的暗箱操作所實現的，既不是老子《道德經》中「損有餘而補不足」的「天之道」；也不是「損不足以奉有餘」的「人之道」；而是陰間地獄中更加公平均等也更加黑暗專制的既要損有餘也要損不足的一網打盡的天譴罰罪。

作為地獄之王金八的幫兇打手，以黑三為首的「穿黑衣服，歪戴著氊帽」的「一幫地痞們」，所扮演的恰恰是魯迅在《無常》中介紹的以勾魂懾魄、奪人性命為專職專責的「黑臉，黑衣」的「死有分」的角色。進一步說，也就是中國明朝的錦衣衛和東廠、西廠，以及清朝雍正皇帝的血滴子、蔣介石的藍衣社之類專門從事黑色恐怖的邪惡角色。

六、空喊高調的方達生

第一幕中，方達生剛一上場亮相，就對在陳白露面前大發酒瘋的張喬治發出他的天譴詛咒：「這簡直是鬼！」緊接著，他又對「放蕩，墮落」、「一個錢也不值」的陳白露，展開「存天理，滅人欲」的道德感化：「你難道不知道金錢一迷了心，人生最可寶貴的愛情，就會像鳥兒似地從窗戶飛了麼？」

小東西的出現給方達生提供了新一輪表演作秀的機會，致使他高調承諾要帶著小東西一起離開。小東西被黑三等人抓走之後，方達生一度找到下等妓院「寶和下處」，並且意外得到一份精神收穫：他從賣報的啞巴那裡，得知銀行小職員黃省三的家庭慘劇，使他對於整個社會有了更加全面的瞭解，從而萌發了普度眾生的神聖使命感。但是，擁有這份精神收穫的方達生，並沒有與近在咫尺的小東西見上一面，反而在「魔鬼般」的黑三的威脅敲詐之下，乖乖交錢後空手離去。

這是既沒有「補不足」也不能「損有餘」的方達生，在替陳白露預訂過一張和自己一同離開的火車票之後，第二次也是最後一次奉獻錢財。被西方戲劇視之為藝術生命的意志衝突和動作衝突，卻因為方達生委曲求全地乖乖交錢而輕鬆化解。留在「寶和下處」的未成年的雛妓小東西，反而表現出堅決拒絕「奉有餘」的階級鬥爭精神，從而通過上吊自殺的方式，把自己僅有的處女貞節，奉獻給了中國傳統神道文化中天譴罰罪加陽光天堂的天羅地網般的神道祭壇。她以自己不可替代的寶貴生命，所成全的卻是中國傳統社會中極端落後野蠻的「存天理，滅人欲」的「餓死事小，失節事大」的道德觀念。

從「寶和下處」回到大旅館，方達生再一次以替天行道、天譴罰罪的神聖姿態，向陳白露表白自己剛剛獲得的新一輪的道德覺悟：「現在我看清楚他們了，不過我還沒有看清楚你，我不明白你為什麼要跟他們混、你難道看不出他們是鬼，是一群禽獸。」

為了把自己從所謂「人生最可寶貴的愛情」中解脫出來，已經被陳白露拒婚的方達生，極其廉價地為陳白露設計了另一種人生出路：由他出面替陳白露包辦一位「一定很結實，很傻，整天地苦幹，像這兩天那些打夯的人一樣」的「真正的男人」；也就是像已經慘死在建築工地上的小東西的父親那樣的農民工。「聰明」的陳白露當然不肯接受方達生的這種包辦婚姻。方達生在自己的新方案遭到拒絕之後，像在「寶和下處」放棄被他稱呼為「小妹妹」的小東西一樣，丟下已經喝藥自殺的初戀情人陳白露，迫不及待地以局外超人的神聖姿態，到窗外砸夯的工人身上去尋找「損有餘而補不足」的陽光天堂：

「（敲門）你聽！你聽（狂喜地）太陽就在外面，太陽就在他們身上。你跟我來，我們要一齊做點事，跟金八拚一拚，我們還可以——（覺得裡面不肯理他）竹筠，你為什麼不理我？（低低敲著門）你為什麼不說話？你——（他回轉身，歎一口氣）你太聰明，你不肯做我這樣的傻事。（陡然振作起來）好了，我只好先走了，竹筠，我們再見。」

既沒有「補不足」也不能「損有餘」的局外超人方達生，是《日出》中調子最高卻又奉獻最少的出場人物。對於方達生見死不救、廉價自私的臨陣脫逃，最為經典的解釋是魯迅寫在《娜拉走後怎樣》中的一段話：「天下事盡有小作為比大作為更煩難的。譬如現在似的冬天，我們只有這一件棉襖，然而必須救助一個將要凍死的苦人，否則便須坐在菩提樹下冥想普度一切人類的方法去。普度一切人類和救活一人，大小實在相去太遠了，然而倘叫我挑選，我就立刻到菩提樹下去坐著，因為免得脫下唯一的棉襖來凍殺自己。」

七、以人為本的現代文明

就整個人類的文明歷史來看，第一個在世俗層面上表現出以人為本、意思自治、契約平等、大同博愛的價值體系和文明常識的現代個人，應該是基督教所信仰的耶穌基督。他的以人為本的自我健全，主要表現在相輔相成的三個方面。

第一是意思自治、自我犧牲的救贖意識。也就是以犧牲自己的肉體生命為代價，為全人類承擔罪責，從而在上帝與人類之間締結新一輪的並不對等的契約關係。《聖經》中的所謂「新約」，就是這樣得名的。

第二是上帝面前人人平等的契約規則。「新約」《聖經》中的福音契約的現代價值，並不在於甲乙雙方在實體正義方面的完全平等；而是在於雙方契約一旦成立，即使至高無上的宗教上帝，也要像人類共同體中的每一位個人一樣，在平等契約的程式正義的層面上共同遵守契約規定。如此一來，便以上帝的名義突破了遊牧農耕社會裡面等級森嚴的身份歧視、身份奴役和身份特權，從而在人類歷史上第一次吶喊出人與人之間平等博愛的文明意識和契約規則。隨著基督教作為世界性宗教的廣泛普及，工商契約社會裡最為基本的甲、乙雙方意思自治、契約平等的誠實信用；以及民主參與、憲政共和的制度規則和法律面前人人平等的程式正義，才得以逐步確立。

第三是公共領域內形而下的國家權威和政府權力，與形而上的信仰教育、道德精神以及靈魂追求之間政教分離、各守邊界的契約規則。也就是耶穌在《馬太福音》第二十二章中所說的「凱撒的物當歸給凱撒，上帝的物當歸給上帝」。

繼耶穌基督之後，正是基於現代性的以人為本、意思自治、契約平等、民主參與、憲政共和、大同博愛的價值體系和文明常識，擁有足夠多的健全個人的歐美民主國家，逐步制訂完善了切實保障每一位個人最為基本的人身自由權、精神自由權和私有財產權的憲政民主制度。作為信仰之主，耶穌基督與前文明社會的主宰者、統治者之間的根本區別就在於，他是以自我健全、承擔罪責的文明姿態為全社會以及全人類奉獻服務的；而前文明社會的主宰者、統治者對於全社會以及全人類的最高追求，卻是既天下為公又化公為私的征服霸佔和專制奴役，也就中國古代的《詩經・小雅・北山》中所歌頌的「普天之下，莫非王土；率土之濱，莫非王臣」。

在〈《雷雨》序〉中公開以神道設教、替天行道的宗教先知加抒情詩人自居的劇作者曹禺，顯然是不是像基督耶穌那樣自我健全、承擔罪責的一個人；而是像劇中的方達生那樣，渴望著到子虛烏有的彼岸天堂裡面享受廉價特權的一個人。關於《日出》中的戲劇人物，他在〈《日出》跋〉中解釋說：

「在《日出》，也是一個最重要的角色我反而將他疏忽了，他原是《日出》唯一的生機，然而這卻怪我，我不得已地故意把他漏了網。寫《雷雨》，我不能如舊戲裡用一個一手執鐵釘，一手舉著巨錘，青面紅發的雷公，象徵《雷雨》中渺茫不可知的神秘。那是技巧上的不允許。寫《日出》，我不能使那象徵著光明的人們出來，卻因為一些有夜貓子眼睛的怪物無晝無夜，眈眈地守在一旁，是事實上的不可能。我曾經故意叫金八不露面，令他無影無蹤，卻時時操縱場面的人物，他代表一種可怕的黑暗勢力，但把那些勞作的人們，那擁有光明和生機的，也硬閉在背後，當做陪襯，確實是最令人痛心的，一樁無可奈何的安排。」

由此可知，在曹禺的心目之中，《日出》裡面是存在著等級森嚴的三個層面的戲劇角色及社會形態的。第一個層面的「最重要的角色」，指的是「硬閉在背後」不能出場的、既「象徵著光明」又自相矛盾地「擁有光明和生機」的「那些勞作的人們」。也就是只能合唱著「日出東來，滿天大紅！要想得吃飯，可得做工！」的《軸歌》「當做陪襯」的砸夯工人。他們所對應和象徵的，是老子《道德經》中形而上的子虛烏有的「損有餘而補不足」的陽光天堂。

第二個層面的次等重要的角色，是「無影無蹤，卻時時操縱場面」的既是絕對專制的「閻王」又是絕對有餘的「財神」的金八。他所代表的是一種「可怕的黑暗勢力」，他所主宰操縱的，是把劇中所有的有餘者和不足者一網打盡、天誅地滅的陰間地獄。

第三個層面的最不重要、最為劣等的「傀儡」角色，是劇中一個個活生生的出場人物，以及由他們所構成的人間地獄式的「損不足以奉有餘」的現實社會。用曹禺〈《日出》跋〉中的話說：「《日出》希望獻與觀眾的，應是一個鮮血滴滴的印象，深深刻在人心裡，也應為這『損不足以奉有餘』的社會形態。」

曹禺創作《日出》時的職業身份，是天津河北女子師範學院的英文教師。基督教的《聖經》，恰好是他給女學生講課時採用的英文教材。熟讀《聖經》的曹禺，在《日出》中展現了所謂「損不足以奉有餘」的社會現實；以及由金八主宰的既損有餘又損不足的陰間地獄；進而把自己的最高理想，寄託在從來都沒有實現過而且也永遠不可能真正實現的「損有餘而補不足」的陽光天堂。對於現代歐美國家已經存在數百年的第四種社會形態，也就是既要「奉有餘」也要「補不足」的以人為本、意思自治、契約平等、民主參與、憲政共和、大同博愛的憲政民主社會，曹禺表現出的卻是完全徹底的格格不入。

在人類社會迄今為止最不壞也最文明的憲政民主社會裡，除了無法驗證的超世俗的宗教上帝之外，是不承認任何世俗性質的絕對真理、絕對價值、絕對權威、絕對主宰的。在這樣的社會裡，解決貧富差別以及階級鬥爭的最為有效的辦法，首先是通過「奉有餘」的方式，依法鼓勵資本家進行擴大再生產，從而為最廣大的無產者和不足者提供就業機會，以便最大限度地實現既要「奉有餘」也要「補不足」的共同富裕。與此同時，依法行政的政府機構及其公職人員，還可以通過公開透明的公共財政和公共服務體系，為盡可能多的社會成員尤其是生存在貧困線之下的不足者，提供最低限度的社會救濟和福利保障。

八、「予及汝偕亡」的天譴詛咒

《日出》劇本之前的八段引文，除了第一段出自中國本土的老子《道德經》之外，其餘七段全部出自基督教《聖經》。但是，貫穿於這七段《聖經》語錄中的核心觀念，並不是耶穌基督初步表現出的以人為本、意思自治、契約平等、民主參與、憲政共和、大同博愛的價值體系和文明常識；而是老子《道德經》中所傳達的奉天承運、替天行道、天誅地滅、一網打盡的極其原始野蠻的天譴罰罪。關於這一點，曹禺在〈《日出》跋〉中介紹說：

「我想不出一條智慧的路，顧慮得萬分周全。衝到我的口上，是我在書房裡搖頭晃腦背通本《書經》的時代，最使一個小孩子魄動心驚的一句切齒的誓言：『時日曷喪，予及汝偕亡！』（《商書・湯誓》）索繞於心的，也是一種暴風雨來臨之感。我惡毒地詛咒四周的不公平。除了去掉這群腐爛的人們，我看不出眼前有多少光明。誠如《舊約》那熱情的耶利米所呼號的，『我觀看地，地是空虛混沌；我觀看天，天也無光。』我感覺到大地震來臨前那種『煩躁不安』，我眼看著要地崩山驚，『肥田變為荒地，城邑要被拆毀。』在這種心情下，『我已經聽見角聲和打仗的喊聲。』我要寫一點東西，宣洩這一腔憤懣。我要喊『你們的末日到了！』對這幫荒淫無恥，丟棄了太陽的人們。」

前面已經談到過，當黃省三吶喊著要殺人時，李石清給出的旁白點評是：「他這樣的人是不會動手害人的。」對於曹禺寫在〈《日出》跋〉裡面的這種天譴詛咒式的神道高調，魯迅在一九二五年的《燈下漫筆》中，也給出過同樣性質的洩氣評論：

「『時日曷喪，予及汝偕亡！』憤言而已，決心實行的不多見。實際上大概是群盜如麻，紛亂至極之後，就有一個較強，或較聰明，或較狡滑，或是外族的人物出來，較有秩序地收拾了天下。釐定規則：怎樣服役，怎樣納糧，怎樣磕頭，怎樣頌聖。而且這規則是不像現在那樣朝三暮四的。於是便『萬姓臚歡』了；用成語來說，就叫作『天下太平』。」④

魯迅所說的「較強，或較聰明，或較狡滑，或是外族的人物」，指的就是商湯王、周武王以及金八式的打著奉天承運、替天行道之類最為神聖美好的旗號，專門從事公天下、救天下、打天下、坐天下、治天下、私天下、家天下的改朝換代、暴力革命的真命天子和獨裁皇帝。特別值得一提的是，在曹禺最為著名的三部經典作品《雷雨》、《日出》、《原野》中，沒有出現一名政府官員的影子。他在〈《日出》跋〉中談到當年的文藝審查制度時，表現出的分明是對於強權政府及其公職人員的恐懼逃避：

「有一位好心的朋友責問我：『你寫得這麼囉唆，日頭究竟怎麼出來，你並沒有提。』我只好用一副無賴的口吻告訴他：『你來，一個人到我家裡來，我將告訴你在這本戲裡太陽是怎麼出來的。』」

正是出於對強權政府及公職人員的恐懼逃避，曹禺不僅沒有勇氣明確界定金八既政教合一又官商合一的正式身份，而且不敢明確界定《日出》劇情的發生地點。他在發表於《文季月刊》一九三六年第五期的《〈日出〉第三幕附記》中專門聲明說：「第一幕在方達生的口裡有『上海』字樣，那是一時的筆誤，忘記改掉，因為整個這一本戲並沒有限定發生在中國某一處商埠裡。」

用階級論的觀點來加以衡量，《日出》中的相對有餘者潘月亭，屬於大資產階級的資本家。完全不足者黃省三和相對不足者李石清，屬於無產階級和小資產階級的知識份子。單就黃省三來說，這樣一個犯下人命大案並且已經進入法律程式的刑事犯，與他此前曾經就業的大豐銀行之間，已經不存在人身依附式的經濟債務關係，應該對他承擔依法管制或依法救濟的社會責任的，是掌握並且行使公共權力的政府司法機關及政府民政部門。被法庭釋放的「鬼」一般的黃省三，完全沒有理由撇開強權政府欺軟怕硬地向潘月亭表現自己的奴性反抗。在官本位的中國傳統社會裡，真正剝奪壓迫無產階級「不足者」的，並不是通過擴大再生產創造社會財富的資產階級，而是像金八那樣既不創造財富也不服務民眾的政教合一、官商合一的強權政府及其各級官員。曹禺把黃省三的個人及家庭悲劇完全歸罪於潘月亭，顯然是對於最應該承擔社會責任的強權政府及其公職人員欺軟怕硬的偏袒開脫。這與其說是怕官仇富的劇中人物黃省三的人生失敗，不如說是比黃省三更加怕官仇富的劇作者曹禺的創作失敗。進一步說，隨著潘月亭的大豐銀行破產倒閉，被曹禺和自傳性人物方達生歌頌為擁有太陽並且象徵天堂的砸夯工人，必然要淪落為像黃省三那樣下崗失業的完全不足者。由方達生連同下崗失業的砸夯工人所代表、所追求的「損有餘而補不足」的陽光天堂，一旦強制性地付諸現實，只能是比金八所主宰的陰間地獄更加黑暗也更加殘酷的人道災難。一九五八年前後用人類社會根本不可能實現的極端高調，來強制幾乎所有中國人大公無私地過集體生活尤其是吃大鍋飯的人道災難，就是最有說服力的事實證據。

比起西方社會的階級鬥爭學說，真正能夠解釋《日出》中有餘者與不足者之間的社會矛盾和階級對立的，是魯迅的《燈下漫筆》。劇中的完全不足者黃省三、小東西，顯然是屬於魯迅所說的「想做奴隸而不得」的一類人；劇中的相對不足者潘月亭、陳白露、李石清、花翠喜等人，則屬於「暫時做穩了奴隸」的一類人。曹禺自己在〈《日出》跋〉中所展現的精神面貌，其實是與「想做奴隸而不得」的黃省三、李石清一樣陰柔膽怯的可憐相：

「我總是悻悻地念著我這樣情意殷殷，婦人般地愛戀著熱望著人，而所得的是無盡的殘酷的失望……我如一只負傷的狗撲在地上，齧著鹹絲絲的澀口的土壤，我覺得宇宙似乎縮成昏黑的一團，壓得我喘不出一口氣……」

對於像曹禺這樣把自己的愛恨甚至於自己的命運全部寄託在別人身上的一類人，恩格斯在《反杜林論》中解釋說：「無論自願的形式是受到保護，還是遭受踐踏，奴役依舊是奴役。甘受奴役的現象發生於整個中世紀，在德國直到三十年戰爭後還可以看到。普魯式在一八〇六年戰敗之後，廢除了依附關係，同時還取消了慈悲的領主們照顧貧、病和衰老的依附農的義務，當時農民曾向國王請願，請求讓他們繼續處於受奴役的地位——否則在他們遭受不幸的時候誰來照顧他們呢？……無論如何，我們必須認定，平等是有例外的。對於缺乏自我規定的意志來說，平等是無效的。」⑥

總而言之，劇作者曹禺與他筆下幾乎所有的戲劇人物一樣，屬於魯迅所說的或者「暫時做穩了奴隸」或者「想做奴隸而不得」的既大同又小異的一類人；也就是恩格斯所形容的因為「缺乏自我規定的意志」而「甘受奴役」的一類人。

九、怕官仇富的陽光天堂

縱觀《日出》全劇，最不把別人當人來對待的，既不是絕對專制的「閻王」加絕對有餘的「財神」的神秘人物金八；也不是被黃省三控訴為「是賊，是強盜，是鬼」的大豐銀行經理潘月亭；反而是一再把自己筆下的戲劇人物貶斥為「鬼」、「傀儡」、「可憐的動物」的劇作者曹禺，以及他在劇中的第一代言人、一再詛咒別人是「鬼」和「禽獸」的方達生。在收入《准風月談》的《「抄靶子」》一文中，魯迅專門介紹過像曹禺、方達生這樣的傳統中國人，從來不把本國人當人的歷史傳統：

「中國究竟是文明最古的地方，也是素重人道的國度，對於人，一向是非常重視的。至於偶有凌辱誅戮，那是因為這些東西不是人的緣故。皇帝所誅者，『逆』也，官軍所剿者『匪』也，劊子手所殺者『犯』也，滿州人『入主中原』不久也就染就了這樣的淳風，雍正皇帝要除掉他的弟兄，就先行御賜改稱為『阿其那』與『塞思黑』，我不懂滿州話，譯不明白，大約是『豬』和『狗』罷。黃巢造反，以人為糧，但若說他吃人，是不對的，他所吃的物事，叫作『兩腳羊』。」⑦

在曹禺的刻意安排下，《日出》中遭受天譴罰罪的第一目標，既不是相對有餘者潘月亭，也不是掙扎在死亡線上的完全不足者黃省三、小東西；而是被方達生詛咒為「放蕩，墮落」的初戀情人陳白露。早在第一幕的舞臺提示中，曹禺已經為生活在所謂「狹之籠」的「桎梏」之中的陳白露，撒下了一個天誅地滅、在劫難逃的天羅地網：

「她只有等待，等待著有一天幸運會來叩她的門，她能意外地得一筆財富，使她能獨立地生活著。然而也許有一天她所等待的叩門聲突然在深夜響了，她走去打開門，發現那來客，是那穿著黑衣服的，不做一聲地走進來。她也會毫無留戀地和他同去，為著她知道生活中意外的幸福或快樂畢竟總是意外，而平庸，痛苦，死亡永不會放開人的。」

與這段舞臺提示相印證，第四幕在介紹「穿黑衣服，歪戴著氈帽」的黑三，奉金八之命守候在門口監視潘月亭的同時，還在王福升與陳白露之間安排了這樣的對話：「可是，小姐，今天的賬是非還不可的，他們說鬧到天也得還！一共兩千五百元，少一個銅子也不行！您自己又好面子，不願跟人家吵啊鬧啊地打官司上堂。您說這錢現在不從四爺身上想法子，難道會從天上掉下來？」

緊接著跑上場的是剛剛從醉夢中醒來的張喬治，他對於陳白露的癡人說夢，所預示的正是由金八主宰操縱的奉天承運、替天行道、天誅地滅、一網打盡的天譴罰罪：

「（摸著心）白露，我做了一個夢，I dreamed a dream。哦，可怕極了，啊，Terrible！Terrible！啊，我夢見這一樓滿是鬼，亂跳亂蹦，樓梯，飯廳，床，沙發底下，桌子上面，一個個啃著活人的腦袋，活人的胳臂，活人的大腿，又笑又鬧，拿著人的腦袋殼丟過來，扔過去，戛戛地亂叫。忽然轟以一聲，地下起了一個雷，這個大樓塌了，你壓在底下，我壓在底下，許多許多人都壓在底下……」

曹禺之所以要刻意對陳白露實施與其說是「損有餘」，不如說是「存天理，滅人欲」的天譴罰罪，最為根本的原因就在於他以神道設教、替天行道的宗教先知加抒情詩人自居的極其廉價自私並且怕官仇富的男權特權意識。早在南開中學時期的《今宵酒醒何處》、《雜感》、《中國人，你聽著》等小說和雜文中，自稱「呆子」的十七歲的曹禺，已經把「聰明人」尤其是女性「聰明人」，劃定為天譴詛咒的首選對象。對於吶喊出「我對男人盡過女子最可憐的義務，我享著女人應該享的權利！」的女權人物陳白露，堅守自己極其廉價自私的男權地位和特權身份的曹禺，無論如何是不能容忍的。同樣是出於這種極其廉價自私並且怕官仇富的男權特權意識，在既是絕對專制的「閻王」又是絕對有餘的「財神」的金八都還沒有出手殺人的情況下，劇作者曹禺卻主動充當了讓未成年的雛妓小東西上吊自殺的罪魁禍首。

關於自傳性人物方達生，曹禺在〈《日出》跋〉中解釋說：「倒是白露看得穿，她知道太陽會升起來，黑暗也會留在後面，然而她清楚：『太陽不是我們的』，長歎一聲便『睡』了。這個『我們』有白露，算上方達生，包含了《日出》裡所有在場人物。這是一個腐爛的階層的崩潰，他們——不幸的黃省三、小東西、翠喜一類的人也做了無辜的犧牲——將沉沉地『睡』下去，隨著黑夜消逝，這是不可避免的必然的推演。」

單從這段話來看，方達生是應該與劇中像「鬼」、「傀儡」、「可憐的動物」一樣的所有出場人物，共同遭受金八主宰操縱的奉天承運、替天行道、天誅地滅、一網打盡的天譴罰罪的；而不是像劇中所展現的那樣，僅僅對方達生網開一面，讓他一個人獨自走向「損有餘而補不足」的陽光天堂。但是，曹禺在〈《日出》跋〉中剛剛表示過的「必然」，轉眼之間就變成自相矛盾、自欺欺人、自食其言的「茫茫然」：

> 說老實話，《日出》末尾方達生說：『我們要做一點事，要同金八拚一拚！』原是個諷刺，這諷刺藏在裡面，（自然我也許根本沒有把它弄顯明，不過如果這個吉訶德真地依他所說的老實做下去，聰明的讀者會料到他會碰著怎樣大的釘子。）諷刺的對象是我自己，是與我有同樣書呆子性格，空抱著一腔同情和理想，而實際無補於事的『好心人』。……可憐的是這幫『無組織無計畫』，滿心向善，而充滿著一腦子的幻想的呆子。他們看出陽光早晚要照耀地面，並且能預測光明會落在誰的身上，（《日出》三三一頁，方達生：『（狂喜地）太陽就在外面，太陽就在他們身上』。）卻自己是否能為大家『做一點事』，也為將來的陽光愛惜著，就有些茫茫然。

在極其廉價地尋求自己「為將來的陽光愛惜著」的拯救與新生方面，自稱「茫茫然」並且以「渺小的好心人」自許自戀的曹禺，其實是永遠不會含糊的。關於這一點，他的女兒萬方曾經有過十分傳神地解釋分析：「有時候在外人面前，他的真誠是用慣常的、虛偽的方式來表現的。這種說法不是人人都能明白，這是我的說法。但，他的喜怒哀樂最後總是遮蓋不了的。……我至今弄不清在他的思想深處，是否定自己多，還是肯定自己多，或者更多的是對自己的憐憫，他永遠不能領悟『自足常樂』和『隨遇而安』的欣然。」⑧

比起萬方所說的「用慣常的、虛偽的方式表現他的那種真誠」，魯迅在《娘兒們也不行》中，另有更加透徹也更加精闢的經典論述：「孟夫子說過的：『養生者不足以當大事，唯送死可以當大事』。娘兒們只會『養生』，不會『送死』，如何可以叫她們來治天下！……懂得這層道理，才明白軍縮會議，世界經濟會議，廢止內戰同盟等等，都是一些男子漢騙騙娘兒們的玩意兒；他們自己心裡是雪亮的：只有『送死』可以治國平天下，——送死者，送別人去為著自己死之謂也。」⑨

《日出》中真正「送別人去為著自己死」的罪魁禍首，並不是「代表一種可怕的黑暗勢力」的神秘人物金八，而是既廉價自私又怕官仇富的劇作者曹禺以及劇中的自傳性人物方達生。曹禺不僅精心安排了沒有出場的小東西的農民工父親、黃省三的三個兒女以及李石清的小兒子的無辜死亡；而且通過出場人物陳白露和小東西自裁自贖的獻祭犧牲，為自傳性人物方達生一個人走向「損有餘而補不足」的陽光天堂，提供了兩個最為美好也最為善良的鋪路石。既廉價自私又怕官仇富的方達生，在劇中扮演的其實是與「代表一種可怕的黑暗勢力」的金八主動合謀的負面角色。他不把別人當人來平等對待的天譴詛咒，一方面為金八主宰操縱的既要損有餘又要損不足的天譴罰罪，提供了奉天承運、替天行道、天誅地滅、一網打盡的神道理由；與此同時也為他自己一個人極端自私又極端廉價地走向神聖美好的陽光天堂，提供了一種神道設教、替天行道的神道藉口。

話又說回來，正是因為有了劇作者曹禺既廉價自私又怕官仇富的男權特權意識，直接根源於他的「原始的情緒」和「蠻性的遺留」的「陰間地獄之黑暗＋男女情愛之追求＋男權家庭之反叛＋專制社會之革命＋捨身愛人之犧牲＋天誅地滅之天譴＋替天行道之拯救＋陽光天堂之超度」的密碼模式；連同其中天譴罰罪加陽光天堂的天羅地網般的神道祭壇；才有可能繼《雷雨》之後，再一次較為圓滿地呈現在《日出》劇情之中。從這個意義上說，集中表現中國社會貧富懸殊的階級對立；以及老子《道德經》所倡導的以「損有餘而補不足」的陽光天堂「天之道」的神聖名義，對於「損不足以奉有餘」的人間地獄「人之道」的現實世界實施天譴罰罪的四幕劇《日出》，是曹禺繼「絕子絕孫」的《雷雨》之後，創作出的又一部戲劇化的敘事詩和宗教化的戲劇詩。

---

① 本章主要內容，已經以《曹禺〈日出〉中的「有餘」與「不足」》和《百年曹禺：中國社會的「有餘」與「不足」》為標題，分別發表於《藝術百家》二〇一〇年第六期和《名作欣賞》二〇一〇年十一月上旬刊。

② 本文所依據的《日出》劇本及〈《日出》跋〉，是田本相編《曹禺文集》第一卷收錄的上海文化生活出版社一九三六年十一月出版的版本，見《曹禺文集》第一卷，中國戲劇出版社，一九八八年，第二五〇頁。

③ 魯迅：《無常》、《魯迅全集》第二卷，人民文學出版社，一九八一年，第二七〇頁。

④ 魯迅：《娜拉走後怎樣》、《魯迅全集》第一卷，第一六一頁。

⑤ 魯迅：《燈下漫筆》、《魯迅全集》第一卷，第二一二頁。

⑥ 恩格斯：《反杜林論》、《馬克思恩格斯選集》第三卷，人民出版社，一九七二年，第一三八、一三九頁。

⑦ 魯迅：《「抄靶子」》、《魯迅全集》第四卷，第二〇五頁。

⑧ 萬方：《我的爸爸曹禺》、《文彙月刊》一九九〇年第一期。

⑨ 魯迅：《娘兒們也不行》《魯迅全集》第八卷，第三五七頁。

第五幕

第五章 《原野》中的野蠻復仇

在曹禺所有的影劇作品中，《原野》是「原始的情緒」和「蠻性的遺留」，以及由此而來的「陰間地獄之黑暗＋男女情愛之追求＋男權家庭之反叛＋專制社會之革命＋捨身愛人之犧牲＋天誅地滅之天譴＋替天行道之拯救＋陽光天堂之超度」的密碼模式，表現得最為充分也最為極端的一部經典作品；同時也是最具藝術魅力和最富學術爭議的一部經典作品。①

一、《原野》的創作與演出

一九三七年三月至八月，曹禺在愛情與事業的雙重收穫和滿足中，創作完成了他的第三部經典戲劇《原野》，由章靳以主編的《文叢》雜誌第一至五卷連續刊載。據曹禺回憶，《原野》的劇名得之於波斯詩人歐涅爾的一首小詩：「要你一杯酒，一塊麵包，一卷詩，只要你在我身邊，那原野也是天堂。」②當時在南京四牌樓附近安家的曹禺，正在與鄭秀商談婚姻大事。「只要你在我身邊，那原野也是天堂」的浪漫情懷，是談婚論嫁的青年男女普世大同的心理常態。

鑒於《雷雨》、《日出》所引起的轟動效應，當年的文藝界對於《原野》寄寓了很高的期待。劇本還沒有連載完畢，便到了巴金手中，作為上海文化出版社《文學叢刊》第五集、《曹禺戲劇集》第三種正式出版。搶先拿到劇本的著名導演應雲衛，在上海業餘實驗劇團組織了強大的演員陣容，並且邀請曹禺專程到上海為劇組演職人員講解排演過程中的注意事項。

一九三七年八月七日，上海業餘實驗劇團在卡爾登大戲院隆重推出為期一周的首輪公演。可惜的是，當時的上海正處於「烏雲壓頂城欲摧」的危難關頭，人們再也拿不出幾個月前歡迎《日出》的那種熱情來歡迎《原野》了。八月十三日，史稱「八一三事變」的淞滬會戰正式爆發。八月十四日，上海業餘實驗劇團是在飛機的轟炸聲中堅持完成首輪公演的。關於《原野》所遭受的冷遇，胡風晚年回憶說：「八月十二日夜，我去看在演出的話劇《原野》。人心被戰爭所吸引，幾乎沒有買票的觀眾。到了十多個文藝界的人，我只記得有歐陽予倩。戲還是照演。換幕中間，化著妝的演員走到看客友人裡面閒談……」③

在《原野》首演之前，由中國劇作者協會與上海戲劇界聯誼會聯合發起組織的上海戲劇界救亡協會，於一九三七年七月二十八日宣告成立。就在《原野》舉行首演的八月七日，由該協會組織夏衍、鄭伯奇、張庚、孫師毅、崔嵬、張季純、馬彥祥、王震之、阿英、于伶、宋之的、姚時饒、袁文殊等人集體創作的三幕「時事煽動劇」《保衛蘆溝橋》，也在上海蓬萊大戲院舉行盛況空前的首輪公演，上海影劇界參加公演的演員達近百名之多。與《保衛蘆溝橋》相比，《原野》的演出顯得非常不合時宜。

在此後的幾十年時間裡，《原野》雖然演出不斷，卻從來沒有像《雷雨》、《日出》那樣在全國範圍內引起轟動效應。一九八一年，該劇由南海影業公司搬上銀幕，由凌子（葉向真）導演，楊在葆扮演仇虎，劉曉慶扮演花金子。限於當時的政治環境，影片只在一部分大城市裡進行過內部放映。這年九月，《原野》在義大利威尼斯電影節上獲得「最受推薦電影」的榮譽稱號，從此才開始受到國內影劇界的普遍關注。田本相在訪談錄中，記錄有曹禺當年的如下談話：

「我是不贊成的，它把一些地方改了，仇虎那些極相信鬼神的地方給改了。那種歲月，又有什麼辦法？我是不熟悉農民，但是我的那個奶媽——段媽給我講了許多這樣的農村的故事。……我是寫這樣三種類型：一種是焦閻王已變壞了；一種是白傻子，他還能活下去；一種是仇虎，他就活不下去，沒有他的路。仇虎的復仇觀念是很強的，原始的，那個時候共產黨還沒出世，……殺了大星之後，他卻變得精神恍惚起來，於是在他眼前出現了陰曹地府，牛頭馬面，還有焦閻王，……最後一幕，是現實的，也是象徵的，沒有仇虎的出路，金子死得更慘。」④

曹禺所謂「仇虎那些極相信鬼神的地方」，其實就是《〈雷雨〉序》中所說的集動物本能的野性蠻力和宗教精神的神性魔力於一身的「原始的情緒」和「蠻性的遺留」，以及由此而來的「陰間地獄之黑暗＋男女情愛之追求＋男權家庭之反叛＋專制社會之革命＋捨身愛人之犧牲＋天誅地滅之天譴＋替天行道之拯救＋陽光天堂之超度」的密碼模式。刪改了「仇虎那些極相信鬼神的地方」，電影版《原野》也就不再是曹禺《原野》的本來面目了。儘管如此，電影版《原野》依然不失為一部比較成功的藝術作品。曹禺《原野》原著的藝術價值得到觀眾與讀者的逐漸認知，很大程度上得益於電影版《原野》引起的轟動效應。隨著《原野》一劇知名度的提高，對於該劇形形色色的誤讀現象非但沒有減少和消失，反倒呈現出眾說紛紜、莫衷一是的混亂態勢。

二、保家護種的焦母

《原野》一劇的故事情節是這樣的：仇虎的父親仇榮與焦大星的父親焦閻王是拜過天地的換帖兄弟。在軍閥隊伍裡當連長的焦閻王退伍回鄉後，設下圈套活埋了義兄仇榮，又把仇虎的妹妹賣給了妓院，把仇虎送進了監獄。等到仇虎越獄返鄉的時候，焦閻王已經去世，與仇虎有過婚約的花金子也嫁給了焦大星。一心要為父親、妹妹復仇的仇虎，按照中國傳統社會「父債子還」的老辦法，把焦大星連同焦大星的獨生子小黑子「一網打盡」，從而在十天之內實現了讓焦閻王一家「絕子絕孫」的復仇計畫。仇虎原始野蠻的復仇行為欠下了新一輪血債，等待他的是原野黑林子中由俗稱「閻王」的「黑臉的閻羅（地藏王）」所主持的天誅地滅、天譴罰罪的地獄審判。陷身於原野黑林子之中走投無路的仇虎，最終只好選擇自殺以反抗這種不公正的地獄審判。

與《雷雨》中的魯侍萍相彷彿，老一代的焦母是一個傳統得不能再傳統的舊式女性，一個比男權家長焦閻王更富於保家護種的血親觀念的男權衛士，她的原型可以一直追溯到古詩《孔雀東南飛》中焦仲卿的寡母。一九二二年，北京女子高等師範學校教授袁昌英以三幕悲劇《孔雀東南飛》，開創了參照佛洛伊德的精神分析學說重塑中國女性形象的創作路徑，並且成為愛美劇運動——英文Amateur的音譯，指的是以學生劇團為主體的非職業、不以營利為目的戲劇運動——中的保留劇目。該劇對於曹禺《原野》的寫作有著較為直接的影響。

就死去丈夫的焦母來說，她賴以生存的全部意義，就在於擁有並且捍衛焦閻王所遺留的男權家庭。在焦閻王活著的時候，夫妻二人把共同的愛心全部寄託在寶貝兒子焦大星身上。為了不把大星捲進怨怨相報的報應輪迴，他們採取瞞和騙的方式呵護著這棵焦家的獨苗。為了保佑焦大星無病無災、長命百歲，焦閻王特意在神位面前求來一隻銅耳環懸在他的左耳下。為了既保佑欠下血債的焦閻王不被罰下地獄，又保佑焦家不被絕子絕孫，焦母還以善男信女的虔誠「念了九年《大悲咒》，燒了十年的往生錢」。夫妻二人萬般呵護的結果，把焦大星培養成為「簡直經不得風霜」的「一根細草」。在大星喪妻之後，焦閻王還為他娶來「好看的媳婦」花金子。正是這種非人性的溺愛，註定了焦大星在劫難逃的人生宿命。

對於焦閻王生前給焦大星強娶花金子的舉措，比焦閻王更富於男權意識和家族觀念的焦母，有著截然不同的另一種看法：「我早就跟大星說過，要小心點，你別聽你爸的話娶金子回家來，『好看的媳婦敗了家，娶了個美人忘了媽』。」但是，這個恪守三從四德之類「妾婦之道」的老婦人，終歸是男權家庭的奴隸和傀儡，她沒有膽量公開阻撓丈夫的意願，只是把自己的意見保留下來講給兒子聽。

焦閻王死後，焦母當仁不讓地充當起保家護種的衛道士。她為了保家護種，或者說是為了捍衛自己異化變態的佔有情慾，近乎本能地仰仗著曹禺在《〈雷雨〉序》中所說的「原始的情緒」和「蠻性的遺留」，一再採取非人性、反人道的極端手段，對仇虎、花金子實施天誅地滅式的天譴詛咒和攻擊陷害。劇作者曹禺為了強調焦母身上交通神鬼的超常魔力，在《原野》序幕的舞臺提示中，既賦予她高度男性化的怪異扮相，又從美國著名劇作家奧尼爾的《悲悼》（又名《只因素服最相宜》）中，為她借來一身「最相宜」的「素服」：

「由軌道後面左方走上一位嶙峋的老女人，約莫有六十歲的樣子。頭髮大半斑白，額角上有一塊紫疤，一副非常峻削嚴重嚴厲的輪廓。扶著一根粗重的拐棍，張大眼睛，裡面空空不是眸子，眼前似乎罩上一層白紗，直瞪瞪地望著前面，使人猜不透那一對失了眸子的眼裡藏匿著什麼神秘。她有著失了瞳仁的人的猜疑，性情急躁；敏銳的耳朵四筆八面地諦聽著。她的聲音尖銳而肯定。她還穿著丈夫的孝，灰布褂，外面罩上一件黑坎肩，灰布褲，從頭到尾非常整潔。」

與《雷雨》中以母愛名義和男權標準，對四鳳實施靈魂禁錮和天譴詛咒的魯侍萍相彷彿，焦母也是以保家護種的神聖名義來教導呵護焦大星的：「（對自己的兒子）記著在外頭少交朋友，多吃飯，有了錢吃上喝上別心疼。聽著！錢賺多了千萬不要賭，寄給你媽，媽跟你存著，將來留著你那個死了母親的兒子用。再告訴你，別聽女人的話，女人真想跟你過的，用不著你拿錢買；不想跟你過，你就是為她死了，也買不了她的心。」

只有在精神崩潰的癲狂狀態中，焦母才會暫時拋開保家護種的神聖使命，赤裸裸地暴露出潛意識中極其原始黑暗的佔有慾望：

「金子，你說呀！你說呀！你長得好看，你又能說會道的。你丈夫今兒給你買花，明兒為你買粉，你是你丈夫的命根子，你說呀，你告我吧。我老了，沒家沒業的，兒子是我的家私，現在都歸你了。」

「我就有這麼一個兒子，他就是我的家當，現在都叫你霸佔了。……」

第一幕中，仇虎還沒有公開露面，瞎眼的焦母就憑著交通神鬼的超常魔力，從焦閻王的在天之靈那裡得到了「猛虎臨門，家有凶神」的神諭，並且在花金子面前說了出來：「（摸起錫箔，慢慢疊成元寶，一句一句地）我夢見你公公又活了——」

仇虎的歸來激起焦母極其強烈的保家護種的使命感。她到原野黑林子的小廟裡，從活神仙那裡求來「肚子上貼著素黃紙的咒文，寫有金子的生辰八字，心口有朱紅的鬼符，上面已扎進八口鋼針」的木人，企圖借助巫婆神漢的巫術符咒置花金子於死地。她還假借死去的仇榮的「魂」勸說仇虎放棄復仇，以便「保下你們仇家後代根」。接下來，她一面委派常五通知偵緝隊抓捕仇虎和花金子；一面向花金子當面告饒道：「以前譬若我錯了，我待你不好，就照你說的吧，磨你，叫你在家裡不得好過。」

交通神鬼的焦母，處心積慮地為仇虎和花金子布下一張人力所及的天羅地網。不曾想，她自己最終還是弄巧成拙，敗給了仇虎為她布下的另一張更加強大的天羅地網。不僅兒子焦大星被仇虎殺死，她自己還鬼使神差般舉起原本要殺死仇虎的鐵杖，親手殺死了自己的孫子小黑子。在遭受一網打盡、絕子絕孫的天譴罰罪之後，焦母像《雷雨》中的周樸園、魯侍萍、周蘩漪一樣喪失了所有的人生寄託。她並不就此甘休，而是拼上老命請出民間土著所執迷、所信奉的至高至上的「天（老天爺）」，從而啟動了新一輪的家族復仇和天譴詛咒：「你的心太狠了，虎子，天不容你呀！」

三、退化變種的焦大星

比之於《孔雀東南飛》中唯母命是從的焦仲卿，焦大星身上已經多了幾絲現代氣息，卻依然不是恩格斯在《反杜林論》所說的具備了「自我規定的意志」的現代個人。用仇虎的話來說，焦大星之所以能夠擁有一份自我意識和人性火花，一方面得益於「他媽看他是個奶孩子，他爸當他是個姑娘」的昵愛；另一方面得益於花金子對於他的欺騙：「他媳婦也不肯把真事告訴他，因為他媳婦從那天嫁他起就看不上他，嫌他。」

對於人世間血仇爭殺的盲目無知，反而使焦大星消解了前文明時代的「原始的情緒」和「蠻性的遺留」，從而擁有了《原野》中僅有的一份與人為善的人道情懷。但是，以「原始的情緒」和「蠻性的遺留」為原動力和內驅力的劇作者曹禺，卻基於以神道設教、替天行道的宗教先知加抒情詩人自居的男權意識和特權身份，把焦大星與人為善的人道情懷認定為不可饒恕的退化變種。早在《雷雨》中，曹禺就借著魯大海之口斥責與人為善的周萍說：「你父親雖壞，看著還順眼。你真是世界上最用不著，最沒勁的東西。」到了《原野》中，在曹禺的刻意安排下，焦大星在序幕中剛一上場，就被花金子推到了兩難悖論的人生絕境：

焦花氏　你說「淹死我媽！」

焦大星　（驚駭望著她）什麼，淹死——

焦花氏　（期待得緊）你說呀，你說了我才疼你，愛你。（誘惑地）你說了，你要幹什麼，我就幹什麼。你看，我先給你一個。（貼著星的臉，熱熱地親了一下）香不香？

與《雷雨》中周蘩漪對於周萍的情愛誘惑相彷彿，花金子這種一擒一縱的情愛誘惑，堪稱是極具中國特色的意淫式的精神強暴。面對花金子意淫式的精神強暴，焦大星第一次淪落到自我喪失以至於人性墮落的邊緣，差一點說出「淹死我媽」的滅倫之語。焦母的及時趕來，看似要拯救焦大星於精神倒懸之中，落到實處的卻是另一個輪迴的精神強暴：

「（用杖指著他）死人！還不滾，還不滾到站上幹事去，（狠惡地）你難道還想死在那騷娘們的手裡！死人！你是一輩子沒見過女人是什麼樣是怎麼！你為什麼不叫你媳婦把你當元宵吞到肚裡呢？我活這麼大年紀，我就沒有見過你這樣的男人，你還配那死了的爸爸養活的？」

十天之後，焦母委派常五把在外面做事的焦大星叫回家中。焦大星回到家裡的第一件事，依然是向金子表白情愛之心：「（軟弱的）金子，你進了我家的門，自然不像從前當閨女那樣地舒服。可我從來也沒有埋怨過你，我事事替你想，買東買西，你為什麼一見我，盡說這些難聽的話呢？」

對於焦大星的推心置腹，花金子的回應照例是不領情、不買賬的撒潑放刁：「我們今天也算算賬，我上輩子欠了你家的什麼？我沒有還清，今生要我賣了命來還。（抹著鼻涕）哼，我又偷人，又養漢，我整天地打野食，姘人，我沒有臉。我是婊子，我這還有什麼活頭，哦，我的天哪！（撲在桌上，捶胸頓足，慟哭起來）。」

一心一意要與人為善的焦大星萬萬沒有想到，在接下來的審姦戲中，再一次被推到兩難悖論的人生絕境中受污辱、受損害的，依然是作為男權家長的他自己：「嗯，（麻痹）嗯，打！打！（舉起皮鞭，想用力向金子身上——但是人彷彿凝成了冰，手舉在空中，淚水盈眶，呆望著花氏冷酷無情的眼。靜默。忽然扔下鞭子，撲在母親足下慟哭起來）哦，媽呀！」

這一次及時趕到的救星，換成了與花金子偷情通姦的仇虎。就是在這場審姦戲中，《雷雨》中由魯大海吶喊出的「絕子絕孫」的天譴詛咒，又從花金子的口中吶喊了出來。

仇虎的通姦與復仇已經是一個公開的秘密，被蒙在鼓裡的只有作為第一受害人的焦大星自己。當天夜裡，在鬼氣森森的焦閻王家裡，退化變種的焦大星竟然染上陰魂不散的閻王父親的鬼氣，於煩惡中預言著自己和小黑子在劫難逃的悲慘命運：

「今天這孩子是怎麼回事，簡直像是哭我的喪。」

「我直望著孩子的眼，孩子彷彿看見了什麼似的，那麼死命地幹嚎。」

即使這樣，焦大星對於義兄仇虎的歸來，依然抱著與人為善的平常心態：「他是您的幹兒，跟我又是從小的朋友，這次特來看我們，我們跟人無仇無冤，疑心人家要害我們幹什麼？」對於偷情通姦、離經叛道的花金子，焦大星也依然在進行著周萍式的反省自責：「媽，您不能這麼趕她出去。……我知道她這次是真心地不——不要臉，不要臉，做了這麼一件對——對不起我的事，可是，媽，難道我們就沒有一點錯麼？難道我們——」

不過，比之於《雷雨》中那個能夠在現代人性和現代人道的層面上公開宣稱「我愛四鳳，她也愛我，我們都年青，我們都是人」，並且能夠鼓起勇氣對自己實施自裁自贖的周萍；焦大星顯然遜色了許多。儘管他企圖把自己變回「閻王的種」，面對奪走自己妻子的仇虎，他卻像《日出》中的黃省三、李石清、方達生那樣，始終鼓不起真刀實槍拼命鬥爭的勇氣，反倒乖乖地向花金子交出手中的匕首。當場面上只剩下焦大星和花金子的時候，焦大星竟然像《雷雨》中主動提出要和周萍、四鳳亂倫群居的周蘩漪那樣，向花金子做出最大限度的讓步：

「（忽然瘋狂地）那麼，只要你在這兒，我可以叫他來，我情願，我不在家的時候，你……你……可以跟他……（說不下去）」

墮落到如此境地的焦大星，已經徹頭徹尾地失落了自己僅有的一點人性火花。「恨惡到了極點」的花金子，乾脆斥罵他是「天生的王八！」令人不堪的是，意猶未盡的劇作者曹禺，還要仿照莎士比亞筆下的馬克白斯的口吻和《日出》中李石清的腔調，借著殺死焦大星的仇虎之口實施鞭屍式的旁白點評，以期達成戲曲舞臺上所常見的淋漓盡致「灑狗血」的藝術效果：

「我知道他心裡有委屈，說不出的委屈。（突然用力）我舉起攮子，他才明白他就有這一會工夫，他忽然怕極了，看了我一眼，（低聲，慢慢）可是他喉嚨裡面笑了，笑得那麼怪，他指指心，對我點一點頭——（忽然橫了心，厲聲）我就這麼一下子！哼，（聲忽然幾乎聽不見）他連哼都沒有哼，閉上眼了。（匕首扔在地上）人原來就是這麼一個不值錢的東西，一把土，一塊肉，一堆爛血。早晚是這麼一下子，就沒有了，沒有了。」

四、野蠻復仇的仇虎

與《雷雨》、《日出》一樣，《原野》中所有的出場人物，大都是曹禺所說的「鬼」、「傀儡」和「可憐的運動」，也就是恩格斯在《反杜林論》中所說的因為「缺乏自我規定的意志」而「甘受奴役」的空洞人物。《原野》對於這種「缺乏自我規定的意志」的空洞人物的最為經典的傳神寫照，是花金子的如下臺詞：

「虎子，你走這一條路不是人逼的麼？我走這條路，不也是人逼的麼？誰叫你殺了人，不是閻王逼你殺的麼？誰叫我跟著你走，不也是閻王逼我做的麼？我從前沒有想嫁焦家，你從前也沒有想害焦家，我們是一對可憐蟲，誰也不能做了自己的主，我們現在就是都錯了，叫老天爺替我們想想，難道這些事都得由我們擔待麼？」

表面上最為野蠻勇猛的一對男女，內心深處卻偏偏是最為軟弱的「一對可憐蟲」。這是曹禺戲劇中最為奇妙的精神現象。正是由於「缺乏自我規定的意志」，以「原始的情緒」和「蠻性的遺留」為野蠻復仇的原動力和內驅力的仇虎，只能憑藉著中國傳統文化所固有的宗教神道的名義，來實施以焦家的「絕子絕孫」、「一網打盡」為第一目標的野蠻復仇。

「初一十五廟門開，牛頭馬面兩邊排。……殿前的判官呀掌著生死的薄，……青臉的小鬼喲，手拿拘魂的牌。……閻王老爺喲當中坐，一陣哪陰風啊，吹了個女鬼來……」這曲具有極其濃厚的宗教色彩的民間小調

《妓女告狀》，所印證的是仇虎十五歲就被焦閻王賣到妓院的妹妹的悲慘命運。上吊而死的妹妹的冤魂，是仇虎實施聖戰式的野蠻復仇的第一個精神籌碼。

第二幕中，當仇虎實在鼓不起勇氣殺死焦大星的時候，不得不搬出第二籌碼——被焦閻王活埋而死的老父親仇榮的冤魂——隨著一句「爹呵，你要幫我」的望天乞靈，仇虎終於狠下心來，把匕首插進醉夢中的焦大星的胸膛。

同樣是以「原始的情緒」和「蠻性的遺留」為原動力和內驅力，比起此前的《雷雨》和《日出》、《原野》一劇的獨到之處在於，它在第三幕中不僅最大限度地活現了由俗稱「閻王」的「黑臉的閻羅（地藏王）」一手把持的陰間地獄；還最大限度地活現了內在於仇虎靈魂深處的神道心獄：

焦花氏　（忽起疑惑，抓住仇虎）虎子，你告訴我小黑子究竟怎麼死的？

仇　虎　（機械地）他奶奶打死的。

焦花氏　我知道。可你叫我把黑子抱到屋裡是怎麼回事？

仇　虎　唔。（低沉）一網打盡，一個不留。

…………

仇　虎　……我在獄裡做苦力，叫人騙了老婆，占了地，打瘸了腿，嗯，對！對！我仇虎是好百姓，苦漢子，受了多少欺負，冤枉，委屈，對！對！我現在殺他焦家一個算什麼？殺他兩個算什麼？就殺了他全家算什麼？對！對！大星死了，我為什麼要擔待？對！他兒子死了，我為什麼要擔待？對！我為什麼心裡犯糊塗，老想著焦家祖孫三代這三個死鬼，對！對！我自己那年邁的爹爹，頭髮都白了，（忽然看見右面昏黑裡出現了什麼，不知不覺地慢下來）人都快走不動了。

由於「天（老天爺）」沒有也不可能為迷失在原野黑林子中的仇虎提供實質性的幫助，仇虎在《原野》第三幕第四景的地獄審判中，像《竇娥冤》中赴法場的竇娥那樣，昏頭昏腦地把天譴詛咒的目標，自相矛盾地指向了至高無上的「天（老天爺）」：「金子，你求什麼？你求什麼？天，天，天，什麼是天？沒有，沒有，沒有！我恨這個天，我恨這個天。你別求它，叫你別求它！」

出於對「天（老天爺）」的仇恨和絕望，仇虎掉轉頭去祈求陰間地獄裡面俗稱「閻王」的「黑臉的閻羅（地藏王）」：「小人仇虎身有兩代似海的冤仇，前在陽世，上有老父年邁，下有弱妹幼小，都為雜種狠心的焦連長所害，死於非命。……小人兩代似海的仇冤，千萬請閻王老爺做主，閻王老爺做主。」

隨著替天行道的「閻王老爺」變身為穿著軍裝的殺父仇人焦連長，徹底絕望的仇虎於失魂落魄、精神倒懸之中，終於繞到神道心獄的邊緣，覷破了中國傳統宗教神道自欺欺人的虛假騙局：

「好，好，閻王！閻王！原來就是你，就是你們！我們活著受盡了你們的苦，死了，你們還想出這麼個地方來騙我們，想出這麼個地方來騙我們。」

「現在仇虎不相信天，不相信地，就相信弟兄們一塊兒跟他們拼，准能活，一個人拼就會死。叫他們別怕勢力，別怕難，告訴他們我們現在要拼得出去，有一天我們的子孫會起來的。」

仇虎的這種人格完成，其實只限於審美意義上的阿Q式的精神勝利。他只是憑著自己交通神鬼的通天慧眼，於失魂落魂的精神倒懸中覷破了中國傳統神道文化以天神天命天意天理天道天堂為本體本位，以人身依附的天、地、君、親、師的身份等級捆綁限制所有個人的天羅地網般的神道體系的虛假之處；而沒有在以人為本、意思自治、契約平等、民主參與、憲政共和、大同博愛的人道主義本體論的意義上，憑著「自我規定的意志」再前進一步，從而像古希臘悲劇中的普羅米修士、俄狄浦斯王，以及莎士比亞戲劇中的哈姆萊特、易卜生戲劇中的斯鐸曼醫生那樣，以自我解放、自我負責、自我健全的建設性態度，勇敢地承擔起屬於自己的一份社會責任。曹禺戲劇與黑格爾《美學》所介紹的主要表現「自由的個人的動作的實現」，以及「對自己的罪行負責正是偉大人物的光榮」的崇高悲劇之間，難以逾越的文化鴻溝就在於此。

五、花金子的黃金天堂

在〈《日出》跋〉中，曹禺曾經對「大約有三十歲左右」，「已經為人欺凌蹂躪到幾乎完全麻木」的老妓女花翠喜大唱頌歌：「在這堆『人類的渣滓』裡，我懷著無限的驚異，發現一顆金子似的心，那就是叫做翠喜的婦人。」從這個意義上講，《原野》中的花金子，在很大程度上就是還沒有被逼進妓院裡的花翠喜。

比之於《雷雨》中的周蘩漪，花金子在「交織著最殘忍的愛和最不忍的恨」的「一切都走向極端」的「最『雷雨』的性格」方面，堪稱是有過之而無不及。原本是「野地裡生野地裡長」的農家少女的土著出身，從根本上保證了她的「原始的情緒」和「蠻性的遺留」的純粹性。在逃出監獄的初戀情人仇虎還沒有出現之前，花金子與《雷雨》中的周蘩漪一樣，是在地獄般的男權家庭中與自己的家人既相互依賴又相互撕殺的一名舊式女性。是從遠方歸來的仇虎，喚醒了花金子潛意識中陽光天堂般的神聖理想：

仇　虎　嗯，坐火車還得七天七夜。那邊金子錢財鋪的地，房子都會飛，張口就有人往嘴裡送飯，睜眼坐著，路會往後飛，那地方天天過年，吃好的穿好的，喝好的。

焦花氏　（眼裡閃著妒羨）你不用說，你不用說，我知道，我早就知道，可是，虎子，就憑你……

對於男女情愛，花金子要求的既是人身依附式的奉獻與擁有，同時也是相互間的肉體施虐與靈魂強暴。在這方面，有「真正的男人」和「野老虎」之稱的仇虎恰好與她完全般配，兩個人之間很快便碰撞出一種雖人性稀薄卻又燦爛奪目的情愛火花：「（仇虎替她插花，她忽然抱住仇虎怪異地）野鬼，我的醜八怪，這十天你可害苦了我，害苦了我了！疼死了我的活冤家，你這壞了心的種，（一面說一面昏迷似地親著仇的頸脖，面頰）到今天你說你怎麼能不要我，不要我，現在我才知道我是活著，你怎麼能不要我，我的活冤家，長長地親著仇虎，含糊地）嗯——」

當常五站在大門口叫門時，正在與仇虎通姦偷情的花金子，竟然說出這樣的臺詞：「（還抱著仇虎，閉著眼，慢慢推開。驀地回頭向中門，放開嗓音，一句一句地，也長悠悠地）別忙噢！常五伯，我在念經呢，等等，我就念完嘍。」

把充滿暴力色彩的通姦偷情比作善男信女的念經禮佛，這種極端情緒化的離經叛道只有花金子這樣的野女子才會做得出；也只有曹禺這樣以「原始的情緒」和「蠻性的遺留」為原動力和內驅力的劇作者才想得到。曹禺在《〈雷雨〉序》中介紹周蘩漪的舞臺提示——「這類女人總有她的『魔』，是個『魔』，便有它的尖銳性。也許蘩漪吸住人的地方是她的尖銳。她是一柄犀利的刀，她愈愛的，她愈要劃著深深的創痕。她滿蓄著受著抑壓的『力』，……愛這樣的女人需有厚的口胃，鐵的手腕，岩似的恆心。」——用在花金子身上就顯得更加合適。

離經叛道的花金子和仇虎已經不滿足於像焦大星那樣委曲求全地建設常態社會中的情愛家園；而是懷抱著「我當了皇上，你就是軍師」的公天下、打天下、坐天下、家天下的湯武革命式的神聖理想，一心嚮往著彼岸性的黃金鋪地的陽光天堂：

仇　虎　金子，你要上哪兒？

焦花氏　遠，（長長地）遠遠的——（托著腮）就是你說那有黃金子鋪地的地方。

仇　虎　（慘笑）黃金？哪裡有黃金鋪地的地方，我是騙你的。

焦花氏　（搖頭）不，你不知道，有的。人家告訴過我說。有！我夢見過。

仇　虎　金子，大星回來——

△霧裡的火車漸行漸遠，遠遠有一聲悠長的尖銳的車笛。

焦花氏　（假想）你別說話，你聽，到那個地方，就坐這個。「吐兔圖吐，吐兔圖吐」，坐著火車，一直開出去，開，開，開到天邊外。哼，我死也不在這兒待下去了。

在花金子對於彼岸性的黃金鋪地的陽光天堂既執拗又癡迷的神往之中，觀眾和讀者所體會到的是與《雷雨》中周沖對於四鳳的癡情說夢相映成趣的永恆美感。這種永恆美感，就像中國民間宗教神道對於「真空家鄉，無生父母」的八字真言的癡迷神往一樣，帶給人們的是一種被曹禺稱之為「原始的情緒」和「蠻性的遺留」的永恆魅力。在白蓮教及其它民間宗教的經典之中，諸如「無生母，在家鄉，想起嬰兒淚汪汪；傳書寄信還家罷，休在苦海只顧貪；歸淨土，趕靈山，母子相逢坐金蓮」的妙語真言比比皆是。白蓮教所宣揚的以彼岸性的陽光天堂為精神家園的「習教即無生父母之兒女，初皆生長天宮，故以天宮為家鄉」⑤的神道信仰，所印證的正是中國傳統神道文化中最為原始、最為永恆也最具藝術魅力的集體無意識；也就是以「原始的情緒」和「蠻性的遺留」為原動力和內驅力的曹禺，從中國傳統神道文化中概括昇華出來的「陰間地獄之黑暗＋男女情愛之追求＋男權家庭之反叛＋專制社會之革命＋捨身愛人之犧牲＋天誅地滅之天譴＋替天行道之拯救＋陽光天堂之超度」的密碼模式；以及其中最為原始、最為永恆也最具藝術魅力的天譴罰罪加陽光天堂的天羅地網般的神道祭壇。

無論黃金鋪地的陽光天堂有多麼神聖美好，夢想終歸是夢想。花金子在世俗生活中依然是一個不能夠獨立自主地掌握自己前途命運的舊式女子。就在她與仇虎大白天在焦家正屋的焦閻王神像下偷情通姦的時候，他們偏偏遭遇了「閻王的眼動起來」的「活見鬼」。剛剛還在標榜自己「我說哪兒，就要做哪兒」的花金子，立即換上另一副面孔，可憐兮兮地「縮成一團」，倒在仇虎的懷抱之中尋求庇護。隨著劇情的展開，花金子陰柔軟弱、空虛膽怯的另一面一步步地暴露無遺。

在焦大星所主持的審姦戲中，底氣不足的花金子一度表現出「甘受奴役」的絕對屈服，委曲求全地跪倒在焦母、焦大星連同焦家的祖宗牌位之前接受審判。只有當焦大星舉起鞭子的時候，她身上的「原始的情緒」和「蠻性的遺留」才被再度啟動，從而爆發出以本能人欲反叛神道天理的叛逆心聲：「你爸爸把我押來做兒媳婦，你媽從我一進門就恨上我，罵我，羞我，沒有把我當人看。我告訴你大星，你是個沒有用的好人……你不配要金子這樣的媳婦。」

接下來，花金子還惡聲惡氣地吶喊出「絕子絕孫」的天譴詛咒：「（跑到香案前，掀開紅包袱，拿起紮穿鋼針的木人）大星，你看，她要害死人！想出這麼個絕子絕孫的法子害死我。你看，你們看吧！（把木人扔在地上）」

在舊家庭的窩裡鬥中，花金子即使有過暫時的軟弱，仍然不失為一名勝利者。當欠下人命血債的仇虎在原野黑林子裡失魂落魄、神魂顛倒的時候，花金子依然能夠表現出比「野老虎」般的仇虎更加陽剛強悍的清醒意識。在第三幕第一景中，花金子以「我們要飛哪兒，就飛哪兒」的浪漫情懷替仇虎開脫道：「小黑子不是你害的，天知道，地知道！你想這個做什麼？你還不想跑？我的命在你手裡，虎子，自己別叫自己嚇著，你別『磨煩』，……」

一句「我的命在你手裡」，恰好敗露了花金子即使在離經叛道之後，也依然是一個只能在中國傳統神道文化的天羅地網中討生活的舊式女性。只要自己的男人由陰盛陽衰的焦大星轉換為所謂「真正的男人」仇虎，她還是願意「甘受奴役」的。也正是由於「缺乏自我規定的意志」，花金子在第三幕第二景中，一度像《雷雨》中的魯侍萍那樣望天乞憐：「我們是一對可憐蟲，誰也不能做了自己的主，我們現在就是都錯了，叫老天爺替我們想想，難道這些事都得由我們擔待麼？」

到了第三幕第三景中，仇虎在原野黑林子裡陷入了四面突圍卻又只能一次接一次地回歸原點的「鬼打牆」般的人生絕境，只好向花金子承認了自己所編造的謊言騙局：「（明白這些聲音都是她腦內的幻相，哀憐地唉口氣）嗯，金子，也許我到過那黃金鋪的好地方。可（憤恨地）我就思想起我在那塊地方整年整月地日裡夜裡受的罪，我做苦力，挑土塊，挨鞭子，一直等到我腿打瘸，人得了病，解到旁處，我才逃出來。那裡的弟兄跟我一樣受著罪，死的死，病的病，那裡黃金倒是有，可不是我們用，我們的弟兄一個一個瘦得像個鬼，（聲音漸小）像個鬼，苦，——苦，——苦，……」

事情至此已經真相大白，仇虎當初對於「黃金鋪的好地方」的描繪，連同「有弟兄接濟我」的保證，完全是一個彌天大謊。所謂「黃金鋪的好地方」，其實是他服刑做工時的一個地獄般的金礦，那些「接濟」他的弟兄們依然被留在金礦裡受苦受難。更進一步說，即使仇虎與花金子能夠沖出原野黑林子獲得新生，他們所要追求的黃金鋪地的陽光天堂，也依然是中國歷史上舊得不能再舊的男人當皇上、女人當軍師，或者是男人當強盜、女人當強盜婆的奉天承運、替天行道、改朝換代、一統江山的家天下和私天下。

好在女人天生喜愛謊言，受騙上當的花金子並不在意仇虎自欺欺人的天堂騙局。在充當大救星和引路人的仇虎立不起、靠不住的情況下，她只好像《雷雨》中的周蘩漪、魯侍萍、魯四鳳和《日出》中的妓女花翠喜、小東西那樣，再一次以最為可憐的低姿態跪地祈禱：「（喃喃地）怎麼走？（忽然走到白楊樹下，跪下）哦，天啊，可憐可憐我們吧，再露一會兒月亮吧，再施捨給我們一點點兒的亮吧！（哀懇地）哦，就一會兒，一會兒，天，可憐可憐我們這一對走投無路——」

花金子連同她所中意的「真正的男人」仇虎，最終像焦大星一樣暴露出了各自身上徹頭徹尾的意志薄弱和精神空虛。直到全劇閉幕前的第三幕第五景，經過漫漫長夜裡生死輪迴的大刺激、大磨難，花金子的精神面貌才在「滿天大紅」的背景下有所改觀，並且攀升到義無反顧的最高境界：「後悔？我這一輩子只有跟著你才真像活了十天。哼，後悔！」

對於花金子和仇虎來說，黃金鋪地的陽光天堂，即使在被徹底拆穿之後，仍然不失其永恆魅力和永恆價值。當作為大救星和引路人的仇虎不得不選擇自殺時，留給花金子的依然是既自相矛盾又自欺欺人的神聖祝福：「現在那黃金子鋪的地方只有你一個人配去了。」有可能懷上仇虎的兒女，也就是焦母所說的「仇家的後代根」的花金子，為了不讓仇家「絕子絕孫」，最後一個人逃出原野黑林子追尋根本就不存在的黃金鋪地的陽光天堂去了……

六、白傻子的愚不可及

《原野》一劇中，在自裁身亡的仇虎和亡命天涯的花金子身後，還有一個既出入於事局之中又超然於事局之外的神秘人物，他就是「無父無母，寄在一個遠親的籬下，為人看羊，砍柴，做些零碎的事情」的白傻子。他還沒有上場，就「興高采烈」地貢獻出一種「不可解的聲音」：「漆叉卡叉，吐兔圖吐。嗚——嗚——嗚。」

這種模仿「一列疾行的火車」並且指向天邊外的黃金鋪地的陽光天堂的「仙樂」，猶如傳統戲曲舞臺的鑼鼓經，幾乎貫穿了全部的劇情，不僅渲染出一種陽光天堂般充滿希望的詩意氛圍，還為一心想飛往天邊外的黃金鋪地的陽光天堂的仇虎和花金子，一次又一次地注入精神動力。

單就藝術成就來說，《原野》一劇在中國戲劇史上所做出的最為突出的創造性貢獻，就是借助傳統戲曲舞臺上控制節奏、渲染氣氛、活現人物的鑼鼓經，把「活見鬼」式的戲劇場面，活靈活現地移植到了現代話劇之中。因為無父母、無家業、無私欲、無情愛、無知識、無追求、無作為而超然中立、四大皆空的白傻子，在這個方面發揮了最大的潛能。第二次上場的時候，他為《原野》貢獻出的是另一種戲曲式的鑼鼓經：「達低達低達」的「洋號」和「得——鏘，得——兒鏘！」的「威武的軍鼓」的交響合奏。

這種交響合奏所印證的是白傻子對於花金子的一份本能情愛：「（笑嘻嘻地，順口一數落）新媳婦好看，傻——傻子看了直打轉；新媳婦醜，傻——傻子抹頭往外走。」「（老實地）老……虎要都是這樣，我看還……還是老虎好。」

隨著這段輕鬆活潑的過場戲，劇情陡然間發生轉折，焦母帶領白傻子破門而入對花金子和仇虎捉姦拿雙。捉姦失敗的焦母摔了個頭破血流。超然於事局之外的白傻子，卻在享受著他從來沒有過的情愛滿足：「（懼怯地，看著花氏）還有……還有……還有一個……（花氏忽然跑到傻子面前，神情異外誘惑，在他的面頰上非常溫柔地親了一下，傻子彷彿失神落魄，立在那裡）」

隨著這份短暫的情愛滿足，花金子一記重重的耳光，乾淨徹底地扼殺了白傻子身上僅有的一份私情，從而保證了這位四大皆空的神性人物的純粹超然。

第二幕中，仇虎「學著女人的喉嚨」吟唱的《妓女告狀》，是劇中的戲曲式鑼鼓經的另一種旋律：「初一十五廟門開，牛頭馬面哪兩邊排。……殿前的判官呀掌著生死的薄，……青臉的小鬼喲，手拿拘魂的牌。……閻王老爺喲當中坐，一陣哪陰風啊，吹了個女鬼來。」

印證著《妓女告狀》陰森淒慘的旋律格調，仇虎一步步實施著他的復仇計畫。在焦家已經「絕子絕孫」、「一網打盡」之後，《妓女告狀》的歌詞又由超然於事局之外的白傻子吟唱出來，無形中啟動了針對欠下新一輪血債的仇虎的天譴罰罪。白傻子也因此以一種超然中立的姿態，行使起替天行道的神聖職能。他所奉行的「天之道」，與《日出》中「損有餘而補不足」的「天之道」一樣，出自老子的《道德經》：「勇於敢，則殺；勇於不敢，則活。此兩者或利或害。天之所惡，孰知其故？是以聖人猶難之。天之道，不爭而善勝，不言而善應，不召而自來，默然而善謀。天網恢恢，疏而不失。」

第三幕第四景中，在原野黑林子最為黑暗的時刻，也就是仇虎和花金子最為落魄、最為絕望的時刻，「勇於不敢」的白傻子再一次以超然中立的姿態唱起了《妓女告狀》：「四面又唱起了多少低沉的聲音，哀悼地重複著：『牛頭馬面兩邊排！』這時仇虎忽而看見在右邊破廟前黑暗裡冉冉立起牛頭和馬面，如同一對泥傀儡，相對起立。」

在寫作《原野》之前的一九三六年十一月，曹禺在〈《日出》跋〉中對於沒有把「雷公」的形象活現在《雷雨》一劇中而深表遺憾。在《原野》中，隨著對於《妓女告狀》的歌詞內容及音樂旋律的巧妙運用，戲曲舞臺上司空見慣的「活見鬼」場面，終於被活靈活現地移植到了中國話劇的舞臺之上。

△當中遠處又唱：「殿前的判官喲，掌著生死的簿。」

仇　虎　你聽見了沒有？

焦花氏　嗯，聽見，這一定是狗蛋學的你。

△緊接，四外陰沈沈地合唱「殿前的判官喲掌著生死的簿」。仇虎的眼裡又在廟前邊土台旁幻出一個披戴青紗，烏冠插著黑翅的判官，像個泥胎，悄悄地立在那裡。

仇　虎　（倒呼出一口氣）怎——麼——回——事？

焦花氏　虎子！

仇　虎　媽呀！

△不間斷地當中遠處又唱：「青面的小鬼拿著拘魂的牌。」

焦花氏　（拉著仇虎）走吧！虎子！（仇虎不動）

△立時，四邊和起：「青面的小鬼拿著拘魂的牌。」仇虎望見黑地裡冉冉冒出一個手執拘牌的青臉的小鬼，立在土台之旁，恰如泥像。

仇虎　哦！（揩揩頭上的汗）

△當中遠處又唱，但是此次威森森地：「閻王老爺喲當中坐。」

△立刻彷彿四面八方和起那沉重而森嚴的句子，如若地下多少聲音一齊苦痛而畏懼地低吼出來：「閻王老爺喲當中坐。」似乎都等待著那最後的審判。仇虎望見一片昏黑的慘陰陰的霧裡漸漸顯出一個頭頂平天冠，兩手捧著王笏的黑臉的閻羅（地藏王），端坐小土廟之上，前面的土台成了判桌。閻羅正如廟裡所見，一絲不動，塑好的泥胎。

當仇虎以靈魂出竅的方式捲入由俗稱「閻王」的「黑臉的閻羅（地藏王）」所主持的地獄審判的時候，超然中立的白傻子悄然引退，於睡夢中享受著一種在家即出家、入世即出世、原野即天堂、無可而無不可、無為而無不為的神仙樂趣：「鐵道旁哩石後面白傻子呼呼地打著鼾，側身靠倚哩石，身旁有熄了火的紙燈籠歪歪地躺在土上。傻子的衣服也為荊棘勾破，臉上沾膩上許多土，腳光光的，破鞋亂放在一旁。傻子多年做著甜美的夢，臉上是平靜而愉快的微笑。」

這裡所說的白傻子的多年美夢，其實就是曹禺自己的多年美夢。早在一九二八年南開中學時期，十八歲的曹禺就在長篇劇詩《南風曲》中，借著在靈魂出竅的睡夢中神往於「夢中情人」的「呆笨的村童」，做過同樣的美夢。在《南風曲》之前的處女小說《今宵酒醒何處》中，曹禺還專門採用「哲人般的呆子」的概念來形容過自傳性人物夏震不作為也不敢作為的大智若愚和愚不可及。在〈《日出》跋〉中，曹禺所表達的依然是對於白傻子這種「勇於不敢」的宗教化人生境界的神往之情：「我羨慕那些有一雙透明的慧眼的人，靜靜地沉思體會這包羅萬象的人生，參悟出來這個中的道理，我也愛那樸野的耕田大漢，睜大一對孩子似的無邪的眼，健旺得如一條母牛，不深慮地過著純樸真摯的日子……我以為這個戲應該再寫四幕，或者整個推翻，一切重新積極地寫過，著重那些應有光明的人們。……我講過《日出》並沒有寫全，確實需要許多開展。」

從某種意義上說，《原野》正是「並沒有寫全」的《日出》的「整個推翻」和「重新積極地寫過」。劇中的仇虎和花金子，就是曹禺要著重描寫的「應有光明的人們」，也就是在大旅館窗戶外面打夯的工人，以及在下等妓院裡面賣淫養家的花翠喜。為了讓仇虎和花金子衝破由俗稱「閻王」的「黑臉的閻羅（地藏王）」所把持的天誅地滅、天譴罰罪的天羅地網，朝著由「滿天大紅」的「日出」所象徵的彼岸性的陽光天堂正面迎去，曹禺最大限度地調動在《雷雨》、《日出》中已經演練過的「原始的情緒」和「蠻性的遺留」，賦予仇虎和花金子最大份額的野性蠻力和神性魔力。與此同時，又給「勇於不敢」的白傻子留下了一條網開一面的人生出路。

看似無父母、無家業、無私欲、無情愛、無知識、無追求、無作為的白傻子，在人類文化史上卻大有來頭。南開中學時期的曹禺編譯演出的英國戲劇家高爾斯華綏的《爭強》中，就存在著西方文化中的「爭強者必自殺」的人生哲理。⑥被中國傳統道教奉為太上老君的老子，在《道德經》中更把「勇於敢，則殺；勇於不敢，則活」的大智若愚、明哲保身，極端神聖化為形而上的「天之道」。高度中國化的佛教禪宗，所宣揚的同樣是心如止水、四大皆空、人生無常、因果報應的出世避世哲學。被正統儒教奉為經典的《論語．公治長第五》中，也明確記載著聖人孔子「愚不可及」的聰明話：「子曰：『寧武子，邦有道，則知；邦無道，則愚。其知可及也，其愚不可及也。』」

《原野》第四幕中，當「勇於不敢」且「愚不可及」的白傻子從睡夢中醒來的時候，已經是「滿天大紅」的第二天破曉。他拎著從鐵道旁的野塘裡撈出來的「十天前仇虎投入塘裡的鐵鐐」，面對趨炎附勢、為虎作倀的常五說出了看似無心卻又滿帶禪理機鋒的一句話：「你說這副鐲子？水塘裡撿的，（舉起）你不要？」

仇虎隨後在與花金子的對話中，對於這副鐵鐐另有說明：「那天我解開這個東西（指鐵鐐）今天又要戴上了。」

《原野》中一再出現的這副鐵鐐，正是中國傳統神道文化中替天行道、天誅地滅或者說是「存天理，滅人欲」的天羅地網、天譴罰罪的具象化。在劇作者曹禺的眼裡，除了像白傻子那樣既絕對虛空又絕對超然的神性人物之外，一切的芸芸眾生都只是被網羅在天羅地網之中遭受天譴罰罪的「鬼」、「傀儡」和「可憐的動物」。明白了這一點，最終在「滿天大紅」的「破曉」後逃出原野黑林子的花金子，最有可能的人生歸宿，其實就是《日出》中花翠喜、小東西所在的下等妓院「寶和下處」。借用曹禺晚年的說法，「最後一幕，是現實的，也是象徵的，沒有仇虎的出路，金子死得更慘」。⑦

七、原始情緒的全面推演

相對而言，由於執行替天行道、天誅地滅的天譴罰罪的「雷公」沒有現身出場，《雷雨》中的「原始的情緒」和「蠻性的遺留」，並沒有在被稱之為「最『雷雨』的性格」的戲劇人物身上，得到充分發揮和全面展開。《日出》中被先驗性地懸置起來的「損有餘而補不足」的「天之道」和「損不足以奉有餘」的「人之道」，本身就是對於鮮活生動、複雜多元的現實社會的削足適履。只有到了《原野》當中，作為戲劇創作與戲劇人物的原動力和內驅力的「原始的情緒」和「蠻性的遺留」，才通過集動物本能的野性蠻力和宗教精神的神性魔力於一身的仇虎、花金子的野蠻復仇和情愛衝動，得到了最為充分地發揮、最為全面地展開和最為激烈地呈現。

在該劇的「序幕」中，一開始就呈現出了圍繞著林中野廟四面鋪開，並且由民間宗教中的各種神靈鬼怪所盤踞的蠻荒神秘的大曠野：「大地是沉鬱的，生命藏在裡面。泥土散著香，禾根在土裡暗暗滋長。巨樹在黃昏裡伸出亂髮似的枝秋蟬在上面有聲無力地振動著翅翼。巨樹有龐大的軀幹，爬滿年老而龜裂的木紋，矗立在莽莽蒼蒼的原野中，它象徵著嚴肅、險惡、反抗與幽鬱，彷彿是那被禁梏的普饒密休士，羈絆在石岩上……在天上，怪相的黑雲密匝匝遮滿了天，化成各色猙獰的形狀，層層低壓著地面。遠處天際外逐漸成一張血湖似的破口，張著嘴，潑出幽暗的赭紅，像噩夢，在亂峰怪石的黑雲層堆點染成萬千詭異豔怪的色彩。」

以這種蠻荒神秘的大曠野為背景，曹禺通過戲曲式亮相推出了他心目中的「普饒密休士」（普羅米修士）式的英雄人物仇虎：「他驀地跳起來，整個轉過身來，面向觀眾，屏住氣息矚望。——這是一種奇異的感覺，人會驚怪造物者怎麼會想出這樣一個醜陋的人形：頭髮像亂麻，碩大無比的怪臉，眉毛垂下來，眼燒著仇恨的火。右腿打成瘸跛，背凸起彷彿藏著一個小包袱。筋肉暴突，腿是兩根鐵柱。……是一個剛從地獄裡逃出來的人。」

在「序幕」結束時，仇虎與花金子的情投意合，無形中已經註定焦家「絕子絕孫」的天譴宿命。為此，曹禺在幕落時刻意為焦母安排了一個富於象徵意義的定格場景：「（立在巨樹下面像一個死屍，喃喃地）哼！死不了的狐狸精，叫火車壓死她！（原野裡一列急行火車如飛地賓士好大野風！探路燈著巨樹下的焦氏，看見她的白髮和衣裾在疾風裡亂抖。）」

第一幕的劇情，發生於「後十天的傍晚，在焦大星家裡」，曹禺依然忘不了在舞臺上為「原野」留出足夠的空間：「是一間正房，兩廂都有一扇門，正中的門通著外面，開門看見是籬牆，遠的是草原、低雲和鐵道附近的黑煙。中門兩旁各立一窗，窗向外開，都支起來，低低地可以望見遠處的天色和巨樹，……」

到了第三幕第一景，由天神、地祇、人鬼所盤踞著的原野黑林子，更是演變成一個以林中野廟為中心的草木皆兵的陰間地獄：「這裡盤踞著生命的恐怖，原始人想像的荒唐；於是森林裡到處蹲伏著恐懼，無數的矮而胖的灌樹似乎在草裡伺藏著，像多少無頭的戰鬼，風來時，滾來滾去，如一堆一堆黑團團的肉球。……在舞臺的前面，下邊立起參差不齊的怪石屏擋著，上邊吊下來猙獰的杈枝，看進去像一個巨獸張開血腥的口。」

與這樣的背景相對應，再一次以戲曲式的定格亮相現身於舞臺之上的仇虎，已經演變為一個「猿人」式的「真人」：「仇虎由右面背著身走進來，……後腦勺突成直角像個猿人，由後面望他，彷彿風捲過來一根烏煙旋成的柱。回轉身，才看見他的大眼睛裡藏蓄著警惕和驚懼。時爾，恐怖抓牢他的心靈，他忽而也如他的祖先——那原始的猿人，對著夜半的森野震戰著，他的神色顯出極端的不安。希望，追憶，恐怖，憤恨連續不斷地襲擊他的想像，使他的幻覺異乎常態地活動起來。在黑的原野裡，我們尋不出他一絲的『醜』，反之，逐漸發現他是美的，是值得人的高貴的同情的。他代表一種被重重壓迫的真人，在林中重演他所遭受的不公。」

第三幕第五景開幕時，天色已經破曉，神秘蠻荒的黑林子中已經隱去了天神、地祇、人鬼潛伏出沒的野廟，序幕中「由遼遠不知名的地方引來的兩根鐵軌」，再一次出現在原野中十分顯眼的地方。《日出》結局的「滿天大紅」也在「原野」上再度呈現：「天際外彷彿放了一把野火，沿著闊遠的天線冉冉燒起一道紅光。……大地輕輕地呼息著，巨樹還那樣嚴肅，險惡地矗立當中，仍是一個反抗的魂靈。」

經過一番你死我活的輪迴爭殺，最後一次上場的仇虎像巨樹一樣，顯現出普羅米修士式的「高貴」：「仇虎駝著背，滿臉汗，彷彿肩著千斤的重量。臂上肌肉憤怒地突起，兩隻眼暴出來，一手托著槍，插在腰裡的匕首閃著光。現在他更像個野人，在和四周的仇敵爭死活。看見了巨樹，眉目間露出好的沉算，沉定地望著前面。」

片刻之後，陷身於重重包圍之中的仇虎，就是依靠著這棵巨樹，用匕首完成了劇作者曹禺所謂的普羅米修士式的「高貴」。

曹禺把自己筆下的仇虎與古希臘悲劇中的普羅米修士相提並論的同時，又頗為心虛地把普羅米修士的悲劇性崇高降格為仇虎所謂的「高貴」。與普羅米修士因為給人類盜取火種而遭受專制主神宙斯的殘酷懲罰不同，仇虎針對焦閻王一家的野蠻復仇，連同他與花金子之間的野蠻情愛，為的只是在彼岸性的黃金鋪地的陽光天堂裡面，實現男人當皇上、女人當軍師，或者男人當強盜、女人當強盜婆的家天下、私天下的專制夢想。他之所以能夠在大曠野中巨樹般地頂天立地，只是由於劇作者曹禺把自己潛意識或集休無意識中「怪、力、亂、神」式的「原始的情緒」和「蠻性的遺留」，最大份額地移植到了仇虎的肉體與靈魂之中，使他最大限度地具備了動物本能的野性蠻力和宗教精神的神性魔力。被曹禺奉之為「真正的男人」的仇虎，就是仗著這種前文明時代的「野老虎」般的野性蠻力和神性魔力，既贏得了花金子的芳心，又實施了聖戰式的野蠻復仇，並且跨出了要飛往天邊外的黃金鋪地的陽光天堂的第一步，從而把中國傳統話本小說和戲劇傳奇中英雄加美人的故事套路，推演到了「陰間地獄之黑暗＋男女情愛之追求＋男權家庭之反叛＋專制社會之革命＋捨身愛人之犧牲＋天誅地滅之天譴＋替天行道之拯救＋陽光天堂之超度」的一種極致。

總而言之，《原野》是一部通過仇虎和花金子聖戰式的野蠻復仇與神道反叛，連同白傻子愚不可及的替天行道與明哲保身，來全盤推演曹禺潛意識中的「原始的情緒」和「蠻性的遺留」的戲劇化的宗教文本和宗教化的戲劇文本。再一次套用曹禺《《雷雨》的寫作》中的話說，《原野》與《雷雨》、《日出》一樣，「是一首詩，一首敘事詩」，一首「叫觀眾如聽神話似的，聽故事似的」⑧來觀賞的戲劇化的敘事詩和宗教化的戲劇詩。

---

① 本章主要內容曾以《〈原野〉：野性的復仇與宗教的反叛》為標題，發表於《戲劇——中央戲劇學院學報》一九九八年第一期。
② 高瑜：《沉睡中的喚醒——曹禺談〈原野〉》、《北京藝術》一九八二年第八期。
③ 《胡風回憶錄》，人民文學出版社，一九九三年，第七三頁。
④ 田本相、劉一軍編著《苦悶的靈魂——曹禺訪談錄》，江蘇教育出版社，二〇〇一年，第五四頁。
⑤ 白蓮教《消釋收圓行覺寶卷》，見黃育楩《續刻破邪詳辯》、《清史研究》一九八二年第三期，第一二八頁。
⑥ 黃佐臨《南開公演的〈爭強〉與原著之比較》、《大公報》一九二九年九月二十三、二十四日。
⑦ 田本相著《曹禺傳》，北京十月文藝出版社，一九八八年，第二〇八頁。
⑧ 曹禺：《《雷雨》的寫作》、《質文（雜文）》月刊一九三五年第二號。

第六幕

第六章 捨家愛國的《蛻變》

現實生活中的曹禺畢竟是一位有血有肉、有妻有女的世俗人物。隨著年齡的增長，他的「原始的情緒」和「蠻性的遺留」中的動物本能的野性蠻力和宗教精神的神性魔力，難免會出現一些衰減退化現象。隨著時代的發展、生活的需要特別是抗日戰爭的全面爆發，遠離社會現實尤其是政治操作的天譴罰罪與陽光天堂，也不再為觀眾尤其是戲劇界中普遍左傾的批評家們所歡迎、所追捧。在這種情況下，曹禺不得不把自己以神道設教、替天行道的宗教先知加抒情詩人自居的身份特權，委曲求全地服從和服務於轟轟烈烈的抗戰宣傳。於是，在他的筆下出現了嚴重缺乏藝術魅力的抗戰戲劇《全民總動員》和《蛻變》。①

一、從南京到重慶

一九三七年七月初的一天，曹禺接到繼母薛詠南由天津打來的電報，得知大哥萬家修病故，便於七月六日從南京趕回天津。第二天，震驚中外的「七七」蘆溝橋事變發生。七月二十九日，北平宣告淪陷，天津市區也隨之緊張起來。「八一三」淞滬戰爭爆發後，國立戲劇學校西遷長沙。曹禺只好告別繼母、寡嫂和兩個未成年的侄子，乘英國太古公司的輪船，繞道香港趕赴武昌，與先期到達的鄭秀會合。曹禺與鄭秀在外婆家裡停留兩周，便趕往長沙國立劇校的新校址。同年十月八日至十日，國立劇校在長沙又一村民眾大會堂舉辦第二次公演，每天日夜兩場，共演六場，演出劇目是曹禺參與執導的「時事煽動劇」《炸藥》，以及另外兩部獨幕劇《毀家紓難》和《反正》。緊接著，曹禺又執導駱文宏編寫的街頭劇《瘋了的母親》，並且率領學生赴湘、鄂、川各地進行旅行公演。同年十二月，曹禺執導李慶華編寫的街頭劇《覺悟》，再一次率領學生赴湘、鄂、川旅行公演。

在抗戰初期亢奮熱烈的愛國氛圍裡，曹禺與鄭秀之間的男歡女愛也水到渠成、瓜熟蒂落。到達長沙不久，兩個人便在長沙青年宮舉辦結婚儀式，由校長余上沅親自出面擔任證婚人。兩個人婚後居住在兩間臨時租用的民房裡，他們的蜜月是在日本飛機不間斷空襲騷擾的炸彈聲中度過的。

據沈從文回憶，他與茅盾、巴金、曹禺等十位作家，曾於一九三七年的年底，得到中共方面歡迎他們到延安去的邀請。他為此事專程由武漢趕到長沙，與曹禺一同去八路軍駐長沙辦事處拜訪徐特立。由於戰爭形勢的變化，這一計畫被迫取消。這是曹禺與中共高層有文字記錄的第一次正式接觸。②

一九三七年十二月三十一日，由國共兩黨聯合組建的中華全國戲劇界抗敵協會（簡稱「全國劇協」），在漢口光明大戲院舉行成立大會，該協會是抗戰時期最早出現的一個全國性文藝組織。曹禺與張道藩、方治、洪深、朱雙雲、田漢、熊佛西、余上沅、宋之的、阿英、李健吾、陳白塵、鄭君里、陳波兒、陳治策、向培良、顧仲彝、王平陵、趙丹、章泯、石凌鶴、王瑩、唐槐秋、應雲衛等九十一人，當選為理事會理事。會議通過了由田漢等人起草的宣言，決定以每年十月十日的雙十國慶日為戲劇節。至此，在〈《日出》跋〉中表示自己是「無組織無計畫」的「有心人」和「好心人」的曹禺，終於成為半民間半官方的文藝組織中的重要成員。

隨著日本軍隊的不斷推進和中國軍隊的節節敗退，國立劇校於一九三八年元旦接到向重慶轉移的指令。這時的曹禺已經被任命為劇校專任導師兼教務主任，必須隨劇校師生走水路集體轉移。對於從小養尊處優、嬌生慣養的曹禺來說，這種半軍事化的集體生活，無疑是相當艱苦的，他的精神狀態卻因此變得空前激昂。據他的學生陳永倞回憶：「這時曹禺是教務主任，我記得他還穿著棉袍子，打著鑼，到街上去招集觀眾，每次都是他敲鑼，一面打鑼，一面吆呼：『看戲了！』他沒有一點教授的架子。」③

一九三八年二月，國立劇校到達重慶，暫時安頓在曾家岩知還山館，並於二十八日宣佈開學。同年四月份又定校址於北碚上清寺。曹禺與鄭秀安家於棗子嵐埡。在長沙和重慶期間，曹禺最值得稱道的一件事情，是對於吳祖光的戲劇處女作《鳳凰城》的發現與扶持。

當年的國立劇校的校長秘書吳祖光，比一部分學生還要年輕。他的戲劇初女作《鳳凰城》，是利用晚上休息時間完成的。他先把劇本交給既是校長又是表姑父的余上沅，餘上沅口頭上答應幫助審讀，一個星期過去卻沒有結果。吳祖光只好取回劇本轉而向曹禺請教。

據吳祖光晚年回憶，《鳳凰城》是根據抗日英雄苗可秀的事蹟編寫而成的。東三省淪陷後，苗可秀奔赴戰場組織東北青年鐵血軍，被俘後經日寇多方勸降寧死不屈，最終犧牲於鳳城縣。劇本完成後，「我找到了同住在校園裡（長沙稻穀倉王氏宅院）的教務長、編劇課專任導師曹禺老師，簡單說明了情況，把稿子交給了他。……第二天一早，曹禺先生就找到了我，他十分高興地肯定我寫出了一個好戲，並且認為這正是目前抗戰的形勢之下最需要而還沒產生的劇本。……他當時就把校友劇團的負責人畢業生余師龍找了來，叫他和劇團的同學們趕快閱讀和研究這個劇本。」該劇於一九三八年五月在重慶國泰大戲院首演，由汪德、余師龍導演。「正好劇中人當年的東北大學校長王卓然先生來到重慶，他是苗可秀的校長。另一個劇中人趙侗亦來到重慶，他是東北青年鐵血軍司令苗可秀死後的接班人。這兩個劇中人都參加了《鳳凰城》的首演式。整個演出十分轟動，並立即影響及於全國，以至港澳和東南亞。是全民抗戰以來第一個以抗戰為主題的多幕大戲，亦是抗戰八年以來演出場次最多的戲。」④

二、關於編劇術的演講

一九三八年六月十一日，中國青年救亡協會邀請戲劇界著名人士舉行茶話會，商定「戰時戲劇講座」的開班事宜。七月二十五日，「戰時戲劇講座」在重慶小梁子青年會正式開講，曹禺的《編劇術》被列為第一講。

在寫於一九三〇年的〈《爭強》序〉中，曹禺明確反對過「生生地把『劇』賣給『宣傳政見』」的「宣傳劇」。⑤在寫於一九三五年的《《雷雨》的寫作》中，曹禺更加明確地宣揚了自己超越於社會問題尤其是現實政治之上的詩化戲劇觀：

「我寫的是一首詩，一首敘事詩，……這固然有些實際的東西在內（如罷工……等），但決非一個社會問題劇。——因為幾時曾有人說『我要寫一首問題詩』？因為這是詩，我可以隨便應用我的幻想，……叫觀眾如聽神話似的，聽故事似的，來看我這個劇，……」

但是，到了《編劇術》的演講稿裡，置身於抗戰洪流之中的曹禺，卻為抗戰宣傳劇找足了與時俱進的神聖理由：

「一切劇本全都可以說有著宣傳性的，不單是抗戰劇。……我們的古人曾經說過『文以載道』。簡單地說，我們的文藝作品要有意義，不是公子哥兒嘴裡哼哼的玩意兒。現在整個民族為了抗戰，流血犧牲，文藝作品更要有時代意義，反映時代，增加抗戰的力量，在這樣偉大前提之下，寫戲之前，我們應決定劇本在抗戰期中的意義。具體地講，它的主題跟抗戰有什麼關聯，……若是誤解了宣傳的意義，以為凡是宣傳都是因為本身不可靠，才竭力宣傳使人相信可靠，這樣的聰明人是不配談宣傳，談抗戰劇的。」⑥

對於曹禺來說，這種以「文以載道」的「宣傳性」為第一原則的「編劇術」，其實是一種自我貶低、自我閹割的緊箍咒。此前奉行詩化戲劇觀的曹禺，與宣揚這種「編劇術」的另一個曹禺之間的區別；就像是敢於反對玉皇大帝的齊天大聖孫悟空，與被壓在五行山下然後又被觀音菩薩戴上緊箍咒，從而不得不降格充當唐僧西天取經的大徒弟的另一個孫悟空之間的區別一樣。

談到「抗戰劇裡的人物，還是寫他的『個性』好呢，還是按『典型』寫好呢？」，曹禺給出的答案是：「人物典型化，很易流為『過分』。如抗戰劇中所寫漢奸和英雄，大都是這類典型加倍地強調的產物。這樣寫法，固然黑白分明，不易錯誤。但是結果往往宣傳自宣傳，觀眾自觀眾。二者之間毫不發生任何深刻的關係。……典型絕不是一種過分地誇張，更不能離開真實。要使觀眾覺得漢奸時常正是和他差不多有著人類的脆弱性的人物，只為了『一念之差』，把握得不穩，不能認清國家與小我的關係，因而犯了漢奸的行為。半黑半白的小漢奸，只要我們睜開眼就在我們眼前。看了抗戰劇，我們希望觀眾能懇切地想想自己的行為，留心身旁的人的行為，這才收到宣傳的功效。」

回過頭去想一想，曹禺在《雷雨》、《日出》、《原野》中所塑造的被他貶稱為「鬼」、「傀儡」、「可憐的動物」的戲劇人物，大都屬於「有著人類的脆弱性」的「半黑半白」的同一類別。對於寫慣了這種「半黑半白」人物的曹禺來說，抗戰戲劇所要求的英雄人物無疑是一個嶄新課題。再也「開不出仙方」的他，只好憑著抗戰愛國的熱情表示說：

「如何去創造一個有血有肉的愛國人物呢？如何使我們的觀眾得到一種不可磨滅的深刻印象呢？我開不出仙方，使諸位立刻獲得這樣的神奇，不過我可以講一段故事，說明這條路大概在那裡。幾年前，古北口的抗戰開始，那時我正在北平，知道了，很興奮地隨著朋友們一同去慰勞前線的士兵。一路上已經看見了許多令人感動的事實。我們到了前線的後方，有一天，在道旁看見對面抬著一個年輕的傷兵，胸前濕膩膩的是絳紅色的血，他的牙咬著，眉頭皺著，顯出很痛苦的樣子。……我們扶他起來，為他裹好創口，倒水給他喝。雖然我們都沒有學過看護，但是同伴們的殷勤和誠懇彷彿感動了他。……他手撫著腰，困難地從破口袋裡掏出一張破爛的票子，帶著很慚愧的神色，彷彿覺得拿不出手的樣子，說：『我這裡就……就剩下兩角錢了，洋學生你們拿去洗個澡罷！』說完，就死了。這印象深深地留在我們的腦裡，至今難忘。這就是一個活生生的中國士兵，他在疆場雖然為國家死了，但是他和他的靈魂，卻永活在大家的心裡。如果我們能好好地寫出這樣的人物，他不只感動我們，他更會使我們瞭解抗戰中的許多實際重要的問題，逼我們非迅速解決不可的。」

以已經死去「卻永活在大家的心裡」的「活生生的中國士兵」的神聖名義，正面揭露「逼我們非迅速解決不可」的「抗戰中的許多實際重要的問題」，其實是曹禺正在醞釀構思的《蛻變》一劇的基本思路。這種思路在曹禺此前的劇作中也曾經出現過，《雷雨》中的工人代表魯大海，就是憑藉著陰間地獄裡面慘死工人的冤魂的名義，向親生父親周樸園發出「絕子絕孫」的天譴詛咒的。《日出》中的方達生，也是以已經死去以及正在勞作的不足者尤其是打夯工人的神聖名義，吶喊出「跟金八拼一拼」的神聖高調的。《原野》中的仇虎，更是借助於死去的父親和妹妹的冤魂的名義，實施絕子絕孫、一網打盡的野蠻復仇的。在與時俱進地提倡「文以載道」的抗戰戲劇觀的曹禺眼裡，吳祖光直接從事抗戰宣傳並且引起轟動效應的戲劇處女作《鳳凰城》，就是抗戰戲劇最為現實的標本：

> 「實在講，偉大的戲劇，好的結尾的動人之處，固然在結構的精絕，然而更靠性格描寫的深刻。例如：吳祖光先生編的《鳳凰城》，結尾苗可秀死了，大願雖然未酬，但是他的偉大的人格卻更加深入觀眾的心裡。假如依著一貫的公式，不顧真實，硬為湊成一個歡喜的結局，觀眾縱然一時鼓掌歡呼，但絕不及原來的結局那樣深遠動人，足以啟發觀眾崇高欽敬的心情，激動強烈的抗戰意識。」

在《編劇術》中，曹禺還介紹了戲劇情節的編排方法：「有了動作，還要看編排。……我們舊小說內，有所謂『欲知後事如何，且聽下回分解』的手法。雖不十分與我們現在講的相當，然而卻是很相近的。……文章有所謂『起承轉合』。戲劇——若以故事為中心——到了『中段』也有所謂故事『陡轉』（Peripety）的方法。……這是一個簡單的方法，但是許多偉大的作品，常是因把它運用得精妙而獲勝成功。」

作為反面教材，曹禺還介紹了另外一種編劇模式：「中國舊劇界有一句老話：『戲不夠，神來湊』。編唱本之前沒有計劃，寫到後來自己也不知道如何結尾，只能用鬼神出現，搭救她們（如《南天門》），這種錯誤，即是在偉大的劇作家，有時也不免要觸犯的。例如：莫利哀所作的《偽君子》的結尾，奸人得勢，忠厚的奧貢養虎貽患，受了泰篤夫的種種欺凌，妻子被侮辱，財產被侵佔，眼見泰篤夫要把做房主的奧貢趕出門外，戲是急轉直下，簡直已經無法轉圜。然而正在戲要結束的當口，忽然不知為什麼，被賢明的國王知道了，突然派來一群官吏，將泰篤夫抓去處罪，於是善良勝利，大快人心。這種毫無預備的奇突發展，顯然看出臨時湊合，令人無法信服。寫戲結尾，有時固然可以出人意外，細細回想一下，卻也要在人意中，這才有趣味。」

這段話其實是曹禺對於自己在《雷雨》、《原野》、《日出》中所展現的既根源於中國傳統神道文化，又充分吸納外國宗教文化的「陰間地獄之黑暗＋男女情愛之追求＋男權家庭之反叛＋專制社會之革命＋捨身愛人之犧牲＋天誅地滅之天譴＋替天行道之拯救＋陽光天堂之超度」的密碼模式的歸納總結。包括曹禺戲劇的內的中國戲劇以及以莫利哀為代表的一部分西方喜劇作品裡面，之所以總是要出現「戲不夠，神來湊」的現象，根本原因就在於這種戲劇不是黑格爾《美學》所介紹的主要表現「自由的個人的動作的實現」，以及「對自己的罪行負責正是偉大人物的光榮」的崇高悲劇。

三、《全民總動員》

繼《編劇術》之後，曹禺在一九三八年九月出版的《文藝月刊》二卷三期中，還發表有一篇《省察自己》，其中進一步表達了「文以載道」的愛國思想：「讓我們老老實實地省察自己，從九一八以來，除了一同熱烈喊口號之外，我們對於抗戰建國的工作，究竟做了多少。」

由於廣州、武漢等前方戰區的軍事失利，大多數戲劇團體雲集重慶，由此奠定了重慶在全國戲劇運動中的首要地位。在這種情勢下，由國共兩黨共同參與、中華全國戲劇界抗敵協會重慶分會出面組織的中華民國第一屆戲劇節，於一九三八年十月十日雙十國慶日正式開幕。這屆戲劇節的壓軸大戲，是由曹禺、宋之的合作編寫的《全民總動員》。

《全民總動員》是一部典型的抗戰愛國宣傳劇。一九四〇年三月，該劇更名為《黑字二十八》，作為「國立戲劇學校戰時戲劇叢書之四」由重慶中正書局出版。在該劇的正文後面，附錄有第一屆戲劇節的演出委員會名單，擔任演出委員會主任委員的，正是國立劇校的後臺老闆、國民黨的CC派文化大員張道藩。另據曹禺發表於《人民戲劇》一九八一年第七期的《我的一生始終接受著黨的教育》一文的說法，「宋之的同志與我合作寫抗戰劇本《全民總動員》，也是周恩來同志的指示。」

《全民總動員》講述的是一個諜戰傳奇。劇中主要的故事情節，是代號「黑字二十八」的日本間諜，潛入抗日戰爭的後方基地，收買漢奸刺探我方軍事情報，企圖對我方將領實施恐怖暗殺活動，最終被巧扮瘋子的鄧隊長成功破獲。這部「文以載道」的抗戰宣傳劇中最為關鍵的敗筆，恰恰在於「道」的落空。關於這一點，曹禺在《〈黑字二十八〉序》中介紹說：

「上演以後，我們發覺了其中有些地方，因為寫作的匆忙，並不能如我們所擬想的那麼滿人意。特別是在《全民總動員》這一點題工作上，還遺留著一些弱點。所以現在以《黑字二十八》這一劇名，與諸君相見。而把《全民總動員》這個豐富的劇名，留給下一次的機會。」⑦

在劇本創作方面幾乎是完全失敗的《全民總動員》，在當時的抗戰氛圍中所贏得的卻是一個盛況空前的演出團隊。按照曹禺的說法，「當時舞臺上的優秀演員大部分都集中在重慶。這些演員參加『戲劇節』的熱誠，是無從比擬的。因為在全國，這是我們戲劇界的第一次『戲劇節』，所以在寫作之初，我們便從演出委員會接受了那樣奢侈的一個演員名單，但為了這樣奢侈的演員名單來寫劇本，卻並不是容易的事。這需要龐大的題材和細心的安排。」

《全民總動員》的正面英雄人物、救亡團體的鄧隊長，之所以被設計為一個「瘋子」，就是預先考慮到著名演員趙丹的演劇特點。在演出過程中，趙丹扮演的鄧瘋子裝瘋賣傻、嬉皮笑臉、忽冷忽熱、成竹在胸，與施超扮演的漢奸張希成的做賊心虛、強自鎮靜、陰險狡猾、弄巧成拙形成鮮明對比。劇情演到緊張之處，全場觀眾緊張得屏住了呼吸。當鄧瘋子機警地奪下漢奸手裡的炸彈時，觀眾們空懸的心情也像是一塊石頭落了地，全場隨之報以熱烈的掌聲。公演期間，國共雙方以及民間私營的《新華日報》、《時事新報》、《國民公報》、《中央日報》等重要媒體，都給予最高規格的歡迎和肯定，其原因就在於它所展示的「政治上的成功」以及「劇人的大團結」。

一九三九年一月一日，為紀念中華全國戲劇界抗戰協會成立一周年並慶祝新年元旦，重慶戲劇工作者近三千人舉行盛大火炬遊行，並且別開生面地組織了《抗戰進行曲》的遊行表演。遊行表演由《自由魂》、《民族公敵》、《怒吼吧中國》、《為自由和平而戰》、《全民總動員》等戲劇作品中的人物情節串聯而成，以車輛為舞臺，配以燈彩和龍獅、高蹺表演。山城重慶為之萬人空巷。

四、與時俱進的《正在想》

一九三九年四月，日本飛機多次對重慶進行狂轟亂炸，國立劇校再一次奉命搬遷，被疏散到三百里外的江安小縣，設校址於城西緊靠城牆的文廟中，曹禺一家被安置在曾任中共江安縣委代理書記的張安國家裡。為配合自己的教學活動，曹禺把墨西哥作家約菲納・尼格裡的獨幕劇《紅絲絨的山羊》改編成為《正在想》，於一九三九年十月十九日在校內首演。關於該劇，田本相介紹說：「對此劇歷來有著種種猜測和看法。有人認為《正在想》是作者的自我解嘲，說曹禺有將近五年不曾寫作了，他很想改變自己與現實的關係，可能《正在想》所反映的正是作者此時自嘲的心境。這種看法是不符合實際的。《正在想》創作之前，他剛完成了《蛻變》，怎麼說是五年沒有創作呢？還有的認為，此劇改編的目的，是為了諷刺大漢奸汪精衛的。顯然，這種看法也是脫離劇本實際的臆測。」⑧

而在事實上，《正在想》的寫作與演出的時間，並不是在《蛻變》之後，而是在《蛻變》之前。該劇講述的是一個與時俱進趕時髦的戲班班主的滑稽故事。劇中的老窩瓜是馬家戲班的班主、一位表演滑稽戲法的五〇歲左右的老藝人。借用舞臺提示中的說法，他是一個「傻好兒」。他自己在劇中自稱是「馬天才」。老友老蓋兒罵他是「怕老婆的貨」。他的妻子小甜瓜罵他是「烏龜孫」。劇中與丈夫並不和睦的小甜瓜，又被劇作者曹禺認定為「聰明」人：「聰明的小甜瓜暗自不信這一套吉利話，卻也不便議論。心想說不定這『傻好兒』時來運轉，福至心靈，也許從此大家就翻了身。再者，變變也好，就算是做夢都好。」

眼見蹦蹦戲、說大鼓、單口相聲、歌舞團生意興隆，「傻好兒」老窩瓜突然間悟出了「要發財，得改行」的道理，決定以後專演最受歡迎的「話劇」。這位連本國漢字都不會書寫的「傻好兒」，竟然改編了一部文明話劇「改良《平貴回窯》」。他不僅委託門口擺測字攤的算命先生幫忙寫作劇本，而且專門給自己起了一個響亮的藝名「馬天才」，同時還給妻子小甜瓜起了一個頗為感傷的藝名「悲秋女士」。夫妻之間為此還有一段戲曲跺板式的一唱一合：

小甜瓜 （身世淒涼）老嘍！

老窩瓜 （搖頭想哭）不成嘍！

小甜瓜 （眼圈通紅）年頭改嘍！

老窩瓜 （抬頭，哭聲）禿子媽！

小甜瓜 （不覺也憐惜她的老伴，慢慢地）禿子爹！

老窩瓜 （忽有所感，豁然貫通，驀立）所以我說你得叫悲秋，悲秋女士。就是那「黛玉悲秋」的意思！

與曹禺戲劇中幾乎所有不能夠獨立自主地掌握自己前途命運的「鬼」、「傀儡」、「可憐的動物」一樣，老窩瓜的內心深處，高懸著一個陽光天堂般神聖美好的彼岸夢想：

「（飄飄然）不是我貧嘴，禿子媽，你就聽我給小禿子起的名字起得多好，馬一飛，這一飛就飛上了天，將來包銀就二百塊。」

「（非常慷慨地）不，你拿去，你都拿去。我馬天才圖名不圖利。我想的這幾出戲，就夠我萬古揚名，以後，整千整萬的錢，都歸你。」

小甜瓜其實與「傻好兒」老窩瓜一樣，是一個擁有自相矛盾的多重人格的空洞人物。正因為如此，儘管她對於丈夫的為人心中有數，卻架不住對方一輪又一輪的情感攻勢。為了成全丈夫的事業，她賣弄風騷請來三教九流捧場助陣。不曾想，登臺演出的老窩瓜、小甜瓜和小禿子，連臺詞都沒有來得及熟記下來，只能依賴拉洋片唱西洋景的哈哈笑，躲藏在幕後一句一句地提詞。演出過程中，不能把戲裡的當「王八」與戲外的怕老婆區分開來的老窩瓜，為了證明自己是「男子種」，在台下觀眾的慫恿下對倒在台上裝死的小甜瓜額外踢了一腳，從而激起小甜瓜脫離劇情的撕打糾纏。一場標榜為文明話劇的戲劇演出，最終變成一幕低級趣味的生活鬧劇。在前來捧場助陣的人們一哄而散的情況下，劇中又專門運用戲曲舞臺所常見的抖包袱、灑狗血的一段旁白來進行點題：

小甜瓜 （追趕）你不是說你一腦袋都裝的是戲嗎？（把老窩瓜逼得走投無路，舉棍）你個烏龜孫！（就要打去）

老窩瓜 （大叫）禿子媽，我有（甜瓜停住手）我有……我有好的。

小甜瓜　（叉腰）在哪裡？
老窩瓜　（實無辦法，只好幽默）我，我，我正在想。

在老窩瓜和小甜瓜戲裡戲外糾纏不清的同時，他們的兒子小禿子即馬一飛，也在運用老窩瓜即馬天才變滑稽戲的老戲法，對小紅展開情愛攻勢：「（站起）還有軍樂隊，紅軍服，藍呢褲，頭頂白兔子毛，『滴滴打打，打打滴』，把你吹到我們家裡。……（神采煥發）進大門，入洞房，抬頭一望，喝！裡面金皮櫃，銀皮箱，虎皮椅子象牙床，團龍靠枕，噴香的被，鴨絨褥子，繡花帳，（向小紅近旁偎坐）這時候我們吃交杯酒，長壽麵，子孫餑餑，團圓飯，——這時候，（小禿子不自覺對小紅忽然一笑，二人立刻都低下頭）」

正當小禿子說得高興的時候，小紅的同伴領弟以一句「刻薄」話揭穿了他的騙局：「這一段我聽你爸那天（指幕）在臺上說過。」

至此，劇作者曹禺巧妙地把老窩瓜的全部底細和盤托出：所謂的文明話劇乃至現代話劇，與走鄉串市闖江湖的民間草台班的變戲法，原本就是一回事。無論怎麼變化，都走出不中國傳統文化萬變不離其宗的神道騙局和文化怪圈，也就是魯迅在《女吊》中所概括的「開場的『起殤』，中間的鬼魂時時出現，收場的好人升天，惡人落地獄」。這其實也是曹禺戲劇永遠也難以擺脫的文化宿命。

意猶未盡中，曹禺還在《正在想》的末尾處，繼《雷雨》一劇的序幕與尾聲之後，再一次仿效傳統戲曲傳奇《桃花扇》的舊例，附加上一場余聲餘韻的歌舞戲。從而通過一哄而散的李保長等人的捲土重來，在委曲盡情、淋漓盡致的嬉笑怒罵中，對「傻好兒」老窩瓜加以圍攻並且痛施殺手：

「冬瓜甜瓜老窩瓜，一腦袋漿糊爛扒扒，加點醬油放點醋，就當作豬腦髓吃了吧！（叫）嘿，你一嘴，我一嘴，那旁邊氣壞了劇作家，從今以後才知道，原來他是個大傻瓜。嘻嘻嘻，哈哈哈，看戲的在前面笑哈哈，嘿！你們諸位先不要笑，編這幕戲的也是一個大傻瓜。嘻嘻嘻，哈哈哈！（白）他氣死了。」

《正在想》所嘲笑、所調侃的對象，並不限於曹禺自己。與「手勢腔調俱脫不了舊劇的氣味」的「改良《平貴回窯》」最具可比性的，是吳祖光轟動一時的抗戰戲劇《鳳凰城》。關於這一點，吳祖光晚年在《「投機取巧」的〈鳳凰城〉──我從事劇本寫作的開始》中回憶說：「就是在我二十歲的一九三七年，非常偶然地寫了這個《鳳凰城》，……這個劇本寫得太幼稚，今天一看會教我感到臉紅耳赤。譬如劇中苗可秀別家出征總帶著義僕張生，直到他殉國死難，完全是舊戲裡公子隨身的書僮那樣的主僕關係。第一幕可秀和妻子分別，趙侗打趣，居然唱了一段京劇『平貴別窯』。弟弟可英要隨他參加戰爭，他勸弟弟要好好讀書等……現在連我自己也看不下去。這也說明，比起半個世紀以前的一九三七年，我到底還是進步多了。」

應該說，在老窩瓜與小甜瓜身上，是印證著曹禺與鄭秀之間的幾縷神韻的。曹禺與鄭秀當年在清華園裡，就是通過戲臺上的扮演情人開始戲臺之下的情愛追逐的。寫作《正在想》的曹禺，已經有兩年多的時間沒有寫出像樣的劇本，妻子鄭秀一年前因為生育大女兒萬黛而辭掉工作，養家糊口的擔子不可推卸地落在不善持家理財的曹禺肩上。相對於後生可畏甚至於後來居上的吳祖光，曹禺完全稱得上是像老窩瓜那樣的同行前輩。正是在妻子鄭秀的催促逼迫以及吳祖光後來居上的競爭壓力之下，曹禺頗為急功近利地接連寫作出了《正在想》和《蛻變》。與《正在想》中所表現的與時俱進趕時髦的精神危機不同，曹禺在接下來創作的《蛻變》中，為擺脫陰間地獄般的精神危機和生存危機，極其廉價地找到了一條不需要跨越從此岸世界到彼岸世界的天塹鴻溝，就可以直達陽光天堂般神聖美好的理想境界的人生捷徑。

五、《蛻變》中的權與法

一九四〇年三月二十三日，《華西日報》報導說：「國立戲劇學校定於本月二十五日自江安出發至重慶，公演曹禺氏新作《蛻變》……」據此可以把《蛻變》初稿的寫作時間，限定為這一年的三月二十三日之前。《蛻變》與當時的國民政府教育部政務次長顧一樵（毓秀）創作的四幕歷史劇《岳飛》、由國立劇校校長余上沅和教員王思曾共同編劇的音樂劇《從軍樂》一道，被列為一九四〇年四月一日開幕的國立劇校重慶公演的演出劇目。為了這次公演，國立劇校專門成立演出委員會，由國民黨中央宣傳部部長兼國立劇校校務委員會主任張道藩親自掛帥任總指揮，校長余上沅任演出委員會主任，劇作家吳祖光任領隊，著名導演張駿祥任舞臺主任。

《蛻變》的劇情圍繞著直接為抗日戰爭服務的××省立傷病醫院而全面展開。「蛻變」之前，這家醫院彷彿是一個陰間地獄，以救死扶傷為神聖天職的丁大夫連最低限度的工作條件和必備藥品都得不到。隨著欽差大臣般的視察專員梁公仰從天而降，這家醫院啟動了大刀闊斧的行政改革，從而發生了翻天覆地的變化。被梁公仰真誠挽留的丁大夫，在「蛻變」後陽光天堂般的新醫院裡大顯身手並且修成正果，以至於享受到了康復後即將重返前線的一營傷兵高呼萬歲的崇高榮譽。用曹禺寫在《關於〈蛻變〉二字》一文中的說法，「這本戲固然談的是行政問題，但這種高深的專門學問決非如此窳陋的作品能在三點鐘的演出時間內談得透徹明瞭。戲的關鍵還是在我們民族在抗戰中一種『蛻』舊『變』新的氣象。這題目就是本戲的主題。」⑨

在第一幕的舞臺提示中，曹禺像寫論文一樣，圍繞著××省立傷兵醫院的行政問題，發洩著自己「文以載道」並且天人感應的天譴詛咒：

「原來抗戰以前，院中行政上的一切設施，俱無一定的制度。到了現在，搬到這個窮鄉僻壤，『天高皇帝遠』，院裡更缺乏『守法』的精神。從院長起，他用人辦事但憑他自己一時的利害喜怒為轉移，下屬會逢迎，得到他的信任，便可以任意越權，毫無忌憚；不得他的歡心的，就只能在院內混吃等死，甚至如果負起責任，反遭申斥。公務員既無人勇於負責，官職的進退，也只好看院長的喜惡。一人的喜怒好惡本是捉摸不定的，（何況窺測長官心理的工作，已大有人搶）多數職員只好委委屈屈，噤若冬眠的蟄蟲，凡事不問不聞，絕不作春天的指望。在此地『法』既不能制濫私，勵廉潔，偏偏院長嘴裡時常談起法治精神，侈言：『行政不該人存政舉，人亡政息。』而自己實施起來正是『行動自行動，法律自法律』。似乎在勢當權的人，只須說說了事，對於『負責』『守法』兩點，自己絕對無需以身作則，推己及人的。」

但是，指責傷兵醫院院長秦仲宣「對於『負責』『守法』兩點，自己絕對無需以身作則，推己及人」的劇作者曹禺，對於現代工商契約社會所通行的以人為本、意思自治、契約平等、民主參與、憲政共和、大同博愛的價值體系和文明常識；尤其是司法機關獨立辦案、法律面前人人平等、疑罪從無的罪由法定、程式正義優先於實體正義的法律常識；表現出的卻是更加極端的盲目無知和公然違背。他在劇中只能通過根源於自己的「原始的情緒」和「蠻性的遺留」的「陰間地獄之黑暗＋男女情愛之追求＋男權家庭之反叛＋專制社會之革命＋捨身愛人之犧牲＋天誅地滅之天譴＋替天行道之拯救＋陽光天堂之超度」的密碼模式；尤其是傳統戲曲傳奇中「戲不夠，神來湊」的編劇套路和路徑依賴；借助於和現代法治精神背道而馳的天神救星般、欽差大臣般的視察專員梁公仰的從天而降，來處理這家醫院由陰間地獄向陽光天堂的蛻舊變新。

劇中為這家陰間地獄般的傷兵醫院帶來第一縷陽光的，是既身懷絕技又嫉惡如仇的丁大夫。在為丁大夫所寫的舞臺提示中，一直以神道設教、替天行道的宗教先知加抒情詩人自居的曹禺，賦予這位女性名醫的是高度男權化、特權化的捨家愛國的「仁俠精神」：

「丁大夫看去只像三十開外，其實她已經是個十七歲的孩子的母親了。……她的臉有些男相，輪廓明顯，皮色看去異常潔淨。薄唇角微微下垂，眼睛大而銳利，滿面是剛健率直的氣概，在憤怒時，有威有畏。她的身材較普通女子略高，十分健壯。……她所受的高深教育不但使她成為中國名醫，並且使她養成愛真理，愛她的職業所具有的仁俠精神的習性。抗戰開始，她立刻依她所信仰的，為民族捐棄在上海一個名醫的舒適生活，與奮地投入了傷兵醫院。早年在國外，和她同去求學的她所深愛的丈夫，既因病死去，以後醫院的事業便佔據了心靈。現在她的十七歲正在求學的獨兒，在開戰之後立刻自動加入抗戰服務團，參加工作，她更是了無牽掛，按她一直信仰著的精神為著人們活著。」

拿著庶務主任馬登科遲遲沒有發出去的「那封催藥的公文」出場亮相的丁大夫，一開口就以馬登科為靶子，居高臨下地吶喊出替天行道、抗戰愛國的天譴詛咒：「（忿極）我恨不得我能發明一種血清，打到你們每個人的血管裡，把你們心裡的毒質：『懶』毒，『緩』毒，『愚』毒，『無恥』的毒，『自私』的毒，『過分聰明』的毒，『不負責任』的毒，一起洗乾淨。這樣，抗戰的前途才真有辦法。」

當聽到馬登科斥責別人為「天生他們這種當奴隸的腦袋」時，丁大夫更是借題發揮，盡情表現了她自己「生下來就預備當主人」的身份特權意識：「馬先生，你難道想像不出？有一種人活在世上並不是為的委委曲曲，整天打算著迎合長官，拍馬吹牛，營私舞弊？你難道就看不出這種人生下來就預備當主人，愛真理，愛國家，言行一致，說到做到，把公事看得比私事重？（情感迸發）真的，你不知道我們現在是家破人亡，整個民族要靠這次抗戰來翻身？那麼你為什麼還不明白一個人到了現在可以什麼都不顧，就希望把自己這點力量獻給國家，爭取到了勝利，好做一個自由的人？馬先生，我跟您無私怨無私仇，但是你屢次對我拖延，撒謊，耽誤公事。到了現在，藥品還沒有拿來，叫我眼著傷兵同志受痛苦，病重，我只能站在旁邊，一夜一夜地等，等，等，等到天亮而毫無更好的辦法，我就認你是我的仇人，我的天大的仇人！」

在戲劇情節「起承轉合」的第一個高潮中，劇作者曹禺「起」得太高，一下子把丁大夫抬舉到「生下來就預備當主人」和「自由的人」的理想境界；接下來便只能讓她在難以為繼的精神空懸中，自相矛盾地敗露出既當不得醫院的主人又當不得自己的主人的人格虛空：「（長歎）馬先生——我要走了。」

這樣的戲劇處理，與《雷雨》中魯大海面對周萍的交出手槍，《日出》中方達生面對黑三的乖乖交錢，《原野》中的焦大星面對花金子的交出匕首，頗有神似之處。泄了底氣的丁大夫還算乖巧知趣，演戲般給自己墊上了一個高調臺階：「不過在我離開此地之前一定要把離開此地的原因跟傷兵同志們說清楚，我想你們諸位也願意大家明白你們的真相的……」

在第二幕中，手握重權的視察專員梁公仰，在丁大夫的診斷室裡苦苦等待，忙著給小傷兵開刀做手術的丁大夫硬是不肯賞臉參拜。多虧敵軍飛機前來空襲，才使這位梁專員等來一個幫助丁大夫抬擔架的機會。轟炸過後，丁大夫突然想起病房裡的傷兵，她得到的答復是：「專員帶著院長，職員，在兩分鐘以內搶著搬走的。」

隨著被丁大夫貶稱為「老頭」的梁公仰亮明視察專員的強權身份，自稱是「生下來就預備當主人」和「自由的人」的丁大夫，馬上表現出前倨後恭的身份特權意識，以抹殺出賣所有醫護人員和行政人員四個月的勞績為代價，對於梁公仰大加捧場：

「謝謝你！老先生！兩分鐘的功夫，你做了我們在此地四個月的事情！」

「（突然發現這個人跟她所想像的完全不同，誠懇地）我願意跟老先生學習做事的精神。」

接下來，依仗特殊權力替天行道的梁公仰，採取私設刑堂現場辦公的方式，把這家醫院積重難返的行政問題易如反掌地加以解決：「我奉了中央命令，要把這個醫院重新改組。公務員們，負責的，繼續工作；不負責任的，或者查辦，或者革職。政府要在半個月以內把這個醫院改為前線傷兵醫院。」

戲劇情節在頗為神奇地陡轉之後，還有一個小收煞，就是梁公仰在第二幕結尾處對於準備辭職的丁大夫的招安挽留：「丁大夫，政府派我徹底整理這個醫院，改歸部立，調向前線。我希望丁大夫不離開此地，跟我一同服務。」

作為對於丁大夫十分肉麻地當面吹捧的獎賞回報，梁公仰在挽留丁大夫之後，還相應地抹殺掉這家醫院裡面其他個人的存在價值，只賦予丁大夫一個人與自己一道充當「主人」和「自由的人」的身份特權：「（翻著白眼從眼鏡上邊望過去）丁大夫，請坐。（丁走過去）這是我所想的關於醫院改革的計畫，（和藹地）我們乘這個時候來研究一下好麼？」

至此，這家陰間地獄般的傷兵醫院裡的一場行政制度層面上的蜕舊變新，已經大功告成；隨之而來的，是思想意識也就靈魂深處的一場政教合一、天譴罰罪的思想改造及蜕舊變新。

六、天譴罰罪的思想改造

在第三幕的舞臺提示中，劇作者曹禺另有一段「文以載道」的點題之語：「××省立後方醫院，經過梁專員那次徹底改革後，在短時期之內就開赴前線的後方，……從那時起到現在，整整一年有半。醫院裡的行政人員易舊換新，變動很大。工作中，多少慘痛的犧牲，使人們在不斷的經驗與學習裡逐漸樹立一個合理的制度。這制度有了守法的長官偕同下屬來遵隨，大家工作的態度和效能，也慢慢入了正軌。現在院裡的公務人員，權責劃清，系統分明而且勤有獎，惰有罰。一年來，奉公守法，勤奮服務的風氣，已經啟導造成，雖然勇於負責的進取精神，還有待培養。」

在以神道設教、替天行道的宗教先知加抒情詩人自居的曹禺看來，比起「公務人員」低層次的「奉公守法，勤奮服務」；高層次的「勇於負責的進取精神」的理論探討，只能在觀音菩薩般的丁大夫和清官救星般的視察專員梁公仰之間正面展開。這也是戲劇情節新一輪的起承轉合的高調起點：

丁大夫　（眨著眼，想想，彷彿說明很困難，一面笑著）這，這非常不容易講。事實上，院裡的事情都在辦，該進行的也都在進行。就是實際做起來，總彷彿（略頓）缺少了點什麼。其實驀一看也找不出來什麼錯，就是仔細想想，又覺得（微頓，用手在空中繞一繞，似乎在找什麼字）這機器上的螺絲不，不夠緊，裡面缺少了一種——（微想）一種更熱（略頓）更強的，嗯——

梁公仰　（凝望）推——動——力——量，對麼？

與第二幕中由清官救星梁公仰一手包辦的蛻舊變新相彷彿，這場針對「公務人員」的「推動力量」的思想改造和靈魂蛻變運動，雖然由觀音菩薩般的丁大夫倡議發起，它的組織實施依然要依賴梁公仰凌駕於「法治精神」之上的政教合一、權大於法的替天行道、天譴罰罪。這家醫院蛻變改組之後新來的三十三歲的副院長溫宗書，「對自己份內的職務可以做得勝任愉快，但辦起緊迫的要公，總缺少一點推動的能力和果斷的氣魄」，於是便被梁公仰當作了天譴罰罪的首選對象：

「（怒目）怎麼叫不可能？（像一隻鷙鳥逼視一個無力的雛雛，雷滾似的一氣說下去）你從上面一時領不下來，你該找省內醫藥管理處；省內醫藥管理處要不來，你該找動員委員會；動員委員會弄不來，你要找人民團體，人民團體捐不來，你該求殷實商家，殷實商家借不來，你再託人寫文章在報紙上喊。要！要！要！要我們的蚊帳！卡車！金雞納霜！哪怕這三件東西你要從地裡面挖出來，你得完全辦到，你才算完！」

梁公仰這種替天行道、天譴罰罪的思想改造，歸根到底依然是中國傳統神道文化中根深蒂固的「存天理，滅人欲」的誅心之術，與《雷雨》中周樸園的逼蘩漪喝藥、魯侍萍的逼四鳳發誓和《原野》中花金子與焦大媽對於焦大星的精神強暴一脈相承。然而，遭受天譴罰罪式的精神強暴的溫宗書連同梁公仰自己，並不是也不可能是依靠「勇於負責的進取精神」來解決實際問題的，而是利用與「法治精神」背道而馳的權大於法的人事關係，把醫院所需的蚊帳、卡車、金雞納霜弄到手的。相對於這種政教合一、權大於法的陋規權術，中國社會真正需要的是從馬克思〈《黑格爾法哲學批判》導言〉中所說的「人本身是人的最高本質」的人道主義本體論入手，逐步確立以人為本、意思自治、契約平等、民主參與、憲政共和、大同博愛的價值體系和文明常識；以及依法制約政府部門的公共權力的現代行政制度、依法促進社會化擴大再生產的現代經濟制度。《蛻變》一劇中依靠天神救星般、欽差大臣般的視察專員梁化仰，所實現的從陰間地獄到陽光天堂的蛻舊變新，顯然是背道而馳地認錯了方向、走錯了路子的反蛻變。

七、捨家愛國的丁大夫

在第三幕立竿見影的一場替天行道、天譴罰罪的思想改造鋪墊下，劇作者曹禺在第四幕的舞臺提示中，進一步介紹了發生在這家醫院中的蛻舊變新的新氣象：「又過了十個月的光景。……現在那前線醫院，奉命把一部分有經驗，有學識並且勇於負責的人員調回大城市，辦理一所規模更大的後方傷兵醫院。……感謝賢明的官吏如梁公仰先生者，在這一部分的公務人員的心裡，已逐漸培植出一個勇敢的新的負責觀念。……種種表現前因後果的事實，證明在抗戰過程中，中國的行政官吏，早晚必要蛻掉那一層腐舊的軀殼，邁進一個新的時代。」

第四幕的劇情主要圍繞丁大夫的獨子丁昌的病情而展開。據丁大夫介紹，丁昌「在前線不小心，胸部中了一槍。以後又轉成肺炎。好了。現在盲腸彷彿又有了毛病。」在談到經過行政改革和思想改造的雙重蛻變的這家傷兵醫院時，丁大夫又介紹說，「現在的院長非常負責，什麼事都很順手的。」在「什麼事都很順手」的這家傷兵醫院裡，丁大夫自己的精神面貌，也由此前主要從事於替天行道的天譴詛咒的男權剛烈，蛻變為主要從事治病救人的和顏悅色甚至於陰柔無主：

> 「哦，我不怕，抗戰以來，我無論什麼事，從來不從悲觀處想。不過，到了這時候，一個做母親的心，總有點管不住——（用手帕擦眼淚）就是了。」

在「病人脈搏已經停止，胡醫官兩層衣服都汗透了」的最後關頭，丁大夫再一次發揮不可替代的高超醫術和救苦救難的精神魅力，親手把自己已經死去的獨生子救活過來。隨後，由營長李鐵川率領的已經康復並且準備開赴前線的一營傷兵，列隊於醫院花園之中，喊出了震天價響的「抗戰勝利萬歲！——中華民國萬歲！——」「丁大夫萬歲！」的高呼聲。當丁大夫從手術室裡出來的時候，「丁大夫萬歲！抗戰萬歲！傷兵母親萬歲！」的吶喊聲再度升起，連清官救星梁公仰也前來捧場湊趣：「恭喜你，丁大夫。」已經蛻變為新官吏的「公務員」謝宗奮，更是跑上前來當面禮贊道：「你真是我們的英雄。」

在一營傷兵連同清官救星梁公仰等人的鋪墊抬舉之下，超凡入聖的丁大夫當仁不讓地凌空而起，發表了「存天理，滅人欲」式的愛國宣言。其中的最後一款，是用公然違背現代法理的捨家愛國的神聖名義，把已經成年的擁有自己獨立人格的兒子大包大攬地奉獻出去：

「諸位老朋友，這幾分鐘，我覺得比一年還要長。（略重）幸虧諸位在我旁邊，你們不但增加了我的勇氣，並且無形中，是你們的榜樣，你們的力量，才糾正我方才心裡頭，幾乎是犯定了的錯誤！……為著一個做母親的私心，我把我們共同的大理想，——一個自由平等，新的形式的國家給忘掉了。……我看見了你們的榜樣，我怎麼能夠再顧念到一個小小的自己，不給我的孩子他應該得到的權利，不催他跟你們一道走呢！朋友們：（熱誠地伸出手）讓我們相親相愛地活下去吧！我希望我永遠配做你們的同志。（突然莊嚴地）在你們面前，我現在立誓，把我的孩子也獻給我們共同的母親——我們的祖國！」

回答丁大夫的愛國宣言的，是一營傷兵再一次「突然爆炸似的大家歡呼起來：『丁大夫萬歲！』『丁大夫萬歲！』。」

據一九四三年四月二十三日的《新華日報》報導，由郭沫若兼任團長的中國萬歲劇團，在三青團中央團部演出《蛻變》時，蔣介石應邀觀看演出，劇中原有的「丁大夫萬歲」的歡呼聲，被臨時改寫為「蔣委員長萬歲」。蔣介石「對該劇演出頗為贊識，當演出至第四幕，末尾榮譽軍人傷癒重上前線，高呼『蔣委員長萬歲』時，觀眾均肅然致敬，臺上台下，打成一片。蔣委員長莞爾一笑，閉幕後，蔣委員長復對若干劇情有所指示，該劇已先後獲得國民黨中宣部及政治部之獎金及獎狀。」⑩

對於捨家愛國的丁大夫來說，「丁大夫萬歲！抗戰萬歲！傷兵母親萬歲！」的超凡入聖、修成正果，只不過是口惠而實不至的阿Q式的精神勝利法。劇作者曹禺早在第二幕中，就讓冒著敵機轟炸的危險為小傷兵做完手術的丁大夫，頗為多情地埋下一個伏筆：「記著，我的孩子，好了以後，再上前線的時候，你務必要來看我一趟。」

在李鐵川率領一營官兵準備趕赴前線的最後關頭，小傷兵適時出場，給丁大夫獻上「一條小得像女人手帕似的繡花紅兜肚」；並且特別介紹「我奶奶說是給小丁大夫的小丁大夫戴的」，祝福丁大夫「長命百歲」。這種既要捨身愛國又要自相矛盾地「長命百歲」並且子孫興旺的人生正果，所透露出的恰恰是劇作者曹禺「怪、力、亂、神」式的價值混亂。

同樣是在抗日戰爭的大背景下，清官救星梁公仰為了表現自己捨家愛國的大公無私，反而把自己的兒子趕回老家去種地謀生。這種看似循公辦事、鐵面無私的政治表現，暴露出的卻是另一種無端包辦別人的選擇權利和愛國權利的公然違法。借用丁大夫的話說，就是「不給我的孩子他應該得到的權利」。同樣是違法剝奪自己兒子的正當權利，丁大夫的捨家愛國在「存天理，滅人欲」的道德意義上，顯然要比梁公仰的保家愛國要更加高尚一點點。

八、清官救星梁公仰

前面已經談到過，與此前的《雷雨》、《日出》、《原野》相比，《蛻變》一劇中同樣存在著一個根源於曹禺的「原始的情緒」和「蠻性的遺留」的「陰間地獄之黑暗＋男女情愛之追求＋男權家庭之反叛＋專制社會之革命＋捨身愛人之犧牲＋天誅地滅之天譴＋替天行道之拯救＋陽光天堂之超度」的密碼模式。有所不同的是，《雷雨》、《日出》、《原野》中替天行道、天譴罰罪的天神救星，都是非人性和反人性的神道角色；只有到了《蛻變》一劇，才第一次出現了天神救星般、欽差大臣般的政府官員。大權在握並且政教合一的清官救星梁公仰，其實是比《雷雨》中替天行道的「雷雨（雷公）」；《日出》中既是絕對專制的「閻王」又是絕對有餘的「財神」的金八；《原野》中俗稱「閻王」的「黑臉的閻羅（地藏王）」更加「怪、力、亂、神」的宗教化角色。傳統戲曲中包辦陰陽兩界人鬼冤案的包拯、寇准之類的清官酷吏，就是他源遠流長的文化原型。兼有天譴罰罪和救苦救難的雙重功能的梁公仰，還與時俱進地擁有了無產階級「老工匠」的階級成份，從而與《雷雨》中替天行道的魯大海、《日出》中被方達生認定為大救星的砸夯工人，同屬於最為先進的無產階級。

在第二幕中，彷彿從天而降的清官救星梁公仰私設刑堂現場辦公，極其強暴地對秦仲宣、馬登科、況西堂等人實施法外審判。他審問醫院秘書況西堂時所依據的，並不是現代文明社會中司法機關獨立辦案、法律面前人人平等、疑罪從無的罪由法定、程式正義優先於實體正義的法律常識，而是人身依附的神聖愛國：

> 「況先生，不要把個人當做我們的上司。只要你認清國家是我們的主人，國家對於真做事的公務人員，決不會不保障的。」

在以人為本、意思自治、契約平等、民主參與、憲政共和、大同博愛的現代文明社會裡，國家與家庭、學校、企業、社團、黨派、民族、政府等人造集體一樣，只是一種為全部或部分公民提供公共服務和制度保障的法人實體；而不是擁有並且奴役全部或部分國民的所謂「主人」。借用胡適在《介紹我自己的思想》一文中教導「少年的朋友們」的話說：「現在有人對你們說：『犧牲你們個人的自由，去求國家的自由！』我對你們說：『爭你們個人的自由，便是為國家爭自由！爭你們自己的人格，便是為國家爭人格！自由平等的國家不是一群奴才建造得起來的！』」⑪

值得注意的是，天神救星般、欽差大臣般的視察專員梁公仰，在「蛻變」完成之後的第四幕裡，偏偏變成了沒有用武之地的「傀儡」式人物。同樣是在況西堂面前，他卻換上了頗為多餘、頗為無聊的另一副面孔：

「（拉著他）況先生，（低聲）我最近發現一個大秘密，我今天想告訴你。」

「（對著他的耳朵，低聲，十分秘密地）你聽：人永遠不會老，只要你自己不覺得老。（兩眼一眨，重重拍了況肩膀一下，大聲）懂麼？（笑出來）」

就在梁公仰向況西堂兜售他的「人永遠不會老」的新理論、新發現的時候，劇作者曹禺為蛻變之後因大顯身手而操勞過度的剛滿四十歲的丁大夫，勾畫出了截然相反的另一種精神臉譜：

「丁大夫現在又蒼老了許多，兩鬢斑白，前額已有深深的皺紋。笑起來，口角有些癟進，顯得分外和藹動人。她的眼睛已開始不能視近，讀書寫字，戴著一副非常精緻的無邊老花眼鏡，襯出她微微下陷的眼圈，彷彿已是五十開外的婦人。……每次治癒了一個傷兵，她就受著這樣深摯的安慰。這人情的溫暖，使她忘記個人的安適，深切感到活著應該為一個偉大的信仰。只有如此，人才獲得精神的自由。」

關於清官救星般的梁公仰與觀音菩薩般的丁大夫的這種過於極端並且相互矛盾的人物描寫，胡風當年在《〈蛻變〉一解》中曾經有過尖銳透徹的精神分析：「這位梁專員，雖然帶著形象的面貌，但與其說是一個性格，還不與說他是一個權力的化身。由於梁專員，她底存在才得到了保障，由於梁專員，圍繞著化腐朽為神奇。於是，由污暗走到了作者所設想的緊張熱烈，再埋頭到了莊嚴光華的境地。作者不仁，把這位梁專員當做替她卸去歷史負擔的芻狗，這芻狗式的人物，到第三幕第四幕，尤其是第四幕，就局促地容身無地，因為作為權力的他底存在，已經不能再有作用了。」⑫

相對於清官救星梁公仰和觀音菩薩般的丁大夫，劇中其他的出場人物，都是曹禺在〈《日出》跋〉中所說的處於「陪襯」地位的「鬼」、「傀儡」和「可憐的動物」。到了第四幕裡，就連清官救星梁公仰也變成了丁大夫的「傀儡」和「陪襯」。對於《蛻變》中充當「傀儡」與「陪襯」的新舊人物，呂熒在《曹禺的道路》中另有精闢概括：「其他的新人，個個都是英雄，他們只有公的生活，沒有私的生活；甚至只要一看他們的名字，就可以想像到他們的性格：謝宗奮——奮勇，陳秉忠——忠誠，溫宗書——書生氣，光行健——健幹，超出在他們之上的，是公眾景仰的棟樑——梁公仰。在舊人之中，秦仲宣是他們的首領，後來做了漢奸，狡偽私情的馬登科次之，後來只做了奸商，卑猥的孔秋萍又次之，成了沒落分子，老夫子況西堂又次之，勉強做一個混日子的書記。這些理論圖式化了，等級整然的角色，有強，有弱，有半強半弱，……合在一起扮演了《蛻變》，這《蛻變》，只是一幕觀眾的粉墨畫的喜劇。」⑬

九、「屁」一般的孔秋萍

從《雷雨》開始，曹禺一系列的戲劇作品中，都會有一個想要承擔罪責卻偏偏承擔不起屬於自己的一份罪責，同時又逃脫不掉天誅地滅的天譴罰罪的男權人物。他們是《雷雨》中死心塌地尋求拯救與新生的周萍；《日出》中因為妻子跟人私奔而求活不能、求死不得的黃省三；《原野》中與人為善反遭殺害的焦大星；《正在想》中變戲法的「傻好兒」老窩瓜。《蛻變》中第一個出場的醫院錄事孔秋萍，也是這一類的角色。在他出場亮相的同時，劇作者曹禺刻意為他圈定了一副喜劇性的醜化臉譜：

「生來一副單薄相，身材矮小，翹鼻孔，吊眉毛，蒼白瘦削的臉，生著微微的髭鬚，穿一件恰合身量的綢面袍，衣領都有些污損，白襯衣袖翻轉來也黑糊糊的。……他的妻室是一位家道中落而善於用錢的舊式小姐，頗鄙薄他潦倒以後的萎縮模樣，於是二人相互不滿，常起勃奚。孔先生頗好吹噓，喜臧否人物，話多是非也多。陰雨天常聽見他在辦公室裡高談闊論，不能自已，時而說溜了嘴，便莫明其妙地吹得天花亂墜，圖個嘴頭快活。……於是最近馬主任——一個以幹練自命的院長親戚——忽然叫他做『屁』……」

既然臉譜已經劃定，孔秋萍便只能按照曹禺劃定的圈子來表現自己。《蛻變》第一幕開始於一九三八年一月中旬的「嚴冬季節」，與劇中人物心理上的灰暗基調相互感應和印證的，是「一連多少天不放晴」的「令人厭憊的連陰雨」。這其實是《雷雨》中的雷雨交加、《日出》中的暗無天日和《原野》中鬼氣森森、殺氣騰騰的陰間地獄式的環境基調的重複再現。隨著劇中人物的粉墨登場，孔秋萍在高談闊論的天譴詛咒中，率先把這家陰間地獄般的傷兵醫院與抗戰愛國的神聖天理直接掛鈎，從而為丁大夫和梁公仰的先後出場進行鋪墊：

「抗戰不到四個月，搬到這個小縣城來，就是私人辦的醫院，既然得了公家的補助，也得像個樣兒呀！機關不像機關，公館不像公館。少爺小姐，老爺太太，院長主任，丫頭老媽，連著廚房的大師傅，混蛋的鬼聽差，大家都一起逃難，一律平等。檔案卷宗，鍋碗馬桶，病床藥箱，碗兒罐兒，都堆在一道，一律看待。……（氣憤憤地走到況先生面前）要什麼沒有什麼，找什麼不見什麼，一點秩序也沒有！一點上下也沒有！（越說越爽意）亂七八糟，糊裡糊塗！這也配叫醫院，這種醫院也配談抗戰！」

比孔秋萍更加年輕氣盛的「公務員」謝宗奮，乾脆感應著天上的陰雨，把這家傷兵醫院直接等同於群魔亂舞的陰間地獄，並且基於抗戰愛國的神聖天理發出「存天理，滅人欲」的天譴詛咒：

「（突然）連陰天、毛毛雨，搬到這個地方來，連一張日期近點的報紙都看不見。從南京失守到現在快兩個月，我們整天就是這種鬼事，鬼人，鬼把戲。抗戰彷彿是人家的事，我們只要整天坐在這兒談天，鬼畫符，事事嚷著沒辦法，事情就可以辦好了！（忿憤）真是，國家民族養我們這些廢料有什麼好處？有什麼好處？」

接下來，當女同事龔靜儀提到「房東老太爺病得快死了」時，孔秋萍僅僅因為自己「最恨陰天聽房東家裡彈棉花的聲音」，便發洩出對於一切「老太爺」天誅地滅式的刻骨仇恨：「死了好！這些混蛋死一個好一個。」

這個只能對垂死的老人發洩其強暴意識的空洞男人，轉眼之間就遭到報應，被自己的妻子拉到公眾面前施以極其慘烈的天譴罰罪和精神強暴：

「我跟你說什麼？跟你說什麼？你不過是個屁！（著重）屁！屁！屁！」

「（鄙夷的神色）哼，你痛痛快快說你沒有錢說得了，什麼屁事也得把國難扯上！」

這是發生在這家陰間地獄式的傷兵醫院裡面最為驚心動魄的一場誅心戲。幸虧有「國難」這個神聖名目來充當擋箭牌，孔秋萍才不至於像周萍、黃省三、焦大星那樣，在天譴罰罪的精神強暴中被突破精神防線而趨於精神崩潰；反倒可以掉過頭來對妻子喊出嫁禍於人的男權宣言：「中國就叫你們這幫婦人女子給害了的」。

孔秋萍這種「什麼屁事也得把國難扯上」的男權宣言，只能算是阿Q式自欺欺人的精神勝利法的一種重演。儘管如此，他依然不失為與丁大夫、梁公仰一樣的愛國者。在第一幕中，丁大夫當面向馬登科發洩天譴詛咒的確鑿證據——遲遲沒有發出去的「那封催藥的公文」——就是由孔秋萍竊取來交到丁大夫手中的。到了第二幕中，隨著「緊急警報」再度上場的孔太太，也於驚惶失措中表現出內心深處對於孔秋萍的情感依賴和人身依附：「秋萍，秋萍，死鬼，你上哪里去了。龔小姐，你見我們秋萍沒有？」

到了第三幕，經過梁公仰扭轉乾坤式的行政改革，開赴前線之後方的這家醫院有了很大改觀，孔秋萍在精神面貌上自然也隨著周圍環境的改觀而有所蛻變、有所進步。當同事謝宗奮不無惡意地問起：「喂，小孔，你太太回了娘家之後，常有信來麼？」時，對妻子心懷怨恨的孔秋萍，就有一段充滿男權強權色彩的借題發揮：「（非常得意）我自己也覺得，現在思想行為都頗為正確。彷彿離開了女人，呃，離開了後方，腦筋就像清楚得多了似的。我老早說過，婦人女子成事不足，敗事有餘……」

孔秋萍的這番男權高論，其實是孔子在《論語・陽貨十七》中所說的「唯女子與小人為難養也」的舊調重彈。在第一幕中孔太太對孔秋萍反唇相譏的一句「哼，虧你還配姓孔」，恰恰反證了夫妻二人與劇中包括丁大夫、梁公仰在內的其他人物一樣，都沒有真正走出以儒家禮教為正統主流的中國傳統文化，以天神天命天意天理天道天堂為本體本位，以人身依附的天、地、君、親、師的身份等級捆綁限制所有個人的神道信仰體系和社會價值體系；尤其是其中最為原始、最為永恆也最具藝術魅力的天譴罰罪加陽光天堂的天羅地網般的神道格局。

據英梧發表於一九四五年十一月十八日《中央日報》的《曹禺回憶錄》介紹，曹禺寫作《蛻變》時正犯著胃病，妻子鄭秀出於關心，總是限制他的寫作時間。曹禺為了靜心寫作，便把鄭秀和不滿兩周歲的大女兒萬黛送回住在重慶的岳父家裡。應該說，與《正在想》中的老窩瓜「馬天才」與小甜瓜夫妻一樣，在《蛻變》中的孔秋萍與孔太太夫妻之間，也感應著曹禺與鄭秀之間的一些陰影和神韻。鄭秀的愛花錢愛穿戴，與孔太太不無相似之處。孔秋萍夫妻間的那種陰盛陽衰卻又不乏男權底色的家庭格局，也未嘗沒有曹禺夫婦的一點影子。

第三幕中，再一次出場的孔秋萍，因為謊報「日本兵已經離城只有三十裡」的軍情，在梁公仰的勤務兵朱強林那裡觸到了黴頭：

「（實在忍不下去）你知道個屁！」

「（挺胸）你再在這個時候胡說八道，我就把你當漢奸，（把拳一伸）一拳頭擂死你！」

早已被妻子罵為「死鬼」的「屁」一般的孔秋萍，在這位拿大道理壓人的大兵面前，已經徹頭徹尾地泄了底氣。這種天譴罰罪的精神強暴，與劇中所張揚的所謂「以身作則，推己及人」的「法治精神」，完全是格格不入的；它所對應的只是中國傳統社會中的一句老話：「秀才遇到兵，有理說不清。」

第四幕中，丁大夫莊嚴光華的超凡入聖成正果，自然用不著孔秋萍這樣的丑角人物來捧場陪襯；劇作者曹禺頗為乾脆地在舞臺提示中為孔秋萍安排了一條天譴罰罪的人生末路：「這個不足輕重的『屁』也因『話多誤事』，早被撤職。」

以「話多誤事」的罪名奪人飯碗、絕人生路，未免太過苛責。不過，比照著《雷雨》、《日出》、《原野》、《正在想》中對於周萍、黃省三、焦大星、老窩瓜們痛下殺手的替天行道、天譴罰罪，創作《蛻變》時的曹禺，事實上已經平和了許多。在這種相對平和的背後，是以神道設教、替天行道的宗教先知加抒情詩人自居的曹禺，對於陽光天堂般神聖美好的超凡入聖、修成正果的個人功利的無限神往。

十、天人感應的陽光天堂

與《蛻變》中所展現的傷兵醫院裡面的「『蛻』舊『變』新的氣象」相互感應的，是自然界裡從陰間地獄般的黑暗絕望到陽光天堂般的神聖美好的蛻舊變新。在《蛻變》第四幕的舞臺提示中，曹禺一改此前緊張激烈的戲劇情調，正面描繪了大自然的美好恬靜，為戲劇情節的進一步發展定下了陽光明媚的美好基調：

「是二十九年度的四月某日上午十一地時許，在××大城的後方傷兵醫院的大樓中，一間接待室內。……正中牆上懸掛一架亮晶晶的巨鐘，恬靜地發出一種舒閑的『滴答』的聲音……陽光好，陽臺外，柳樹蔭裡，鳥鳴甜暢。時而一陣風吹過來，軟垂的門帷突然漲起，如海風鼓滿了的輕帆。」

與青春年少的夏霽如、謝宗奮之間還處於朦朧狀態的男女情戀相印證，曹禺借著一隻飛舞中的小蜜蜂，對謝宗奮於情不自禁中讚歎的「好天氣」進行了天人感應的詩意描繪：

「微風裡鳥聲歡暢，一片暖和的陽光灑在地上。那蜜蜂迅疾繞出，飛到青柳身後的花叢中，和一簇采蜜的蜂兒纏在一起。雨後的花園，空氣裡浮泛著潤濕的泥土氣息。」

全劇落幕處，因超凡入聖而修成正果的丁大夫，聽到「大都克復了」的大好消息時，「悲憫的臉上，歡喜的淚珠在眼眶內微微閃耀」。與丁大夫神聖美好的悲憫情緒相映成趣的，是大自然方面的天人感應：「溫煦的陽光和悅地射滿面了一屋。」《蛻變》中這種陽光天堂般神聖美好、天人感應的詩情畫意，經過《北京人》中悠悠然的秋聲秋韻和《家》中春夏秋冬的天人合一、情景交融，還將在更加樂觀卻又更加淺薄的《豔陽天》、《明朗的天》、《王昭君》中，得到一而再、再而三的反覆重現。

通觀全劇，被曹禺在《關於〈蛻變〉》一文中稱之為「戲的關鍵」和「戲的主題」的「我們的民族在抗戰中一種『蛻』舊『變』新的氣象」，只是一種表面現象。構成該劇深層底蘊的，其實是一條不需要跨越從此岸世界到彼岸世界的天塹鴻溝，就可以直達陽光天堂般神聖美好的理想境界的極其廉價的人生捷徑；也就是身懷絕技又大慈大悲的觀音菩薩般的大名醫丁大夫，在清官救星梁公仰的強權拯救之下，借著抗戰救國、捨家愛國的神聖名義，一步一步地踩著別人的腦袋攀升到被《〈雷雨〉序》稱之為「上帝的座」的個人崇拜、個人造神的最高點。該劇中經過一場蛻舊變新換來的天人感應的陽光天堂，到頭來只是丁大夫一個人超凡入聖、修成正果的精神家園。從這個意義上說，《蛻變》既是一部與《雷雨》、《日出》、《原野》一脈相承的天譴罰罪加陽光天堂的宗教化的社會劇，同時又是一部直接服務於抗日戰爭的政治造神劇。

為創作《蛻變》時的曹禺料想不到的是，在此後長達半個世紀的歷史進程中，真正付諸實施的，並不是丁大夫所說的「生下來就預備當主人」；更不是包括曹禺在內的知識份子文化人的超凡入聖、修成正果；反而是一個輪迴接一個輪迴的專門針對於知識份子文化人的天譴罰罪式的思想改造運動，連同一個輪迴接一個輪迴的極端崇拜偉大領袖毛主席的政治造神運動。

① 本章的部分內容，曾經以《〈蛻變〉的首演及其它》為題發表於《新文學史料》一九九九年第一期。
② 沈從文《〈散文選譯〉序》、《讀書》一九八二年第二期。
③ 田本相、劉一軍編著《苦悶的靈魂——曹禺訪談錄》，江蘇教育出版社，二〇〇一年，第一九八頁。
④ 吳祖光：《「投機取巧」的〈鳳凰城〉——我從事劇本寫作的開始》、《劇專十四年》，中國戲劇出版社，一九九五年，第三十九頁。
⑤ 曹禺：〈《爭強》序〉、《爭強》單行本，一九三〇年南開新劇團出版。
⑥ 曹禺：《編劇術》，文載《戰時戲劇講座》，重慶中正書局，一九四〇年。
⑦ 曹禺：《〈黑字二十八〉序》，重慶中正書局，一九四〇年三月出版。
⑧ 田本相等著《曹禺評傳》，重慶出版社，一九九三年，第一五五頁。
⑨《蛻變》單行本，重慶文化生活出版社，一九四一年一月。
⑩ 參見張耀杰《〈蛻變〉的首演及其它》，文載《新文學史料》一九九九年第一期。
⑪ 胡適：《介紹我自己的思想》、《胡適文存》第四冊，黃山書社，一九九六年，第四五九頁。
⑫ 胡風：《〈蛻變〉一解》、《胡風評論集》中卷，人民文學出版社，一九八四年，第三九九頁。這裡的「她」指的就是丁大夫。
⑬ 呂熒《曹禺的道路》，文載一九四四年九月、十二月出版的《抗戰文藝》九卷三—四期和五—六期。

第七幕

圖片說明（從上至下）：

一九四〇年代方瑞張瑞芳曹禺重慶

方瑞

一九八〇年代北京人藝《北京人》劇照

第七章 《北京人》的男權美夢

《北京人》與《雷雨》、《日出》、《原野》，並稱為曹禺的四大經典戲劇，其創作時限大約在一九四〇秋冬至一九四一年秋冬之間。戲中的曾皓、曾文清、曾霆老少三代如出一轍的一男二女的男權美夢，與曹禺本人在現實生活中陷入與妻子鄭秀及情人方瑞之間一男二女的三角情戀密切相關。①

一、《蛻變》後的精神失落

國立戲劇學校重慶公演所取得的最為理想的結果，是於一九四〇年七月奉教育部指令更名為國立戲劇專科學校，學制由原來的兩年改為三年。這其中自然有該校專任導師兼教務主任曹禺及其《蛻變》的一份功勞。

曹禺寫作《蛻變》期間正犯胃病，鄭秀出於關心總是限制他的寫作時間。曹禺為了靜心寫作，便把鄭秀和不滿兩周歲的大女兒萬黛送到位於重慶的岳父家裡。國立劇校重慶公演之後，鄭秀帶著萬黛回到江安，不久又懷上第二個女兒萬昭。對於一直以神道設教、替天行道的宗教先知加抒情詩人自居的曹禺來說，他所希望的顯然是《蛻變》中丁大夫那樣在山呼萬歲中成賢成聖的最高榮譽。但是，當年的國民政府並不是曹禺所希望的清官救星式的理想政府，對於他在《蛻變》中貢獻的「現在軍事勝利，經濟政治都有辦法，都是嶄新的青年氣象」的歌功頌德，一直沒有給予足夠地回報。曹禺捨家愛國的一場「蛻變」，到頭來只是全盤落空的情緒宣洩。擺在他面前的江安小城，依然是《蛻變》開幕時的那種陰間地獄般黑暗慘澹的景象：

「縣城小，住房難覓。在大城市住久了的職員家屬乍到內地，生活非常不慣，就跟著醫院機關混在一道，同在當地一位大地主的舊宅內居住。縣城地處偏僻，死氣沈沈，報紙半月才能來一次，好容易盼到了，又多半是令人氣短的軍事消息……」

王蒙在《永遠的雷雨》中，記錄了曹禺的相關回憶：「一九八〇年夏，曹老叫北京文聯（那時，曹兼任北京市主席）的人告訴我，他某日某時要我家去。……他說：『我一直為你耽心……』他還感慨地說：『這幾十年我都幹了些什麼呀！王蒙你知道嗎？你知道問題在什麼地方嗎？從寫完《蛻變》，我已經枯竭了！問題就在這裡呀！我還能做些什麼呢？』他的說法非常令我意外，我也為之十分震動。然而，我無法懷疑他的認真和誠懇，雖然平素他說話或有誇張失實的地方，也有喜歡當面給旁人戴高帽子的地方。」②

在曹禺「已經枯竭」的情況下，是一位悄然而至的可人兒，為他的戲劇創作注入了新的靈感。在《北京人》中，曹禺借著為主人公愫方寫作舞臺提示的機會，給這位異性可人兒繪寫了一幅傳神寫意的美好倩影：

「見過她的人第一印象便是她的『哀靜』。蒼白的臉上宛若一片明靜的秋水，裡面瑩然可見清深藻麗的河床。她的心靈是深深埋著豐富的寶藏的。在心地坦白人的眼前，那豐富的寶藏也坦白無餘的流露出來，從不加一點修飾。她時常憂鬱地望著天，詩畫驅不走眼底的沉滯。像整日籠罩在一片迷離的秋霧裡，誰也猜不透她心底壓抑著多少苦痛的願望與哀思，她是異常的緘默。……她充分瞭解這個整日在沉溺中討生活的中年人。她哀憐他甚於哀憐自己。她溫厚而慷慨，時常忘卻自己的幸福和健康，撫愛著和她同樣不幸的人們。然而她並不懦弱，她的固執在她無盡的耐性中時常倔強地表露出來。……她人瘦小，圓臉，大眼睛，驀一看，怯怯的十分動人矜情，她已過三十，依然保持昔日閨秀的幽麗，說話聲音，溫婉動聽，但多半在無言的微笑中靜聆旁人的話語。」

這位「宛若一片明靜的秋水」的異性可人兒，就是本名鄧譯生（又寫作繹生）的方瑞。她是劇專學生、中共地下黨員鄧宛生的同胞姐姐；同時也是另一位劇專學生、中共地下黨負責人方瑄德的姑表姐。關於方瑞與愫方之間的對應關係，曹禺晚年在與田本相的談話中回憶說：「愫方是《北京人》的主要人物。我是用了全副的力量，也可以說是用我的心靈塑造的。我是根據我死去的愛人方瑞來寫愫方的。……她不像愫方那樣的具有一種堅強的耐性，也沒有愫方那樣痛苦。但方瑞的個性，是我寫愫方的依據，我是把對她的感情、思戀都寫進了愫方的形象裡，我是想著方瑞而寫愫方的。」③

接下來，曹禺還不點名地談到方瑞與楊振聲之間的舊情往事：「這個戲中的人物，大都在生活中有著原型，或者說影子吧。我說曾皓就有我父親的影子，也有別的人的。我曾看到一位大學教授，他和一個年輕的姑娘有一些感情上的瓜葛；我看出他是在剝奪別人的感情，這件事曾經使我感觸很深。我就是由他的靈魂，引起聯想，開掘了曾皓的靈魂，把他內心深處的卑鄙自私挖出來。這個教授並沒有多少故事，也沒有什麼驚險熱鬧的東西……」

關於方瑞，方瑄德的說法是：「方瑞是我的表姐，書念得不多，《北京人》反映了她的實際。她被楊某某留住，想走，又沒有能力。大家庭養成了她的自我矛盾的心理。後來，我把她弄出來了。」④

「楊某某」，指的就是曹禺所說的「和一個年輕的姑娘有一些感情上的瓜葛」的「大學教授」、著名教育家楊振聲。

二、方瑞與楊振聲的舊情往事

楊振聲（一八九〇—一九五六），字金甫，一字今甫，山東蓬萊人，是中國現代史不該被遺忘卻又幾乎被遺忘的文學家和教育家。他一九一五年考入北京大學國文系，比一九一七年留學歸來任教於北京大學的胡適還要年長一歲。在由《新青年》雜誌直接啟動的新文化運動中，楊振聲、傅斯年、羅家倫、俞平伯、顧頡剛、江紹原、孫伏園、成舍我等人，在蔡元培、陳獨秀、胡適、錢玄同、劉半農、李大釗、周作人等多名教職員的扶持之下，於一九一九年一月創刊《新潮》雜誌，楊振聲任編輯部書記，先後發表《漁家》、《貞女》等多篇小說，是新文學運動初期最早湧現的白話文小說家之一。

在一九一九年五月四日爆發的五四運動中，楊振聲是因火燒趙家樓而被捕的三十二名學生之一，經北大校長蔡元培等人多方營救，他們於五月七日被保釋出獄。五月七日當天，楊振聲又與段錫朋、許德珩、周炳琳等人共同創辦《五七週刊》。由於該週刊第三期時被扣，他與其他三名同學一起向員警總監吳炳湘交涉時再次被捕，大約一周後才被釋放出來。

「五四」運動平息後，楊振聲通過考試獲得公費留學資格，於一九一九年十二月與北大同學馮友蘭、何思源等人一起前往美國。他先入哥倫比亞大學攻讀教育學，後入哈佛大學攻讀教育心理學。一九二四年回國後，他先後在中山大學、武漢大學、燕京大學和清華大學任教，並且繼續從事文學創作活動，因寫出當時篇幅最長的白話小說《玉君》，而受到胡適等人的好評，同時也引起魯迅在《馬上支日記》一文中大發牢騷：

「我先前看見《現代評論》上保舉十一種好著作，楊振聲先生的小說《玉君》即是其中的一種，理由之一是因為做得『長』。我對於這理由一向總有些隔膜，……《現代評論》的以『學理和事實』並重自許，確也說得出，做得到。」⑤

一九二八年八月十七日，國民黨南京政府決議將清華學校升格為國立清華大學，委派時任北伐軍總司令蔣介石機要秘書的羅家倫出任校長。羅家倫為此專門邀請時任燕京大學教授的北大同學楊振聲、馮友蘭，組成接辦清華大學的核心班底。隨後，教務長楊振聲被教授會議推選為清華大學第一任文學院院長兼國文系主任，他講授的「當代比較小說」是中國教育史上最早的比較文學課程。用他自己的話說，「那時清華國文系與他校最不同的一點，是我們注重新舊文學的貫通與中外文學的結合」，使「中國文學系走上一個新的方向」。⑥

一九三〇年四月二十六日，楊振聲在他的恩師、前北大校長蔡元培鼎力推薦之下，被南京國民政府任命為國立青島大學校長。同年九月二十一日，國立青島大學正式舉行開學典禮，學校初設文理兩個學院，文學院下設中國文學、外國文學、教育三個學系；理學院分為數學、物理、化學、生物四個學系。全校教職員工約一百人，學生近三百人。楊振聲仿效蔡元培「兼容並蓄」的辦學理念，先後聘請聞一多擔任文學院院長兼中文系主任，梁實秋擔任英文系主任兼圖書館館長，黃敬思任教育學院院長兼教育系主任，黃際遇任理學院院長兼數學系主任，湯騰漢任化學系主任，曾省之任生物系主任，莊德壽任物理系主任。為節省開支，楊振聲把校長住宅讓給其他教員，自己出錢租下黃縣路七號的小樓，與教務長趙太侔、校醫鄧初等幾個家庭合住。後來改名「江青」的李雲鶴，是教務長趙太侔在濟南戲劇學校任教時的學生，她與第一任丈夫離婚後，被趙太侔推薦到青島大學圖書館任圖書管理員，由於與趙太侔後來的妻子俞珊的弟弟、物理系學生俞啟威（後更名黃敬）同居，從而成為黃縣路七號的常客。

二○○九年七月十七日，《北京青年報》以《楊振聲：被遺忘的教育家被忽略的正派人》為標題，刊登了記者譚璐對於楊振聲的小兒子楊起的訪談錄。據楊起口述：「父母是舊式的包辦婚姻，很多留學生回來都換老婆了，父親沒換。但也沒有在一塊生活，母親在老家侍奉公婆，父親把哥哥、姐姐和我幾個孩子帶出來念書。但是父親整天忙於他的事情，不太顧得上管孩子。」

梁實秋晚年在《憶楊今甫》中回憶說：「今甫在校長任上兩年，相當愉快。校長官邸在學校附近一個山坡上的黃山路，他和教務長趙太侔住樓上，一人一間臥室，中間是客廳，樓下住的是校醫鄧仲存夫婦和小孩，伙食及家務均由仲存夫人負責料理。今甫和太侔都是有家事的人，但是他們的妻室從不隨往任所，今甫有一兒一女偶然露面而已。五四時代，好多知識份子都把原配夫人長久的丟在家鄉，自己很灑脫的獨居在外，今甫亦正不能免俗。」⑦

在另一篇《方令孺其人》中，梁實秋又介紹說：「我最初認識她是在一九三○年，在國立青島大學同事，楊振聲校長的一位好朋友鄧仲存（鄧頑伯之後），在青島大學任校醫，鄧與令孺有姻誼，因此令孺來青島教國文。聞一多任國文系主任，一多在南京時有一個學生陳夢家，好寫新詩，頗為一多所賞識，夢家又有一個最親密的寫新詩的朋友方瑋德，瑋德是方令儒的侄兒，也是一多的學生。因此種種關係，一多與令孺成了好朋友，而我也有機會認識她。青島山明水秀，而沒有文化，於是消愁解悶惟有杜康了。由於楊振聲的提倡，週末至少一次聚飲於順興樓或厚德福，好飲者七人（楊振聲、趙太侔、聞一多、陳季超、劉康甫、鄧仲存和我）。聞一多提議邀請方令孺加入，湊成酒中八仙之數。於是猜拳行令交錯樂此而不疲者凡兩年。其實方令孺不善飲，微醺輒面紅耳赤，知不勝酒，我們亦不勉強她。」⑧

方瑞的父親鄧初，字仲純，出生於安徽懷寧白麟畈（今五横鄉白麟村）的鄧家大屋，是著名書法家鄧石如的五世孫，教育家鄧藝孫的第二子。他的三弟鄧以蟄，字叔存，是現代美學教育家。鄧初早年在日本帝國大學醫學專業留學期間，一度與陳獨秀、蘇曼殊以及在早稻田大學攻讀文藝美學的鄧以蟄同室而居。一九一九年六月十一日晚上，陪同陳獨秀到北京前門外新世界遊藝場散發《北京市民宣言》傳單的安徽同鄉，除了北大教授胡適、北大職員高一涵之外，還有時任內務部僉事的鄧初。方瑞的叔叔鄧以蟄，字叔純，歷任北京大學、清華大學教授，是曹禺在清華大學時的授業老師。據曹禺回憶：「在西洋文學系也曾有過驅逐教師的事。如鄧以蟄——此人是方瑞的叔叔——教授西洋文學史，首先同他鬧，反對他，要求校方把他換掉。錢鍾書也在一個班裡，他這個人有學問，他不像我經常不去聽課；他是去聽課，其實他對任何教授都是看不起的。……馮友蘭講課口吃，講不明白，又被趕下臺了。」⑨

楊振聲出任青島大學校長後，鄧初攜全家來到青島擔任校醫。他的妻子方愫悌，與方令孺是堂姐妹關係。方瑋德、方琯德以及後來以舒蕪知名的方矽德，都是方愫悌的娘家侄子。一九三二年，楊振聲因學生運動和教育部拖欠辦學經費等諸多原因而多次提出辭呈。這年九月，南京政府批准他的辭職請求，並且把國立青島大學改稱國立山東大學，由教務主任趙太侔繼任校長。楊振聲辭職之後前往北平，受教育部中小學教材編選委員會委託，主持編寫《高小實驗國語教科書》和《中學國文教科書》。一九三二年十一月一日，他又與胡適、蔣夢麟、周炳琳等各界名流共三十九人，被國民政府聘請為國防設計委員會首批委員。於是，他利用主要由國防設計委員會劃撥的經費，在朱自清、沈從文等人協助下編寫《高小實驗國語教科書》，該教科書於一九三五年以「國立編譯館」的名義由商務印書館出版。與其配套的還有丁文江、翁文灝主持編寫的地理教科書，張蔭林主持編寫的歷史教科書。

在此期間，楊振聲把女兒楊蔚、兒子楊起以及乾女兒方瑞，從青島帶到北平同住在北平西城的西斜街中段路西一座高大門牆的院落裡。按照他自己的介紹，這是位於一個僻靜的胡同裡的「人家都不肯住的一所荒老的古宅」，據傳說「那房子鬧鬼」。⑩

一九三三年八月二十日，朱自清在日記中談到楊振聲的乾女兒鄧譯生即方瑞：「訪今甫，見鄧小姐，學詩學畫，意在成一第一流美人（Classical Beauty），然余覺此種人必須有保鏢（Patron），亦一麻煩。今甫又謂文學仍當以我們的生活為最重要，餘人生活無內心的掙扎，未免太簡單也。……又謂為國防委員會編高小教科書，此事甚奇。」⑪

應楊振聲聘請在青島大學任中文系講師的沈從文，當年在小說《八駿圖》中對於包括酒中八仙在內的青島大學教授，曾經有過較為含蓄地影射。《八駿圖》發表後，引起教授庚的生活原型、繼楊振聲之後擔任校長的趙太侔；以及教授甲的生活原型、文學院院長兼中文系主任聞一多的強烈不滿。在這種情況下，北平方面的楊振聲再一次邀請和接納了他。關於此事，美國漢學家、《沈從文傳》作者金介甫先生考證說：

「沈在小說中可能把聞一多寫成物理學家教授甲，說他是性生活並不如意的人，因為他娶的是鄉下妻子。……梁實秋則可能影射教授丁或戊，因為丁或戊教授都主張要有點拘束，不討厭女人，卻不會同一個女人結婚。——梁實秋主張在道德和文藝上都要自我節制。《八駿圖》中那位非常隨便的女孩子，則可能是俞珊。她是青島大學的校花，趙太侔的夫人。而教授庚則可能是影射趙太侔。據說徐志摩在青島時曾經警告過俞珊，要她約束自己，不料這時聞一多已經被她深深吸引住了。所以我認為達士先生本人也有聞一多其人的影子。」⑫

沈從文來到北平之後，與未婚妻張兆和一起住進西斜街，直到一九三三年九月九日與張兆和正式結婚後，才搬到同在西城的達子營居住。梁實秋在回憶文章《憶沈從文》中，順便談到了楊振聲與他的乾女兒方瑞之間的美好生活：「今甫到了夏季就搬到頤和園賃屋消暑，和他作伴的一位乾女兒，自稱過的是帝王生活，悠哉遊哉的享受那園中的風光湖色。此時從文給今甫做幫手，編中學國文教科書，所以也常常在頤和園進進出出。編得很精彩，偏重於趣味。」⑬

楊振聲即使辭職之後，與改名為山東大學的原青島大學之間，依然保持著密切聯繫。一九三四年七月二十五日，應同鄉汪靜之、盧叔桓邀請與王映霞一起到青島避暑旅遊的郁達夫，在日記中提到楊振聲的名字：「訪楊金甫，不遇，改日或可和他一道上嶗山去。」七月二十九日，郁達夫在日記中又談到方瑞一家：「午後汪靜之來、盧叔桓來，鄧仲純也來，便同去吃夜飯。鄧小姐繹生，十年不見，長得很大了，吟詩作畫，寫字讀書，都有絕頂天資，可惜身體不強，陷入了東方傳統的婦女的格局。妹宛生，卻和她姊姊完全相反，是一位近代的女人的代表。」

這裡的「十年不見」是一個約數，一九二三年郁達夫在北京大學任教期間曾與鄧家比鄰而居，一九二九年十月在安慶擔任安徽大學文科教授時，被安徽省教育長程天放列入赤化分子名單，是在鄧仲純的通知救助下逃回上海的。一九三四年八月二日，郁達夫日記中另有「楊金甫來訪，約於明日午後三點半，去青大與學生談話」的記錄。八月三日，準備離開青島前往北平的郁達夫，一下子寫出三首贈別詩。其一是贈鄧仲純的，說是「安慶之難，曾蒙救助」。其二是贈方瑞姊妹的：「鄧家姊妹似神仙，一愛樓居一愛顛，握手淒然傷老大，垂髫髫我尚記當年」。其三則是贈楊振聲的，說楊「係十年前武昌舊同事。」⑭

楊振聲出於對乾女兒方瑞的喜愛，曾經建議鄧初不要把方瑞送出去讀書，說是留在家裡才好培養成為熟諳國學的大家閨秀。於是，走不出家門的方瑞，便與她的乾爹楊振聲之間，發生了一段既不熱鬧也沒有結果的桃色情事。

三、楊振聲與曹禺的師承關係

作為清華大學的第一任教務長、文學院長兼國文系主任，楊振聲恰好是在曹禺考入清華大學西洋文學系二年級插班生之前，離開清華出任青島大學校長的。儘管如此，二人之間依然存在著一種代際師承關係。楊振聲在清華大學期間，兼任過清華大學校園劇團的導演，據他的兒子楊起回憶，「父親很忙，常因去排練話劇，很晚才回家」。楊振聲與曹禺南開時期的恩師、南開劇團總導師張彭春是好朋友，據馮友蘭回憶，當年的清華大學「每天早上上早操，校長和教務長都穿軍服，腳登馬靴，腳後跟還有馬刺子，當時的教務長是楊振聲。有一次張彭春到清華作臨時講演，講戲劇。張彭春在講臺上說：『你們的教務長寫信叫我來講，並且說：你必定得答應，你若是不答應我，我就要不答應你了。我一看信，可把我嚇壞了，因為他是穿著軍裝的，若是一個穿軍裝的人不答應我，我可受不了！我沒有辦法，只有答應他了』。」⑮

一九三一年，胡也頻遇難，丁玲入獄，沈從文也被武漢大學解聘。此前把沈從文推薦給武漢大學校長王世傑的胡適、徐志摩，又向青島大學校長楊振聲推薦了沈從文。一九三二年夏天，從青島大學辭職的沈從文，又應楊振聲邀請，赴北平參與教育部中小學教材編選委員會的工作；並且協助楊振聲把此前由吳宓主編的《大公報》文學副刊，改版成為文藝副刊。一九三四年一月，鄭振鐸、靳以、巴金等人創辦《文學季刊》，曹禺與楊振聲、李健吾、蕭乾等人，都是三座門十四號《文學季刊》編輯部的常客。關於當年北平文藝界煥然一新的利好形勢，蕭乾晚年在《我這兩輩子》中回憶說：

「一九三三年以前，我也在北平《晨報》上寫過稿兒，可那時候的北平文學界老氣橫秋，是苦雨齋的週二先生和清華園的吳宓教授兩位老頭兒的天下，沒有我們毛孩子的份兒。但是，三三年我打福州一回來，北平好像變了個樣兒，鄭振鐸、巴金和靳以都打南邊兒來啦。他們辦起《文學季刊》和《水星》，在來今雨軒開起座談會。他們跟老熟人楊振聲和沈從文聯合起來，給憋悶的北平開了天窗。」⑯

一九三七年五月，曹禺的《日出》與盧焚（又名師陀）的小說《谷》、何其芳的散文集《畫夢錄》，一同獲得《大公報》所頒發的文藝獎。主持評獎的文藝獎裁判委員會，是由楊振聲、朱自清、朱光潛、葉聖陶、沈從文、林徽音、凌叔華、巴金、李健吾、靳以等人共同組成的。同年一月二十四日，朱自清在日記中寫道：「早訪楊君家。為評文學獎金開委員會。林徽音與葉公超盛讚《畫夢錄》。公超稱之為中國最早之散文，林稱之為較《日出》一劇更為成功之佳作。又謂《日出》主題及片斷皆好。失敗處在於其中雜亂無關的東西頗多。」

同年二月二十日，胡適也在日記中寫道：「讀曹禺（萬家寶的筆名）的《雷雨》、《日出》，楊今甫贈此二書，今夜讀了，覺得《日出》很好，《雷雨》實不成個東西。《雷雨》的自序的態度很不好。」⑰

由此可知，曹禺能夠獲得《大公報》頒發的文藝獎項，並且得到「我們這時代突然來了一位攝魂者」的高度評價，與文藝獎裁判委員會最為資深的領銜人楊振聲的極力推薦，是分不開的。曹禺與該委員會中的沈從文、巴金、李健吾、靳以連同這次評獎活動的主要策劃者、當時的《大公報》文藝副刊編輯蕭乾，都是年齡相當而且過從甚密的文壇新銳。

一九四〇年六月三日，與曹禺幾乎同時登上京派文壇的蕭乾，以《大公報》駐英特派記者身份在劍橋「東方學院混事」。他在寫給時任中國駐美國大使胡適的書信中寫道：「我不知道應怎樣介紹自己。我只六年前在海甸燕大禮堂看見過您，但您一定看不到我。一九三七年我在珞珈山通伯先生家避難，您訪陳先生辭行時，我不巧剛過江，……我讀書上最好的老師今甫先生，寫作上最好的老師從文先生，恰好都是您的『門生』。所以論輩數，我是稱不起您的弟子的。但和這一代千萬青年一樣，我也是您手創的文學革命的產兒。」⑱

蕭乾晚年在致楊振聲的女兒楊蔚、兒子楊起的書信中，另有「楊先生是我一生的恩師」的說法。在作為「代序」收入《楊振聲選集》的《我的啟蒙老師楊振聲》中，蕭乾還介紹了一九二九年楊振聲在燕京大學講授「現代文學」的情景：「在班上，楊先生從來不是照本宣科，而總像是帶領我們在文學花園裡漫步，同我們一道欣賞一朵朵鮮花，他時而指指點點，時而又似在沉吟思索。他都是先從一部代表作講起，然後引導我們去讀作者旁的作品並探討作者的生平和思想傾向。」⑲

總而言之，曹禺即使沒有像蕭乾那樣直接聽過楊振聲的授課，楊振聲對於他或直接或間接的指導幫助，也依然是確鑿無疑的。

四、《北京人》的戲外情事

一九三七年八月，楊振聲與梅貽琦、張奚若、葉公超等人同車南下。抵達南京後，楊振聲任教育部代表，與北京大學、清華大學、南開大學三校校長共同組成長沙臨時大學籌備委員會，任籌備委員兼秘書主任。一九三八年四月，長沙臨時大學遷至昆明，改名為西南聯合大學，楊振聲又與北京大學、清華大學、南開大學三校校長共同組成西南聯大常務委員會，任常務委員兼秘書長、中文系教授。楊振聲和女兒楊蔚、小兒子楊起，劉康甫（本釗）和大女兒劉光裕，以及汪和宗、蕭乾等人，一起住在雲南昆明北門街的蔡鍔舊居。被楊振聲破格推薦為中文系教授的沈從文，隨後也攜張兆和、張充和、張充和等人住了進來，組成一個臨時大家庭。據張充和回憶，當時院中還寄養著金岳霖的一隻大公雞。楊振聲儼然家長，吃飯時一大桌，楊面南而坐，劉左沈右，無人指定卻自然有序。當時，傅斯年、羅常培等人也常來此處吃飯、聊天。⑳

一九四〇年夏天，日軍進佔越南，迫使英國封鎖滇緬公路，切斷了中國從海外輸入戰時物資的交通線，國民黨政府教育部要求西南聯大遷往四川。聯大當局為此在雲、貴、川結合部的川南重鎮敘永設立分校，招收當年考取的六百多名新生到此學習，由楊振聲擔任分校主任。分校秘書劉康甫父女二人隨楊振聲一家來到四川，合租小街子五十號一所民房暫住。

楊振聲的老友、山東大學校醫鄧初，在抗日戰爭爆發後攜全家從青島逃難到四川江津，與當地鄉紳鄧鶴年（蟬秋）、鄧燮康叔侄結為同宗。在鄧鶴年叔侄幫助下，他於江津城內黃荊街八十三號開辦「延年醫院」。一九三八年八月三日，陳獨秀應鄧初邀請從重慶來到江津，被鄧初的妻子方懐悌「閉門謝客」，只好在另一位同鄉好友、方懐悌的堂兄弟方孝遠的安排下，住進東門城內的「郭家公館」。一九三九年一月，陳獨秀病情加重，鄧初夫婦才接納他和女友潘蘭珍住進「延年醫院」後宅。期間方懐悌多次惡語相加，陳獨秀和潘蘭珍不得不在鄧鶴年、鄧燮康叔侄幫助下，於一九三九年七月遷居江津大西門外三十多里的鶴山坪施家大院。一個月後又應前清進士楊魯承的媳婦和孫子的邀請，住進較為清靜的石牆院楊宅，直到一九四二年五月二十七日病逝於此。

一九四〇年夏天，被方瑄德從江津帶到江安的方瑞，與吳祖光同住一個大院，對門就是曹禺的住家。所謂的「第一印象便是她的『哀靜』」令曹禺一見鍾情，接下來便是兩個人曠日持久的婚外情戀。據曹禺當年的合法妻子鄭秀回憶說：

「鄧譯生、鄧宛生是姐妹倆，鄧宛生懶散極了。她父親是青島一個學校的校醫，鄧譯生跟母親在江津。方瑄德和鄧宛生是表兄妹。方的母親在江安，鄧譯生有肺病。那時我家裡有許多學生來，鄧譯生也來。沒有想到她對曹禺表示好感。這個人很安靜，很冷，後來她不來了。在我臨產時發生這種事情，是很不愉快的。曹禺熱起來叫人受不了，冷起來也叫人受不了。我喜歡打麻將應酬事。先是鄧譯生替他抄稿子，我和鄧譯生鬧了一次。有個楊嫂（方瑄德家的傭人），扮演了一個傳遞信件的角色。有一天，楊嫂來了，向曹禺使眼神，我看見了。楊嫂待了一會兒，曹禺就外出了。我從後邊尾隨，曹禺沒有發現。他到一個茶館裡坐下，便看鄧譯生的信，我從後邊把信奪了過去。是毛邊紙寫的，有一邊留在曹禺手裡，他便吃進肚裡去了。我便掌握了他的秘密。我開始沒理睬他，談了一次。他說，我對他不好；還說，堡壘是容易從內部攻破的。我還是把信還給他了。我先離開江安的，曹禺也走了。曹禺走的真正原因，就是因為這一件事，不是復旦大學需要人。……那位鄧小姐也追到重慶來了，據說是在南岸同居了。他提出離婚，我不同意。」㉑

與鄭秀的說法相印證，吳祖光以歷史見證人的身份回憶說：「方瑞，這個人是不平凡的。……方瑞沒上過大學，像楊振聲、趙太侔這些教授，都建議她父親不要送她上大學，就在家裡讀書，他們把她培養成為中國最後一名閨秀。……曹禺很喜歡方瑞，一下子就看上了。……那時曹禺和鄧譯生（就是方瑞）有書信往來，當然背著鄭秀。有一次，曹禺收到鄧譯生的信，便一個人躲到茶館裡去看。江安小茶館不少，當他正坐在椅子上把信掏出來看時，突然，鄭秀從背後來搶信，曹禺覺得不妙，便把信吞進口裡去了。其實鄭秀早就盯上他了。這件事，哄動了江安。他們為此大吵大鬧，確實是鬧到很嚴重的程度。」㉒

對於曹禺來說，最大的幸福莫過於在異性可人兒的陪伴之下進入陽光天堂般神思飛揚的創作佳境。有方瑞來點燃啟動自己的創作靈感，曹禺調動了潛意識中幾乎全部的「原始的情緒」和「蠻性的遺留」來投入創作，連劇中的號角聲都可以追溯到他童年時代的情緒記憶：「《北京人》中的號聲，是我在宣化生活中得來的，那時天天聽到號聲。每聽到這種號聲，說是產生一種悲涼感，不是；感傷，不是；是一種孤獨感。我童年常有這種孤獨感，這種印象太深太深了，就寫進愫方的感受之中，寫到戲的情境之中。」㉓

特別值得注意的是，幫助曹禺抄寫劇本的方瑞，也把自己與乾爹楊振聲等人一起住在陰森鬧鬼的北平西城西斜街的那一段生活經歷以及環境氛圍，融入了《北京人》的劇情之中。與此相印證的，是楊振聲後來在《鄰居》一文中對於老北京城區的市聲天籟的相關描寫：「反正我喜歡那幾堆古石，一院荒冷。可是，你再也想不到，正當一個寂寞的黃昏，隔街傳來賣麥芽糖的小銅鑼的聲音，那正是向晚人歸的時候。而當當的小鑼聲，傳達來街市的寂靜，行人的倦意，孩子們的歡欣。忽而，突然凌然從西鄰人家飛來一種吱啞啞的金屬聲，那是北平廉價出售的無線電。從此我就再無寧日了！」㉔

一九四一年十月二十四日，由張駿祥導演的《北京人》在重慶抗建堂首演，張瑞芳演愫芳，江村演曾文清，沈揚演曾皓，方琯德演曾霆，鄧宛生演袁圓，張雁演袁任敢，趙蘊如演曾思懿，耿震演江泰，傅慧珍演陳奶媽，蔣韻笙演曾文彩。這些演員大部分是曹禺、張駿祥在國立劇專任教時的學生，同時也是曹禺與鄭秀及方瑞之間三角情戀的見證人。演出取得很好效果，在觀眾的歡迎之下一直持續到十一月八日。據《北京人》的首演導演、既是曹禺的清華校友又是劇專同事的張駿祥回憶，「江安時，我與閻哲吾搭夥在曹禺家中，由他的保姆燒飯。《蛻變》排出之後，曹禺感到生活太壓抑，不願長住在江安，他感到自己想做什麼都做不成。《北京人》中的思懿有鄭秀的影子，曾皓有楊振聲的影子。楊振聲與方瑞的父親是好友。曹禺很討厭這個人。當然，《北京人》不是每件事都有依據。劇中的人物往往是生活中的好幾個人合成一個。」㉕

就在《北京人》的演出引起轟動的時候，被曹禺當作曾皓的生活原型而寫入該劇的前輩師長楊振聲，也在並不遙遠的川南敘永和雲南昆明，關注著曹禺與自己的乾女兒方瑞之間的人生戲劇與戲劇人生。一九四二年，西南聯大文學院的應屆畢業生吳宏聰，邀請楊振聲、沈從文擔任自己的指導教師，他的畢業論文的題目是《曹禺戲劇研究》。據吳宏聰回憶：「我以前沒有寫過長篇學術論文，心裡有點『虛』，連一篇論文提綱也是改了又改才送上去的。先生看出我這一點，約我到他的住處，一口氣談了兩三個小時，從曹禺的家庭出身、教養和《雷雨》、《日出》寫作經過，以及時人評論都跟我談了，甚至還把曹禺抗戰時期在四川江安與XX女生戀愛的感情糾葛也跟我講了。這種認真態度使我深受感動。他反覆強調要瞭解作品，必須瞭解作家的生活和時代，不然，你就無法瞭解為什麼他要寫這樣的作品和怎樣去寫這樣的作品。……我在聯大四年，選修了不少課程，都有收穫，但先生這一課是最為深刻的。」㉖

五、陰盛陽衰的男權王國

《北京人》是曹禺繼《雷雨》、《日出》、《原野》、《蛻變》之後，按照「陰間地獄之黑暗＋男女情愛之追求＋男權家庭之反叛＋專制社會之革命＋捨身愛人之犧牲＋天誅地滅之天譴＋替天行道之拯救＋陽光天堂之超度」的密碼模式，創作出的另一部戲劇傳奇。劇中的曾家是一個窮途末路的男權家庭，在祖孫三代男權人物曾皓、曾文清、曾霆都退化變種、無所作為的情況下，只能依靠曾文清的醜惡太太曾思懿的忍辱負重，以及他的美好情人愫方的奉獻犧牲來勉強維持。等到這種一男二女的男權格局實在無法維持的時候，劇作者曹禺只好借助半人半神的機器工匠「北京人」，把愫方連同新一代的瑞貞拯救出「棺材」般的曾家，並且象徵性地指出一條通往以原始「北京人」的生活狀態為標準榜樣的新生之路。與此同時，也宣告了曾家老少三代男權人物連同再一次懷孕的曾思懿註定要被埋葬、被滅亡的天譴罰罪之路。

幾千年來一直走不出宗法制農耕社會的古老中國，終歸是一個以天神天命天意天理天道天堂為本體本位的天、地、君、親、師等級森嚴的極權專制社會。相應地，這個國度裡的每一個小家庭，都不失為相對獨立的男權王國。在自己的男權王國裡當家做主人，幾乎是每一個成年男子天經地義的權利。只可惜物極必反，隨著養尊處優的男權主子高度陰柔化、女性化，維護陰盛陽衰的男權專制家庭，反倒成為一些高度男權化的家庭主婦的神聖使命。《北京人》中以曾文清為現任皇帝、曾皓為太上皇、曾思懿為管家軍師、愫方為紅粉知己的曾家，就是這樣一個陰盛陽衰的男權王國。

大幕剛一拉開，曾思懿就開始應付債主們的討債，這些債務包括油漆店為老太爺曾皓的棺材上油漆的欠款、裱畫鋪為曾文清和愫方裱畫的欠款，以及裁縫鋪、果子局的欠款等諸多款項。在多項開銷中，曾思懿當場認賬付款的只有裱畫錢。由此可以見出曾文清在她心目中至高無上的男權地位。到了第二幕，捉姦拿雙的曾思懿只是為了捍衛自己依附於男權主子的主婦地位，才不得不忍痛撕破了曾文清退化變種以至於喪失人格的真面目：「不會偷油的耗子，就少在貓面前做饞相。」

儘管曾思懿明白曾文清是一個靠不住的空洞男人，當著情投意合的愫方和文清的面，她還是要借著教訓兒媳瑞貞的機會傾訴自己不得不委曲求全地的生存困境：「知道了，也看見了。（忽然轉對瑞）那你為什麼不趕緊回來看（讀陰平，『守』的意思）著他。（自以為聰明的告誡）別糊塗，他是你的男人，你的夫，你的一輩子的靠山。」

到了第三幕，在外面經不起風浪的曾文清回到家裡，曾思懿一改過去對於愫方的拒絕排斥，自作主張要把愫方正式娶進家裡給文清作妾，並且做出一夫二妻「兩頭大」的承諾。這裡面雖然有「我呢，坐月子的時候也有人伺候！」的自私打算，同時也不乏維護男權主子的情愛特權的一片苦心：「你呢，有你的愫表妹陪你。」

接下來，曾思懿對於不敢承擔一夫二妻的家庭責任的曾文清，另有更加明確的道德揭發：「我這個人頂喜歡痛痛快快的，心裡想要什麼，嘴裡就說什麼。我可不愛要吃羊肉又怕膻氣的男人。」

一個舊家庭的女人，不僅在男權主子退化變種、陰柔無用的情況下當仁不讓地挑起家庭的重擔，還要把男權主子貢獻出來與另一個女人進行分享，這種可以與《日出》中賣身養家的花翠喜相提並論的奉獻犧牲，並不是所有女人都能夠做得到的，稱其為「金子似的心」也未嘗不可。然而，在陷於婚外之戀的曹禺筆下，反而把曾思懿替丈夫納妾的奉獻犧牲，妖魔化為逼愫方出走的道德犯罪。同樣是奉獻犧牲，到了《家》裡面的瑞玨、鳴鳳身上，卻又被曹禺禮贊為「捨身愛人」。這其中的褒與貶、取與舍，根本談不上現代法律意義上可以量化、可供操作的理性標準和程式正義，而是完全取決於以神道設教、替天行道的宗教先知加抒情詩人自居的曹禺，極端混沌神秘地集動物本能的野性蠻力和宗教精神的神性魔力於一身的「原始的情緒」和「蠻性的遺留」。

曹禺的這份根深蒂固的男權意識和特權觀念，還表現在江泰與曾文彩之間陰差陽錯的夫妻情愛之中。無論丈夫江泰多麼落魄，曾文彩都保持著對於江泰的崇拜之心，甚至於把江泰的失魂落魄、窮困潦倒歸咎於自己遭受天譴詛咒的不幸命運：「是我累的他……是我的命不好，才叫他虧了款，丟了事。」

在曾家這個陰盛陽衰的男權王國裡，死了老伴的老太爺曾皓不過是一個退位讓賢的太上皇。老太太在世時，曾皓與眼前的曾文清一樣是靠著女人支撐局面的。正如《雷雨》中並沒有真正「死」掉的梅侍萍，在周樸園的心目之中被神聖化為一座專門用來壓制周蘩漪和周萍的貞節牌坊一樣；死去的曾老太太也在曾皓的心目之中變成了一座專門用來誘騙愫方的貞節牌坊：

「你姨媽生前頂好了，晚上有點涼，立刻就給我生起炭盆，熱好了黃酒，總是老早把我的被先溫好——」

與自己的兒子曾文清一樣既空虛自私又多情多欲的曾皓，即使在垂老之年，依然做著一男二女的男權美夢，死乞白賴地糾纏愫方充當自己的「永遠的奴隸」。同樣是夾在兩個女人中間，第三代的曾霆更是表現出一蟹不如一蟹的末世光景。頗具男相的妻子瑞貞再也不把他當作「一輩子的靠山」，一心要與他離婚。被他一廂情願單相思的那個簡直像個男孩子的小情人袁圓，壓根兒沒有把他這個「小耗子」、「小可憐」放在心上。

六、情景交融的秋聲秋韻

一九六二年，曹禺在《讀劇一得——和青年劇作者的一次談話》中介紹說：「《海鷗》，這是一個真正『契訶夫式』的劇本，是現實主義的，也富有詩意和象徵性。……（第四幕）的環境是這樣描寫的：傍晚，油燈半明半暗，風聲，巡夜更夫的敲更聲……這種環境的描寫是『契訶夫式』的。契訶夫總是善於通過外部的環境氣氛，來烘托人物的內在的感情和情緒。」㉗

事實上，「善於通過外部的環境氣氛，來烘托人物的內在的感情和情緒」，並不是契訶夫戲劇的專權專利，而是同處於前現代的宗法制農耕文明階段的俄羅斯民族與中華民族的一種天人合一、天人感應的審美共性。歌德在談到中國傳統的戲曲傳奇時，就頗為透闢地指出過：「他們還有一個特點，人和大自然是生活在一起的。」㉘

中華民族自古以來一直是在大自然的直接哺育下求生存、求溫飽以至於傳種接代、改朝換代的，大自然不僅是國人謀求最低限度的生存條件的天然環境，還是國人用來寄託情感、安頓靈魂的精神家園。對於傳統詩歌與傳統戲曲中天人感應、情景交融乃至於物我兩忘、天人合一的詩情畫意，曹禺幾乎是全盤繼承並且發揚光大的。《雷雨》中既是自然現象又是人格化的宗教神祇的「雷雨（雷公）」，就一方面感應著劇中人物悲歡離合的內心情感；另一方面又起著操縱劇中人物的動作衝突和意志較量、控制戲劇情節起承轉合的發展節奏、主宰劇中人物「絕子絕子」的天譴罰罪的神奇作用。《原野》中鬼氣森森的原野黑林子，同時又是俗稱「閻王」的「黑臉的閻羅（地藏王）」，針對犯下人命大案的仇虎實施替天行道的天譴罰罪的陰間地獄。即使在最為急功近利的《蛻變》一劇中，曹禺也沒有忘記用大自然由冬雨綿綿到春光明媚的蛻舊變新，來感應丁大夫及其所在的傷兵醫院由陰間地獄到陽光天堂的蛻舊變新。相比之下，在曹禺一系列的影劇作品中，《北京人》是最富有「契訶夫式」的詩情畫意的一部。劇中情景交融的秋聲秋韻，把既感應人物的內心情感又控制故事情節發展節奏的天籟之聲，發揮到了淋漓盡致的極限境界。

第一幕劇情的發生時間是中秋節，地點是北平曾家的小花廳裡。大幕拉開，展現在人們面前的，是與戲曲舞臺的開場鑼、定場鼓相彷彿的秋聲秋韻：

「中秋節，將近正午的光景，在北平曾家舊宅的小花廳裡，……屋內靜悄悄的，天空有斷斷續續的鴿哨響。外面長胡同裡彷彿有一個人很吃力地緩緩推著北平獨有的單輪水車，在磷磷不平的石鋪的狹道上一直是單調地『吱妞妞，吱妞妞』地呻嘶著。這鬱塞的輪軸聲，由遠而近，中間偶爾夾雜了挑擔子的剃頭師傅打著『喚頭』，如同巨蜂嗚唱一般嗡嗡的聲音。間或又有磨刀剪的人吹起爛舊的喇叭『唔吼哈哈』地吼叫，衝破了單調的沉悶。」

與戲曲鑼鼓經式的秋聲秋韻相感應，從臥室裡傳出賴在床上抽大煙的曾文清，與他正在忙碌的妻子曾思懿的搭話聲：

「（慢悠悠地）鴿子都飛起來了麼？」

「（入了神似地）今天鴿子飛得真高啊！哨子聲都快聽不見了。」

在妻子的數落聲中，曾文清「苦惱地拖著長音」透露出一個關鍵資訊：「我走，我走，我走，我是要走的。」

關於曾文清的為人，曹禺在舞臺提示中給出的第一個評價是「詩人」：「他是個在詩人也難得有的這般清俊飄逸的骨相：瘦長個兒穿著寬大的袍子，服色淡雅大方，舉止談話帶著幾分懶散模樣。」

第二個評價是「懶」：「懶於動作，懶於思想，懶於用心，懶於說話，懶於舉步，懶於起床，懶於見人，懶於做任何嚴重費力的事情。種種對生活的厭倦和失望甚至使他懶於宣洩心中的苦痛。懶到他不想感覺自己還有感覺，懶到能使一個有眼的人，看得穿：『這只是一個生命的空殼』，雖然他很溫文有禮的，時而神采煥發，清奇飄逸。這是一個士大夫家庭的子弟，染受了過度的腐爛的北平士大夫文化的結果。他一半成了精神上的癱瘓。」

第三個評價是他與婚外情人愫方表妹之間有情人難成眷屬的「難言之痛」：「他們在相對無言的沈默中互相獲得了哀惜和慰藉，卻又生怕洩露出一絲消息，不忍互通款曲。」

作為一個充滿詩情畫意的「生命的空殼」，曾文清在人格虛空方面最為集中也最為深刻的表現，就在於他與愫方之間因為「生怕洩露出一絲消息」而「不忍互通款曲」、同時卻又偏要「互通款曲」、事實上又偏偏不能「互通款曲」的自相矛盾、自欺欺人。第一幕中，當曾文清與愫方第一次捕捉到「互通款曲」的機會時，曹禺充分調動天人感應、情景交融的秋聲秋韻，來為這對柏拉圖式的精神戀人「不忍互通款曲」的「互通款曲」提供伴奏：「靜默，窗外天空斷斷續續地傳來愉快的鴿哨聲。」

不曾想，這片刻的「互通款曲」很快便被剛剛離去卻又折回頭來的曾思懿生生拆開。隨之而來的是愫方一個人在秋聲秋韻的伴奏下「忍哀耐痛」的靜場戲：

△思懿然又從書齋的小門匆忙探出身來。

曾思懿 （滿面笑容，招手）文清，陳奶媽在外面找你呢。你快走了，還不跟她老人家說兩句話？來呀，文清！

△愫方望著文清毫無生氣地隨思懿由書齋小門下。

△冷冷的鴿哨聲。

△遠處算命瞎子悠緩的銅鉦聲。

△一兩句遙遠市街上的「酸梅的湯兒來……」

愫 方 （佇立發癡，驀然坐在一張孤零零的矮凳上嚶嚶隱泣起來）

△微風吹來，響動著牆上掛的畫。

△外面圓兒的聲音：（放著風箏，拍手喊）飛呀，飛呀，向上飛呀！

這「飛呀，飛呀，向上飛呀！」的吶喊聲，感應的是愫方靈魂深處對於陽光天堂般神聖美好的精神家園的永恆渴望。它與周沖對於天邊外的陽光天堂般神聖美好的精神家園；方達生、陳白露對於「滿天大紅」的天堂「日出」；仇虎、花金子對於黃金鋪地的陽光天堂的無限神往一脈相承。只可惜，愫方的這份渴望同樣沒有轉換成為實際行動，而只是在陳奶媽面前發洩了出來：「（抬頭）我真想大哭一場，奶媽，這樣活著，是幹什麼呀！（撲在桌上哭起來）。」

當曾文清藉故支開兒媳瑞貞，才捕捉到第二次與愫方「互通款曲」的機會時，伴著情景交融的秋聲秋韻，兩個人所表現出的依然是那種因為「生怕洩露出一絲消息」而「不忍互通款曲」的怯生生的暗戀偷情：「（慢慢由身上取出一張淡雅的信箋）昨天晚上我作了幾首小西。（有些羞怯地走到她的面前）在，在這裡。」不巧的是，互通款曲的「幾首小東西」剛剛由文清手中交到愫方手中，就被突然上場的曾思懿看在眼裡，從而為第二幕的故事情節埋下了伏筆。

七、天人感應的精神強暴

第二幕的劇情發生在「當天夜晚，約有十一點鐘的光景」，場景依然在曾家小客廳裡。這時候，鴿子早已歸巢，戲曲鑼鼓經式的秋聲秋韻也隨之改換了聲調：

「曾宅的近周，沉寂若死。遠遠在冷落的胡同裡有算命的瞎子隔半天敲兩下寂寞的銅鉦，彷彿正緩步踱回家去。間或也有女人或者小孩的聲音，這是在遠遠寥落的長街上淒涼地喊著的漫長的叫賣聲。……書齋內有一盞孤零零的暗燈，燈下望見曾霆懨懨地獨自低聲誦讀《秋聲賦》。遠遠地深巷的盡頭有木梆打更的聲音。」

大幕拉開，準備外出謀生的曾文清因為「誤了一趟車」而不得不返回家中，在悲涼淒慘的秋聲秋韻中悠哉遊哉地坐在小客廳裡煮茶品茗，並且在與陳奶媽的對話中說破了江泰與自己一樣人格虛空的精神面貌：「他也是跟我一樣：我不說話，一輩子沒有做什麼；他吵得凶，一輩子也沒有做什麼。」

在隨之而來的由熄燈帶來的暗場中，一個為曹禺精心設計的「活見鬼」式的背景場面，陡然間凸現在人們面前，以至於嚇得在場的小柱兒一下子撲倒在奶奶的懷裡：「在那雪白而寬大的紙幕上，由後面驀地現出一個體巨如山的猿人的黑影，蹲伏在人的眼前，把屋裡的人顯得渺小而萎縮。只有那微弱的小爐子裡的火照著人們的臉。」

在「活見鬼」式的原始「北京人」的籠罩之下，從幕後傳來了人類學家袁任敢儼然出之於科學精神的神道設教：

「這是人類的祖先，這是人類的希望。那時候的人要愛就愛，要恨就恨，要哭就哭，要喊就喊，不怕死，也不怕生。他們整年盡著自己的性情，自由地活著，沒有禮教來拘束，沒有文明來捆綁，沒有虛偽，沒有欺詐，沒有陰險，沒有陷害，沒有矛盾，也沒有苦惱；吃生肉，喝鮮血，太陽曬著，風吹著，雨淋著，沒有現在這麼多人吃人的文明，而他們是非常快活的！」

與袁任敢所謂的「要愛就愛，要恨就恨」相互矛盾或者說是自相矛盾的，是曹禺在舞臺提示中對於袁任敢「要愛就愛，要恨就恨」的性欲本能和情愛意識的明確消解：「他一生的生活是研究『北京人』的頭骨，組織學術察勘隊到西藏、蒙古掘化石，其餘時間拿來和自己的女兒嬉皮笑臉沒命地傻玩。似乎這個女兒也是從化石裡蹦出來的，看他的樣子，真不像懂得什麼叫做男女的情感的事情。」

表面上看，袁任敢關於原始「北京人」的神聖禮贊，是反對「人吃人」的「文明」與「禮教」的。而在實際上，早在戰國至秦漢間的儒家經典《禮記・禮運篇》中，恰恰記載有儒家禮教的祖師爺孔子講給弟子言偃（字子遊）的一段話：

「大道之行也，天下為公。選賢與能，講信修睦。故人不獨親其親，不獨子其子，使老有所終，壯有所用，幼有所長，矜、寡、孤、獨、廢、疾者皆有所養。男有分，女有歸。貨惡其棄於地也，不必藏於己，力惡其不出於身也，不必為己。是故謀閉而不興，盜竊亂賊而不作，故外戶而不閉。是謂大同。今大道既隱，天下為家。各親其親，各子其子。貨力為己，大人世及以為禮，城郭溝池以為固，禮義以為紀。以正君臣，以篤父子，以睦兄弟，以和夫婦，以設制度，以立田裡，以賢勇智，以功為己。故謀用是作，而兵由此起。禹、湯、文、武、成王、周公，由此其選也。此六君子者，未有不謹於禮者也。以著其義，以考其信。著有過，刑仁講讓，示民有常。如有不由此者，在執者去，眾以為殃。是謂小康。」

由此可知，孔子以及奉孔子為神聖偶像的儒家禮教，正是以人類祖先根本就沒有經歷過的所謂「沒有禮教來拘束，沒有文明來捆綁」的大同社會為邏輯起點，推演出了真正稱得上是「人吃人」的奉天承運、替天行道、天下為公、改朝換代、一統江山、天下為私的公天下、救天下、打天下、搶天下、坐天下、治天下、家天下、私天下的湯武革命式的專制邏輯。袁任敢以「人類的祖先」原始「北京人」的神聖名義設想出的陽光天堂般神聖美好的生活景象，其實正是儒家禮教關於「天下為公」的大同社會的老調重彈。轉眼之間，袁任敢的神道設教就轉變成為喝醉酒的江泰對於曾文清的天譴詛咒：

「（笑著搖頭）放心，沒喝多，我只點到為止，決不多講。（對袁）你想，讓這麼個人，成天在這樣一個家庭裡朽掉，像老墳裡的棺材，慢慢地朽，慢慢地爛，成天就知道歎氣做夢，忍耐，苦惱，懶，懶，懶得動也不動，愛不敢愛，恨不敢恨，哭不敢哭，喊不敢喊，這不是墮落，人類的墮落？」

江泰點到為止的高談闊論，所玩弄的其實是劇作者曹禺在《日出》中已經演練過的專門欺軟怕硬地犧牲善良女性的變戲法，也就是魯迅在《娘兒們也不行》中所說的「男子漢騙騙娘兒們的玩意兒」。該劇中更加真切地呈現出來的，正是針對無父無母、無依無靠的老處女愫方的一個輪迴接著一個輪迴的「存天理，滅人欲」的精神強暴。

第一個披掛上陣的，是「不忍互通款曲」卻又一再糾纏愫方「互通款曲」的曾文清。他向愫方通告的第一回合的「款曲」，是對於自己長達二十年暗戀偷情輕描淡寫地懺悔自責：「今天我想了一晚上，我真覺得是我，是我誤了你這十幾年。害了人，害了己，都因為我總在想，總在想著有一天，我們——」

一句懺悔之辭還沒有說完，曾文清話題一轉便進入了第二個回合的「款曲」：

「（惻然）可憐，愫方，我不敢想，我簡直不敢再想你以後的日子怎麼過。你就像那只鴿子似的，孤孤單單地困在籠子裡，等，等，等到有一天——」

「（傷心）為什麼，為什麼我們要東一個，西一個苦苦地這麼活著？為什麼我們不能長兩個翅膀，一塊兒飛出去呢？（搖著頭）啊，我真是不甘心哪？」

然而，人格虛空卻偏要做著一男二女的男權美夢的曾文清，根本拿不出切實擔當的勇氣和魄力，他的癡人說夢的「款曲」，除了「意淫」式的自慰之外，還有更深層次的用心，那就是他實在不捨得放棄自己一男二女的男權美夢。

好在愫方並不計較曾文清的自私陰暗，這才有了他們之間第三個回合的「互通款曲」：「（望著愫，嘴角痛苦地拖下來）這次我出去，我一輩子也不想回來的。愫方，我就求你這一件事，你就答應我吧。你千萬不要在這個家裡住下去。（懇切地）想想這所屋子除了耗子，吃人的耗子，啃我們字畫的耗子還有什麼？（愫的眼睛悲哀地凝視著他）你心裡是怎麼打算？等著什麼？你別不再說話，你對我說呀。（驀地鼓起勇氣，貿然）愫方，你，你還是嫁，嫁了吧，你趕快也離開這個牢吧。我看袁先生人是可託的，你——」

明明是自己糾纏了愫方十幾年卻又不敢切切實實地承擔責任，明明是自己和自己的父親一直在霸佔著、蹂躪著、虐殺著一個無助孤女的無主靈魂，曾文清卻振振有詞地罵起了莫明其妙的「吃人的耗子」。這種嫁禍於「耗子」的極端情緒，更加徹底地敗露了曾文清自欺欺人的自私陰暗。

在此前的第一幕中，當曾思懿提出要撮合包辦愫方與袁任敢的婚事時，自視甚高的曾文清明確表態說：「嫁人當然好，不過嫁給這種整天就懂研究死人腦袋殼的袁博士——」短短一天之內，曾文清就自相矛盾、自欺欺人地變換出截然相反的另一副嘴臉。愫方回報於他的，卻是癡情不改的一封情書。

繼曾文清的「互通款曲」之後，等待著愫方的，還有老一輩的曾皓更加殘酷的新一輪的精神強暴。這位道貌岸然的老太爺，即使在功能消退、靈魂枯竭的垂暮之年，還要緊緊抓著一位青春玉女供自己奴役、為自己殉葬，這不能不說是中國傳統殉葬文化的一種更加陰險也更加酷毒的極端演變。自相矛盾的是，這位曾皓老太爺恰恰又是一個頌經禮佛的善男信女：「他的自私是不自覺的。……他無時無刻不在想著自己，憐憫著自己，這使他除了自己的不幸外，看不清其他周圍的人也在痛苦。」

更加自相矛盾的是，曾皓對於愫方輪番不斷的靈魂蹂躪和精神強暴，偏偏又是在劇作者曹禺精心醞釀的秋聲秋韻的天籟之聲的伴奏之下進行的。中國傳統美學天人感應、情景交融的藝術境界，正是在曹禺所慣用的欺軟怕硬地犧牲善良女性的男權戲法中得以實現的。

在第一輪的精神強暴中，曾皓祭起的神聖法寶，是中國傳統儒家禮教的倫理綱常：「（坐在沙發裡怨訴）他們整天地騙我，上了年紀的人真沒意思，兒孫不肖，沒有一個孩子替我想。（淒慘地）家裡沒有一個體恤我，可憐我，心疼我。我牛馬也做了幾十年了，現在弄到個個人都盼我早死。」

在「外面風雨襲來，樹葉颯颯地響著」的天籟之聲中，愫方暫時還能控制自己的脆弱情緒，反而勸慰儼然是受害者的曾皓：「雨都下來了。姨父睡吧，別再說了。」接下來，在「外面更鑼木梆聲」的伴奏下，曾皓祭起為死去的老夫人樹立起的「妾婦之道」的貞節牌坊，把這塊死人的牌坊硬往年輕一代的愫方身上套：「你姨媽生前頂好了，晚上有點涼，立刻就給我生起炭盆，熱好了黃酒，總是老早把我的被先溫好——」

在秋聲秋韻的伴奏之下，愫方像《雷雨》中的四鳳那樣，以一句「姨父，我是願意伺候你的」的臺詞，撕心裂肺地表白著自己無限的忠誠。曾皓也像對四鳳實施天譴罰罪的魯侍萍那樣，不依不饒地步步緊逼，直至對方精神崩潰：

曾　皓（絮煩）我明白，一個女人歲數一天一天大了，高不成低不就，人到了三十歲了。（一句比一句狠重）父母不在，也沒有人做主，孤孤單單，沒有一個體己的人，真是有一天，老了，沒有人管了，沒有孩子，沒有親戚，老，老，老得像我——

愫　方（悲哀而恐懼的目光，一直低聲念著）不，不，（到此她突然大聲哭起來）姨父，不要替我想吧，我沒有想離開您老人家呀！

這裡沒有《雷雨》中轟轟烈烈的雷電之聲，「算命的瞎子」寂寞的銅鉦聲，卻更加令人刺骨錐心、肝腸寸斷。如此慘烈、如此通透又如此驚心動魄、扣人心弦的戲劇性場面，即使在世界戲劇史上，都稱得上是獨一無二和空前絕後。

在曾皓、曾文清父子不謀而合地對愫方實施精神強暴和靈魂虐殺的同時，曾家第三代的曾霆與瑞貞、袁圓之間一男二女的三角婚戀，也到了不得不有所了斷的緊要關頭。剛剛遭受過父子兩代人的精神強暴，並且接連向父子兩代男人奉獻過忠誠靈魂的愫方，搖身一變又成為收買包辦下一代靈魂的精神牧師。她收買包辦下一代靈魂的神聖藉口，竟然與曾文清、曾皓向她宣講的三從四德的男權天理如出一轍：

「（悲哀地）瑞貞，我太愛你，我看你苦，我實在忍不下去了。（昏惑地）我不知道我怎麼跑去見了袁先生，我幾乎不知道我說了些什麼，我又昏昏糊糊跑出來了。瑞貞，如果霆兒從這以後能夠——」

「（哀傷地）不，他是個孩子，他有一天就會對你好的。唉！瑞貞，等吧，慢慢等吧，日子總是有盡頭的。等吧，他總會——」

借用恩格斯在《反杜林論》中的話說，愫方正是最為典型的因為「缺乏自我規定的意志」而「甘受奴役」、進而還要勸說別人與自己一起「甘受奴役」的一類人。愫方從來沒在想到，大概也永遠想不明白，自己對於曾文清父子連同其他一切人既不正大光明也不符合人性的犧牲奉獻，同時也在危害著第三者的合法權益。因此，在遭受曾文清父子極其酷毒的精神強暴之後，回報她的「活著不是為著自己受苦，留給旁人一點快樂，還有什麼更大的道理呢？」之類的「愛」字經的，還有曾思懿把她與曾文清攏到一塊施以精神虐殺的一場戲：

曾思懿 （對愫）別動！（對文，陰沈地）拿著還給她！（文屈服地伸手接下）

愫 方 （望著文清，僵立不動。文痛苦地舉起那信）

曾思懿 （獰笑）這是愫妹妹給文清的信吧？文清說當不起，請你收回。

愫 方 （顫抖地伸出手，把文清手中的信接下）

在這場出自同性情敵的精神虐殺中，連男權人物曾文清都悲痛到了尋死賣活的地步，赤裸裸地遭受精神虐殺的愫方，卻通過念誦「活著不是為著自己受苦，留給旁人一點快樂，還有什麼更大的道理呢？」之類的國產聖經，在受虐加自虐的極樂快感中自欺欺人、自我陶醉。

曾文清除了在女人面前尋死賣活招人心疼之外，還有另外一種尋求解脫的靈丹妙藥，那就是戒了又抽、抽了又戒的鴉片煙。當曾皓發現兒子依然在抽鴉片時，這位一直在犧牲利用別人的老太爺，竟然把自己也豁了出去：「我給你跪下，你是父親，我是兒子。我請你再不要抽，我給你磕響頭，求你不……」

只有在此情此景中，一直在家裡享受兩個女人團團轉的男權幸福的曾文清，才不得不離家出走，留在他身後的是父親曾皓的中風倒地和一個本該由他承擔責任的破敗家庭。然而，對於名不正言不順地暗戀著曾文清的愫方來說，曾文清的離家出走並不是什麼損失，反而是她在曾家為自己樹立「妾婦之道」的精神牌坊的絕好機遇……

八、天涯比鄰的謬托知己

「海內存知己，天涯若比鄰」，這聯出自唐代詩人王勃筆下的經典詩句，既是曹禺題給自己的婚外戀人方瑞的，同時也是題給劇中「不忍互通款曲」卻又偏要「互通款曲」的曾文清與愫方的。就愫方來說，她的性格基調在曹禺此前寫作的《關於「蛻變」二字》中，已經有過明確地交待：「需要『忍耐』但更需要『忍心』。」

對於愫方「忍」字當頭又情愛至上的奉獻犧牲，曹禺在舞臺提示中給予的是最高規格的神聖禮贊：「愫方這個名字是不足以表現進來這位蒼白女子的性格的。……伶仃孤獨，多年寄居在親戚家中的生活養成她一種驚人的耐性，她低著眉頭聽著許多刺耳的話。只有在偶爾和文清的詩畫往還中，她似乎不自知地淡淡泄出一點抑鬱的情感。她充分瞭解這個整日在沉溺中討生活的中年人。她哀憐他甚於哀憐她自己。她溫厚而慷慨，時常忘卻自己的幸福和健康，撫愛著和她同樣不幸的人們。然而她並不懦弱，她的固執在她的無盡的耐性中時常倔強地表露出來。」

但是，對於愫方這種「忍」字當頭、情愛至上的奉獻犧牲，最為貼切的說明，其實是曹禺在瑞貞的舞臺提示中所採用的「妾婦之道」的概念：「曾瑞貞只有十八歲，卻面容已經看得有些蒼老，……嘴角總綳得緊緊的，不見一絲女人的柔媚。她不肯塗紅抹粉也不願穿鮮豔的衣裳，雖然屢次她的婆婆這樣吩咐她。當她未如她的意時，為著這件事詈罵她。……她的小丈夫和她談不上話來。她又不屑於學習那讒媚阿諛的妾婦之道來換取婆婆的歡心。……她和愫姨，是兩個時代的婦女。她懷抱著希望，她逐漸看出她的將來不在這狹小的世界裡，而愫姨的思想情感卻跳不出曾家的圍欄。」

「以順為正者，妾婦之道也」，這是出自《孟子．滕文公下》的經典名句。「妾婦之道」要求於女人的，正是恩格斯在《反杜林論》中所說的「缺乏自我規定意志」的「甘受奴役」。也正是在中國傳統文化三綱五常、三從四德之類「妾婦之道」的精神騙局和神道圈套中，「缺乏自我規定意志」的愫方，才會似是而非地昇華出「活著不是為著自己受苦，留給旁人一點快樂，還有什麼更大的道理呢？」的奴隸哲學。

該劇第三幕的劇情發生在離第二幕有一個多月的一個「深秋的傍晚」。這一天是老太爺曾皓的生日，也是他病癒出院的第一天；同時還是隔壁開紗廠的暴發戶杜家要來抬走他的命根子棺材的最後期限。由於曾文清的離家出走，愫方當仁不讓地替曾文清承擔起男權家庭的十字架，並且從中體驗到了由名不正言不順的「妾婦之道」扶正升格為救苦救難的聖女救星的神聖感覺。

不過，這種阿Q式的自欺欺人的精神勝利，到頭來是必須變現為金錢萬能的實用價值的。據江泰介紹，連曾皓出院的醫藥費，花的都是愫方的私房錢。曾經當面斥罵愫方「就知道想勾引男人，心裡頂下作」的曾思懿，也開始重新認識愫方的實用價值，並對曾霆說出了自己重新覺悟的心裡話：「媽，媽現在身體也不大好。（找話說）這幾天倒是虧了你愫姨照護著，——（立時又改了口氣，咳了一聲）不過孩子，（臉上又是一陣暗雲，狠惡地）你愫姨這個人哪，（搖頭）她呀，她才是……」

正是在這種人心所向的利好形勢之下，「忍哀耐痛」的愫方一改此前被動挨打的可憐相，顯現出前所未有的神聖之感：「天開始暗下來，在肅靜的空氣中愫方由大客齋門上。她穿著深米色的嗶嘰夾袍，面龐較一個月前略瘦，因而她的眼睛更顯得大而有光彩，我們可以看得出在那裡面含著無限鎮靜，和平與堅定的神色……」

在曾文清沒有出走的時候，他與愫方之間暗戀偷情、做賊心虛的「不忍互通款曲」，不僅造成了這對男女比鄰天涯的靈魂阻隔，而且限制了愫方充分表現其不可替代的神聖價值的可能性。曾文清離家出走之後，天涯別離的兩個意中人反倒在靈魂上更加貼近了。於是，當戲曲鑼鼓經式的秋聲秋韻再度響起的時候，愫方像一個不可救藥的鴉片鬼，癡迷陶醉於自己以曾文清為依附對象的婚外戀情的回味之中：

「輕輕歎息了一聲，顯出一點疲乏的樣子。忽然看見桌上那只鴿籠，不覺伸手把它舉起，凝望著那裡面的白鴿，……那個名叫『孤獨』的鴿子——眼前似乎浮起一層濕潤的憂愁，卻又愛撫地對那鴿子微微露出一絲淒然的笑容，……」

已經打點行裝準備隨袁任敢的科學考察隊離家出走的瑞貞，在向愫方作最後告別時舊話重提：「愫姨，你還勸我忍下去？」愫方卻一反常態，頗為開明地表示說：「我知道，人總該有忍不下去的時候。」然而，當瑞貞反過來勸說愫方一起離開時，愫方卻另有道理：「我在此地的事還沒有了。」

所謂的沒有「了」，就是她為曾文清乃至曾皓所恪守的既不以人為本也不正當合法的「妾婦之道」，還沒有最後結果；或者說是她的「天」，還沒有徹底塌下來：「（臉上逐漸閃耀著美麗的光彩，蒼白的面頰泛起一層紅暈。話逐漸由暗澀而暢適，衷心的感動使得她的聲音都有些顫抖）……他走了，他的父親我可以替他伺候，他的孩子，我可以替他照料，他愛的字畫人管，他愛的鴿子我喂。連他所不喜歡的人我都覺得該體貼，該喜歡，該愛，為著……」

當瑞貞提醒愫方自己的公爹曾文清只是一個「廢人」時，愫方極力辯護說「沒有人明白過他」；還說他出走的第二天偷偷回來過一次，自己把身邊的錢都給了他。作為回報，他向自己保證說：「他說他要成為一個人，死也不回來。」自己在曾文清身上所寄託的，更是一份超越於本能情慾之上的神聖情愛：「（淚珠早已落下，卻又忍不住笑起來）瑞貞，他還像個孩子，哪像個連兒媳婦都有的人哪！」

為了確認惟有婚外戀的自己才是曾文清的唯一摯愛，愫方竟然運用民間巫術中的讖語預言，來玩弄海誓山盟的鬼把戲。說是只有等到「那一天，天真的能塌，啞巴都急得說了話」，她才會離開曾家。接下來，愫方還進一步吟唱起愛盡天下人甚至要對一切人救苦救難的神聖高調：「（懇求似的）瑞貞，不要管我吧！我第一次這麼高興哪。（走近瑞放著小箱子的桌旁）瑞貞，這一箱小孩子的衣服你還是帶出去。（哀憫地）在外面還是儘量幫助人吧！把好的送給人家，壞的留給自己。什麼可憐的人我們都要幫助，我們不是單靠吃米活著的啊！……」

單從充滿詩意的神聖情調上看，這樣的大段抒情堪稱是曹禺對於「契訶夫式」的戲劇藝術的發揚光大。但是，契訶夫的《海鷗》一劇中的女主人公寧娜，覺悟到是與愫方完全相反的另一種人生哲理：「現在，我才知道，我才明白，在我們的事業裡頭——無論是演戲或者寫作——科斯佳，要緊的不是名譽，不是光榮，不是我以前所構想的那一切，而是要知道怎麼樣忍耐下去。把自己的十字架背負起來，並且要有信心。我有信心，所以，這一切並不能令我傷心，而當我一想到我的天職，我也就不害怕生活了。」㉙

寧娜是被花花公子特利哥林誘姦之後加以拋棄的不幸女性。她生下孩子後抱著孩子離家出走，經歷了不少的磨難，換來的是獨立自主地承擔自我解放、自我健全的主體人格的人生真諦。相比之下，愫方的「把好的送給人家，壞的留給自己」的陽光天堂般神聖美好的大公無私，不過是先把根本就不能獨立自主的自己貢獻到別人手裡、依附到別人身上；然後再擺出大包大攬、救苦救難的神聖姿態去干涉包辦別人的生活，以此來證明自己的超凡脫俗和不同凡響，直到為自己樹立起一座集奴性、母性、神性於一身的貞節牌坊。

更進一步說，在公私不分的互相依賴、互相寄託、互相牽制、互相糾纏、互相捆綁、互相妨害的人身依附中，把大同人類中原本應該意志自治、自由自主的所有個人的精神生命抽象架空，以便使所有個人都服務於、服從於以天神天命天意天理天道天堂為本體本位的天、地、君、親、師等級森嚴的天羅地網般的神道信仰體系和社會價值體系，從而保證以孤家寡人的真命天子自居的專制皇帝的家天下、私天下萬世一系、代代相傳；正是儒家禮教的祖師爺孔子所宣揚的「仁者愛人」的真諦所在。

換言之，不能像寧娜那樣「把自己的十字架背負起來」的愫方，替曾文清背負起來的顯然不是耶穌基督式的上帝面前人人平等的博愛人道的十字架；更不是現代文明社會所通行的以人為本、意思自治、契約平等、民主參與、憲政共和、大同博愛的價值體系和文明常識；而是中國傳統文化尤其是儒家禮教中等級森嚴的三綱五常、三從四德的「妾婦之道」的貞節牌坊。曾文清一旦返回家中，根本不具備「妾婦」身份的愫方連同她的貞節牌坊，便徹底喪失了賴以存在的合理性。用曾瑞貞的話來說，就是愫方的「天」塌了。塌了「天」的愫方，完全徹底地喪失了正常人性，只好把自己交給充當精神引路人的瑞貞和充當精神超度者的機器工匠「北京人」，任由別人來拯救和超度自己。

九、天堂淨土的精神超度

嚴格來說，真正意義上的現實主義戲劇，是近現代西方文明的一種藝術結晶，它所表現的是黑格爾《美學》中所說的「自由的個人的動作的實現」。這種戲劇之所以成為真正戲劇的最具根本性的前提，就是黑格爾所說的「至少需要己意識到個人有自由自決的權利去對自己的動作及其後果負責」㉚，也就是恩格斯在《反杜林論》中所說的「自我規定的意志」。南開中學時期的曹禺，在〈《爭強》序〉中提供過另一種說法：「全劇的興趣就繫在這一雙強悍意志的爭執上。」但是，對於迄今為止的中國戲劇來說，黑格爾所說的表現「自由的個人的動作的實現」的真正意義上的現實主義戲劇，依然是一個過於超前的可望而不可企及的藝術境界。

在曹禺的原創戲劇中，從來沒有表現過「全劇的興趣就繫在這一雙強悍意志的爭執上」的真正意義上的戲劇性，而只是基於他自己集動物本能的野性蠻力和宗教精神的神性魔力於一身的「原始的情緒」和「蠻性的遺留」，編排出了一系列與傳統戲曲一脈相承的「戲不夠，神來湊」的高度宗教化的戲劇情節。與此前的《雷雨》、《日出》、《原野》、《蛻變》一樣，《北京人》也是遵循著既根源於中國傳統神道文化，又充分吸納外國宗教文化的「陰間地獄之黑暗＋男女情愛之追求＋男權家庭之反叛＋專制社會之革命＋捨身愛人之犧牲＋天誅地滅之天譴＋替天行道之拯救＋陽光天堂之超度」的密碼模式；來編排戲劇情節的起承轉合和戲劇人物的悲歡離合的。其中最為原始、最為永恆也最具藝術魅力的，依然是最具有中國特色的形而下的天譴罰罪加形而上的陽光天堂的文化密碼和神道格局。

《北京人》中的人類學家袁任敢，與《雷雨》中的魯大海、《日出》中的方達生、《原野》中的白傻子、《蛻變》中的丁大夫一樣，是最接近於曹禺神道設教、替天行道的宗教先知加抒情詩人的男權特權身份的自傳性人物。他以臨時過客和局外超人的特權身份和超然眼光，描述了一個以「人類的祖先」原始「北京人」為標準榜樣的陽光天堂般神聖美好的精神家園；既為「交些革命黨朋友」的瑞貞連同跟隨瑞貞一起出走的愫方，指示了根本就不存在的人生方向；另一方面也為江泰等人所發出的替天行道的天譴詛咒，提供了最為廉價的神聖藉口。

比起較為單純地從事「陽光天堂之超度」的袁任敢，在學術察勘隊裡修理卡車的「頂好的機器工匠」、擁有北京猿人「野得可怕的力量」的「北京人」，在《北京人》中充當的是「天誅地滅之天譴＋替天行道之拯救＋陽光天堂之超度」的「戲不夠，神來湊」的多重職能。隨著「北京人」的出場亮相，劇中人物無法解決的所有難題都可以逢凶化吉、迎刃而解，從而為劇情的充分展開提供了最大限度的自由空間。

第一幕中，伴隨著幾乎每一個戲劇人物的出場亮相，都有一場委曲盡情的抒情故事，從而較為充分地交待出相關人物之間的情感糾葛和整個曾家的內憂外患。在這一幕的末尾，甲、乙、丙、丁四個債主的上門逼債，一下子把曾家的內外交困推演到極限境地。劇作者曹禺之所以如此大膽地設置故事情節的「陡轉」，就在於「北京人」這個身上「整個是力量，野得可怕的力量」的「偉大的巨靈」，可以恰到好處地救人救戲。危難關頭，正是這位不通人性、不講道理的啞巴「北京人」，憑著一身蠻力神力不由分說地大打出手，替曾家趕跑了四個債主，為接下來的第二幕集中筆墨設置抒情場面，開拓了空間、鋪平了道路。

第二幕中，曾家幾代人在內憂外患中一連串的勾心鬥角，直接導致老太爺曾皓的中風倒地。即使是在人命關天的緊要關頭，劇作者曹禺依然要把戲寫足寫透：他先讓中風倒地的曾皓向偷吸鴉片煙的曾文清發出天譴詛咒──「（咬緊了牙）這種兒子怎麼不（頓足）死啊！」接著讓喝醉酒的江泰跑出來，沖著昏死過去的曾皓淋漓盡致地「灑狗血」：

> 「你欠了我的，你得還！我一直沒說過你，你不能再裝聾賣傻，我為了你才丟了官，為了你才虧了款。……」
>
> 「（一面被文彩向自己的臥室拉，一面依然激動地嚷著）你放開我，放開我，我要殺人，我殺了他，再殺我自己呀。」

在曾皓寧死不肯到醫院就醫的危急關頭，又是這位不講道理的機器工匠「北京人」適時出場，像抱老羊一樣把曾皓舉起來送到車上，從而暫時保全了他的老命，為第三幕中曾皓的做壽、愫方自樹牌坊的神聖抒情乃至於最後出走，提供了廣闊的背景、留足了發揮的餘地。

到了第三幕中，在「淒涼的號聲」中，曾文清「臂裡夾著那軸畫」回到家中。塌了「天」的愫方終於被推到不得不走的人生關口。即使在這種情境中，曹禺仍然要把戲寫足寫透：一向容不下愫方的曾思懿，主動提出來要替丈夫曾文清納愫方為妾。因喪失精神支柱而塌了「天」的愫方，也依然忘不掉安頓曾文清徹底頹廢的靈魂：「（哀傷地）飛不動，就回來吧！」

在這種情境之下，愫方對於自己反覆吟唱的愛盡一切人的神聖高調，也有了新的解釋：「（緩緩回頭，對瑞，哀傷地惋惜）快樂真是不常的呀，連一個快樂的夢都這樣短！」

正是在愫方滿懷深情地向自己曾經經歷過的一男二女的婚外情戀揮手告別的時候，「那小山一般的」機器工匠「北京人」再一次從天而降，並且奇跡地開口說出「我──們──打──開」、「跟──我──來」的天堂福音。中國傳統文化尤其是民間宗教神道所慣用的預言讖語──「天會塌下來」和「啞巴會說話」──隨著曾文清的落魄歸來和「啞巴」般的機器工匠「北京人」的開口說話而全部兌現。愫方只好在對於曾文清、曾皓的無限依戀中，頗為勉強地跟隨「北京人」走出了曾家。當仁不讓地充當天神救星的機器工匠「北京人」，幫助愫方和瑞貞擰斷曾家大門上象徵舊家庭「桎梏」的一把大鎖，打通了她們走向以「人類的祖先」原始「北京人」為標準榜樣的陽光天堂般的復古回歸之路。

但是，這位機器工匠「北京人」卻並沒有像袁任敢所介紹、所禮贊的「人類的祖先」和「人類的希望」那樣，「要愛就愛，要恨就恨，要哭就哭，要喊就喊，……整年盡著自己的性情，自由地活著」；反而變成了由劇作者曹禺奴役驅使的招之即來、揮之即去的傀儡偶像。這個連話都不太會說的機器工匠「北京人」，所對應的其實並不是「人類的祖先」和「人類的希望」，而僅僅是曹禺在《〈雷雨〉序》中所介紹的集動物本能的野性蠻力和宗教精神的神性魔力於一身的非人性甚至反人性的「原始的情緒」和「蠻性的遺留」。借用魯迅的話說，「我看一切理想家，不是懷念『過去』，就是希望『將來』，而對於『現在』這一個題目，都繳了白卷，因為誰也開不出藥方。其中最好的藥方，即所謂『希望將來』的就是。」㉛

歸結了說，《北京人》是曹禺繼《雷雨》、《日出》、《原野》、《蛻變》之後，以「原始的情緒」和「蠻性的遺留」為原動力和內驅力推演出來的又一部宗教化的戲劇文本和戲劇化的宗教文本。劇中借著袁任敢以「人類的祖先」原始「北京人」的神聖名義所設想的陽光天堂般神聖美好的生活景象，對宗法制男權家庭中一男二女的男權美夢進行了挽歌式的惜別埋葬；同時又借助虛擬想像中的半人半神的機器工匠「北京人」，對集「妾婦之道」的奴性、母性、神性於一身的愫方，連同不再恪守於「妾婦之道」的瑞貞，網開一面地施以陽光天堂般的精神超度和神聖禮贊。從藝術手法上來說，曹禺借助於半人半神的「北京人」的蠻性之力，所表現出的對於男權家庭中一男二女的「妾婦之道」的挽歌禮贊，保證了中國傳統戲曲舞臺一貫追求的既詩以言志又文以載道、既委曲盡情又神道設教的綜合性藝術效果，在話劇舞臺上的充分實現，從而使《北京人》擁有了一份形而下的天譴罰罪加形而上的陽光天堂的既驚心動魄又耐人尋味、既天人感應又情景交融、既令人銷魂又難以磨滅的藝術魅力。

①本章主要內容，已經以《〈北京人〉的男權夢想及其破滅》為標題，發表於《藝術百家》二〇〇九年第三期。
②王蒙：《永遠的雷雨》、《讀書》一九九三年第四期。
③田本相著《曹禺傳》，北京十月文藝出版社，一九八八年，第二七四頁。
④曹樹鈞著《走向世界的曹禺》，天地出版社，一九九五年，第八頁。
⑤魯迅：《馬上支日記》、《魯迅全集》第三集，人民文學出版社，一九八一年，第三三九頁。
⑥楊振聲：《為追悼朱自清先生講到中國文學系》、《文學雜誌》第三卷第五期，一九四八年。
⑦梁實秋：《憶楊今甫》，引自季培剛編著《楊振聲編年事輯初稿》，黃河出版社，二〇〇七年，第一〇七頁。
⑧梁實秋：《方令孺其人》、《方令孺散文集》，臺北洪範書店，一九八〇年。
⑨田本相、劉一軍編著《苦悶的靈魂——曹禺訪談錄》，江蘇教育出版社，二〇〇一年，第一五一頁。
⑩楊振聲：《鄰居》、《經世日報·文藝週刊》第十二期，一九四六年十一月三日。
⑪朱喬森編《朱自清全集》，江蘇教育出版社，一九九七年。引自季培剛編著《楊振聲編年事輯初稿》，黃河出版社，二〇〇七年，第一五七頁。
⑫金介甫著《沈從文傳》，時事出版社，一九九一年，第二八頁。
⑬梁實秋：《憶沈從文》，引自季培剛編著《楊振聲編年事輯初稿》，黃河出版社，二〇〇七年，第一七九頁。
⑭《郁達夫自選文集·日記卷》，青海人民出版社，一九九九年版，第二五八—二六二頁。
⑮馮友蘭：《三松堂自序》，生活·讀書·新知三聯書店，一九八四年，第七六頁。
⑯蕭乾：《我這兩輩子》，引自季培剛編著《楊振聲編年事輯初稿》，黃河出版社，二〇〇七年，第一六三頁。
⑰季培剛編著《楊振聲編年事輯初稿》，黃河出版社，二〇〇七年，第一八八頁。
⑱《胡適來往書信集》下冊，中華書局，一九八〇年，第五〇六頁。
⑲蕭乾：《我的啟蒙老師楊振聲》，孫昌熙等編選《楊振聲選集》，人民文學出版社，一九八七年。
⑳張充和：《三姐夫沈二哥》、《海內外》第二八期，一九八〇年。

㉑ 田本相、劉一軍編著《苦悶的靈魂——曹禺訪談錄》，江蘇教育出版社，二〇〇一年，第二一五頁。
㉒ 《苦悶的靈魂——曹禺訪談錄》，第二〇七、二〇八頁。
㉓ 田本相著《曹禺傳》，第二七五頁。
㉔ 楊振聲：《鄰居》、《經世日報・文藝週刊》第十二期，一九四六年十一月三日。
㉕ 曹樹鈞著《走向世界的曹禺》，第八頁。
㉖ 吳宏聰：《憶恩師楊振聲先生》、《現代教育報》，二〇〇四年三月十九日。
㉗ 曹禺：《讀劇一得——和青年劇作者的一次談話》，曹禺著《論戲劇》第五一頁，四川文藝出版社，一九八五年。
㉘ 《歌德談話錄》第一一二頁，人民文學出版社，一九八二年。
㉙ 引自曹禺：《讀劇一得——和青年劇作者的一次談話》。
㉚ 黑格爾著、朱光潛譯《美學》，第三卷下冊，商務印書館，一九八六年，第二九七—二九八頁。
㉛ 魯迅一九二五年三月十八日致許廣平信，《兩地書》原信之四。見《兩地書全編》，浙江文藝出版社，一九九八年，第三九八頁。

第八幕

第八章 《豔陽天》的「陰魂不散」

曹禺的《家》完成於一九四二年夏秋之間，該劇與其說是對於巴金同名小說的改編，不如說是根據原著一部分的故事情節另起爐灶的重新創作。其中寄託的主要是陷入與方瑞的婚外情戀的曹禺，在修身齊家的家庭生活層面上所神往的一男二女的男權美夢，以及「捨身愛人」的男權神話。到了曹禺唯一的電影作品《豔陽天》中，他又通過律師陰兆時「陰魂不散」的行俠仗義，展現了自己在治國平天下的社會生活層面上以神道設教、替天行道的宗教先知加抒情詩人自居的特權理想。

一、美輪美奐的神話故事

一九四二年初，曹禺辭去國立劇專的教職前往重慶。這時候，二女兒萬昭已經出世，隨著物價飛漲，曹禺的家室之累更加繁重。為生計所迫，他應復旦大學聘請講授「外國戲劇」以及英文課程。授課之餘，他把幾乎全部的精力，投入到對於巴金小說《家》的戲劇改編。

和《北京人》一樣，《家》在很大程度上是曹禺與方瑞之間婚外情愛的結晶。據他寫於一九七八年七月十四日的〈為了不能忘卻的記憶──《家》重版後記〉回憶，「整整一個夏天，……我寫完一段落，便把原稿寄給我所愛的朋友。我總要接到一封熱情的鼓勵我的信，同時也在原稿上稍稍改動一些，或添補，或刪一去些。在厚厚的覆信裡，還有一疊複寫過的《家》的稿子。」

方瑞對於曹禺的實質性幫助，並不限於抄寫修改劇本初稿。她大抵像《北京人》中的愫方那樣，手中還有一些私房錢，常常為自己心愛的男人慷慨解囊。據烏韋・克勞特《戲劇家曹禺》介紹，「當時曹禺非常貧困，只能抽最便宜的香煙。他後來的妻子常常送他幾包煙，使他創作時能有煙抽。」①

除了這些實質性幫助之外，方瑞更加神聖的精神價值，還在於她其實是曹禺創作靈感的源泉所在。也就是說，劇中「捨身愛人」的鳴鳳和瑞珏，與《北京人》中的愫方一樣，是曹禺以自己心目之中幻化、美化、偶像化、神聖化的方瑞作為模特兒創作出來的。借用中國古代的一句經典諺語，就是「情人眼裡出西施」。稍有區別的是，被曹禺賦予「捨身愛人」的神聖光環的鳴鳳和愫方，與現實生活中的方瑞一樣，還沒有正式擁有「妾婦之道」的世俗資格；擁有這種世俗資格的瑞珏，卻要像《北京人》中的曾思懿對待愫方那樣，頗為主動地與梅小姐共同分享一男二女的情愛權力。

田本相在《苦悶的靈魂——曹禺訪談錄》中，記錄有曹禺的這樣一段話：「我寫《家》，那時正與方瑞通信，她信寫得好，我摘了幾句放在《家》裡，就是鳴鳳對三少爺說：『這臉只有小時候母親親過，現在您挨過，再——有——再有就是太陽曬過，月亮照過，風吹過了。』」②這番話其實就是方瑞對於自己與楊振聲之間事過境遷的那段並不熱鬧的桃色故事的坦白交待。曹禺筆下戲劇人物的自傳性特點，由此可見出一斑。

《家》的改編，在很大程度上得益於清華老學長張駿祥的幫助，是他於一九四二年盛夏為曹禺覓到一個頗適宜於「做一場好夢」的「山明水秀的地方」。這個地方叫唐家沱，在重慶市東邊十多里的地方，是長江邊上的一個小碼頭。這裡停泊著一艘輪船，船主是張駿祥的熟人，在此後的三個月裡，這裡成為曹禺虛擬想像中的天堂淨土和精神家園。正如萬方在《我的爸爸曹禺》中所介紹，那段時光是曹禺「生命的光華閃亮」的「極樂時光」。他所創作的《家》，也因此被他定性為一篇「神話故事」。當曹禺晚年向萬方不斷講述那段創作「神話故事」的「極樂時光」時，萬方幾乎可以「想像出江水拍打著木船的船底的聲音，想像出投在紙上的昏黃的燈影子，想像出那悶熱粘濕的空氣，想像出他的酣暢，他的筆追趕著他的思路……」③

曾經到唐家沱實地考察過的田本相，在《曹禺傳》中活靈活現地描繪了這裡的「山明水秀」：「唐家沱，確是一個幽靜的地方。長江兩岸高山聳立，江水汩汩地流著，清爽的江風陣陣吹來，有時，使人忘卻正是炎熱的夏季。從山上不時傳來杜鵑的啼叫聲，愈顯得這裡的靜謐和安適。特別是清晨和夜晚，更是出奇的寧靜。而在月夜中，一輪皓月當空，映著長江流水，真是一個詩的境界。」④

經過三個月日夜奮戰，《家》於一九四二年夏秋之間殺青完稿，其後又經過方瑞抄寫修改，於當年十二月由巴金主持的重慶文化生活出版社出版。

曹禺的《家》與其說是對於巴金原著的改編，不如說是根據原著的故事情節另起爐灶的重新創作。像創作《北京人》時一樣，曹禺、楊振聲、方瑞、鄭秀之間或直接或間接的三角情戀，依然是劇中人物關係及其故事情節最為直接的現實依據。關於這一點，曹禺在與田本相的談話中曾經有過含蓄表白：「我大體是根據原作改編的，但畢竟是按我的理解我的感受改編的，我對我所熟悉的人物像馮樂山、覺新、瑞玨、梅表姐這些人物，就調動了我生活中的經驗。馮樂山這種人，我就在生活中見過，偽善陰險，壞透了。這些熟悉的人物，我就可以發揮，不一定同巴金的人物一樣。」

四幕話劇《家》的首演權，由中國藝術劇社獲得。中國藝術劇社於一九四二年十二月二十九日在重慶成立，是以周恩來為首的中共南方局直接領導下的一個話劇團體，由夏衍、于伶、金山、宋之的、司徒慧敏組成領導小組，金山任總幹事。劇社成員大都是從香港經桂林來到重慶的戲劇工作者。其中的章泯、鳳子、藍馬、舒強、王蘋、沙蒙、凌管如、虞靜子等人，曾以旅港劇人協會的名義，於一九四一年十一月和一八四二年三月先後在香港、桂林成功演出過《北京人》。《家》的演出依然由章泯執導，由金山飾覺新、張瑞芳飾瑞玨、凌管如飾梅小姐，沙蒙飾高老太爺，舒強飾覺慧，藍馬飾馮樂山、虞靜子飾鳴鳳、王蘋飾陳姨太。

一九四三年四月八日，《家》作為重慶第二屆霧季公演的參演劇目，在重慶銀社隆重開幕。在此之前，《新華日報》已經於三月五日發佈消息說：「中國藝術劇社之三月份劇目，原為觀眾渴望已久之名劇《家》，茲聞該劇為鄭重排練，以求演劇藝術之高度成就計，決延其排演時間，將於《家》公演之前，先上演《北京人》。」

經過演職人員的共同努力，這次演出再一次轟動山城重慶。劉念渠譽之為「舞臺表現的完整」方面的一個典範，並且把張瑞芳的表演稱讚為表演藝術的「輝煌的例子」：「她把自己的才能與心血化作了清沁的朝霞，滋潤著這一個角色，……在《家》第一幕第二場（洞房）裡，同樣的獨白，張瑞芳的每一個音節都是自然流露出來的，有一分震撼人心的真摯。」⑤

同年六月，第二屆霧季公演宣告結束。即使在霧季過後，《家》依然盛演不衰，在演出場次上創出最高紀錄。據《新華日報》一九四三年七月三日報導：「中國藝術劇團演出曹禺改編者按的《家》，前後共達六十三場，該團現應沙坪壩各學校之約，定九日在中大禮堂參加該校二十八周年紀念，十一日起為慰問鄂西將士公演五天，戲票已經開始預售。該團在沙坪壩演出後，便去北碚公演，同時排練新戲，霧季時再回重慶公演。」

繼中國藝術劇社重慶首演之後，《家》還陸續被各地戲劇團體搬上舞臺。一九三四年七、八月間，僅桂林一地就有留桂劇人實驗劇團和留桂劇人協會同時上演，導演分別為話劇界的三位大佬歐陽予倩、田漢和熊佛西。第二次霧季公演後由重慶遷社址於成都的中華劇藝社，也於十月八日在巴金的家鄉上演該劇，由賀孟斧導演，白楊飾瑞玨，耿震飾覺，李恩琪飾梅表姐，陽華飾高老太爺，丁然飾覺慧，張鴻眉飾鳴鳳。當地人對該劇演出表現出極大熱情，有些觀眾甚至一看再看。

二、春水花月的美好婚戀

以集動物本能的野性蠻力和宗教精神的神性魔力於一身的「原始的情緒」和「蠻性的遺留」作為原動力和內驅力的曹禺，此前創作的《雷雨》、《日出》、《原野》、《北京人》等一系列影劇作品，都是按照既根源於中國傳統文化，又充分吸納外國文化的「陰間地獄之黑暗＋男女情愛之追求＋男權家庭之反叛＋專制社會之革命＋捨身愛人之犧牲＋天誅地滅之天譴＋替天行道之拯救＋陽光天堂之超度」的密碼模式，來編排戲劇情節的起承轉合和戲劇人物的悲歡離合的。到了《家》中，曹禺更是以傳統戲曲連臺本戲的大氣概，實現了春、夏、秋、冬的時光轉換與戲劇情節的起承轉合以及戲劇人物的悲歡離合的天人感應、情景交融。

第一幕第一景的時間為「初春的一天」，場景是「覺新的洞房」。在舞臺提示中，曹禺描繪了洞房窗外陽光天堂般的夢幻美境：「是梅花正開的時候，高府花園裡的梅花也開得這般茂盛了。……初春的天氣，相當暖和。湖水明淨，閃耀著那映在水中的花影。一切都是靜悄悄的，梅花也像是在做她的夢。」

與如詩如畫的春聲春韻形成對照的，是喧嘩熱鬧的熱開場：高家上上下下裡裡外外都在喜氣洋洋地操辦覺新與瑞玨的婚慶大典。但是，事到臨頭的一場婚慶，對於高家長孫高覺新來說，卻是被強制包辦的情愛災難。因為他所熱愛的是錢姨媽家的梅表妹。先是錢姨媽的意氣用事，敗壞了兩個年輕人的美好姻緣。高老太爺的主使和馮樂山的保媒，又促成了眼前的這樁包辦婚姻。話又說回來，這樁包辦婚姻得以付諸實施的根本原因，還是高覺新不能夠獨立自主地掌握自己的前途命運的意志簿弱和人格虛空。關於這一點，曹禺在舞臺提示中解釋說：

「覺新，長房的長子，一向是祖父所鍾愛的，成家立業的希望都寄託在他的身上，他只有二十歲上下，……他看得清，他隱忍，在短短的二十年生活中，他已被逼得練出一種不可少的心理狀態，『忍』，無限量的忍。因之漸漸變得懷疑，萎憊，自己不相信自己，遇事不敢去定是非，斷定了又不敢毅然去做，躊躇，思慮，莫明其妙的恍惚，彷彿昏暗慢慢由四面壓下來，踽踽獨行，終於又轉進了一條狹隘不知去路的黑巷的境界。雖如此，他衷心地愛著他所愛的人。」

雖說是「衷心地愛著他所愛的人」，在洞房中獨自向隅的高覺新，唯一的作為只是像一個女人一樣手持梅花，用詩化的語言向至高無上的「天（老天爺）」傾訴自己的一腔幽怨：「（深沉地）活著真沒有一件如意的事；／你要的是你得不到的，／你得到的又是你不要的。／哦，天哪！」

第一幕第一景中「起承轉合」的小高潮至此已經形成，接下來是覺慧勸覺新逃婚和馮樂山相中鳴鳳的過場戲。

第一幕第二景的時間是「同日午夜後」，場景依然是「覺新的洞房」。新房裡，以四老爺高克安、五老爺高克定為首的高家人，仰仗著所謂「鬧房無大小」的古訓，公然對一個剛剛十七歲的新婚少女連同她的「陪嫁女僕」劉四姐，實施意淫式的身心強暴。

新娘子瑞玨與覺新一樣，是一個以「無限量的忍」為人生哲學和處世策略的舊式青年。「嬌豔而端莊」的她在鬧房過程中只是「沒奈何地含羞低眉，任人逗弄」，挺身而出充當犧牲品的，卻是更加弱勢的陪嫁女僕劉四姐。當第一輪的鬧房發展到不可收拾的地步時，道貌岸然的三老爺高克明及時趕來拉走了高克安。留下來的高克定一幫人所發動的第二輪的意淫強暴，最後是由高老太爺親自出面才宣告結束的。

經過鬧房一場戲的承前啟後，接下來便是洞房花燭夜的靜場戲，也就是全劇中第一輪的「起承轉合」的「合」。

夜深人靜，鬧房的人們已經散去，覺新推開窗戶，透露出窗外如詩如畫的景觀：「月光照著那一片瑩白的梅花，湖光瀲灩，莊嚴而淒靜。」

雪白的梅花，波動的湖水，啼唱的杜鵑，合成一曲春光無限的天籟之聲，如同戲曲舞臺上有腔有調的鑼鼓經，感應烘托著一對新人發自靈魂深致處的內心情感。在春水花月的詩意氛圍中，《北京人》裡曾文清與愫方在咫尺天涯的秋聲秋韻中「不忍互通款曲」卻偏要「互通款曲」的羞怯情愛又再度重演。在柔美婉順的瑞玨那裡，懷抱的是符合「妾婦之道」的情愛之心：「他就在眼前了，媽！／媽要女兒愛，順從，／吃苦受難，永遠為著他。／我知道，我也肯，／可我也要看，／值得不值得？／……只要他真，真是好！／女兒會交給他整個的人，／一點也不留下。」

在擁有男性特權的覺新那裡，卻是死不認賬的逆反拒絕：「怎麼她還在那兒不動，／像一尊泥塑的菩薩。／這是什麼孽！要我一生／陪著這個人，／眉都不會皺一皺，／一塊會喘氣的石頭！」

在一對新人依靠自己的力量無法打破僵局的情況下，曹禺化用傳統戲曲「戲不夠，神來湊」的神道法寶，用花園裡春聲春韻的天籟之音，充當救苦救難的天神救星：「夜半湖邊上傳來杜鵑的歡叫，非常清脆的聲音，跳動著生命的活潑。……迎著杜鵑的酣唱，新向窗前走。玨不覺也抬頭諦聽。……二人目光相遇，剎那間愣住。又各自低頭轉身。」

兩個人之間由此出現轉機，覺新在瑞玨身上看到了梅表妹的影子：「是她？／（驚愕地）那紙糊的美人，／可她的眼睛分明／放著光，／這是誰呀？／這眼神！／哦！不，我是在做夢，／我當是我的梅，／借著她，／對我說話。」

隨著覺新的一句「謝謝天！受難的有了救星！」從床下鑽出了新的「救星」——躲在床下聽房的四弟覺英、五弟覺群以及熟睡在床下的六弟覺世——面對覺世，瑞玨充分展現出她的母性溫柔，從而叩動了覺新多情善感的心弦。他「在一旁望著玨逐漸發覺她的可愛」，一對前生有緣的年輕男女終於息息相通、心心相印地依靠在一起。與兩個人情不自禁的心心相印相印證，窗外的花園也展現出天人感應的詩情畫意：「月明如畫，杜鵑輕快響亮地在湖濱時而一先一後地酣唱。」

這是第一幕戲劇情節「起承轉合」的最高潮。有些研究者把這場戲比附於莎士比亞《羅米歐與茱麗葉》中的月下幽會；而在事實上，它與中國傳統戲曲中關漢卿的《閨怨佳人拜月亭》，特別是高則誠的《琵琶記》，有著更加根深蒂固的文化源緣。《琵琶記》「中秋賞月」一折的「同一月也，牛氏有牛氏之月，伯喈有伯喈之月。所言者月，所寓者心」，⑥歷來被研究者奉為傳統戲曲借景抒情、情景交融、天人感應、天人合一的藝術典範。曹禺筆下的洞房戲所遵循的，正是傳統戲曲傳奇天人感應、情景交融的既詩以言志又文以載道、既委曲盡情又神道設教的舊路子。

在高克安、高克定等人大鬧洞房的時候，從來沒有出場亮相的覺新的父親——也就是高家的大老爺——已經生命垂危。錢家的梅表妹據說也在生病。劇作者曹禺為了強調覺新對於梅表妹的一往情深，讓他置父親的病危和新娘子瑞玨及其陪嫁女僕劉四姐慘遭意淫強暴於不顧，一心一意地委託覺民與琴小姐去給梅表妹送信，並一度守候在洞房外等待回信。第一幕末尾，作為這場洞房戲的「餘韻」，覺民帶來了梅表妹已經隨錢姨媽下鄉的消息，為第二幕中新一輪的「起承轉合」埋下了伏筆、做好了鋪墊。

三、盛夏之夜的「捨身愛人」

第二幕一開場，時間已經推移到「兩年半以後」的「盛夏」，劇中著力渲染的天人感應的天籟之聲，也由第一幕的春聲春韻演轉換成夏聲夏韻：「月色溶溶，照著這小小的院落，幽閒而靜謐……四處是蟲聲。沒有一絲風，只有蔭密的竹林裡才透出一點點微涼。」

作為新一輪戲劇情節「起承轉合」的「起」，是發生在覺新、高克明、婉兒之間的過場戲。其中介紹了覺新的父親已經去世將近三年、覺慧正在「演戲鬧事」辦《黎明週報》、馮樂山前來討要鳴鳳為妾等背景事件。隨著瑞玨的出場，一個詩意盎然、夫唱婦隨的小高潮立刻形成。作為丈夫，覺新頗為多情地要去看剛剛睡著的兒子，卻又害怕把兒子吵醒。瑞玨回報於丈夫的，是雙重的母性：「（一直母親似的不忍拂他的意，溫柔地）不要緊的，去吧！親醒了，我再哄他。」

比女人還要陰柔軟弱的覺新，不僅在情感上依賴母性十足的妻子，還要奉剛剛斷奶尚待啟蒙的兒子為自己的「希望」：「（面上浮起快活，激動地）有了孩子，真像前後左右都有了希望似的。」

這份陰盛陽衰、多情多欲的女人相，與《雷雨》中周萍、周沖，尊奉比自己更加軟弱的四鳳為「心中的太陽」和「引路的人」一脈相承。隨著覺新與瑞玨之間的情感高潮自然下滑，遠處傳來陳姨太念經禮佛的木魚聲和銅磬聲。在木魚聲和銅磬聲的烘托之下，瑞玨鄭重其事地對覺新說起「有點像梅表姐小時候那麼聰明」的、不僅「會講佛經」而且還懂得「捨身愛人的道理」的鳴鳳。覺新以既意味深長又似是而非的一句「都太早熟了」，為正在愛戀著覺慧的鳴鳳，為反抗被包辦為妾的悲慘命運而殉情犧牲定下了一個宿命基調。

接下來，經過幾個過場戲的鋪墊，一個要把鳴鳳送到馮樂山的魔掌之中充當性奴隸的天羅地網已經形成，被蒙在鼓裡的鳴鳳，卻依然面對自己的情人兼主子的高覺慧，演繹著自己「捨身愛人」的情愛神曲：「（沉鬱地）有的，在上面的人是看不見的。（忽然熱烈地）為什麼非要想著將來呢？為什麼非要想著將來您娶不娶，我嫁不嫁這些事呢？（委婉地安慰）三少爺，能像現在這樣待一天，就這樣待一天多好呢？」

覺慧與鳴鳳之間男尊女卑的主奴情愛，完全是在男女雙方不能夠心心相印、息息相通的靈魂阻隔中進行的。儘管如此，兩個人之間的談情說愛還在煞有介事地繼續進行：「（欣喜，但又抑遏住更深的悲痛）不，不，您千萬別去說呀，（衷心地傾訴）您不要覺得害了我，您叫我苦，您欺負我，一樣都不是。我是這樣的強脾氣，只要是真好的，真正好的，不能再好的，我都甘心！不管將來悲慘不悲慘，苦痛不苦痛我都不在乎。我在公館這幾年，慢慢我也學會忍啦。」

鳴鳳「甘受奴役」以至於「捨身愛人」的「忍」字經，比起傳統儒學禮教三綱五常的「妾婦之道」表現得更加神聖、更加高尚也更加登峰造極。接下來，註定要殉情犧牲的鳴鳳，又陪伴著自己的情人兼主子吟唱起了中國式的天堂神曲：

覺　慧（快意地）「明月幾時有」，

鳴　鳳（低聲，自然地）「把酒問青天」。

覺　慧（驚異地望望她）「不知天上宮闕」，

鳴　鳳（望著月）「今夕是何年」。……（月光照著她蒼白的臉，湛靜而清麗，夢一般迷惘的眼，露出內心的渴望）

覺　慧（也舉頭仰望）「起舞弄倩影」，

鳴　鳳（緩緩地）「何似在人間」。

覺　慧　（回頭驚望）天，你怎麼讀了一遍，你就——（忽然）你頂喜歡哪一句？

鳴　鳳　（含著深沉的情感）末了，「但願人長久，千里共嬋娟」。

一句「但願人長久，千里共嬋娟」，把《北京人》中所歌頌禮贊的「海內存知己，天涯若比鄰」的詩情畫意，一下子從彼岸人間昇華到彼岸天堂。經過這種天堂神曲的神聖洗禮，鳴鳳在得知自己已經被老主子包辦送人之後，義無反顧地向覺慧奉獻出自己的聖潔情愛：「（忽然）您，您親親我吧！／（坦白地）這臉只有小時候母親親過，現在您挨過，再有——／再有就是太陽曬過，月亮照過，風吹過了。」

與鳴鳳這種莊嚴光華、輝煌神聖的情愛奉獻相互感應的，是夏聲夏韻的天籟之樂：「風聲，四處的蟲聲，遠遠有輕微的雷聲還未滾近，又消逝了。湖濱上一個閃電，照亮了對岸的梅林，旋又暗下去，青蛙不住地叫。」

隨著四奶奶王氏和陳姨太的及時出場，鳴鳳與覺慧之間的情愛高潮就此打住，鳴鳳正式得到要被送到馮家當「姑娘」的通知。一個奉「捨身愛人」為最高原則的純情少女，突然間被推到生死抉擇的人生絕境。當鳴鳳昏頭昏腦奔向湖邊的時候，曹禺借助既瘋瘋癲癲又神神秘秘的打更人，為鳴鳳附加了一道死得其所的天譴詛咒：「（瘋瘋癲癲地）好，好，湖裡有蓮花，湖裡的水涼快，去吧，去吧，沒有人攔著你的。」「（自言自語）小娼婦！公館的丫頭沒有好的。打扮得像妖精！（雷聲隱約）還要跳湖，跳神，跳鬼！……」

與打更人這種根源於「原始的情緒」和「蠻性的遺留」的天譴詛咒相印證，曹禺在鳴鳳第一次出場時，還依據《北京人》中為江泰所信仰的《麻衣神相》，為鳴鳳註定了在劫難逃、天誅地滅的人生宿命：「鳴鳳是大房的婢女，年約十四五歲，綽約多姿，一臉娟秀的靈氣，天生愛好，沒有一絲粗笨的丫頭相，傳說她的家世清白，祖上都是讀過書的，後來不知如何流落到僕役這一群裡。她有一對美麗的大眼睛，當她與人說話，或望著什麼的時候，總顯得那麼聰慧而誠實。面色白淨異常，只是嘴角微微有一點向下彎，無論是笑或不笑的時候，都隱隱地潛藏著一絲別的不容易看得出的苦相。本性十分深厚，到了高家，更學一種奴婢們的恭順沈默。……聲音清亮，也很甜，只是偶而有一點氣短。」

出於對鳴鳳「捨身愛人」的於心不忍，曹禺隨後又頗為勉強地安排了一場畫蛇添足的緩衝戲，讓已經奔向湖邊的鳴鳳轉回頭來，向以「工作」為藉口拒她於千里之外的覺慧做最後訣別。可憐的是，被她奉為好主子、好情人的三少爺覺慧，連這麼一點可憐的願望都不肯滿足。剛剛還在吟唱「但願人長久，千里共嬋娟」的一對有情人，轉眼間就暴露出咫尺天涯的靈魂阻隔。曹禺似乎並不在乎這對主仆情人之間陰差陽錯的靈魂阻隔，他所關注的只是鳴鳳拼死保全處女貞節的「捨身愛人」。正因為如此，他才會在鳴鳳捨身殉道之後，充分調動盛夏之夜天人感應的天籟之聲，奏響一曲「不平則鳴」的安魂之曲：

△大雨點開始落下來。風聲逐漸峭厲。柳竹騷騷然——舞臺漸黑。

△黑暗中大雨聲，風聲，樹葉聲。

……

△鳴鳳絕望地向甬道走下。

△天空不斷打著閃，淅瀝不停的雨落在空空的庭院中，簷燈淒慘暗紅，在風雨中輕輕搖晃著。

如果說《日出》中的小東西，還是糊裡糊塗地把處女的貞潔連同寶貴的生命，奉獻給了中國傳統文化中極其原始野蠻的天譴罰罪加陽光天堂的神道祭台；那麼，鳴鳳就是自覺主動地把自己的處女貞潔連同寶貴生命，貢獻在了比中國傳統的「存天理，滅人欲」的三綱五常、三從四德更加殘酷的「捨身愛人」的情愛祭台的。有資格享受這份奉獻犧牲的，並不是老一輩的道德惡魔馮樂山，而是新一代的既不領情也不認賬的三少爺高覺慧。至少在享受鳴鳳「捨身愛人」的犧牲奉獻方面，高覺慧的男權特權意識比馮樂山表現得更加殘酷野蠻也更加虛偽自私。

四、一男二女的男權美夢

第二幕第二景「離第一景閉幕時約有兩個鐘點，半夜二時許。……景是在覺新的臥室內。」其中充當戲曲鑼鼓經式的天人感應的夏聲夏韻的，是「遠遠有一兩淒涼的犬吠，湖邊的蛙聲還不時傳入耳鼓」。

大幕拉開，瑞玨和海兒正躺在雪白的羅帳中酣睡，覺新與覺民之間的旁白對話，交待了瑞玨拿私房錢贊助覺民、覺慧辦《黎明週報》，並且為迎合丈夫的情趣愛好而借閱《安徒生童話》的背景事件，從而在口碑上為瑞玨樹立起賢妻良母的美好形象。覺民甚至把瑞玨抬舉到鳴鳳式的「捨身愛人」的神聖境界加以禮贊道：「（讚美地）女人真怪，愛起來，自己什麼都忘了。」

在由遠而近的槍炮聲伴奏下，一場來自城外的兵變，把高家上上下下、老老少少幾十口人，逼到了生死存亡的緊要關頭。在高老太爺親自指揮下，高喊著「救苦救難的觀世音菩薩」的男男女女，全部躲進了花園湖邊。挺身而出留在前院應付局面的，是生就一副「耶穌相」的覺新，和已經第二次懷孕的菩薩般的瑞玨。這場突如其來的家庭變故，無形中成全了這對喜歡閱讀童話故事的善男信女。夫妻間息息相通、心心相印的家園美夢，也由彼岸性的陽光天堂落實到了此時此地、此情此景的此岸人間：

覺　新　（做著夢）那時候我們也有姑少爺了。

瑞　玨　（又明爽地微笑起來）嗯，我們也有兒媳婦了。

覺　新　老頭子老太婆坐當中。

瑞　玨　（也愉快地和他同樣做著歡喜有趣的夢）兒子兒媳婦站在這邊。

覺　新　（湊趣地）姑少爺跟女兒站在這邊！

瑞玨與覺新所神往的，依然是中國傳統宗法制農耕社會舊得不能再舊的兒女雙全、子孫滿堂、多子多福。借用魯迅《論照相之類》中的話說：「貴人富戶，則因為屬於呆鳥一類，所以決計想不出如此雅致的花樣來，即有特別舉動，至多不過自己坐在中間，膝下排列著他的一百個兒子，一千個孫子和一萬個曾孫子（下略）照一張『全家福』。」⑦

在這一景落幕之前，錢姨媽和梅表妹的到來，為第三景中重彩潑墨、淋漓盡致地渲染高覺新一男二女的男權美夢進行了充分鋪墊。與《原野》中的焦大媽、《蛻變》中的丁大夫和《北京人》中的曾思懿、曾瑞貞、袁圓相彷彿，曹禺在第一幕第一景中，為梅小姐的母親錢姨媽，勾勒出了一副頗具男相的男權臉譜：「進來這位陌生的婦人是周氏的堂姊，鬢髮斑白，高顴骨，雙目炯炯，眼皮凹落，瘦長臉，細高鼻樑，薄削的唇，一雙露出青筋的瘦手。全身骨棱棱的，似乎非常脆弱。但和她稍稍來往，聽她幾句不知情面的強硬話，便會感到精力的堅強。她孀居多年，將近五十歲，性情乖僻，……她穿著青綢裙，深藍緞襖，式樣較周氏她們穿的還要老舊。她扶著一隻男人用的十分精細的拐杖，急躁卻又走不得快步……」

錢姨媽的堂妹周氏，也就是覺新的繼母，在談到覺新所面臨的包辦婚姻時，把全部責任推卸給了錢姨媽：「你錢姨媽偏偏為一點小事把這一件大事回絕了。我有什麼法子呢？」

等到第二幕第三景開幕時，時間已經推移到半個月之後，場景「仍在覺新臥室內」。「身骨依舊十分硬實，眼神仍然那樣飽滿而強傲」的錢姨媽正在打點行裝，準備離開高府到外縣去。就是這位生生拆散了女兒與覺新美好姻緣的錢姨媽，偏偏要在臨行之前擺出「存天理，滅人欲」的道學面孔，以男權標準為鳴鳳樹立起一座口碑牌坊：「（衷心讚歎）好，好，這孩子死的好！有志氣的孩子！說不去，就不去，不像那個丫頭，（鄙夷地）那個叫什麼的丫頭，那個四房的——？」

接下來，這位錢姨媽又依照著男權標準，在親生女兒梅小姐和新認下的乾女兒瑞玨之間進行取捨：「（指著玨笑）你呀，好，好，胖胖答答的，是個有福的相。（對周，忽然板起面孔說）我可不喜歡我那個女兒，脾氣古怪，這第一就不像我。」

直到生離死別的緊要關頭，梅小姐才第一次正式亮相：「她有二十三歲，較覺新只小幾個月；神色舉止看來比她的年齡應有的更為成熟老幹。一種憂傷、沉悶、悒鬱、哀苦的情緒似乎永遠在她的心底滯留不去，使人見著她不由得抑制住自由的呼吸，感到她身邊帶來的那樣沉重的氣壓。……微微有些咳嗽，不時撫著胸口彷彿裡面是堵塞著的。」

在將近三年的時間裡，梅小姐嫁過一次人，嫁過去半年就死了丈夫，從此成為一個無依無靠的虛空之人：

「鄉下沒有什麼事情。夜晚睡不著呢，躺著等天亮；天亮起來了，就坐著等天黑。」

「（淒笑）也許幸而有這一點病陪著我，不然，日子會覺得更長了。」

面對這樣一個既人格虛空又無依無靠的弱勢女性，舊情難忘的覺新，偏要以比女人還要陰柔軟弱的低姿態糾纏不休。他先是試探性地用童年時代的舊夢來打動對方，從而贏得對方「哀痛地撫慰」：「你真愛哭啊！不要哭了，讓我們再看一看這外頭的梅林吧！」

在試探得手後，覺新便提高調門，在梅小姐身上加上一個一男二女的男權枷鎖：「（激切地）可我們是人哪！我們是活著的人哪！梅，我想過，我想過，我們要互相知道一點消息。（把梅拉到書桌前）來，來，梅，你聽我的話，你必須聽我這一次話。你寫下你的通信地址。我去拿我上次沒送到你手裡的信；你看了，你不寫，也會寫的。」

覺新下場後，換上來繼續對梅小姐實施情感糾纏和意淫強暴的，竟然是他的妻子瑞玨。她先用所謂的「空話」拉攏梅小姐說：「（愧赧地）我知道我說的是空話。不過，梅表妹，我看你要走了，（深厚地）我真恨不得把什麼都給了你，只要你能快活一點，他——（悉然）他也能快活一點。」

接下來，她便祭起「捨身愛人」的男權牌坊，收緊了既網羅自己又網羅對方的奴性圈套：「（誠懇地）說來你不會相信，我真是認真的，我不是說假話討巧，我不是造作呀。你會明白一個女人愛起自己的丈夫會愛得發了瘋，真是把自己整個都能忘了的。」「（摯切）梅表妹，你想想吧，你就要走了。你應該好好為著他想，也為著你自己——」

就這樣，「捨身愛人」的瑞玨於閃爍其辭中，用《北京人》中的愫方的腔調，幹起了曾思懿的勾當，替自己的男權丈夫虛擬出了一男二女兩頭大的家庭格局。在與梅小姐達成情愛至上的男權共識之後，一場極其殘酷的靈魂蹂躪和意淫強暴，便強加在了梅小姐的頭上。儘管梅小姐已經皈依佛教，信仰著「最痛苦的地獄的靈魂是沒有喊叫的」的「佛說」，又頗能玩味「人世間的事情複雜起來真複雜，簡單起來也真簡單」的玄理禪機，依然招架不住瑞玨刺骨錐心的天譴誅心之術：

瑞　玨　（忙走到書桌邊，由抽屜裡取出一束零散的相片，欣喜地）你看這都是。（一張一張地挑出來）這是他跟我死去的公公一塊照的。你看多好玩，他的眼睛多像海兒，你看，（笑起來）還穿著開襠褲呢。

梅小姐 嗯。

瑞 玨 （像一隻復甦的小鳥止不住地歡唱起來）這一張是跟大姨媽的。哦，這張還有你呢。（讚美地）你多小啊！多好看哪！就在這書房門口的吧？你看還有爺爺，有二弟，有琴表妹還有他。你看，你還紮著兩條小辮子，一雙眼睛，多大，多美啊！多聰明，多快活啊！真是——

△梅聽著聽著瑞玨的話，不由得低低哭泣。

瑞 玨 （才覺出——）梅表妹，你——

曹禺在這裡特別注明瑞玨「才覺出」，以強調她對於梅小姐的靈魂蹂躪和意淫強暴，與《北京人》中曾文清、曾皓、曾思懿在中秋之夜對於愫方的輪番施虐一樣，是出於一種不自覺的自私自利。瑞玨自己更是以曾皓和曾文清的男權口吻，亮出了「捨身愛人」的神聖理由：「你應該好好為著他想，也為著你自己——」

瑞玨這種奉自己的男人為主子、為上帝，同時還要求別的女人和自己一道為自己的男權主子奉獻犧牲的奴性自私，比男權人物曾皓、曾文清、高覺新、高覺慧的自私自利表現得更加虛偽也更加卑賤。在高則誠的經典戲曲《琵琶記》中，抱定「任他春色年年，我的芳心依舊」的牛氏夫人，是以一種無可奈何的心情來接受一夫二妻兩頭大的男權事實的。《北京人》中的反派人物曾思懿，也曾經為丈夫曾文清虛擬過一夫二妻兩頭大的家庭格局，最後因愫方不辭而別歸於破產。到了《家》中，在以「捨身愛人」的神聖情愛掩蓋下，一男二女兩頭大的家庭格局，反而變成曹禺神聖禮贊的對象。剝開這種「捨身愛人」的神聖包裝，暴露出來的分明是陷入與妻子鄭秀和情人方瑞的婚外情戀的曹禺自己，所渴望實現的男權美夢和特權理想。

有了妻子「捨身愛人」的效忠表演，「拿著一封舊信」再度上場的覺新先把妻子支開，接著便含糊其辭把一男二女的男權圈套籠罩在了梅小姐的頭上：「（舉著舊箚）這就是那天你沒有收到的信，你看吧？」「（伸手）你寫的地址呢？」

關鍵時刻，是陳姨太、錢姨媽等人的及時出場，把梅小姐從覺新的意淫糾纏中解脫出來的。錢姨媽「望了玨一眼」，對覺新笑著說出的「明軒，你這小傻子，你不知道你手裡有多大一個寶貝呀」；於無形中打消了這椿見不得陽光的三角情愛。梅小姐懷著「悲痛的預感」說出的訣別話語「我就怕，不能來了」，進一步宣告了高覺新一男二女的男權美夢的徹底破產。

在該劇中，唯有第二幕第三景中，沒有悠悠然的天籟之聲來感應烘托劇中人物天人感應的內心情感，這一現象從反面印證了高覺新連同正陷於婚外之戀的劇作者曹禺的心理緊張。對於覺新這種心懷鬼胎、做賊心虛的心理緊張，覺慧在第三幕中曾經輕描淡寫地揭發說：「你想著那個，又丟不下這個。你弄得兩個人都為著你苦痛，而你自己也沒有得到快樂。你放不開，丟不下。」

五、自欺欺人的替天行道

老一輩的馮樂山，是一個比《北京人》中的老太爺曾皓更加具有男權謀略的反派角色。在第一幕第一景中，他還沒有上場，高家的四奶奶王氏便對他採取了「敬鬼神而遠之」的態度，生怕自己房裡的丫頭婉兒被他看中收走。說是高老太爺的陳姨太，當初就是在他手裡被弄得「瘋瘋癲癲」，之後才被當作人情送給高老太爺這個冤大頭的。作為旁證，三老爺高克明也以辯護的口吻，承認馮樂山「子孫滿堂，膝下只少女兒，在外面多收幾個女弟子」的事實。被王氏不幸而言中，馮樂山一上場便相中了高家大奶奶身邊的女僕鳴鳳，而且表現得道貌岸然：「不，不，『老樹婆娑，生意盡矣』。我倒是覺得這個孩子不要糟蹋了。很有點靈氣，很有點靈氣，可惜太，太小了點。」

對於馮樂山的為人，高老太爺心中自然明白，卻偏偏要極其卑賤地主動湊趣道：「怎麼，馮樂老，老當益壯，有此豪興否？」

到了第二幕中，鳴鳳剛剛成長為稚氣未脫的妙齡少女，馮樂山便向高家要人。高老太爺答應下來後，偏偏委派以道學自居的高克明出面向大奶奶周氏施加壓力。高家的幾房太太也趁機對馮樂山大發議論：

周　氏　按說呢，自己真想弄一個人侍候侍候，肯說出來倒也叫人放心。

王　氏　可是他跟他的太太舉案齊眉，他祖上世世代代都是道學君子。君子不二色呀，你沒聽見他方才說——

周　氏　（扇子一揮）是啊，所以說這老東西本事大呀。（尖刻地）世上丈夫是個什麼猴兒相，太太哪有不知道底細的。可是這位馮太爺就從早到晚，整年的都是天上文曲星降凡的樣兒，彷彿剛出了佛堂就進了孔廟，……

既然高家的主子們都十分明白馮樂山的為人，他們就有責任對未成年的鳴鳳給予最低限度的人權保障。然而，眾聲喧嘩的結果，偏偏是一場集體謀殺的付諸實施。大奶奶周氏經過一番猶疑後，竟然答應把鳴鳳送給馮家。曾經在馮家遭受蹂躪折磨的陳姨太連同四奶奶王氏，更是積極主動地找到鳴鳳誘勸說服。鳴鳳的投湖自盡依然沒有喚起主子們的良心發現，四奶奶王氏隨後又把自己房中的婉兒送給馮家，頂替鳴鳳留下來的空缺。他們之所以會如此殘忍地置別人的生死於不顧，一方面是由於不敢違抗馮樂山、高老太爺的男權意志；更加重要的是他們與塑造他們的劇作者曹禺一樣，從來就沒有真正領會感知過現代社會以人為本、意思自治、契約平等、民主參與、憲政共和、大同博愛的價值體系和文明常識。第二幕第二景中，伴隨著兵變的槍炮聲，覺新曾關切地向周氏問起過「母親，鳴鳳的事——」周氏於情急之中道破天機：「（著了急）明軒，什麼時候了，還談這些丫頭們的事。」

劇中唯一表示要與馮樂山正面鬥爭的，是鳴鳳所熱戀的情人兼主子高覺慧。他是《家》中最接近於劇作者曹禺以神道設教、替天行道的宗教先知加抒情詩人自居的男權意識和特權理想的自傳性人物，曹禺也因此在舞臺提示中對他極盡讚美之能事：

「他比大哥小三歲，而一身是青年磊磊落落的朝氣。他帶進來春天，也帶來了夏，因為他有炎夏一般的火躁性情，一觸即發，對一向他所深惡痛絕的偽善，醜惡，卑鄙，自私和頑固，總是毫不吝惜地施以攻擊。出自衷心地認識了是非，即使是見著長輩們也無所顧忌。他較一般的弟妹們入學都早，很久他就感到周圍空氣的毒惡，應該削株除根，徹底地鏟絕。但他也曉得羽翼未豐，自己還正需要培植。他有一種『拿得起，放得下』的漢子氣魄，決不為一個問題苦惱，悲傷，氣沮，終於毫無善策，不了了之。他記得住，也忘得下，知道什麼是最有利的時機能給敵人一個致命的打擊。……同時他也明白自己的弱點，譬若感情太盛，易於衝動，……他穿短短的黑色學生服，頭髮沒有十分梳理，眼睛亮晶晶的，非常精神，面色紅潤，一張有筋有力的嘴，嘴角微微帶了一點善意的嘲諷。」

有趣的是，這番神聖禮贊的落腳點，恰恰是高覺慧的一張有筋有力的大嘴巴。就全部劇情來看，除了這張只唱高調不務實事的大嘴巴之外，高覺慧沒有表現出任何實質性的作為與奉獻。第二幕中，既要演戲鬧事又要辦《黎明週報》的他，一方面承認自己「還沒有道可布」，與此同時卻偏偏像馮樂山招納女弟子一樣網羅信徒。對於被稱為「小信徒」的四妹淑貞，覺慧發表的是「三哥說，你自己走，你要學習自己走黑路」之類空洞無物的神聖教導。面對正在戀愛的二哥覺民和琴小姐，覺慧再次宣教佈道說：「琴表姐！（瞥了覺民一眼）如果有一天，我要發現你也是膽小的，明明看著一條大路在眼前，而沒有勇氣去走，那我就不理你們，（笑著）不理你，也不理他！」

理直氣壯地向別人宣教佈道的高覺慧，轉眼之間便墮入情網，並且換上一副比女人還要陰柔羞怯的嘴臉，既偷偷摸摸又神神秘秘地向覺民宣洩著自己的神聖情愛：

「（眼裡浮出快樂的光彩，低聲，感動得顫抖地）我愛了一個人。」

「（喜悅地）回頭我告訴你！（彷彿忽然來了靈感）你知道麼？泥土裡生米，水底下出珍珠，沙漠裡埋黃金，（忘卻一切）天哪這都是造物的恩惠呀！」

高覺慧與女僕鳴鳳之間的男女情愛，完全可以像《雷雨》中周沖對於四鳳那樣，在關鍵時刻以「大概是胡鬧」為藉口主動退出。劇作者曹禺不但不如此處理，反而在鳴鳳殉情而死之後，借助覺民之口為覺慧提供辯護道：「（誠摯地）只有工作，才能救出自己。你說過，人不是完全為情愛活著的。」

在這種情況下，死心踏地抱定「捨身愛人」的神聖信念的鳴鳳，便被理所當然地撇在一邊。即使她為了保全處女聖潔而犧牲奉獻了自己最可寶貴生命，覺慧也依然可以不領情、不認賬。鳴鳳死後，在第二幕第三景再次出場的覺慧，所表現出來的不是對於殉情犧牲者的愧疚懺悔，反而是以受害者自居的怨天尤人。他對於自己的「小信徒」淑貞只會說「不」；對於覺民也只是「怨艾地歎一聲」：「唉！」

覺慧擺開架式與馮樂山的正面鬥爭，發生在第三幕第一景。這是高老太爺三日壽慶的第三天傍晚，「草木又將調落的暮秋，離第二幕有三個多月了」。在一派慘澹蕭瑟的秋聲秋韻中，馮樂山「手裡握著一張紅帖」，準備給高覺民寫包辦婚姻的喜帖子，以便撮合覺民與他那個「又醜又矮，脾氣又大」的侄孫女結婚。對於這樁包辦婚姻，大哥覺新依然採取容忍妥協的態度。由於有鳴鳳之死做鋪墊，覺慧所擺出的是居高臨下替天行道的神聖姿態：「（毅然）這一次，我決不許二哥學你，『不了了之』地把事情弄得一塌糊塗，害人害己！」

在覺慧的支持幫助下，二哥覺民以離家出走的方式對包辦婚姻進行了反叛。但是，面對從馮家回來串門的婉兒，高覺慧卻徹頭徹尾地敗露了自己只唱高調不務實事的精神虛空。慘遭馮樂山肉體蹂躪和精神強暴的婉兒，分明是把高家的舊主子當作天神救星來祈求的：「您不知道在那佛堂裡面照著油燈，陰慘慘的，半夜裡，他來了！天，天，您救救我吧！積積德吧！鳴鳳真聰明，死的對，我這不死的才活著報應呢。（恐懼地）我真怕他又來了，又要把我，——（不覺屈膝，又低聲乞憐地）救救我吧！救救我——」

面對婉兒的求救，覺慧終於有了從事替天行道、救苦救難的神聖事業的大好機會，他似乎也很會把握最佳的表演火候和最佳的表演效果：

馮樂山　你不說！（猝然拿起桌上還在燃燒著的煙蒂頭，吹了一下，抓著婉兒的手腕，就按在上面，婉兒痛極欲呼，……）

婉　兒　（強壓著自己）啊！我說，我說。

馮樂山　（汗珠像黃豆一般大流下來，嘴唇痙攣地顫攔截抖著，冷冷望著婉兒痛苦的臉）不許喊，不許你喊！

△覺慧早已立在籬外，再也按捺不下，瘋狂了似的面前，拉開馮的手。

當馮樂山以「回頭我就告訴你的祖父來管教你」相要脅時，覺慧一眼望見高老太爺朝這邊走來，便針鋒相對地回敬說：「我的祖父已經來了，我希望你現在就對他說！」然而，等到高老太爺和高克明上場之後，泄了底氣、現了原形的並不是為非作歹的馮樂山，卻偏偏是替天行道的高覺慧。在人證物證俱在的情況下，這個吶喊過「我不再有我自己」的神聖高調的年輕人，竟然連撕破假面、揭露真相的勇氣都提不起來，高老太爺一句「你在這兒候著幹麼？還不出去！」的喝斥，嚇得他置婉兒的死活於不顧，像《日出》中的方達生一樣灰溜溜地臨陣退場。高覺慧與馮樂山的正面交鋒，到頭來不過是一場不作為也不敢作為的虛張聲勢。對於已經犧牲過鳴鳳的高覺慧來說，這種以犧牲另一名弱女子為代價的不敢作為，無論如何都是不能原諒的。

關於馮樂山身上所持存的儒、釋、道三教合流的宗教性文化底蘊，曹禺在舞臺提示中介紹說：「他體質強健，卻外面看不出來，像他的為人一樣，一切都罩在一種極聰明，極自然的掩飾的濃霧裡。至於他掩飾些什麼，他自己埋藏在最深的潛意識的下層中，也絕無勇氣來擔承。……他不是『偽善』，他一點不自覺他『偽』。他十分得意地談些有關道德的文章。確實相信自己是一個方方正正的君子。他敬孔而又佞佛，他一直本著這兩位聖人的慈悲心腸，才拯救那些他認為沉溺在苦海，卻需要他來援手的人。」

把這番話拿來用在既要高調作秀卻又見死不救的高覺慧頭上，反倒更加合適。比起這段舞臺提示來，魯迅寫在《娜拉走後怎樣》中的一段話，可以更加透徹地揭發高覺慧與《日出》中的方達生如出一轍的偽善自私和自欺欺人：「天下事盡有小作為比大作為更煩難的。譬如現在似的冬天，我們只有這一件棉襖，然而必須救助一個將要凍死的苦人，否則便須坐在菩提樹下冥想普度一切人類的方法去。普度一切人類和救活一人，大小實在相去太遠了，然而倘叫我挑選，我就立刻到菩提樹下去坐著，因為免得脫下唯一的棉襖來凍殺自己。」⑧

六、「捨身愛人」的男權神話

第三幕第一景中，在覺慧的策動和琴小姐的支持下，覺民成功實施了逃婚計畫。與此同時，四老爺高克安和五老爺高克定在外面嫖妓宿娼的事情徹底敗露。高老太爺先是惱羞成怒，「由炕床上一躍而下，對著克定身上一腳踹下去」；接著勒令克定跪在地上自己打自己的耳光；最後卻於無可奈何中訴諸於天譴詛咒：「天哪，我怎麼生了這麼一群寶貝呀！」

此情此景中，剛剛還標謗過「我愛這個家比任何人都深，比任何人都切」的高覺慧，既不失時機又自相矛盾地吶喊出了天譴詛咒的憤激之辭：「『家』是寶蓋下面罩著一群豬。」

在這場突如其來的家庭醜聞的打擊之下，高老太爺一病不起，馮樂山也因此喪失了對於高家的影響力。經馮樂山栽培過、強暴過的女弟子陳姨太，反倒靠著裝神弄鬼，成為高家新一輪的主宰。第三幕第二場開幕時，場景轉換為「冬天的薄暮，距第一景約兩個多月，依然在那名為『水雲鄉』的水閣前面。湖邊的樹木禿落殆盡，山空水淺，四望都是一片蕭的氣象。……闇上高老太爺正在做臨終的掙扎……」

當天深夜高老太爺離開人世，陳姨太在死屍面前祭起「血光之災」的天譴法寶，要求臨產的瑞玨「出城十五裡」，「還得過了三道河水」去找房子。面對陳姨太搶佔宗教神道制高點的神聖發難，覺新沒有提出任何質疑，而是再一次表現出陰柔軟弱、六神無主的女人相。他先是向高克明乞憐：「三爸，您看——」；然後再向周氏求援：「母親，您——」

在得不到支援的情況下，覺新只好習慣性地把原本應該由他自己承擔的十字架，往最需要救助的瑞玨身上轉嫁推卸：「緩緩轉頭，哀視著瑞玨——」

關鍵時刻，自然還是由奉「捨身愛人」為最高原則的瑞玨，表現出恪守「妾婦之道」的集奴性、母性、神性於一身的善良人格，獨自擔當起「血光之災」的天譴詛咒，反過來還要對儼然是受害者的高覺新進行安撫勸慰：「（哀痛中撫慰著覺新）不要著急，明軒。（對陳姨太，沉靜地）我就搬，（轉對周氏）城外總可以找，找著房子的。」

第四幕開幕時，時間和場景轉換為「高老太爺死後一個星期，下午三時許，在城外錢太太的舊屋內」。這個舊屋恰好與梅小姐和婉兒的墳地毗鄰，無形中預示著這裡終將成為瑞玨的葬身之地。

正在高覺新、錢姨媽等人為瑞玨佈置產房的時候，因參加愛國遊行被捕入獄而後又夥同幾個同學從獄中逃脫的高覺慧，再一次出場亮相。他見到大哥覺新先不談正事，反而像戲曲舞臺上的滑稽小丑那樣抖起了包袱：「他們恐嚇我，說我擾亂治安，要槍斃我。前天夜裡，他們已經把我推出去了，一排槍對準我的頭——」「（微笑）別著急，大哥，你看我現在不是在你眼前了。」

經過這場抖包袱的過場戲，已經在第三幕中義正辭嚴地宣佈「過去我們是弟兄，現在我們是路人」的高覺慧，一變臉就高調歌頌起他明確背叛過的血親觀念：「（忽然感動地）我在要死的前一刻，我第一想起的人就是你！大哥，我才知道我多麼愛你！」

有「愛」的法寶捏在手中，覺慧不失時機地對覺新展開新一輪的宣教佈道：「（有力地）我來告訴你不只在這個，我要比這個具體，我要你答應我，你要勇敢，你真需要振起精神，重新為人。（懇求地）這次嫂嫂生了小孩，你就把她接出來吧，讓她幫你一同去闖。嫂嫂真好啊，你現在還能說你所得到的是你所不要的麼？……（誠懇地）你要給她幸福，你不能再叫她為你犧牲下去。」

與「捨身愛人」的鳴鳳、瑞玨們相比，一會兒情愛至上，一會兒工作至上，一會兒又家庭至上的高覺慧，其實是沒有任何道德信仰和人生底線的。借用魯迅《難行和不信》一文中的話說，「例如既尊孔子，又拜活佛，也就是恰如將他們的錢買各種股票，分存許多銀行一樣，其實是那一面都不相信的。」⑨

對於高覺慧來說，把大嫂瑞玨送到醫院去文明生育，是一件並不難辨卻實在是人命關天的大事情。但是，理直氣壯地要求大哥覺新表現勇敢的他，眼見大嫂被陳姨太送到偏遠的鄉下，卻再一次臨陣脫逃。臨走之時，他還忘不了演戲般把全部罪責轉嫁推卸到覺新頭上：「我倒是想見見嫂嫂，可惜現在不成了。（握著覺新的手，滿眼的淚光）再見了，大哥，記著我的話，沒有太晚的時候！」

就是這樣一個自己不敢作為卻偏偏要針對別人發佈天譴詛咒的偽善人物，無論何時何地都不肯放棄自我表現的機會。第二天瑞玨垂危之際，高覺慧又委託覺民送來一紙標語口號式的告別書信：「大哥，我走了，生活是要自己征服的。你應該樂觀，你必須做一個頂天立地的漢子。任何事情都沒有太晚的時候，你要大膽，大膽，大膽哪！」

「生活是要自己征服的」，這句話本身自有其顛撲不破的價值。不過，出之於一個理直氣壯地宣佈過「我不再有我自己」的高覺慧之口，並在瑞玨的生命已經無法挽回的「太晚的時候」宣讀出來，就未免有些自相矛盾、自欺欺人的滑稽意味。劇作者曹禺似乎並沒有意識到這種自相矛盾、自欺欺人的滑稽意味，反而煞有介事地借著瑞玨臨死前的一言九鼎，把覺慧的宣教佈道提升到神道設教的神聖高度：「（望新，懇求的目光）明軒，這就是我要對你說的話呀。」

難產的瑞玨最終耗盡全部的心血，為丈夫殉了「捨身愛人」的「妾婦之道」。劇作者曹禺動用他所能調動的一切天人感應的神道法寶，來烘托歌頌瑞玨的死得其所。至高無上的「天」（「老天爺」）為瑞玨降下了漫天大雪。高爾斯華綏《爭強》一劇中那個吹銅笛作杜鵑之聲的名叫仁兒（Jan）的小男孩，也化身為錢姨媽老佃戶家的斜眼孫子，為瑞玨送來了象徵春天的聲聲杜鵑。在這聲色兼備、情景交融的天人感應中，瑞玨一顆垂死的靈魂，在第二幕第二景的家園美夢的舊調重彈中，昇華到了超凡脫俗、莊嚴光華的神聖境界：

覺新 （忽然）你記得我們說的笑話麼？等我們到了七十，八十了——

瑞玨 嗯，我也正想著這個呢。（臉上浮出悲哀的笑）到了七十八十了，兒子兒媳站在這邊，——

覺新 （不覺隨著她）女兒跟姑爺——

瑞玨 （似乎是高興地接下來）——站這邊。……

瑞玨走了，留在她身後的是《紅樓夢》式的「好一場大雪真乾淨」的四大皆空。在這種色空空色的禪理禪意背後，卻是一個「捨身愛人」的彌天大謊：奉「捨身愛人」為最高準則的瑞玨和鳴鳳，都認定自己找到了好男人、好主子，從而對自己殉情殉道的奉獻犧牲無怨無悔。而在實際上，被鳴鳳奉為好人的覺慧，只是一個奉大智若愚、明哲保身為最高原則的極端偽善膽怯的男權特權人物。被瑞玨奉為好人又被覺慧稱之為「耶穌相」的覺新，同樣是一個奉大智若愚、明哲保身為最高原則的極端偽善膽怯的男權特權人物。為別人擔承十字架的忍辱負重，只不過是他為人處世的一種策略、一種假像；懷揣著一男二女的男權美夢，不惜針對自己心愛的善良女人實施無休無止的騷擾、糾纏、利用、犧牲，才是他最為真實的人性底蘊。

關於《家》的小說原著，巴金曾經表白說：「在我還是一個小孩的時候，我就常常同情一些可愛的年輕生命橫遭摧殘，以至於得到悲慘的結局。那個時候我的心由於愛憐而痛苦，但同時它又充滿憎恨和詛咒。……一直到一九三一年底寫完了《家》，我對於不合理的封建大家族制度的憤恨才有機會傾吐出來」。⑩巴金旨在發洩「對於不合理的封建大家族的憤恨」的小說原著到了曹禺的筆下，雖然保留著《雷雨》式的「譭謗著中國的家庭和社會」的主題內涵；於詩情畫意、情景交融中推到前臺的，卻是對於恪守「妾婦之道」的瑞玨、鳴鳳、梅小姐非人性、反人道的「捨身愛人」的神聖禮贊；以及對於覺新和覺慧或一男二女或主仆相戀的男權美夢的極端渲染。

七、與周恩來的親密交往

從江安回在重慶之後的幾年間，與曹禺過從最密的是像老大哥一樣的巴金。對於夫妻不和的曹禺來說，巴金的家不啻於一個避難所。談起巴金，曹禺總是懷著一腔感激之情：「巴金的愛人蕭珊是一個很善良很賢慧的人，我是非常敬重這位大嫂的。在重慶時，我窮得不得了，有時一天就啃兩個大燒餅，有時連燒餅也啃不上。這種時候，我就跑到巴金家裡，又吃又住。每次都是巴金的愛人來招待。那時，巴金家裡每天都有客人，經常有一桌窮客人。其實他並不富裕，但人們去是要從那裡得到友情和溫暖。我住在他家樓上，他和他愛人住在一間十平米的小房間裡。有時，他手頭寬裕時，就約我到寧波館子去打牙祭，……」⑪

但是，對於曹禺的後半生更具影響力的，是他的南開老學長周恩來。抗日戰爭爆發後，天津南開學校內遷大後方，南開大學併入設校址於昆明的西南聯大，內遷重慶的南開中學易名為南渝中學，老校長張伯苓就住在南渝中學家屬院內，九先生張彭春當時也在重慶。無形之中，張伯苓兄弟成為聯結曹禺與周恩來的一條精神紐帶。有了這層關係，周恩來對於在戲劇創作方面最具實力的曹禺，自然會給予特殊關照。

一九四二年一月三十一日，由張駿祥導演、中國青年藝術劇社演出的《北京人》舉行第二次公演，周恩來為此分別會見了曹禺和張駿祥。關於此事，張瑞芳在接受田本相採訪時回憶說：「我是第一個演愫芳的。《北京人》，周總理去看了好幾次，對劇本印象很好。周總理看過戲後，對曹禺說：『你還在嚮往原始共產主義哪，我們現在已有了延安了』。總理雖然提了意見，卻並沒有讓曹禺修改劇本。總理很愛曹禺的才氣，常到曹禺那兒去，限於當時的政治形勢，彼此不必多言。曹禺參加政協，也是總理提的名。曹禺當時還有些顧慮，他沒有離婚，與方瑞同居，住在平安戲院附近。那時他家很少有人去，不敢多出門，怕愛人不理解。方瑞是愫方式的人物。」⑫

周恩來關於《北京人》的態度，對於當時的重慶文化界，特別是已經在文化界佔有絕對優勢的中共文化人，有著舉足輕重的影響力。這次公演之後，《新華日報》很快就發表了署名茜萍的評論文章《關於〈北京人〉》，為《北京人》定下政治上基本正確的宣傳基調：「抗戰期間固然應該多寫活生生的英勇戰績和抗戰人物，但也不妨寫些暴露舊社會黑暗面的劇本，去驚醒那些被舊社會底桎梏束縛得喘不過氣來的人們，助之走向太陽，走向光明，走向新的生活。」

翻檢當年的報刊不難發現，一九四〇年四月《蛻變》首演時，《國民日報》給予了特別關注，一連十多次刊發消息和評論，還用一個月的版面連載了這部劇作。《新華日報》對此幾乎是毫無反應。直至一九四二年二月二十八日，也就是《北京人》第二次公演引起周恩來重視之後，才開始刊發關於《蛻變》的評論文章。一九四二年十二月二十一日，中國萬歲劇團新排演的《蛻變》在重慶公開演出，《新華日報》在此之前將近半年的時間裡，一直在刊登有關《蛻變》的消息和評論，甚至於在一九四三年四月二十三日以〈蔣介石讚譽《蛻變》〉為標題，報導了演員和觀眾在劇場向蔣委員長山呼萬歲的場面。如果沒有周恩來的首肯，作為中共南方局機關報的《新華日報》，是不大可能如此操作的。

周恩來對於作為重點統戰對象的文化人的關懷，從來都是無微不至的。對於曹禺這位小校友自然更是寵愛有加。作為見證人，吳祖光的一段回憶可資證明：「周總理對曹禺是格外關心的，有一件事我記得很清楚。日本投降之後，要在上海創辦《新民晚報》，約我去編副刊，立即要去上海，由報館給我買好了去上海的飛機票，是一九四六年元旦前夕，我去看望周總理，……他同我談了兩個小時，我記得很清楚。他幾乎用了一半時間詢問曹禺的情況，問他的寫作情況，家庭問題，婚姻問題問得相當詳細。從這件事可看出周總理對曹禺的愛護和關心。」⑬

關於自己與周恩來之間的親密交往，曹禺在寫於一九七八年的《獻給周恩來八十誕辰》中回憶說：「那個時候，只要是去曾家岩，走起路來就腳下生風，心裡頭也暢快極了。……一眼看到周總理的親切微笑，慢光就照進了心中。那時，像我這樣的知識份子是很窮的，有時吃不飽肚子。周總理知道了，邀我們到曾家岩和他一起吃飯。重慶的冬天，十分陰冷，周總理看我穿著單薄，送給我一塊延安紡的灰色粗呢，讓我縫衣禦寒。」⑭

在田本相編著的《苦悶的靈魂——曹禺訪談錄》中，還記錄有曹禺更加切實的回憶：「在抗戰時期，周總理總是把我叫到辦事處去，找我談話。只要是我的戲，他必看，而且不止一次地看。我覺得他是懂戲的，是懂得知識份子的。《北京人》和《家》演出後，他叫人寫文章，來排解一些看法。記得張穎同志就寫過這樣的文章。從這些地方，都能看到總理的用心，但我認為他真正懂得戲，才會這麼做的。」⑮

八、架不起的彼岸之《橋》

一九四二年九月二十八日，《新華日報》報導了曹禺正在創作《三人行》的消息。一九四三年一月的《戲劇月報》創刊號，也在「本報特刊稿件預告」中預告《三人行》即將問世。然而，《三人行》最終並沒有完成。據曹禺解釋，「《三人行》是寫岳飛、宋高宗和秦檜的故事。在重慶只寫了一幕，太難了。全部是詩，沒有別的對話，吃力得不得了。大熱的天，搞得累死了。」⑯

繼《三人行》之後，曹禺還嘗試過歷史劇《李白與杜甫》的創作，並且從負責資源委員會的清華老校友錢昌照那裡，爭取到一筆官方資助，於一九四三年夏天同錢昌照的妻姊夫、著名社會學家陶孟和一道，赴大西北旅遊考查。回到重慶後，曹禺依然是才思枯竭，無奈之下，只好再一次回歸現代劇創作，從而留下了只發表過兩幕的《橋》。

一九四四年二月十五日，《戲劇春秋》一卷三期的「劇壇動態」欄目中報導說：「曹禺本年度新作為《橋》，以抗戰大後方的工業建設為題材，即可脫稿。這是他西北旅行的收穫之一。」這是關於《橋》的最早的介紹。曹禺晚年在與田本相談話時回憶說：「《橋》是經過調查的。重慶有家私人鋼鐵廠，只有老掉牙的貝斯麥爐，我經過錢昌照的介紹，在那裡呆了兩個禮拜。……為什麼把它起名為《橋》，我的意思是，橋是一種象徵，如要達到彼岸的幸福世界，就需要架起一座橋來，而人們不得不站在水中來修建橋樑，甚至把自己變成這橋的一個組成部分，讓人們踏在他們身上走向彼岸世界。在發表時，我在劇前引用了彌爾頓的詩句：『給我自由去認識，去想，去信仰，並且本著良心，自由地去講，關於一切的自由。』可能這也許有些朦朧，但在我心中，我覺得我應該去追求什麼信仰，而我所要的自由，無疑是向著那個不自由的現狀。」

《橋》中的沈承燦，是一位留學歸來的鋼鐵專家。他的父親沈蟄夫，是私營懋華鋼鐵公司的經理。父子兩代人為了發展民族工業，不顧官僚資本家何湘如的百般阻撓，承接了生產造橋用優質鋼材的合同。沈承燦在煉鋼試驗中失去一條胳膊，並且因此贏得了已經分手的戀人歸容熙的回心轉意。

作為一部寫實之作，《橋》的題材與場景儘管與此前的《雷雨》、《日出》等劇大不相同，劇中的人物卻依然是以前的老面孔。寄託著劇作者曹禺全部理想的男主人公沈承燦，就是《日出》中的方達生、《原野》中的仇虎、《蛻變》中的丁大夫、《北京人》中的袁任敢以及《家》中的高覺慧的重寫重塑。與丁大夫一樣，沈承燦是從國外學成歸來的一位科技專家。有所不同的是，他不再像丁大夫那樣犧牲自己的私人生活和個人情趣，而是表現出既要工作又要生活、既要奉獻又要私情的更加健康的現代人性。關於這位理想化人物，曹禺在舞臺提示中介紹說：

「沈承燦，懋華鋼鐵公司煉鋼廠副廠長，廿六歲，中等身材，長臉大眼，膚色紅潤，顴骨略嫌凸突，其餘一切，都很勻稱，體格健壯，言語舉止，都使人覺得這是一個生命力非常旺熾，而又漸趨成熟的青年。……他是資產階級受過高等教育的青年中最幸運的一個，除了研究他的專門學識以外，他的天性使他不懈地注視追尋，研究實際社會上許多複雜問題，以及種種不平和矛盾，不斷充實自己，期望著徹底明瞭這些問題的癥結，要一個合理的解答，這在他目前狹小的圈子裡，幾乎是不可能的。他惶惑，不滿，憤激；然而為應付眼前事業的困難。這些根本的疑問，反而要暫時埋在心裡，沒有人代他解答。孤單，寂寞，在這一段昏暗的路上，他只憑藉自己心裡那一點可寶貴的火，作為指路的明燈。」

大概是曹禺當時確實學習過毛澤東《在延安文藝座談會上的講話》的緣故，「資產階級」的沈承燦對於剛從農村出來的農民工人，竟然懷抱著一種思想啟蒙、精神改造的自覺意識：

「這是少數從田裡來的莊稼人。他們慢慢就會學會工廠人的習慣，慢慢就會養成一種新的意識，新的看法。……告訴他們，教他們，接近他們，他們都可以成為很好的工人。」

「我們工程師固然第一是為人民培養力量，然而其次也是為人民培養力量，所以任何工程事業我們必須注意到安全。」

曹禺所說的沈承燦「心裡那一點可寶貴的火」，其實還是《〈雷雨〉序》中所謂的「原始的情緒」和「蠻性的遺留」。與曹禺此前的《雷雨》、《日出》、《原野》、《北京人》等一系列影劇作品一樣，《橋》中故事情節的起承轉合和戲劇人物的悲歡離合，依然是按照既根源於中國傳統神道文化，又充分吸納外國宗教文化的「陰間地獄之黑暗＋男女情愛之追求＋男權家庭之反叛＋專制社會之革命＋捨身愛人之犧牲＋天誅地滅之天譴＋替天行道之拯救＋陽光天堂之超度」的密碼模式逐步展開的。

為了獎賞沈承燦「憑藉自己心裡那一點可寶貴的火，作為指路的明燈」的理想追求，曹禺刻意安排兩名女子圍繞著他團團轉。劇中的梁愛米是以王右家為生活原型的陳白露式的交際花，她憑著自己的天生麗質，對於懋華鋼鐵公司現任董事長、像《日出》中的潘月亭一樣有錢有勢的何湘如一再拒絕；卻苦苦暗戀著「青梅竹馬的玩伴，從小就彆彆扭扭，一見面就得爭起來」的沈承燦。當沈承燦的未婚妻、一心要獻身於藝術的歌唱家歸容熙出現在面前時，她不僅沒有絲毫嫉妒，反而像《家》中的瑞玨對待梅表妹那樣，表現出「捨身愛人」的神聖美德，心甘情願地成全著他們的婚事。

與梁愛米相比，歸容熙雖然在容顏上稍遜一籌，卻葆有著一份處女聖潔，她的情愛奉獻也因此被極具男性特權意識的劇作者曹禺所欣賞。作為歌唱家，她為了獻身於藝術，已經決定與沈承燦分手。為了作為一種獎賞而把歸容熙留在沈承燦身邊，曹禺煞費苦心地安排了送歸容熙去機場的汽車途中拋錨的意外事件。眼見沈承燦為大橋彼岸的偉大而神聖的陽光天堂犧牲了右手，原本要獻身於藝術事業的歸容熙，以「捨身愛人」的神聖姿態義無反顧地為沈承燦奉獻出了自己的一切：「（立起，移動枕邊）承燦！不要難過，不要難過！（把他的手，從臉上緩緩移開）看著我，承燦，承燦。（微笑著，眼淚從面頰上緩緩流下來）你丟了一隻手，現在，又添了兩隻手了。」

應該說，魯迅在《現今的新文學的概觀》一文中對於郭沫若的「革命文學」《一隻手》並不準確的批評，用在曹禺的《橋》中反而更加準確到位：「郭沫若的《一隻手》是很有人推為佳作的，但內容說一個革命者革命之後失了一隻手，所餘的一隻還能和愛人握手的事，卻未免『失』得太巧。五體，四肢之中，倘要失去其一，實在還不如一隻手；一條腿就不便，頭自然更不行了，只準備失去一隻手，是能減少戰鬥的勇往之氣的；我想，革命者所不惜犧牲的，一定不只這一點。《一隻手》也還是窮秀才落難，後來終於中狀元，諧花燭的老調。」⑰

在一個男人犧牲了一隻手和一個女人犧牲了自己的藝術事業之後，劇作者曹禺再也沒有寫出下文，以彼岸的陽光天堂為神聖歸宿的《橋》，最終成為一座雨後彩虹般架高之後難以落實的虛擬之橋。接下來，曹禺倒是在他唯一的電影劇本《豔陽天》中，推出了一位在陽光天堂的「豔陽天」中超凡入聖、修成正果的英雄人物陰兆時。然而，被沈承燦「作為指路的明燈」的「自己心裡那一點可寶貴的火」，到了這位陰律師身上，更是公然變成了「怪、力、亂、神」般「陰魂不散」的一團鬼火。

九、《豔陽天》的「陰魂不散」

一九四五年八月十五日，日本天皇宣佈投降，中國社會整整八年的抗日戰爭以慘勝告終。中國共產黨的最高領導人毛澤東應蔣介石邀請，於八月二十八日乘飛機來到重慶，與國民政府共商國家大計。九月份的一天，在周恩來的安排之下，毛澤東在上清寺會見了包括曹禺在內的文化界知名人士。

在陽光天堂般的太平盛世即將來臨的喜慶氣氛中，美國國務院邀請曹禺和老舍赴美國講學一年。此舉得到社會各界的廣泛關注，國民黨中央社於一九四六年一月十日發佈消息：「美國國務院決定聘請曹禺、老舍二氏赴美講學，聞二氏已接受邀請，將於最近期內出國。」延安《解放日報》也於一月十四日轉載了這條消息。

一九四六年三月四日，曹禺與老舍搭乘美軍運輸艦「史格脫將軍號」離開上海，於三月二十日抵達西雅圖，開始了橫穿美國的旅行考察。抵達華盛頓之後，美國國務院專門為曹禺和老舍舉行招待宴會。在紐約期間，兩個人進行了頻繁的觀劇和講學活動。同年八月一日出版的《上海文化》第八期報導說：「曹禺之《北京人》最近期內將在美國西部某城演出，曹禺將親往參加指導。」

該報導還披露了曹禺所謂「此地絕無靈感之可言」的表態。這年年底，「絕無靈感之可言」的曹禺，藉口母親染疾而提前離開美國，於一九四七年一月返回上海。同去的老舍滯留美國繼續創作長篇小說《四世同堂》。

曹禺回到上海後一度寄住在黃佐臨家裡，並被上海實驗戲劇學校（上海戲劇學院前身）校長熊佛西聘請為教授。隨後，曹禺帶著方瑞住進他以兼職名義領取乾薪的中國電影製片廠。曹禺的南開校友、詩人王辛笛的夫人徐文綺，在接受田本相採訪時回憶說：「抗戰勝利後，曹禺回到上海，他和鄭秀沒有正式離婚，到了上海，和方瑞就住在這個弄堂的九號。是小的公寓房間，一間臥室，一間起居間。他走了，就讓我們住到九號這個小公寓中來。那是中電廠的房子。鄭秀對這件事有個誤會，以為王辛笛是『密屋藏嬌』，後來解釋開了。」⑱

一九四七年夏天，曹禺經黃佐臨介紹加盟上海文華影業公司，自編自導了電影《豔陽天》。影片於這年秋天正式投拍，一九四八年初發行上映。其中的主要演員陰兆時由石揮扮演，金煥吾由李健吾扮演，魏卓平由石羽扮演。關於這部影片的主題，曹禺給出的解釋是：「中國人有一副對聯，叫做『各人自掃門前雪，不管他家瓦上霜』，橫額：『莫管閒事』。這，我認為不對，我們必須辨明是非，必須懇切做事，不怕麻煩，不怕招冤。」

《豔陽天》中號稱「陰魂不散」的律師陰兆時，是曹禺筆下最為原始野蠻也最為虛偽張狂的一個「怪、力、亂、神」式的自傳性英雄人物，他的「陰魂不散」歸根到底是以《〈雷雨〉序》中所介紹的集動物本能的野性蠻力和宗教精神的神性魔力於一身的「原始的情緒」和「蠻性的遺留」為原動力和內驅力的。與曹禺此前的《雷雨》、《日出》、《原野》、《北京人》等一系列影劇作品一樣，《豔陽天》同樣是按照「陰間地獄之黑暗＋男女情愛之追求＋男權家庭之反叛＋專制社會之革命＋捨身愛人之犧牲＋天誅地滅之天譴＋替天行道之拯救＋陽光天堂之超度」的密碼模式，來編排故事情節的起承轉合和影劇人物的悲歡離合的。為了證明陰兆時超凡脫俗的身份特權，一直以神道設教、替天行道的宗教先知加抒情詩人自居的劇作者曹禺，煞費苦心地為陰兆時設計了一場生日戲：先讓他在生日那天故弄玄虛地忘記是自己的生日，而只知道這是「彌陀佛降生的日子」；然後在陰太太一驚一乍抖包袱的變戲法中，吶喊出陰兆時原本是「彌陀佛」轉世的前世真身：

「你忘了？你怎麼了得啊，你的生日跟彌陀佛的生日是一天！」

「今天是你四十歲的整壽啊！」

這種並不高明的神道戲法，其實是中國民間的巫婆神漢，連同《目連戲》、《西遊記》、《水滸傳》、《牡丹亭》、《長生殿》、《紅樓夢》之類的戲曲傳奇及話本小說所慣用的老舊把戲。對於陰兆時超凡脫俗的身份特權，曾經得到過他的救助的一位老婦人，對他另有稱呼：「救苦救難的陰律師。」但是，按照現代法律的相關規定，一名學徒遭受老闆虐待，應當出面干預的是履行公共權力的政府公職人員和公安員警，而不是作為自由職業者的律師。身為律師的陰兆時，偏偏連最低限度的法律常識都不具備，於是就有了他既像地痞流氓又像江湖俠客的天譴詛咒：

「（指著掌櫃的鼻子）你知道不知道？現在學徒不是能隨便打的，你以後再要拿皮鞭子抽他，一兩天不給他飯吃。——」

「我就不饒你！（回頭對小學徒）以後他再對你怎麼樣，儘管找我。」

陰兆時的老朋友魏卓平用「自己的房子，自己的經費」創辦了一家惠仁孤兒院，院址就在陰兆時家小洋樓的隔壁。「喜歡孩子和朋友」的陰兆時，因此成了翹翹等孤兒擁護愛戴的陰爺爺。隱姓埋名從事囤積居奇的黑市生意的大漢奸金煥吾，看上這家孤兒院既不惹眼又離碼頭近的地理位置，便指派打手楊大逼迫魏卓平出賣孤兒院的房產。

出賣普通房產是單純的民事行為，出賣孤兒院的房產就不再是單純的民事行為，而在很大程度上變成了社會公益事業和政府公共行為。因為它所出賣的不僅僅是房產，同時還有孤兒們的命運。在起初幫助魏卓平對付楊大時，陰兆時曾自報家門，說自己是「孤兒院法律顧問」。然而，當魏卓平懾於金煥吾們的威脅執意要出賣孤兒院時，這位法律顧問既不提供最低限度的法律支持，也不按照正當的法律程式申請政府干預；反而因為與魏卓平之間的意氣之爭而撒手不管。與此同時，他還要演戲般在自己所寵愛的三個孤兒——翹翹、小牛牛、小眼睛——面前，用一個人買一盒月餅的方式表達愛心。像這樣一味表演作秀的管閒事、爭是非，完全不是出於對法律權威的敬畏和對於個人權利的捍衛，反而是公然褻瀆法律權威和個人權利的職業犯罪行為。

在四個孤兒已經眼瞎、眾多孤兒的基本生活沒有保障的情況下，陰兆時依然不肯依據法律程式提供實質性的法律救濟，反而利用孩子們的悲慘遭遇與金煥吾在法庭上打起作秀煽情的道德官司，從而把對大漢奸提起公訴的政府行為架空轉換為他自己濫用法律的個人行為。在打贏官司的當天夜晚，喝醉酒的陰兆時在回家的路上被金煥吾的打手砸了石頭，經搶救後躺在自家臥室裡靜養。曹禺為了突出強調陰兆時的「陰魂不散」，直接仿照傳統戲曲的神鬼戲套路，安排了一場「活見鬼」式的勾魂戲：「一個傻傻的老人，駕著一輛殯儀館的屍車，高踞在車座上，口中銜著旱煙袋。一匹瘦弱的白馬拖著車拐進巷子，寂寞的巷內響著石子路上的馬蹄聲，車子緩緩朝陰家大門走去。」

當傻傻的老者帶著幾個人進屋抬屍體時，「又有四五個人擁進，提著許多紙錢，香燭，壽衣和孝衣」。生命垂危的陰兆時聽到屋外的動靜，竟然炸屍般爬起來，一邊喊著「屍首來了」，一邊對眾人亂追亂打。事後還頗為興奮地炫耀說：「哼！我偏不死！我偏不死。」

「陰魂不散」的陰兆時不僅沒有死掉，反而因為這場不倫不類的官司在報紙上大出風頭，不少讀者還給他寄來了大筆捐款。最後，陰兆時在侄女陰堇修的陪伴下，把自己的結髮妻子留在家中，到「大地灑滿了陽光」的「豔陽天」中，繼續公然從事他凌駕於現代法律程式之上違反法律的「陰魂不散」的律師事業。

早年畢業於清華大學西洋文學系的曹禺，雖然沒有專門學習過現代法律，卻與現代法律有著得天獨厚的人事淵緣。他的哥哥萬家修，是北洋政法學院法律專業的畢業生。他已經分居卻沒有離婚的妻子鄭秀，是清華大學法律系的高材生。鄭秀的父親鄭烈更是早年留學日本專攻法律的最高法院檢察署檢察長。在寫作《蛻變》之前，曹禺還應美國政府的邀請，與老舍一起到現代民主憲政制度最為健全的美國社會，生活考察了將近一年的時間。但是，這一切都沒有能夠在曹禺集動物本能的野性蠻力和宗教精神的神性魔力於一身的「原始的情緒」和「蠻性的遺留」中，注入一份以人為本、意思自治、契約平等、民主參與、憲政共和、大同博愛的價值體系和文明常識。出現在曹禺筆下的陰兆時，除了擁有一個現代律師的身份標籤之外，骨子裡完全是曹禺自己以神道設教、替天行道的宗教先知加抒情詩人自居的身份特權意識。陰兆時「陰魂不散」的所有作為，都是與司法機關獨立辦案、法律面前人人平等、疑罪從無的罪由法定、程式正義優先於實體正義的現代法律常識格格不入、背道而馳的。

在《豔陽天》中，遭受曹禺最為殘酷嚴厲的天譴詛咒的人物，並不是罪魁禍首金煥吾，而是綽號「馬屁精」的馬弼卿，他是繼《橋》中的懋華鋼鐵公司協理易范奇之後，又一個靠出賣朋友討生活的讀書人。曹禺在舞臺提示中介紹說：「三十二三歲一個窮書生出身，為人苛薄狹小，沒有品格，貧困潦倒更驅使他走上無聊卑下的道路。善拍捧，各處攢混，最近由楊大介紹給金煥吾辦事。天生一副俏薄瘦小的外形……」

馬弼卿原本是魏卓平、陰兆時的朋友，勸說金煥吾霸佔孤兒院充當倉庫的動議，最初是由他提出來的。魏卓平當過偽保長的漢奸歷史，也是由他提供給大漢奸金煥吾的。金煥吾的倉庫被警方查封後，一口咬定是陰兆時告密的也是這個「馬屁精」。為此挨了楊大兩個耳光的陰兆時，借著坐在姚三錯家裡打麻將的機會，朝馬弼卿臉上狠抽兩個耳光，並以天譴詛咒的神聖姿態斥罵他為「災星」、「王八蛋」、「一條狗」。曹禺在這種欺軟怕硬的戲劇處理中，所追求的正是他在《雷雨》中的周萍、《日出》中的黃省三、《原野》中的焦大星身上反覆演練過的淋漓盡致「灑狗血」的道德快感。創作《豔陽天》時的曹禺絕對不會想到，馬弼卿言不由衷的一句懺悔之辭，所預示的恰好是他自己即將面臨的一種人生宿命：「（假情假意）魏大哥，我也是沒有辦法，逼到這兒了。您可千萬別見我的怪。（故做慨歎）哎，我們讀書人——」

①烏韋·克勞特：《戲劇家曹禺》、《人物》一九八一年第四期。
②田本相、劉一軍編著《苦悶的靈魂——曹禺訪談錄》，江蘇教育出版社，二〇〇一年，第八十六頁。
③萬方：《我的爸爸曹禺》、《文彙月刊》一九九〇年第一期。
④田本相著《曹禺傳》，北京十月文藝出版社，一九八八年，第三〇二頁。
⑤劉念渠：《演員行列——一九四二至一九四三年霧重慶舞臺上的演技觀感》、《戲劇時代》一九四三年創刊號。
⑥李漁：《閒情偶寄·詞曲部·戒浮泛》、《中國美學史資料選編》下冊第二三二頁，中華書局，一九八一年。
⑦魯迅：《論照相之類》、《魯迅全集》第一卷，人民文學出版社，一九八一年，第一八二、一八四頁。
⑧魯迅：《娜拉走後怎樣》、《魯迅全集》第一卷，第一六一頁。
⑨魯迅：《難行和不信》、《魯迅全集》第六卷，第五十一頁。
⑩引自胡叔和《傑出的現實主義藝術》，文載《藝譚》一九八〇年第一期。
⑪曹禺與田本相談話記錄，田本相著《曹禺傳》，第三〇三頁。
⑫田本相、劉一軍編著《苦悶的靈魂——曹禺訪談錄》，第二六二頁。
⑬田本相著《曹禺傳》，第三〇五頁。
⑭曹禺：《獻給周恩來八十誕辰》、《北京文藝》一九七八年第三期。
⑮《苦悶的靈魂——曹禺訪談錄》，第一六四頁。
⑯田本相著《曹禺傳》，第三二七頁。
⑰魯迅：《現今的新文學的概觀》》、《魯迅全集》第四卷，第一三六頁。
⑱《苦悶的靈魂——曹禺訪談錄》，第二三八頁。

第九幕

圖片說明（從上至下）：

六〇年代曹禺萬方萬歡方瑞在北戴河

一九六一年二月十四日曹禺陪同周恩來在北京人藝除夕晚會上

第九章 《明朗的天》的戲劇人生

一九四九年之後，一直以神道設教、替天行道的宗教先知加抒情詩人自居的曹禺，既面臨著政教合一的思想改造，又享受著文藝高官的尊貴待遇。身份地位的提高，是以犧牲幾乎全部的創作自由為慘痛代價的。①

一、新時代的文藝高官

一九四九年一月十日，淮海戰役宣告結束。一月三十一日，國民黨幾十萬大軍於一夜之間撤離北平。二月三日，毛澤東、朱德等新一輪國家領導人舉行盛大入城儀式，平津戰役隨之結束。已經在軍事力量上佔據絕對優勢的中國共產黨，開始著手新政府的締造工作。同年二月，不久前剛剛在《豔陽天》中演練過在陽光天堂般的「豔陽天」裡超凡入聖、修成正果的曹禺，在中共地下黨組織的安排下，從上海秘密啟程前往香港。到達香港後被正式告知，這一次是應中共最高領導層邀請，到北京參加擬議中的政治協商會議的。

二月二十八日，在喬冠華的具體安排下，曹禺、方瑞與柳亞子、鄭振鐸、葉聖陶、趙超構、馬寅初、王芸生、陳叔通等一行二十七人，乘坐外籍豪華客輪「華中輪」從香港出發前往北京。參加過辛亥革命的老牌革命家柳亞子即興賦詩，用「六十三齡萬里程，前途真喜向光明」的詩句，表達了幾代文化人對於新政權的神往之情。

七月十九日，第一次全國文化界代表大會在北京閉幕，曹禺當選為常務委員，並且與丁玲、何其芳等人同為全國文聯編輯部的負責人。七月二十四日，全國劇協成立，田漢當選為主席，張庚、于伶為副主席，曹禺為常務委員兼編輯出版部負責人。九月二十一日至三十日，曹禺作為青年聯合會代表出席政治協商會議。這次會議的直接結果，是中華人民共和國於十月一日宣告成立。會議結束後，當選為政協委員的曹禺，一度負責全國政協的對外文化交流工作，成為新時代裡引人注目的一位文藝高官。

二、《我對今後創作的初步認識》

一九五〇年四月十九日，中共中央發佈《關於報紙刊物上展開批評和自我批評的決定》、《文藝報》率先設立「批評與檢討」專欄，其他報刊也紛紛效法。一時間，批評與自我批評成為中國文壇的熱門話題。僅《文藝報》一家，從一九五〇年五月至一九五一年四月就先後刊登三十多名作家自我批評、自我詛咒的政治表態，其中包括曹禺發表於一九五〇年十月《文藝報》三卷一期的《我對今後創作的初步認識》。

雖然標題為《我對今後創作的初步認識》，曹禺所談的主要內容卻是對於以前的《雷雨》、《日出》等劇的重新認識。這種重新認識的出發點是：「作為一個作家，只有通過創作思想上的檢查才能開始進步，而多將自己的作品在文藝為工農兵的方向的X光線中照一照，才可以使我逐漸明瞭我的創作思想上的瘡膿是從什麼地方潰發的。」

在「X光線」的照耀之下，曹禺認識到的第一點，是自己「沒有歷史唯物論的基礎，不明了祖國的革命動力，不分析社會的階級性質，而冒然以所謂的『正義感』當作自己的思想的支柱……」

關於「正義感」，曹禺的解釋是：「我時常自足於『大致不差』的道理，譬如在反動統治下，社會是黑暗的，我要狠狠的暴露它；人是不該剝削人的，我就惡惡地咒罵一頓。其實，這些『大致不差』的道理在實際寫作中時常被我歪曲，有時還引出很差的道理。」

基於這種「大致不差」並且「當作自己的思想支柱」的「正義感」，曹禺頗為巧妙地對《雷雨》進行了重新解讀：「《雷雨》中的周樸園自然是當做一個萬惡的封建勢力的代表人物而出現的，我也著力描寫那些被壓迫的人們。當時我認為這種看法是『大致不差』的。但在寫作中，我把一些離奇的親子關係糾纏一道，串上我從書本上得來的命運觀念，於是悲天憫人的思想歪曲了真實，使一個可能有些社會意義的戲變了質，成為一個有落後傾向的劇本。這裡沒有階級觀點，看不見當時新興的革命力量；一個很差的道理支持全劇的思想，《雷雨》中的宿命觀點，它模糊了周樸園所代表的階級的必然的毀滅。」

關於《日出》，曹禺給出的解釋更加巧妙：「實際上，在一九三五年，我寫《日出》的時候，人民的力量在延安已經壯大起來，在反動區的城市裡，工人群眾已經有相當有力的革命組織。反帝的怒潮遍及全國，人民一致要求民族的解放。在文藝運動上正提出國防文學的口號，而我在當時，卻和實際鬥爭保持著距離，我在《日出》裡泛泛地寫著城市的罪惡，甚至指不出這些罪惡是半殖民地社會的產物。」

曹禺認識到的第二點，是自己的階級身份：「我是一個小資產階級出身的知識份子，『階級』這兩個字的涵義直到最近才稍稍明瞭。原來『是非之心』，『正義感』種種觀念，常因出身不同而大有差異。你若想作一個人民的作家，你就要遵從人民心目中的是非，……」作為例證，曹禺談到了魯大海：「他只是穿上工人衣服的小資產階級。我完全跳不出我的階級圈子，我寫工人像寫我自己。」

所謂「寫工人像寫我自己」的經典出處，是胡繩發表於《大眾文藝叢刊》一九四八年第一輯的長篇批判文章《評路翎的短篇小說》，其中寫道：「不管作者所寫的是什麼礦工，但所反映的都是一種知識份子的心情，他要寫工人的戀愛，但寫出來的恰恰是一種知識份子的戀愛，要寫工人的思想，但寫出來的恰恰是一種知識份子的思想！」

對於胡繩這種把人類社會的階級差異無限放大之後，自相矛盾地抹殺替代所有個人的大同人性的話語圈套，路翎的朋友懷潮（即阿壟，本名陳守梅）在《論小資產階級——論藝術與政治之三》中，曾經有過極其透闢的戳穿揭破：

「那麼，一面肯定了一個作家底『成功』，一面又企圖宣告這個作家底『死刑』，那並不是這類『成功』、『成就』底跛行，而是理論家們底論點或者觀念在跛行。這就好像說：你先生底血氣真非常好呀，但是據我來看你是實在害了極嚴重的貧血症的。」②

明哲保身的曹禺在這兩種文藝觀念之間所要選擇的，並不是在文藝觀念方面相對正確的阿壟、路翎一方；而是在政治地位方面佔據著絕對優勢的胡繩一方。於是，他頗有分寸地表示了自我懺悔、自我詛咒：「一個作家的錯誤看法，為害之甚並不限於自己，而是擴大蔓衍到看過戲的千百次演出的觀眾。最可痛心的就在此。」

在這種自我懺悔、自我詛咒的政治表態中，曹禺的高明之處在於，他用「和實際鬥爭保持著距離」的「小資產階級」的「大致不差」的「正義感」，置換掉了自己真正的「思想的支柱」，也就是《〈雷雨〉序》中所說的集動物本能的野性蠻力和宗教精神的神性魔力於一身的「原始的情緒」和「蠻性的遺留」，以及由此而來的以神道設教、替天行道的宗教先知加抒情詩人自居的身份特權意識。

為了表明自己自我懺悔、自我詛咒的政治誠意，曹禺開始主動按照新式理論改寫舊作。《雷雨》中的每個人物因此有了明確的階級屬性和政治身份。在周樸園的背後，新添了一個直接聽命於「英國顧問」的省參議員喬松生，以喬松生為直接後臺的周樸園，變成了兼官商與買辦為一身的雙料資本家。

《日出》中既是絕對專制的「閻王」又是絕對有餘的「財神」的金八，經過改寫之後變成日本人開辦的仁豐紗廠的總經理，小東西變成了被金八殺害的進步工人傅榮生烈士的女兒，方達生更是變成了與紗廠工人田振洪、郭玉山一同營救小東西的職業革命家。該劇的大結局也因此變成戰無不勝的無產階級革命戰士，對於原本戰無不勝的金八的絕對勝利。

在改寫後的《北京人》中，天神救星般的機器工匠「北京人」被一筆抹殺，袁任敢關於「人類的祖先」和「人類的希望」的陽光天堂般的神聖禮贊，也被置換成「只有勞動的人才能改造生活」的政治教條。

經過改寫後的這三部劇作，於一九五一年八月由開明書店收入《新文學選集‧曹禺選集》正式出版，這是一九四九年之後第一次出版曹禺劇作。在該書「序言」中，曹禺表白說，自己之所以要這樣改寫，是因為「以我今日所能達到的理解，來衡量過去的勞動，對這些地方就覺得不妥當」。對於改寫的結果，他一方面認為「可能又露出一些補綴的痕跡，但比原來接近於真實」；同時又自相矛盾、自欺欺人地留下伏筆：「小時候學寫字，寫不好，就喜歡在原來歪歪倒倒的筆劃上，誠心誠意的再描幾筆；老師說：『描不得，越描越糟。』他的用意大約在勸人存真……」

這種名之為「真」卻又真假難辨的模糊話，正是曹禺的高明之處。對他來說，是不是「越描越糟」並不重要，重要的是自己奉獻出了一份接受思想改造的「誠心誠意」，從而解脫了「完全跳不出我的階級圈子」的政治困境。等到政治氣候有所回暖的一九五四年三月，當人民文學出版社出版《曹禺劇本選》時，他又順理成章地恢復了《雷雨》、《日出》、《北京人》的原貌，只是在「前言」中輕描淡寫地表示說：「除了一些文字的整理外，沒有什麼大的改動。現在看，還是保存原來的面貌好一些。」

三、一男二女的婚姻離散

一個劇作家竟然拿自己最心愛的作品開刀以實踐別人的理論和意見，這在曹禺絕不是一件心甘情願的事情，其中的難言之隱可以從胡風有「三十萬言」書之稱的《關於解放以來的文藝實踐情況的報告》裡面，找到一點蛛絲馬跡：「一九五〇年三月十四日，周揚同志在文化部大禮堂向全京津文藝幹部做大報告，講的是接受遺產等問題。其中特別提到陳亦門同志當時發表的兩篇文章，態度激憤得很，把這歸作小資產階級作家『小集團』的抬頭，危害性等於社會民主黨。他指著臺上的四把椅子說，有你小資產階級一把坐的，如果亂說亂動，就要打！狠狠地打！」③

曹禺當時雖然身兼數職，由於被劃入小資產階級的類別，他所修成的實際上並不是名正言順的政治正果。而曹禺又太渴望於方達生式的「為將來的陽光愛惜著」的修成正果，就不能不經常糾纏於「被人民所擯棄」、「人民便會鄙棄你、冷淡你」之類的個人憂患。

另外，當時的曹禺還有一個最為切身、也最為實際的生活問題沒有解決，那就是他與鄭秀之間早已名存實亡的婚姻問題，以及他早已與方瑞婚外同居的情愛問題。一九四六年曹禺赴美講學期間，鄭秀帶著兩個女兒由重慶回到南京。曹禺曾經從美國給鄭秀寫信正式提出離婚要求，鄭秀堅決拒絕。從美國歸來後，曹禺又多次要求離婚，還是沒有結果。一九五〇年初，鄭秀從福州調到北京，在中國人民銀行工作，曹禺再一次提出離婚要求。曹禺逝世一周年之際的一九九七年十二月十三日，曹禺研討會在河北石家莊河北師範大學召開，文藝史家董健在當天下午的小組會上透露過這樣一個歷史細節：由於鄭秀要曹禺拿出五百元錢的補償金才答應離婚，曹禺又實在沒有這筆鉅款（相當於舊幣五百萬），離婚之事再一次陷入僵局。周恩來瞭解到這一情況後，當即幫助曹禺解決了這筆款項，曹禺的表現是感激涕零以至於五體投地。如果把這樁公私兼顧的私人恩怨考慮在內，曹禺對於自己作品的否定與改寫，就顯得更容易理解了。

與董健的說法相印證，鄭秀也把自己的同意離婚歸結於政治考慮：「抗戰勝利後，我回到南京，從審計部調到財政部，曹禺再沒有給過生活費。……據說我父親在上海《新聞報》登過一則啟事，說：鄭秀和曹禺是合法的婚姻，其他人都是非法的。……後來，我還是從政治上考慮，從他的前途考慮，答應離婚了。……曹禺做了檢討，他哭了。他那時每月的工資是二〇〇〇斤大米，拿九百斤大米撫養孩子，條件是到大學畢業。我當時說：『為了愛，我同你結婚，同樣為了愛，我同意離婚。』」④

一九五〇年四月二日，由毛澤東題寫校名的中央戲劇學院宣告成立，院長為歐陽予倩，副院長為曹禺、張庚，教育長為光未然。該院以原華北大學第三部文藝學院為基礎，由魯迅藝術學院戲劇組、國立南京戲劇專科學校合併而成。在戲劇學院工作期間，曹禺不斷與師生一起到工廠裡體驗生活。同年七月二十五日，他還與趙樹理、古元、魯藜、胡丹沸、賈克、秦兆陽等人，一起參加文化部組織的下鄉下廠活動。一九五一年春天，新婚不久的曹禺和方瑞一同到安徽農村參加土改運動，返京後正好趕上整風運動。

一九五二年五月二十四日，曹禺的《永遠向前——一個改造中的文藝工作者的話》在《人民日報》發表，其中對於自己此前的思想與創作再一次進行自我詛咒說：「一個出身於小資產階級、沒有經過徹底改造的知識份子，很難忘懷於自己多少年來眷戀的人物、思想和情感，像螞蟻繞樹，轉來轉去，總離不開那樣一塊黑烏烏的地方。」

曹禺所謂「黑烏烏的地方」，歸根到底就是《〈雷雨〉序》中所說的集動物本能的野性蠻力和宗教精神的神性魔力於一身的「原始的情緒」和「蠻性的遺留」，以及由此而來的「陰間地獄之黑暗＋男女情愛之追求＋男權家庭之反叛＋專制社會之革命＋捨身愛人之犧牲＋天誅地滅之天譴＋替天行道之拯救＋陽光天堂之超度」的密碼模式。經過一系列大規模地思想改造運動，曹禺再也不敢像創作《雷雨》、《日出》、《原野》時那樣，「如神仙，如佛，如先知」般「升到上帝的座」，去神采飛揚地高調展現自己的這種極具藝術魅力的「黑烏烏的地方」了。關於這一點，他的女兒萬方在《靈魂的石頭》中分析說：

「長時間以來，我爸爸和許多的人，他們都被告知他們的思想是需要改造的，這種對靈魂的改造像是腦頁切除術，有時是極端的粗暴行動，還有就像輸液，把一種恐懼的藥液輸入身體裡。」⑤

正是懷著急待改造的贖罪心理，曹禺於一九五二年初與周恩來進行了一次談話，當面表示要寫一部反映知識份子思想改造的戲。周恩來表示大力支持。不久，曹禺隨北京市委工作組參加北京市高等院校教師思想改造運動，並確定以協和醫學院為蹲點單位。他在協和醫院裡整整蹲了三個月時間，做了二十本筆記。

同年六月十二日，北京人民藝術劇院改組為專業話劇院，由原北京人藝話劇團與中央戲劇學院話劇團合併而成，曹禺任院長，焦菊隱、歐陽山尊、趙起揚任副院長。改組後的北京人藝，組織全體藝術人員分別到工廠、農村進行為期數月的深入生活，並且創作出一組反映工農生活的時事短劇。此後又上演了老舍的《春華秋實》和《龍鬚溝》。

四、《明朗的天》的戲劇人生

一九五三年九月二十四日至十月六日，中國文學藝術工作者第二次代表大會在京召開，為適應「大規模的、有計劃的經濟建設」的需要，中共中央對文藝政策進行了相應調整，並且對「五四運動」以來的新文化運動重新進行了評價。文代會之後，一直處於高度緊張狀態的文藝界，一度出現相對寬鬆的氛圍。一九五四年二月十九日，上海方面以強大陣容上演《雷雨》，標誌著一九四九年之後一直處於冷凍狀態的曹禺戲劇開始解凍。同年六月三十日，由曹禺任院長的北京人藝公演《雷雨》，僅首輪演出就超過五十場。在這些利好因素的鼓舞下，曹禺用從四月初到七月中旬共三個半月的時間，創作完成了《明朗的天》。

在寫作《明朗的天》的同時，曹禺還寫下一篇「備演出時用」的〈《明朗的天》的故事〉，抄錄如下：

> 北京解放前夜，美帝國主義辦的燕仁醫院中的大夫、教授們對即將到來的解放抱著不同的態度，以共產黨員何昌荃為首的進步大夫，如宋潔方、凌木蘭等以歡欣鼓舞的心情和積極的行動迎接解放；另一方面，以美帝國主義分子賈克遜和他的代理人江道宗教務長為首的少數教授們，在商討如何在解放以後繼續維持「美國傳統」。

北京解放半年之後，醫院歸到人民手中。賈克遜在這以前回了美國，在臨行時他為了要得到一個軟骨病人的骨頭作標本，用慘無人道的手段殺害了一個工人的妻子。

賈克遜走了，但他的影響還殘留著。黨為了爭取教育和改造這些知識份子，做了許多工作，江道宗卻竭力阻撓。工人妻子的死亡引起了黨的注意，但在群眾對美帝國主義的認識還不足的情況下，一時還不能查清事實的真相。凌士湘還同意把自己的細菌研究論文寄給賈克遜，在美國發表。

抗美援朝鬥爭開始了。經過許多事實教育和黨的幫助，大夫、教授們逐漸認識了美帝國主義文化侵略的真面目，看出了賈克遜的毒狠。但是凌士湘仍舊不相信。直到美帝國主義在朝鮮發動了細菌戰，他才認清了敵人的真面目，親自到朝鮮參加反細菌的鬥爭，用他的科學武器打擊敵人。

這些高級知識份子，在黨的偉大政策的感如和教育之下，終於分清了敵我，改正了思想錯誤，走上了作一個人民科學家的道路。

總而言之，《明朗的天》的全部故事情節，就是讓整個醫院的全部職工，圍繞著工人趙樹德的妻子趙王氏的一副骨頭標本團團轉。在「抗美援朝」戰爭緊張進行的時候，這家國家級大醫院裡幾乎所有的醫務工作者，都把應該用於治病救人的全副精力，傾注在本該由司法機關獨立偵辦的醫療命案上。由這樁命案的查辦昭雪得出的結論是：原來負責這家醫院的美國人賈克遜，是披著學者外衣的文化特務；這家運用來自美國的最為先進的醫療科學和醫療手段治癒無數中國病人的大醫院，是美國人搞文化侵略的重要據點。這家醫院中包括細菌學專家凌士湘在內的所有醫務工作者，只有承認了這種所謂「事實」，把自己原來信仰的「美國傳統」轉換成為對於並不懂得醫療科學的「人民」和領導「人民」的黨的絕對信仰，才算完成了思想改造。從此才可以在陽光天堂般的「明朗的天」裡走上「作一個人民科學家的道路」，不用再擔心「人民還要不要我們了」之類生死攸關的生存問題。

在直接為現實政治服務的政治宣傳劇《明朗的天》中，依然根深蒂固地殘留著曹禺所特有的「原始的情緒」和「變性的遺留」，以及由此而來的「陰間地獄之黑暗＋男女情愛之追求＋男權家庭之反叛＋專制社會之革命＋捨身愛人之犧牲＋天誅地滅之天譴＋替天行道之拯救＋陽光天堂之超度」的密碼模式。有所不同的是，曹禺以前天譴詛咒的對象，是被他貶斥為「鬼」、「傀儡」、「可憐的動物」的幾乎所有的中國人；現在卻變成了遠在美國的「文化特務」賈克遜。在該劇中，執行替天行道的天譴詛咒的戲劇人物，已經不再是《雷雨》中的「雷公」、《日出》中的金八、《原野》中的閻王之類超現實的宗教神祇，而是這所醫院中信仰唯物主義無神論的中共院長董觀山：

「我們也正在談賈克遜的問題。（忽然）我倒想起一個很有意思的故事。（對江道宗、凌士湘）你們兩位都記得吧？在《鏡花緣》這部小說裡，有個人叫林之洋。他漂洋過海，到了一個地方。他看見那個地方的人，個個都披著一塊頭巾，又和氣，又可愛，他想這些人真是好極了。（娓娓動聽地）可是等到他跑到後面，把那頭巾一揭開呀，想不到底下還有一張臉！這張臉可不同了，青面獠牙，像個鬼似的，一看見林之洋，就噴出一股毒氣！林之洋這下就明白了：哦，原來這些人都是有兩個臉的！那麼哪個是真臉呢？我看後頭那個是真臉。美帝國主義的文化侵略也就是這樣。」

該劇中的老一代科學家凌士湘，是一個頗具自傳色彩的戲劇人物，劇中唯一爆發出一點點思想火花的臺詞，就出自這位老科學家之口：「（自語地）可為什麼大家都說他是文化特務？難道搞政治就必須要有偏見？……我想可能是的，不然就不能徹底把敵人打垮。但是何必讓我也跟著叫？我從心裡擁護共產黨，國家建設得這樣好，中國靠他們才有希望。我也願意跟著他們一塊進到社會主義。（煩躁）但是，天哪，不要管我，不要管我！讓我幹我自己的吧，我一樣會有貢獻的。」

正是在《明朗的天》的創作過程中，作為北京人藝院長的曹禺，終於享受到了讓別人圍繞自己團團轉的身份特權。該劇採用的是由他口授、由女秘書吳世良記錄的特殊的寫作方式。剛剛進入寫作階段，北京人藝就由副院長焦菊隱掛帥組成強大的演出班子，於一九五四年四月二十一日起到北大醫院、協和醫院去體驗生活。劇本還沒有定稿，便開始在這年九月出版的《劇本》和《人民文學》第九期上同時連載，在第十期上連載完畢時，曹禺專門在「附記」中解釋說，該劇之所以由預告中的四幕八場壓縮成了四幕七場，是因為自己「覺得第四幕缺點最多，也太長，非大刪改不可，修改以後，……原來的兩場戲成為一場戲了。……時間與上期幕表上寫的，有了出入……」

同年十二月十四日，胡喬木、錢俊瑞、田漢、賀誠、蘇井觀一行人，在曹禺陪同下來到北京人藝觀看《明朗的天》的彩排，並且專門召開了一場座談會。正式公演後，周恩來親自觀看演出，並且在與演職員的座談中高調肯定了該劇的成功。作為一部與當時的政治運動直接掛鈎的戲劇作品，該劇的演出自然會贏得人云亦云的普遍歡迎和一致好評。十二月十八日，《明朗的天》由北京人藝正式公演，一直演到一九五五年二月二十五日，歷時兩個月盛演不衰。此後，曹禺又在聽取各方意見的基礎上進行修改，由四幕七場改定為三幕六場。在一九五六年三月一日至四月五日召開的文化部全國第一屆話劇會演中，該劇包攬了多幕劇演出一等獎、多幕劇創作一等獎、表演一等獎（刁光覃飾演的凌士湘）和舞臺美術設計一等獎（辛純等）四項大獎。

五、《胡風在說謊》

《明朗的天》完稿後，曹禺轉入散文寫作，說是「要寫北京，寫這個和平的首都，這個世界的眼睛注視的地方」。在寫於一九五四年九月的《北京——昨天和今天》中，曹禺真誠表達了對於新社會的歌頌禮贊：

「剛解放的時候，我們之間流行著兩個字：『翻身』。這兩個字的意思是說被壓迫的不受壓迫了，在黑暗裡的見著光明了，不平等的變平等了，不幸的變成幸福的了，遭受過各種痛苦壓榨的人已經獲得了揚眉吐氣的自由日子了。對農民說，翻身就是獲得了土地；對工人說，翻身就是從奴隸變成為主人；對知識份子說，翻身就是擺脫了失業的憂愁和隨時因一句話而被捕的危險。從地獄裡走到地上，又重新見到陽光的人，或者會懂得這種我們叫做『翻身』的感情。」

同年九月十五日至二十八日，自以為「擺脫了失業的憂愁和隨時因一句話而被捕的危險」的曹禺，作為湖北省的全國人大代表出席第一屆全國人民代表大會第一次會議。如此高規格的政治待遇，顯然不是「翻身就是獲得了土地」的農民與「翻身就是從奴隸變成為主人」的工人，能夠「平等」享受的。曹禺所歌頌的其實是只屬於他自己的「翻身」與「解放」。就在他滿足於、陶醉於「翻身」與「解放」的時候，與他同為湖北省人大代表的胡風即著名文藝理論家張光人，正在面臨著「隨時因一句話而被捕的危險」。

一九五四年九月，《文史哲》雜誌發表藍翎、李希凡合寫的〈關於《紅樓夢簡論》及其他〉，這篇幾乎沒有什麼學術價值的所謂學術論文，引起毛澤東學術之上的政治興趣。他委派江青到《人民日報》社召集周揚、鄧拓、林默涵、邵荃麟、馮雪峰、何其芳等人傳達指示，要求《人民日報》轉載這篇文章。周揚等人以「黨報不是自由辯論的場所」為藉口，拒絕不折不扣地執行最高指示，只是降格安排《文藝報》轉載了這篇文章。《文藝報》在轉載該文的同時，還由主編馮雪峰親自撰寫「編者按」，對於藍翎、李希凡，以及被藍翎、李希凡所批評的《紅樓夢簡論》作者俞平伯的相關論點各有褒貶。

針對周揚、馮雪峰等人挑戰自己絕對權威的所作所為，毛澤東於十月十六日向中央政治局及其他相關人員分發了〈關於《紅樓夢研究》問題的一封信〉。其中寫道：「事情是兩個『小人物』做起來的，而『大人物』往往不注意，並往往加以阻攔，他們同資產階級在唯心論方面講統一戰線，甘心作資產階級的俘虜，這同影片

《清宮秘史》和《武訓傳》放映時候的情形幾乎是相同的。……胡適派的思想，沒有受到什麼批判。古典文學方面，是胡適派的思想領導了我們。」

毛澤東的信在小範圍傳閱的同時，其大致精神很快傳達到了整個文藝界。十月二十四日，中國作協古典文學部召開討論會，開始對胡適、俞平伯等人的《紅樓夢》研究展開批判。十月二十八日，《人民日報》發表經毛澤東親自修改過的袁水拍文章《質問〈文藝報〉編者》，把馮雪峰拋出來充當學術批判加政治鬥爭的活靶子。十月三十一日起，中國文聯主席團和中國作協主席團在青年宮連續召開聯席會議，聽取《文藝報》正副主編馮雪峰、陳企霞的公開檢討，並且由此展開了針對《文藝報》的批判運動。

在此之前的一九五四年七月二十二日，胡風向中共中央呈交有「三十萬言」書之稱的《關於解放以來的文藝實踐情況的報告》，幾個月過去一直沒有得到明確答覆。在這種情況下，胡風乘機跳出來，把欺軟怕硬的滿腔怨氣撒向當年與自己一道追隨魯迅的馮雪峰頭上。十一月七日，胡風在大會發言中除了對馮雪峰展開批判外，還連帶著點出了胡適、周揚、袁水拍、黃藥眠、蔡儀、朱光潛、蕭殷、田間、俞平伯、徐志摩、朱湘等生者與死者的名字，並且特別指出朱光潛、俞平伯諸人「都屬於胡適那個系統」，是「一成不變地為蔣介石服務」的。這種完全可以置人於死地的尖銳措辭，轉眼之間便報應到他自己的頭上。在十二月八日的最後一次會議上，周揚做了標題為《我們必須戰鬥》的發言，反過來又把槍口轉向了胡風。郭沫若、茅盾也在發言中以不點名的方式指責「青年中也有壞的分子」，從而把一張政治鬥爭的天羅地網，撒向了在思想觀點上與胡風保持一致的路翎、阿壟、牛漢、綠原等一大批文藝青年的頭上。

聯席會議之後，馮雪峰被免去《文藝報》主編職務。胡風也在政治高壓之下寫出《我的自我批判》，逐級呈送到毛澤東手中。一九五五年一月三十日出版的《文藝報》一、二期合刊上，以「對胡風在文聯和作協主席團擴大會議上的發言的意見」為通欄標題，發表了姚文元等人的五篇文章。隨著這期《文藝報》免費送出的還有一份《胡風對文藝問題的意見》，也就是《關於解放以來的文藝實踐情況的報告》中的第二部分《關於幾個理論性問題的說明材料》和附件部分《作為參考的建議》。二月五日至七日，中國作協主席團召開擴大會議，決定對胡風的資產階級唯心主義文藝思想展開批判。四月一日，郭沫若在《人民日報》發表《反社會主義的胡風綱領》，標誌著這場文化界的內部鬥爭，已經正式升格為全國範圍內的政治運動。

五月初，根據毛澤東指示，中宣部和公安部聯合組成胡風專案組，其中負責文字材料的林默涵、劉白羽、袁水拍、郭小川、張光年五人小組，個個都是撰寫批判文章的刀筆寫手。五月十三日，由毛澤東決定，《人民日報》在第二、三版分別發表胡風的《我的自我批判》，以及由舒蕪根據他與胡風的私人信件整理而成的《關於胡風反黨集團的一些材料》。在胡風的《我的自我批判》前面，毛澤東親自寫下一大段編者按，明確指出把胡風的檢討與舒蕪的材料一同發表，為的是「不讓胡風利用我們的報紙繼續欺騙讀者」，「假的就是假的，偽裝應該剝去」，「隱瞞是不能持久的，總有一天會暴露出來。從進攻轉變為退卻（即檢討）的策略，也是騙不過人的。」

一九五五年五月十八日，全國人大常委會舉行第十六次會議，正式做出對人大代表胡風予以逮捕的決定。而在事實上，早在該項決定做出之前的五月十六日，公安部長羅瑞卿已經親自簽字逮捕了胡風及其夫人梅志。在隨後的全國大清查中，先後牽涉到二〇〇〇多人，被正式認定為胡風集團分子的有七十八人，被撤銷職務、勞動教養、下放勞動的有六十一人。在這場冤案中徹底喪失精神生命乃至肉體生命的路翎、呂熒、張中曉、阿壟等人，恰恰是當時中國最具天才的青年作家及思想家。

作為文聯常委和作協理事，曹禺除了於一九五四年十二月去天津為繼母薛詠南奔喪之外，直接參與了從批判胡適、俞平伯等人的《紅樓夢》研究到批判馮雪峰直到批判胡風的全過程。一九五五年二月二十一日，曹禺在《人民日報》發表的《胡風在說謊》，是他正式發表的第一篇批判文章。文章一開始，他就開宗明義地介紹了自己的寫作動機：「這幾天我讀了胡風的《關於幾個理論問題的說明材料》，他的文章很長，我來不及仔細地讀；但是我發現有一段文章（一一四頁—一一五頁）引用我修改《日出》的事情，作為他攻訐何其芳同志的事實根據。我想我有權利對胡風說幾句話……」

為了證明胡風說謊，曹禺抄錄了胡風文章中與自己有關的一段文字：「一個劇本，寫的是抗戰前上海沒落社會的人物，他們被所謂金融家和大流氓頭子控制著，有喝血者，有醉生夢死者，有追求新生者，有被犧牲者。這被犧牲的是一個窮苦的女孩，受不住凌辱，自殺了。解放以後，作者重新修改了。怎樣改呢？那女孩沒有自殺，被無產階級救出來了。這當然光明起來了。中國無產階級底心腸真軟得很。或者說真冷得很居然美化了抗戰前的舊中國歷史，居然不讓這個女孩用自己的屍體為無數萬的舊中國屈死了的姊妹們呼一次冤，向那個窮兇極惡的封建流氓社會作一次控訴！……這樣的修改，如果是照的理論批評家的意思，那已經足夠說明問題，但如果是作家自動修改的；那更足以說明：何其芳同志等理論棍子把作家威嚇了怎樣的地步！」

《日出》原著中小東西的上吊自殺，根本不是「為無數萬的舊中國屈死的姊妹們呼一次冤」，而是對於中國傳統文化中「存天理，滅人欲」、「餓死事小，失節事大」的綱常倫理，尤其是天譴罰罪加陽光天堂的神道祭台的殉道犧牲。曹禺改寫後的《日出》不讓小東西自殺，更談不上是「美化了抗戰前的舊中國歷史」。胡風這種上綱上線、強詞奪理的尖銳措辭，與更加強勢的何其芳、姚文元等人之間並沒有實質性區別。擺在曹禺面前的，已經不再是學術思想的是非問題，而是必須與胡風一派人劃清界線以便解脫自己的立場路線問題。針對胡風的上述文字，曹禺從四個方面展開論證。

其一，自己的《日出》原本就沒有寫好：「發表以後，多少年來，我總覺得沒有寫好，我沒有能把新的力量在戲裡表現出來。……解放以後，這個感覺更強烈起來……」

其二，自己對於《日出》的改寫同樣是錯誤的：「我修改不好的原因是我寫《日出》的時候，我並不接近、也不瞭解當時的革命力量，修改中對於當時革命情勢也沒有加以研究，而我偏偏要描寫一些所謂代表光明的人物，其結果必然是寫得不真實，以至成為反歷史的。」「這個修改本最後由於我個人的意見，就出版了。後來，讀者是知道的，我漸漸認識了修改的錯誤，我又把那三本戲恢復了原來的面貌。」

其三，對於《雷雨》、《日出》、《北京人》的錯誤修改，都是出於自己的主觀意願，周揚、何其芳等人反倒是一貫正確的：「在修改的時候，我記得周揚同志聽說我要修改，曾經不止一次誠懇地勸我不要改動，還是把原來的面貌保存下來好，我沒有考慮。那時我想，修改是我自己的事情，我是這樣認識的，我就這樣修改。」

其四，胡風「氣憤填胸地替我打抱不平」，是「橫蠻而又偽善的行為」。他的一副「替天行道」的面孔是虛偽的，他對何其芳的指責用的是「邏輯的天羅地網」：「他的邏輯是這樣的：如果是何其芳同志等叫我改的，那何其芳自然犯了錯誤；如果是我自動改的，那就證明，何其芳等的『理論棍子』把我『威嚇到了怎樣的地步！』於是，何其芳等就犯了更大的錯誤。因為在胡風的『主觀戰鬥精神』、『自我擴張』……等等理論的『照明之下』，何其芳等無論如何是錯的。」

至此，曹禺雄辯地證明了「胡風在說謊」。但是，在改寫《日出》之前，曹禺在《我對今後創作的認識》中明明寫著自己正在「將自己的作品在文藝為工農兵的方向的X光線中照一照」。在談到自己剛剛完成的《明朗的天》時，曹禺甚至唱出了「創作屬於人民」的高調。在這種背景下，曹禺把《日出》的修改單單說成是「由於我自己的意志」，無論如何都是不能成立的。事實勝於雄辯，真正在說謊的並不是胡風，而是理直氣壯地批判胡風的曹禺自己！

隨著舒蕪整理的《關於胡風反黨集團的一些材料》在五月十三日的《人民日報》公開發表，曹禺又接連推出《胡風，你的主子是誰？》、《誰是胡風的「敵、友、我」》、《極其巨大的勝利》等批判文章。如果說《胡風在說謊》主要是出於不得已而為之的自我保護的話，這幾篇文章就純粹是落井下石的挾私報復。

對於胡風寫作於四〇年代的措辭尖銳的評《蛻變》、評《北京人》，曹禺一直是耿耿於懷的，直到此時，他才找到了發洩私憤的絕好機會。他在《胡風，你的主子是誰？》中寫道：「胡風寫文章一向是晦澀難懂的，裡面彷彿有許多話要談又不願談出來，使得讀者可以向馬克思列寧主義方面猜想。我一直認為他的文章落筆就必然不通順的。現在我才明白，只有當他不能夠稱心如意地寫出他對黨的仇視和痛恨的時候，他的舌頭就彷彿拴上了一根繩子，疙疙瘩瘩，說不出甚麼通順的真心話來……」

最為不堪的是，落井下石的曹禺在《誰是胡風的「敵、友、我」》中，竟然把一腔私仇公憤擴大到胡風夫人梅志的頭上：「甚至他的老婆，當作家協會幫助他們找來一個通訊員的時候，都會說『公家人不能不存戒心』。」

一九五五年八月，曹禺在《戲劇報》上發表的《極其巨大的勝利》，專門總結了自己參加反胡風運動的「體會」：「必須更要靠攏共產黨和人民政府，必須對共產黨和人民政府做到絕對的忠誠老實。」

六、反右運動的踴躍表現

一九五五年十月，曹禺在《北京文藝》第一〇期發表《必須認真考慮創作問題》一文，作為自己的國慶獻禮。其中寫道：「在一系列驚心動魄的反對胡風反革命集團的鬥爭過程中，我們難道不深深覺悟到，黨的文藝隊伍不是應該整頓麼？……歷史也多少次證明：那些脫離人民，脫離政治，缺乏對新事物的強烈喜愛的人，必然會墮落在腐朽的個人主義的泥坑裡，被時代所淘汰。」

為了保證自己不像胡風那樣被淘汰，曹禺當時正在爭取入黨。隨著反胡風運動的大獲全勝，文化政策再一次趨於寬鬆。一九五六年一月十四日，中共中央召開關於知識份子問題的會議，周恩來在報告中提出要更充分地動員發揮知識份子的力量，為社會主義服務。四月二十八日，毛澤東在中共中央政治局擴大會議上提出，藝術上的「百花齊放」，學術上的「百家爭鳴」，應該成為我國發展科學、繁榮文藝的方針。五月二十六日，中宣部部長陸定一向文藝與科學界作了《百花齊放，百家爭鳴》的講話，具體闡述毛澤東所提出的「雙百」方針，並且強調在文藝創作題材上，黨不要加以限制，應該非常寬廣。隨著「雙百」的貫徹執行，一場被稱為大鳴大放大辯論的群眾性政治運動，在全國範圍內迅速鋪開。在這種政治氛圍中，曹禺、老舍等人於四月二十三日至二十七日出席了全國文化先進工作者會議。一時間，老舍、曹禺等人儼然變成了中國文藝界繼魯迅、郭沫若、茅盾、周揚、何其芳、丁玲、周立波之後的新旗手、新模範。這年七月，曹禺被正式接納為中共黨員，在十二月召開的中國作協主席團會議上，他又與茅盾、老舍、邵荃麟、劉白羽等人一起，當選為作協書記處書記。

一九五七年三月六日至十三日，中共中央在北京召開有黨外人士參加的全國宣傳工作會議，會上傳達了毛澤東的《關於正確處理人民內部矛盾》的講話。在大會閉幕的前一天，毛澤東蒞會作長篇發言，強調要繼續貫徹「雙百」方針，並號召黨外人士幫助中共進行整風。四月二十七日，中共中央發出《關於整風運動的指示》，有「引蛇出洞」之稱的大鳴大放大辯論由此進入高潮。隨著六月八日中共中央發出由毛澤東親自執筆的《關於組織力量準備反擊右派分子進攻的指示》，形勢又直轉急下，五、六月間的大鳴大放大辯論一下子變成

「中國的天空上黑雲亂翻」。一場規模空前的以知識份子文化人為專政對象的反右派運動，在全國範圍內全面鋪開。

戲劇界的反右運動是從吳祖光身上打開缺口的。為了羅織他的罪名，包括田漢在內的黨內人士，擅自把吳祖光在文聯座談會上大鳴大放的發言摘要，加上一個上綱上線的大題目——〈黨趁早別領導文藝工作〉——發表在一九五七年七月出版《戲劇報》第十四期上。剛剛入黨的曹禺立即做出反應，一連推出《吳祖光向我們摸出刀來了》、《質問吳祖光》兩篇批判文章。

在前一篇文章中，針對這位在國立劇專時期比鄰而居的老同事、老朋友，曹禺頗為形象地描述說：「我的感覺好像是：一個和我們同床共枕的人忽然對隔壁人說起黑話來，而那隔壁的強盜正要明火執仗，奪門而進，要來傷害我們。吳祖光，在這當口，你這個自認是我們朋友的人，忽然悄悄向我們摸出刀來了。」

在第二篇文章中，曹禺一口氣擺出吳祖光的三把刀子。第一把刀子是「外行不能領導內行」的「反領導的思想」。第二把刀子是「今天的社會不只是和一九四三年的重慶的社會『有這麼多相似的地方』，而從戲劇的角度來看，比當時還要壞！」相比之下，最令曹禺惱火的還是吳祖光的第三把刀子：「譬如賢如曹禺同志也有所謂『想怎樣寫和應該怎樣寫』的問題。口是心非假如成為風氣，那就很不好，這種情況必須改變，這就難怪我們的劇本寫不好。」

事情的起因是這樣的，在一九五七年三月召開的作家創作規劃會議上，曹禺提到一個創作方面的問題，也就是「生活裡面事實是怎樣，作者的感覺是怎樣，和應該是怎樣」之間的「距離問題」。吳祖光認定這是曹禺「口是心非」的表現，同時也是曹禺的「劇本寫不好」的一個根源。曹禺雖然不斷表白自己的作品沒有寫好，甚至於在《我對今後創作的初步認識》中詛咒自己「掛羊頭賣狗肉」和賣「狗皮膏藥」，卻從來容不得別人評論自己的作品寫得不好。於是，他「質問吳祖光」道：

「我曾經寫過一個歌頌黨對高級知識份子團結改造的劇本《明朗的天》。在《明朗的天》裡，我沒有說過一句言不由衷的話。而在我這一生僅僅寫過很少的幾本戲劇創作過程中，我最恨的也就是把寫作當作虛偽宣傳的工具。但是今天，我要說，在《明朗的天》中我把那些壞的高級知識份子還是寫得太好了。在那段思想改造時期，有些高級知識份子（今天看，有些果然成了右派分子！）暴露出來的醜惡思想和行為，實在太齷齪、太無恥……」

接下來，曹禺還積極參與了周揚等人針對丁玲、陳企霞的政治清算。在一九五七年八月一日召開的中國作家協會黨組擴大會議上，曹禺在題為《我們憤怒》的發言中，一邊表白「我是一個剛入黨的黨員，各方面知道的很少」；一邊搬出「一個黨員必須忠實於黨」的神聖天條，針對丁玲幹起揭發隱私的勾當：「我和她在莫斯科時，她得了史達林獎金，她很高興，我也為她高興。她對我說：『以後要寫幾本好書了，像托爾斯泰、高爾基那樣地多寫幾部。』一個作家想寫出像托爾斯泰、高爾基那樣的書是應該鼓勵的，但是我覺得她的口氣裡有一種莫明其妙的味道。」

在這篇發言裡，此前一直以神道設教、替天行道的宗教先知及抒情詩人自居的曹禺，像他筆下的方達生、梁公仰、丁大夫、袁任敢、愫方、高覺慧、董觀山那樣，以修成正果的精神牧師的身份，幹起了向右派分子佈道招魂的勾當：「我衷心擁護黨對你們所進行的最後挽救的政策。一個人把自己那樣齷齪的過去坦白出來，徹底丟開，絕不是從此毀滅了見不得人了。而是從此才能得到黨的信任，我們的信任，才有一天能回到我們中間，做人民當中的作家。」

隨後，在公開批判丁玲、陳企霞的《靈魂的蛀蟲》中，曹禺更加直接地採用了他在影劇作品所慣用的替天行道的天譴詛咒。文章中諸如「我們絕不允許這樣一個反黨集團在文藝界興風作浪」、「我們現在爭的不是一件小事情，而是究竟要不要黨的領導，要不要社會主義文藝路線，要不要團結的問題」之類標語口號式的天譴詛咒，連篇累牘、比比皆是。

被曹禺在〈《日出》跋〉中稱之為「好心的編輯」的蕭乾，是與他交情最深也最急於劃清政治界限的一位。沒有蕭乾於一九三七年元旦前後在《大公報》上精心策劃的集體批評，二十七歲的曹禺是不大可能在文壇上站穩腳跟的。然而，早在一九四八年三月，作為中共文化界第一旗幟的郭沫若，就在著名的《斥反動文藝》中，把朱光潛、沈從文、蕭乾等人歸入了「反動文藝」的類別。曹禺在寫於一九五七年八月的《斥洋奴政客蕭乾》一文中，一開始就採用極其巧妙的比喻，透露出一心要置蕭乾於死地的刀筆殺機：「蕭乾是文化界熟識的人，他很聰明，能寫作，中、英文都好。但有一個毛病，就是圓滑、深沉，叫人摸不著他的底。過去，他曾在混水裡鑽來鑽去，自以為是龍一樣的人物，然而在今天的清水裡，大家就看得清清楚楚，他原來是一條泥鰍。」

接下來，曹禺翻出了這位老朋友的老賬：「我們都知道他的過去，他在《大公報》和《新路》上所寫的那些反共、反蘇的文章，我們還沒有忘記。」進而借用《明朗的天》裡董觀山採用過的神道典故，為蕭乾傳神寫照說：「《鏡花緣》的『兩面國』裡的人都有兩個臉，前面微笑，後面噴著毒氣，蕭乾就是這種兩面三刀的『好漢』。」關於蕭乾所宣揚的「民主精神」，曹禺進一步揭發道：

他說，「應該容忍你不喜歡的人，應該容忍你不喜歡的話」，這叫「民主精神」。他引用了一句漂亮話，那句話是：「我完全不同意你的看法，但是我情願犧牲我的生命，來維護你說出這個看法的權利。」

其實，這句話是一種戲法，是語言的魔術，因為這句話沒有真實的根據。誰都看得出來，這是資產階級騙人的一句鬼話。國民黨統治時期，國民黨自稱為「最民主、最自由」的時期，我們的革命者所受的殘酷壓迫和屠殺已經完全證明，蕭乾所引用的這句話是毫無心肝的謊言。

然而，那個時候我們沒有看見蕭乾引用過這句「名言」。在那個時候，他並沒有對共產黨說：「我完全不同意你的看法，但我——蕭乾，情願犧牲我的生命，來維護你說出這個看法的權利。」今天，他卻洋洋得意地引出了這句「名言」了，他對我們說：「這是一句非常豪邁的話」……他暗指肅反，歪曲地說：「在維護憲法的名義下幹出實質上是違犯憲法的事」。

發人隱私、出賣朋友，是曹禺在《橋》中的易範奇和《豔陽天》中的馬弼卿身上痛加詛咒的道德污點。到了《斥洋奴政客蕭乾》一文中，卻偏偏變成了曹禺自己置老朋友於死地的殺手鐧：「他的前妻梅韜同志講，蕭乾一生為人做事都腳踏兩條船，從不落空。他的格言是，準備最壞的，希望最好的。……蕭乾，你這腳踏兩條船的政客，你這隻腳踩著共產黨的船，你那隻腳踩著誰的船？」

在寫於一九五七年九月的《從一隻兇惡的「蒼蠅」談起》的開場白中，曹禺總結說：「反右派鬥爭已經進行了兩個多月了，在辯論會上，我們已經習慣於看見右派分子『乖乖地』坐在我們面前，像一隻落水狗，沒有以前那樣八面威風了」。

被曹禺斥為「蒼蠅」和「落水狗」的，是北京人藝的資深演員戴涯。與唐槐秋同為中國旅行劇團創始人的戴涯，是周樸園最早也最為成功的扮演者，同時也是把《雷雨》演遍大江南北的一位功臣；而且還是最早引領曹禺到天津的下等妓院為《日出》收集生活素材的中旅演員中的一個。一九三六年，戴涯與馬彥祥、曹禺等人為演出《雷雨》和《日出》，還共同組織過中國戲劇學會。在北京人藝的大鳴大放中，戴涯站出來發了言，認為人藝處在「離心離德，毫無希望的僵屍局面」；「黨越領導越亂，文化部和北京市委下來的都是官，飛揚跋扈頑固不化，整人治人，群眾是挨整的老百姓」。於是，在反右運動中，大鳴大放的戴涯就變成了人藝院長曹禺筆下的「蒼蠅」和「落水狗」。特別值得一提的是，已經成為信仰唯物主義無神論的中共黨員的曹禺，習慣於運用的依然不是唯物主義的無神論，反而是根深蒂固地存在於他的潛意識或集體無意識中的集動物本能的野性蠻力和宗教精神的神性魔力於一身的「原始的情緒」和「蠻性的遺留」。於是，在他的這篇文章中就出現了公然宣揚宗教迷信的一段話：「有一齣戲叫『陰陽河』，指的是人死後進入『陰曹地府』之前的一道險惡的河水。我小時候看這齣戲，模糊記得，人的靈魂渡過去便成了鬼，轉過來還有希望變成人。這些右派分子大概已經浮沉在『陰陽河』裡，離對岸不遠了。」

在寫於一九五七年十月的《巴豆、砒霜、鶴頂紅——斥右派分子孫家琇》中，習慣於神道設教、替天行道的曹禺故伎重演，像周樸園對蘩漪、魯侍萍對四鳳、曾皓對愫方那樣，針對「抱著『資本主義牌位』一個人『守節』」的女教授孫家琇，施以「存天理，滅人欲」的天譴誅心之術：「她是中央戲劇學院民盟右派陰謀小集團的中心人物。我想僅就她在中央戲劇學院的發言，從一兩個地方談一談。那個發言的題目叫『幻滅了的及還希望著的』。這個題目十分像胡風那種佶屈聱牙的句子。這位女將把自己打扮成一個舊約聖經裡的先知召喚人們懺悔的聖潔模樣。繞了半天，中心的意思不過是要推翻共產黨，讓她帶領著我們走資本主義的道路。……她表面看去像是一塊絲光糖果，裡面卻是巴豆、砒霜、鶴頂紅。她偽善到了極點，這個『法里賽』！」

「法裡賽」是《聖經・新約》中遭到耶穌基督天譴詛咒的偽善之人。在談到孫家琇關於國立戲劇專科學校與中央戲劇學院的今昔對比時，曹禺採用天譴詛咒的口吻全盤否定了自己供職多年的國立劇專：「南京劇專是國民黨黨棍張道藩、余上沅和二陳系統的人辦的。我在裡面看見國民黨人橫行霸道，黨氣沖天，特務橫行。進步師生被逮捕，被毆打，被陷害，哪里談到什麼學術空氣！」

當胡風、吳祖光、蕭乾等人一個個落入曹禺所謂的「陰陽河」的時候，曹禺自己的散文集《迎春集》由北京出版社出版發行，前面提到的批判文章全部收錄其中。在寫於一九五八年三月的「後記」中，曹禺以他所慣用的陽光天堂般神聖美好的抒情筆調表白說：「日子過得快極了，像坐了神仙的飛車一樣。工作、學習、勞動、開會、看戲、旅行、聽報告、參加熱火朝天的各種運動——生活彷彿是一道愉快的泉水，晶瑩閃耀，奔騰過去。我們在歌唱中，在戰鬥中，過著忙碌而又充實的日子。清晨起來，新鮮的生活立刻像春風一樣迎面撲來，我覺得年輕了，彷彿又回到少年讀書的時候。一切都像從新做起，而天地卻與以前迥然不同。我們生活在這樣一個自由、舒展、人人都能夠揚眉吐氣的時代裡。」

若干年之後，晚年曹禺在與田本相的談話中，對於自己當年的「神仙」日子反思道：「我寫的一些文章是很傷害了一些老朋友的心的，那時，我不得不寫，也沒有懷疑過那麼寫是錯誤的。而歷史證明，是做錯了，真對不起那些朋友！」⑥

在田本相編著的《苦悶的靈魂——曹禺訪談錄》中，還記錄有曹禺更加深刻也更加真誠的另外一段懺悔話語：「吳祖光，我去南京劇校不久，他就來了，一起到了四川。……對於他，我要多說幾句，我是對不起他的，當然，還有一些朋友，在反右時，我寫了批判他的文章。那時，我對黨組織的話是沒有懷疑的。叫我寫，我就寫，還以為是不顧私情了。不管這些客觀原因吧，文章終究是我寫的，一想起這些，我真是愧對這些朋友了。現在看，從批判《武訓傳》開始，一個運動到一個運動，總是讓知識份子批判知識份子，這是一個十分痛心的歷史教訓。今後，再不能這樣了。在『文革』中，我躺在牛棚中，才從自己被批判被打倒的經歷中，深切地體驗到這些。我是欠著這些朋友的。我這個人膽子很小，怕事，連我自己都不滿意自己。可是我做不了一些事情，也許在別人看來是很容易的事情。」⑦

與這段話異曲同工的，是《豔陽天》中被曹禺斥為「馬屁精」的馬彌卿，「假情假意」的一句電影對白：「（假情假意）魏大哥，我也是沒有辦法，逼到這兒了。您可千萬別見我的怪。（故做慨歎）哎，我們讀書人——」

① 本章主要內容，曾以《政治風浪中的曹禺其人》為標題，發表於《黃河》一九九九年第五期，並且被收入吉林文史出版社二〇〇〇年一月出版的《思想的時代》。
② 懷潮：《論小資產階級——論藝術與政治之三》、《泥土》第一輯，一九四八年十一月一日。懷潮即阿壟，本名陳守梅。
③ 胡風：《關於解放以來的文藝實踐情況的報告》、《新文學史料》，一九八八年第四期第十一頁。
④ 田本相採訪鄭秀記錄，田本相、劉一軍編著《苦悶的靈魂——曹禺訪談錄》，江蘇教育出版社，二〇〇一年，第二一六頁。
⑤ 萬方：《靈魂的石頭》、《收穫》一九九七年第三期。
⑥ 田本相著《曹禺傳》，北京十月文藝出版社，一九八八年，第三九九頁。
⑦ 《苦悶的靈魂——曹禺訪談錄》第六十五、六十九頁。

第十幕

圖片說明：

曹禺與巴金在上海

第十章 垂老之年的人生感悟

一九四九年之後，在現實社會幾乎等同於陽光天堂的情況下，曹禺的《明朗的天》、《膽劍篇》、《王昭君》中天譴罰罪的對象，只好捨近求遠地轉嫁給美帝國主義的文化特務、古代的吳王夫差及其佔領軍、破壞民族團結的異族敗類溫敦和他的忠實走狗休勒。對於不再高調展現「陰間地獄之黑暗＋男女情愛之追求＋男權家庭之反叛＋專制社會之革命＋捨身愛人之犧牲＋天誅地滅之天譴＋替天行道之拯救＋陽光天堂之超度」的密碼模式；密碼模式的曹禺影劇，周恩來給出的權威解釋是，「新的迷信」束縛了曹禺的創作自由。①

一、《膽劍篇》的「怪力亂神」

一九六〇年中蘇兩國決裂，蔣介石反攻大陸的呼聲也日漸高漲，給處於「三年自然災害」的中國民眾雪上加霜。為宣傳毛澤東「自力更生，奮發圖強」的政治號召，越王勾踐「臥薪嚐膽」的老故事，一時間成為熱門話題，全國各地一下子湧現出七十多部反映「臥薪嚐膽」的戲曲劇目，卻沒有一個話劇劇本。在羅瑞卿等高層領導人的指示下，曹禺與梅阡、於是之組成寫作班子，住進北京西山一個僻靜院落，開始編寫《臥薪嚐膽》即《膽劍篇》的劇本。

初稿完成後，三個人花了大半年的時間徵求意見。一九六一年三月十日，北京人藝在北京飯店舉行《臥薪嚐膽》座談會，專門邀請歷史學家齊燕銘、翦伯贊、侯外廬、範文瀾、吳晗等人發表意見。三月十三日，中國作協又出面召開《臥薪嚐膽》座談會，林默涵、劉白羽、袁水拍、張天翼、嚴文井、巴金、沙汀、郭小川、歐陽柏、陳默等人出席會議。袁水拍在會上提議把劇名改一下，著重在「膽」字上做文章，該劇因此被確定為《膽劍篇》。

在北京人藝趕排《膽劍篇》的同時，幾經修改的劇本從一九六一年七月開始在《人民文學》分兩期連載。十月三日，《膽劍篇》在首都劇院開始公演，演出受到熱烈歡迎，評論界更是好評如潮。在這些捧場文章中，頗有幾篇談到了一些關鍵性問題。譬如張光年在《〈膽劍篇〉枝談》中認為，該劇第三幕缺乏戲劇性，「雖然許多事情以米為線索而貫串起來，但是求雨、運米、填井、諫米、遷都、獻劍……，仍然顯得是一小塊、一小塊的沒有溶為一體，扭成一根繩，形成真正的戲劇性情節。」②

何其芳在《〈膽劍篇〉印象》中，也指出全劇在思想內容上的空洞混亂：「不管作者的主觀意圖是怎樣，這個作品自己說明了它最主要的思想內容是這樣：一個國家用武力來侵略別的國家，壓迫別的國家的人民，它總是要遭到頑強的反抗的；而一個被侵略的國家的首領，只要他能夠和人民一起，依靠人民，艱苦奮鬥，不管他會碰到什麼樣的屈辱和困難，他最後總能夠戰勝侵略者。這樣的思想是貫串著整個五幕戲的。然而作者似乎又不滿足於僅僅表現這樣的思想內容，也許是覺得這比較一般一些吧，於是在第三幕又寫到了『靠自己，圖自強，自強不息』的思想；在第四幕又寫到『一時強弱在於力，千古勝負在於理』的思想……」③

《膽劍篇》中所表現的越王勾踐「臥薪嚐膽」的老舊故事，在中國社會早已是家喻戶曉。曹禺的獨創之處，在於虛構出一位既具有「姒姓，與勾距同宗」的高貴血統，又「通習六經」的「有學問」的人民代表苦成，通過他對於越王勾踐的獻劍獻膽直到奉獻生命，來實現高調宣傳毛澤東「自力更生，奮發圖強」的最高指示的政治目的。

大幕拉開，「烏雲蓋野」之中，一邊是吳國軍隊在縱火焚燒越國百姓的稻穀；一邊是越國百姓跪倒在大禹廟外守候他們的亡國之君勾踐。沒有跪倒的防風婆婆，更是以巫婆神漢般的神聖姿態，發出了替天行道、天誅地滅的天譴詛咒：「天殺的吳國兵啊！」

此情此景中，反而是從泄皋大夫的領地逃亡出來的喪家奴隸烏雍，表現出較高層次的政治覺悟，針對已經成為吳王夫差的俘虜戰犯的亡國之君勾踐，從另一種角度發出了天譴詛咒：「真叫人俘虜了，那還不如死了的好！」

年長的太宰爹容不得喪家奴隸烏雍這種不罵外國佔領軍反而罵本國君主的反叛精神，命令他與自己一道匍伏在地參拜他們的亡國之君。他的理由是：「國破家亡，總得有個頭領。不指望他，還能指望誰呢？」

對於太宰爹這種甘受奴役的強制愛國，最為經典的解釋是恩格斯寫在《反杜林論》中這樣一段話：「無論自願的形式是受到保護，還是遭受踐踏，奴役依舊是奴役。甘受奴役的現象發生於整個中世紀，在德國直到三十年戰爭後還可以看到。普魯式在一八〇六年戰敗之後，廢除了依附關係，同時還取消了慈悲的領主們照顧貧、病和衰老的依附農的義務，當時農民曾向國王請願，請求讓他們繼續處於受奴役的地位——否則在他們遭受不幸的時候誰來照顧他們呢？」④

在初步具備「自我規定的意志」的烏雍拒不從命的情況下，與烏雍一起「在先王時候，都造過戰船，當過水兵」的老戰友苦成，挺身而出加以招安。《膽劍篇》中不僅要自己跪倒，而且要軟硬兼施地誘導別人跪倒在專制君主面前的苦成和太宰爹，與塑造他們的劇作者曹禺一樣，都是恩格斯所說的因為「缺乏自我規定的意志」而「甘受奴役」的一類人物。《膽劍篇》開幕時跪廟磕頭的大場面，其實是對於魯迅在《女吊》

中所介紹的中國傳統戲曲「開場的『起殤』，中間的鬼魂時時出現，收場的好人升天，惡人落地獄」的「起殤」場面的直接模仿。

第一幕中，苦成不避刀斧，向「同宗」的越王勾踐獻上另一個中年漢子犧牲生命也沒有送到勾踐手中的燒焦的稻子，並且以人民代表的身份囑咐道：「大王，別忘了越國的土地和百姓啊！」

作為亡國之君的勾踐，也不失時機地表演起奉天承運、替天行道的神道把戲：「（接過稻子，仰首望天）皇天保佑越民！」

隨後，身負重傷的苦成憑著比自己的大王還要神奇的力量，把吳王夫差刺進石崖裡的「鎮越神劍」拔了出來，並且莊嚴宣告：「越國是鎮不住的。」

第三幕中，越國大旱。正在太宰爹帶領眾百姓祈神求雨的時候，從吳國歸來的勾踐用宮中的珍寶從吳國羅來大米送到百姓手中。此情此景中，苦成偏偏表現出「餓死事小，失節事大」的愛國氣節，一方面指出這是「夫差的米」，「不吃這米也餓不倒的」；一方面針對自己的大王公開發出大逆不道的天譴詛咒：「大王啊，你真是沒有骨氣啊！」

苦成的天譴詛咒恰好被勾踐聽到，大臣文種以「越國無以為寶，惟民氣為寶」的「天高聽卑」的神聖天理，勸誡勾踐不要懲罰苦成，而是應該接見這位與皇室同宗的「此地的鄉賢」、「通習六經」的「有學問的庶民」。有著高貴血統的苦成，一旦被延請到勾踐面前，竟然像一名職業政治家那樣，充當起荀子在《禮論篇》中所說的「君師」角色，給專制君主勾踐講起了「謀國治本」：

苦　成　我們就是這樣耕種的。非自耕者不食。

勾　踐　（興奮地）非自耕者不食。

苦　成　這樣才是靠自己。
文　種　這樣才能圖自強。
勾　踐　（脫口而出）君子自強不息！
△說話中陰雲四布，這時一聲震天動地的響雷——

只可惜，這場天人感應的高潮戲轉眼之間就泄了底氣。因為在以奉天承運的寡人天子自居的勾踐看來，在「自強不息」的神道教條之上，還聳立著既是自然現象又是人格化的絕對主宰「天（老天爺）」：「上天，你落下一場好雨吧！多麼剛強，多麼有志氣的好百姓啊。『自強不息』，這句話叫我們眼前出現一片生機。從此，我們君臣上下，自強不息，至死不變。上天哪，風來吧，雨來吧，雷電一起都來吧！」

幾千年的中國歷史，總是走不出分久必合、合久必分、周而復始、輪迴報應的興亡週期，曹禺筆下這種天人感應的神聖抒情，活脫脫就是郭沫若一九四二年在《屈原》中吶喊過的「雷電頌」的借屍還魂。正如郭沫若筆下泄了底氣的王室後裔屈原，反而要向身份低賤的衛士祈求拯救一樣，自相矛盾地一邊高唱「自強不息」一邊祈求上蒼保佑的勾踐，轉眼之間又屈尊降貴，從庶民苦成手裡接受了神聖無比的「鎮越神劍」。

第四幕已經是四年之後，庶民苦成奉大臣文種之命在城樓上安裝報警大鼓時，與來自吳國的佔領軍發生衝突，從而被「沒有是非」的泄皋大夫綁到越王勾踐面前。勾踐非但不予治罪，反而再一次從這位庶民身上獲得戰無不勝的精神力量：「（奮揚地）抬鼓來，寡人就要此地釁鼓。范大夫，從此我們不能有一絲一毫苟安自保的念頭。敵人也不許我們稍有一點苟安的打算。」

在由庶民苦成引起的外交爭端中，即使越國不得不拆除城門以示讓步，吳國佔領軍依然不肯善罷幹休，緊接著就搜查起了已經失落四年之久的「鎮越神劍」。在不交出「鎮越神劍」，越國「密藏刀劍的兵庫」就有可能被吳軍搜查出來的緊要關頭，越王勾踐先是以神聖美好的愛國表態——「百姓將它拔下，為它流了血，死了人，交在寡人手裡，它就是越國人的骨氣。」——把在場臣民推入生死抉擇的人生絕境；接下來又玩弄起《日出》中的方達生、《家》中的高覺慧、《豔陽天》中的陰兆時都曾經玩弄過的既要見死不救、臨陣脫逃又要裝傻充愣唱高調的老舊戲法：

「這劍是萬不能交的。（望著夕陽）寧可作那筆直折斷的劍，不作那彎腰屈存的勾！寡人這番心志，定要上告祖先，昭示百姓。我到禹廟去了。文大人，你叫范大夫妥善應付吧。（佩劍昂然下）」

越王勾踐這種神聖美好的道德藉口，分明是說給在場的文種和苦成聽的。與勾踐一樣捨不得犧牲自己的大臣文種，順水推舟地表態說：「（意在言外，安撫地）苦成老人，不要擔心。我和范大夫計議一下，必然豐收出萬全之策。」

在越王勾踐和大臣文種先後推卸職責、藉口逃避的情況下，沒有一官半職的苦成卻挺身而出，自願走上為保全「神劍」而殉道犧牲的黃泉之路。曹禺自然忘不了替苦成寫下大段甩腔甩調的戲曲式「誦白」：「兒孫們哪，你們定要揭地掀天，將今日的乾坤翻倒！」

吶喊煽情之餘，苦成最後一次叩見勾踐，在獻上苦膽的同時還留下政治遺言，從而奠定了自己死後成神的崇高位置：「（從腰間取下苦膽）膽。膽能明目，它叫人眼亮。大王要看清哪！一時強弱在於力，千古勝負在於理。」

在接下來的一場戲中，絕對不肯犧牲自己的越王勾踐反而像罪人一樣自我懺悔、自我詛咒起來：「我卑鄙，我怯弱，像一隻驚弓之鳥，一見獵人的影子，就鑽入天去。我只知退縮。搶牛，我不敢回手；搜劍，我不敢回手；連拆城我都不敢回手。這一鞭一道血痕，打在我的心上。我就是臉皮厚，就是不知痛。在群臣面前，在范蠡、文種這樣難駕馭、不能長居人下的大夫面前，站著我這樣一個不成器的君王！」「我是什麼人哪！（捶胸長嘯）哦，我恨——哪！」

到了第五幕，大幕拉開時已經是十五年之後，苦成當年拔出「鎮越寶劍」的石崖上被題寫了「苦成」兩個大字。全劇開幕時與苦成一起向禹廟跪拜的越國百姓，又掉轉頭來跪倒在苦成崖前，朝著死後「成了神」，而且「天天都顯著靈應」的苦成燒香膜拜。連越王勾踐發出的聖戰愛國的戰爭命令，都是苦成生前留給他的政治遺囑甚至於政治聖經：「千古勝負在於理。」

這場愛國聖戰的結果，吳軍戰敗，夫差被俘，苦成犧牲生命保護下來的「鎮越神劍」又回到夫差手中，成了他用來「自處」的神器。苦成留下的那顆苦膽，也成為越王勾踐報仇雪恨之後依然自強不息的國家神器：「臥薪嚐膽，自強不息。勾踐永遠不會忘記。」

總而言之，一部《膽劍篇》從頭到尾只是有知識、有王族血統的人民代表苦成，生前如何聖賢、死後如何神明的「精忠報國苦成傳」。而這位一會兒是稻、一會兒是米、一會兒是劍、一會兒是膽的苦成老人，與《蛻變》和《豔陽天》中超凡入聖、修成正果的丁大夫、陰兆時一樣，只是孔子《論語》中明確否定過的「怪、力、亂、神」式的神道人物。身份低賤的喪家奴烏薙在愛國聖戰中英勇犧牲，在等級森嚴的神道秩序中所成就的，更是「配祭在苦成崖上」的更加低級的「怪、力、亂、神」。⑤

二、周恩來論「新的迷信」

一九六一年一月十四日至十八日，中共八屆九中全會在北京召開，會議通過了對於國民經濟實施「調整、鞏固、充實、提高」的八字方針，開始在各個領域進行反「左」。一九六二年一月十一日至二月七日，中共中央在北京召開「七千人大會」，標誌著反「左」運動的最高潮。在三月二十七日至四月十六日召開的二屆全國人大三次會議上，周恩來宣讀《政府工作報告》，對「大躍進」以來政府工作中的嚴重錯誤進行檢討。在這種背景之下，文化宣傳政策再一次趨於鬆動。

同年六月一日至二十八日，中宣部在京召開全國文藝工作座談會，文化部也同時召開全國電影故事片創作會議。周恩來於六月十九日會見兩會代表並發表講話，把毛澤東於一九五八年提出的「敢想敢說敢做」，進一步發揮為「解放思想，破除迷信」，並且對文化界盛行的「先定一個框子，拿框子去套，接著是抓辮子、挖根子、戴帽子、打棍子」的做法提出批評。一九六二年二月十七日，周恩來在中南海紫光閣召開在京話劇、歌劇、兒童劇作家座談會，在講話中專門點名批評了自己的南開老校友曹禺：

「曹禺同志的《雷雨》寫於『九・一八』之後，那個時代是國民黨統治時期，民國時代。寫的是『五四』前後的歷史背景，已經沒有辮子了。寫的是封建買辦的家庭，作品反映的生活合乎那個時代，這作品保留下來了。這樣的戲，現在站得住，將來也站得住。有人問：為什麼魯大海不領導工人革命？讓他去說吧，這意見是很可笑的，因為當時工人只有那樣的覺悟程度，作家只有那樣的認識水平。這合乎那個時代作家的認識水平的。那時還有左翼作家的更革命的作品，但帶有宣傳味道，成為藝術品的很少。我在重慶時對曹禺說過，我欣賞你的，就是你的劇本合乎你的思想水平的。」⑥

接著這段話，周恩來提出了「新的迷信」的概念：「新的迷信把我們的思想束縛起來了，於是作家們不敢寫了，帽子很多，寫得很少，但求無過，不求有功。曹禺同志是有勇氣的作家，是有自信心的作家，大家很尊重他。但他寫《膽劍編》也很苦惱。他入了黨，應該更大膽，但反而更膽小了。謙虛是好事，但膽子變小了不好。入了黨應該對他有好處，要求嚴格一些，但寫作上好像反而有了束縛。把一個具體作家作為例子來講一下有好處。所以舉曹禺同志為例，因為他是黨員，又因為他是我的老同學，老朋友，對他要求嚴格一些說重了他不會怪我。……《明朗的天》好像還活潑一些。有人說它不深刻，但這是解放後不久寫的，寫在一九五三年。這個戲把帝國主義辦醫學院的反面的東西揭露出來了，我看過幾次，每次都受感動。《膽劍篇》有它的好處，主要方面是成功的，但我沒有那樣受感動。作者好像受了某種束縛，是新的迷信所造成的。」

為周恩來沒有挑明說破的是，成就曹禺一系列經典傳世之作的，恰恰是比「新的迷信」更加根深蒂固也更加博大精深的「舊的迷信」，也就是曹禺在《〈雷雨〉序》中所介紹的集動物本能的野性蠻力和宗教精神的神性魔力於一身的「原始的情緒」和「蠻性的遺留」，以及由此而來的「陰間地獄之黑暗＋男女情愛之追求＋男權家庭之反叛＋專制社會之革命＋捨身愛人之犧牲＋天誅地滅之天譴＋替天行道之拯救＋陽光天堂之超度」的密碼模式。

同年三月二日至二十六日，文化部與中國劇協在廣州召開全國性的話劇、歌劇、兒童劇創作座談會。會上對於在反右傾運動中遭受批判的《洞簫橫吹》、《布穀鳥又叫了》、《同甘共苦》等劇目給予「平反」。陳毅受周恩來的委託在大會上表態說：「我國知識份子絕大多數是擁護黨擁護社會主義的，是經受了考驗的。他們是勞動人民的一部分。應當為他們脫『資產階級知識份子』之帽，加『勞動人民知識份子』之冕。」會議期間，周恩來還專程從北京趕來為與會人員打氣壯膽，從而釀造出較為寬鬆活躍的小氣候。

有周恩來、陳毅們在身後撐腰打氣，曹禺在長篇發言中頗為坦誠地進行了另一種自我詛咒式的自我批評：「我是有過這種不知以為知，甚至不懂裝懂的痛苦經驗的。不知以為知雖然不好，還情有可原，因為往往我們不明白自己的無知，以為自己所知道的那一點學問就是全部學問，所以有時不懂，或不甚懂，卻以為懂了。然而不懂裝懂，實在可怕。這『裝』就不大好，至少是不謙虛的表現。我想，『裝懂』的時候總該有些窘促的，但如果那時候還有些得意，離開『知』這一條路便更遠了。」⑦

由「不知」到「裝」再到「有些得意」，像這樣的人格失落與人性異化，大概只能用曹禺在《〈雷雨〉序》所形容的「天地間的『殘忍』」來加以解釋。到了晚年，曹禺乾脆用仇虎在原野黑林子裡遭遇過的因走投無路而四處碰壁的鬼打牆，來形容自己當年失魂落魄的可憐相：「我的確變得膽小了，謹慎了。不是我沒有主見，是判斷不清楚。我那時倒沒有挨過整，可是講的那些頭頭是道的大道理，好像都對似的。現在，懂得那是『左』傾的思潮，但當時卻看不清楚。在創作中也感到苦惱，周圍好像有種看不到的牆，說不定又碰到什麼。總理是說到我，但他是希望作家把沉重的包袱放下來，從『新的迷信』中解放出來。」⑧

三、政治風浪中的失魂落魄

在完成《膽劍篇》不久，曹禺又從周恩來那裡接受了創作《王昭君》的任務。據他自己介紹，「記得那是一九六〇年左右的一個下午，在政協禮堂，總理和我們一起談話，內蒙的一位領導同志向周總理反映，在內蒙地區，在鋼城包頭，蒙族的男同志要找漢族對象有些困難，因為漢族姑娘一般不願意嫁給蒙族的小夥子。周總理說：要提倡漢族婦女嫁給少數民族，不要大漢族主義；古時候就有一個王昭君是這樣的！接著，總理對我說：『曹禺，你就寫王昭君吧！』總理提議大家舉杯，預祝《王昭君》早日寫成。」⑨

一九六一年夏天，曹禺專門與歷史學家翦伯贊有過一次蒙古之行。一九六一年二月五日，翦伯贊在《光明日報》發表《從兩漢的和親政策說到昭君出塞》，從學術上論證了歌頌王昭君的政治意義：「作為漢元帝掖庭中的一個宮女，王昭君不過是封建專制皇帝腳下踐踏的一粒沙子；但是作為一個被漢王朝選定的前往匈奴和親的姑娘，她就象徵地代表了一個王朝，一個帝國，一個民族，並且承擔了這個王朝、帝國、民族寄託在她身上的政治使命。」

中國的政壇和文壇，並沒有因為「大躍進」的慘痛教訓而趨於平和。周恩來、陳毅主持操辦的全國話劇、歌劇、兒童劇座談會，不過是一輪接一輪政治運動中的一個小插曲、一場過場戲。用曹禺「文革」後的說法是：「好景不長。沒過多久，不知從哪能吹來了一股陰風，把廣州會議說成是『黑會』，從此大家又耷拉腦袋，不大敢寫東西了。」⑩於是，曹禺已經開篇的《王昭君》，因為「不敢寫東西」而擱置下來，一下子就中斷了十多年。

一九六六年十二月四日深夜，發生了轟動全國的「活捉彭（彭真）、羅（羅瑞卿）、陸（陸定一）、楊（楊尚昆）」的政治事件，這是「文革」中最大規模的一次逮捕行動，遭到「活捉」的是與小民百姓一樣沒有法律保障的大人物。曹禺當時也被從床上拖走，押往中央音樂學院禮堂裡給彭真等人陪綁陪鬥。是周恩來「曹禺算什麼呢？他又不是走資派」一句話，暫時解救了曹禺。

一九六七年一月，隨著姚文元《評反革命兩面派周揚》一文的發表，中國文化人三十多年來積累下來的恩恩怨怨，終於像曹禺《雷雨》中所描繪的那樣，戲劇性地合攏成一個天譴罰罪加陽光天堂的天羅地網。像「雷雨（雷公）」那樣執行奉天承運、替天行道、天誅地滅、一網打盡的天譴罰罪的，是雷公崽子似的紅衛兵。他們給曹禺戴上的是「資產階級反動權威」和「黑線人物」的大帽子。曹禺從此不再是高高在上的文藝界領導，而是被關進「牛棚」的一名「牛鬼蛇神」。從精神上被判死罪的曹禺，馬上表現出了比《日出》中的黃省三和《原野》中的焦大星還要等而下之的神魂顛倒、失魂落魄。黃省三、焦大星們至少還敢於演戲般地喊出幾句灑狗血式的硬氣話，曹禺卻只能對家人發洩、對自己施虐。多虧曹禺身邊還有一個像愫方、瑞貞、鳴鳳那樣「捨身愛人」的方瑞，他才不至於像周萍、黃省三、焦大星、老窩瓜、曾文清那樣，走上天譴罰罪、天誅地滅的人生絕路：

「在鐵獅子胡同三號，我住著三間房子，有一間書房，抄了，封了。在我們大院門口張貼著『反動學術權威曹禺在此』的對聯。……有一段，我住在家裡，不敢出房門。大院裡也是兩派在罵，夜裡也在鬥走資派，一天到晚，心驚肉跳，隨時準備著挨鬥。我覺得我全錯了，我痛苦極了。我的房間掛著毛主席像，貼著毛主席語錄：『革命不是請客吃飯……』我跪在地上，求著方瑞：『你幫助我死了吧！用電電死我吧！』真不想活下去了，好幾次都想從四樓跳下去，我哀求著方瑞，讓她幫著我死。方瑞說：『你先幫我死好不好？』我真是太脆弱了，還有老人，還有妻子，還有孩子，又怎麼能把她們拋下。難為了方瑞，伴著我一直受苦。她依然是那樣默默地把她的愛都貢獻給孩子，貢獻給我。她內心當然是痛苦的，但她外表上卻鎮靜。她每天都靠吃安眠藥過日子，孩子又小，又有一個年老體弱的母親，真是夠她支撐的了！她也是我的精神支柱。」⑪

當戲劇大師曹禺在自己的祖國遭受磨難並失魂落魄的時候，國際文化界卻給予他很高的評價和善意的關注。一九七二年，曹禺被安排在首都劇場傳達室負責來客登記和打掃衛生，是國外報刊報導的「中國的莎士比亞正在給劇團作看大門的工作」的一則消息，給他的命運帶來了一線希望和轉機。為了不給「國內外的階級敵人」提供「反宣傳」的材料，曹禺隨後被安排在東城區史家胡同五十六號北京人民藝術劇院家屬院看守傳達室。周恩來的過問更使曹禺徹底擺脫了困境：

「我還聽張穎同志說，『文革』中他接見張穎，還打聽我的狀況。那時我還沒有解放。總理就派張穎來看我。還同張穎說，看看最近有什麼文化方面的外事活動，安排曹禺同志出席，一定還要見報。這樣，大家看了，就知道我沒有事了，那麼一些人也不會找我的麻煩了。你們看總理對我的關懷是無微不至的。」⑫

方瑞死於一九七四年，是喝了過量的安眠藥致死的。到了一九七八年，曹禺在《為了不能忘卻的紀念——〈家〉重版後記》中，用神道設教的五彩神筆為「捨身愛人」的方瑞立下了一座死得其所的道德豐碑：

「自從我寫《北京人》，我所有的文稿都是經過所愛的朋友的手，或抄謄過，或改動過。我的這位朋友，在『四人幫』橫行時，經常不斷地探視我，在相對無言中，曾給了我多大的勇氣與韌力啊！但是她身體衰弱了，沒有等到粉碎『四人幫』的勝利到來，終於過早地離開我和孩子們。對於革命，對於社會，我的朋友是默默無聞的。然而我將永遠感激她。因為她通過我，總想為人民的事業盡一點力。」

一九七五年一月五日至七日，曹禺在周恩來的直接關懷下出席了第四屆全國人民代表大會預備會和第一次會議。同年春天，香港市政局主辦的「曹禺戲劇節」演出了《北京人》、《蛻變》、《膽劍篇》，曹禺戲劇在不正常的政治環境中，依然在世界範圍內發揮著不可替代的藝術生命力。文化大革命結束之後，甚至在世界範圍內掀起過一陣「曹禺熱」。正如日本學者佐藤一郎所說：「在中國近代戲劇史上，若推出一位代表作家，當首推曹禺。我覺得，在小說史上推崇一位達到頂峰的代表作家，肯定會引起很大的爭論。但至少在話劇界，把他作為近代話劇的確立者和集大成者確是可能的。」⑬

四、《王昭君》的超凡入聖

一九七八年七、八月間，隨著政治形勢再一次趨於緩和，曹禺為重新啟動該劇的寫作，在女兒萬方陪同下赴新疆感受草原風光、體驗草原生活。即使是事過境遷，曹禺依然要把《王昭君》當作政治任務來予以完成：「我領會周總理的意思，是用這個題材歌頌我國各民族的團結和民族間的文化交流。而王昭君正是為這一事業身體力行，做出了了不起的貢獻的一位女子。」⑭

一直以集動物本能的野性蠻力和宗教精神的神性魔力於一身的「原始的情緒」和「蠻性的遺留」，作為文藝創作原動力和內驅力的曹禺，即使在政治操作的大前提下，也依然能夠從民間傳說中尋找到神道設教、替天行道的神話依據：「關於王昭君的傳說，不僅漢族有，蒙族也有。在草原上，王昭君也是一個人人皆知的女子。而且，她彷彿是一位仁慈的女神。人們傳說，貧苦的牧民沒有羊，到青塚上面去，就可以得到羊；結婚後沒有孩子，到青塚去住一夜，第二年一定會生出一個又白又胖的兒子。在那裡，人們把美好的願望都寄託在王昭君的身上。」

田本相在《曹禺傳》中，還記錄了曹禺收集到的另一則神話傳說：「昭君原來是天上的仙女，受玉皇大帝派遣，下凡來平息漢族和匈奴的干戈的。匈奴單于從漠北遠道前來迎接昭君，二人一路上冒著漫天的風雪，走到黑水邊上，只見朔風怒號，走石飛沙，馬隊不能前進，只得就地停下。這時昭君下了馬，彈起她的琵琶。頓時風停雪止，天上彩霞橫空，祥雲繚繞；地上冰雪消融，萬物復甦。……昭君還有一個錦囊，她從裡面取出幾粒種子撒在地上，從此塞外便有了莊稼。」有了這樣的神話傳說，曹禺就可以部分恢復此前創作《雷雨》、《日出》、《原野》時以神道設教、替天行道的宗教先知加抒情詩人自居的身份特權，進而以「如神仙，如佛，如先知」般「升到上帝的座」的神聖高調，展現自己所擅長的「陰間地獄之黑暗＋男女情愛之追求＋男權家庭之反叛＋專制社會之革命＋捨身愛人之犧牲＋天誅地滅之天譴＋替天行道之拯救＋陽光天堂之超度」的密碼模式。

在第一幕中，王昭君是以漢宮待召的身份出場的。對於她來說，漢元帝金碧輝煌的皇宮，就是一座埋活人的陰間地獄。她一邊表白「我想的……自己也不明白」的精神困惑，一邊自相矛盾地訴說著陽光天堂般神聖美好的人生理想：

「姑姑啊，你的『德言工容』說得巧，難道我必須在這裡等待，等待到地老天荒？一個女人是多麼不幸。生下來，從生到死，都要依靠人。難道一個女人就不能像大鵬似的，一飛就是九千里？難道王昭君、我，一生就和這後宮三千人一樣？」

「……我要像一隻雁，在碧悠悠的、寬闊的青天裡飛起來多好。」

為了證明王昭君與別人不一樣、不平等的身份等級和身份特權，王昭君的姑姑姜夫人介紹說：「你跟人不同。你生下來，滿屋噴香，月亮撲在你媽的懷裡，才有了你。看相的說，你是天上的，命定要當皇后的。」王昭君並不相信這種大眾化的民間神道，而是擺出中國傳統儒教文化中更加正統的神道理由，來證明自己與別人不一樣、不平等的身份等級和身份特權：

自己的父親是為皇權之國血灑疆場的忠烈之士。自己的母親是為烈士丈夫殉情而死的貞女烈婦。自己從盡忠的父親那裡繼承來的不是烈士家屬應該享受到的官方撫恤，而是致力於民族團結的精神法寶。自己從節烈的母親那裡繼承下來的是殉情而死的神聖情歌《長相知》。自己比烈士父親和烈婦母親更加神聖的地方，還在於既能繼承家教又能服務政治的政教合一的創造發明；也就是把兒女情長的《長相知》，改寫成為一首歌頌民族團結的大公無私的政治神曲。

第二幕中，「自願請行」的王昭君以「瘀氏備選」的身份，被漢元帝當作「禮物」和「寶」奉獻在呼韓邪面前。並沒有被皇帝當作「人」來看待的王昭君自己，反倒有了齊天大聖孫悟空式的美好感覺：

上面坐著的，莫非是生殺由他的皇上和單于？
他們「喜」就是「生」，「怒」就是「死亡」。
可六宮都羨慕我，一天便見到了，
一個單于，一個皇上！
管他是什麼！
我淡淡裝，
天然樣，
就是這樣一人漢家姑娘。

我款款地行，我從容地走，
把定前程，我一人敢承當。
怕什麼！
難道皇帝不也是百姓供養。

宮殿之上，當漢元帝命王昭君歌唱「鹿鳴」之曲時，王昭君偏偏要自作主張，奉獻出了「比『鹿鳴』還要盡意」的中國特色的天堂神曲《長相知》：

上邪！
我欲與君長相知，
長命毋絕衰。
山無陵，江水為竭，
冬雷震震，夏雨雪，
天地合，乃敢與君絕。
長相知啊，長相知。

面對漢元帝「你在這樣的嘉賓面前，唱起這樣兒女的情歌。不是失了禮嗎？」的指責，王昭君反而以一位圓滑老練的職業政治家的神聖姿態，講出了傳統儒教文化中更加神聖的以天神天命天意天理天道天堂為本體本位的正統道理：「天生聖人都是本著『義』和『誠』的大道理治理天下的。於今，漢、匈一家，情同兄弟，弟兄之間，不就要長命相知，天長地久嗎？長相知，才能不相疑，不相疑，才能長相知。……這豈是區區的男女之情，碌碌的兒女之意哉！」

以現代性的以人為本、意思自治、契約平等、民主參與、憲政共和、大同博愛的價值體系和文明常識來返觀歷史，所謂「天生聖人」的漢元帝、呼韓邪，以及與「天生聖人」並駕齊驅、比翼雙飛的王昭君，所要實現的「漢、匈一家，情同兄弟」的神聖大業，最終應該保障的恰恰是每一位個人正當合法的私有權利，也就是所謂的「區區的男女之情，碌碌的兒女之意」。除了保障普通民眾男歡女愛、安居樂業的幸福生活之外，任何意義的「『義』和『誠』的大道理」，都是反文明和反人道的。王昭君理直氣壯演講出的「豈是區區的男女之情，碌碌的兒女之意哉」的高調道理，恰恰是宋明理學「餓死事小，失節事大」、「存天理，滅人欲」的反文明和反人道的吃人禮教。

接下來，邊關傳來緊急情報，說是匈奴騎兵襲擊了漢朝商隊，王昭君「存天理，滅人欲」的「長相知」，當場就被漢元帝派上了用場，說是漢民族的百姓蒙受損失，「對我們天長地久的昆弟、翁婿之歡」，是「一件很小的事情」。與此同時，漢元帝還把王昭君當場改封為公主，以便提高把她轉嫁給呼韓邪單于的身價，並且抬出自己死後成神的專制祖宗的名義，把這種明顯違背人倫情理的異族和親，神聖美化為「祖宗順天譽民，懷遠和親，作一家人的道理」。

在接下來的第三幕和第四幕中，跟隨呼韓邪單于來到匈奴的王昭君，受盡委曲、歷盡磨難才贏得呼韓邪單于的「長相知」，從而修來與單于「千歲」並駕齊驅的「寧胡閼氏千歲、千千歲」的人間正果。此時此刻的王昭君，並不滿足於凌駕於普通民眾之上的人間正果，反而把自己與單于男歡女愛的私人用品合歡被，贈送給一位神秘老人。隨著合歡被飛上天空變成「像天那樣大，廣無垠」的「神明」之物，也就是中國傳統神道文化中最為原始、最為永恆也最具有藝術魅力的天譴天罰加陽光天堂的天羅地網；王昭君與單于之間男歡女愛「長相知」的私人情感，也被化私為公地絕對神聖化。已經成為「閼氏千歲」的王昭君，最後還要仿照傳統戲曲的曲終奏雅，吶喊出陽光天堂般的神聖口號：「祝普天下沒有受寒的人！」

早在一九三六年，魯迅對於夏衍寫得「激昂慷慨」的《賽金花》的「最中心的主題」，曾經有過一針見血的點破：「連義和拳時代和德國統帥瓦德西睡了一些時候的賽金花，也早已封為九天護國娘娘了。」⑮四十多年過去，出現在影劇大師曹禺筆下的王昭君，所充當的依然是連兩千多年前的孔子都要「敬鬼神而遠之」的「怪、力、亂、神」式的「九天護國娘娘的角色」。假如把劇中敗壞民族團結的反派人物溫敦用來斥罵走狗休勒的一番話，移用到王昭君身上，反倒顯得更加具有針對性：「哼，有這樣一種奴才，獻給我的，不過是半個瘦羊腿，可向我要的卻是一座金子堆成的山。這是個什麼人呢？哼！他的兒子死了，他沒有掉一滴眼淚，可是為了他那看不見的一座金山，他對我苦苦哀求，傷心地哭著，淚水打濕了我的靴子。連我這石頭一樣的人都被他哭動了心，哭斷了腸！」

原本是男權強權社會的性奴隸的王昭君，靠著男權強權主子的恩賜授權才得到了千歲的地位，偏偏還要更進一步凌駕於男權強權主子之上，去修成一個既網羅一切又包辦一切的超凡入聖的神聖正果。這種人格分裂和價值混亂，還可以借用魯迅《墳・論照相之類》中的一段話來分析說明：「道學先生之所謂『萬物皆備於我』的事，其實是全國，至少是S城的『目不識丁』的人們都知道，所以人為『萬物之靈』。……較為通行的是先將自己照下兩張，服飾態度各不同，然後合照為一張，兩個自己即如賓主，或如主仆，名曰『二我圖』。但設若一個自己傲然地坐著，一個自己卑劣可憐地，向了坐著的那一個自己跪著的時候，名色便又兩樣了：『求己圖』。……至於貴人富戶，則因為屬於呆鳥一類，所以決計想不出如此雅致的花樣來，即有特別舉動，至多也不過自己坐在中間，膝下排列著他的一百人兒子，一千個孫子和一萬個曾孫（下略）照一張『全家福』。」

從一開始就要顯示自己與別人不一樣、不平等的身份等級和身份特權的王昭君，與馬克思在〈《黑格爾法哲學批判》導言〉中所提倡的「人本身是人的最高本質」的以人為本的人道主義本體論，也是就是現代性的以人為本、意思自治、契約平等、民主參與、憲政共和、大同博愛的價值體系和文明常識，顯然是格格不入和背道而馳的。筆者如此苛評《王昭君》一劇，並不是要抹殺王昭君本人促進民族團結的歷史意義和現實意義，而是要強調任何形式的個人崇拜和個人造神，在現代文明社會裡都是不可接受的。

五、撥亂反正的公開表態

《王昭君》完成於一九七八年十月，曹禺在「獻辭」中寫道：「我把這個劇本獻給祖國國慶三十周年，並且用它來紀念我們敬愛的周總理。」同年十一月，新編五幕歷史劇《王昭君》在《人民文學》第十一期全文發表，與此同時，北京人藝也開始緊張排演。由於有較多的政治操作和政治色彩在裡邊，加之作品本身在一定程度上恢復和保留了曹禺戲劇中既根源於中國傳統神道文化，又充分吸納外國宗教文化的「陰間地獄之黑暗＋男女情愛之追求＋男權家庭之反叛＋專制社會之革命＋捨身愛人之犧牲＋天誅地滅之天譴＋替天行道之拯救＋陽光天堂之超度」的密碼模式；尤其是其中最為原始、最為永恆也最具藝術魅力的天譴天罰加陽光天堂的文化密碼及神道格局，戲還沒有上演便贏得一片讚美之聲。相比之下，反倒是一個叫尚文的北京大學中文系學生，在與曹禺的對話中說出了自己的一點真實的感受：

「報上都說好，我覺得這戲詩意挺濃。不過，不如我過去看的戲曲《昭君出塞》感人，後半部不吸引人。王昭君到了匈奴以後，顯得太窩囊，好像有點束手無策，等著挨整似的。……不過，也許我說得重了。我媽常說我，什麼都愛挑個刺，要我記住一句話：『看人挑擔不費力，自己挑擔重千斤。』」⑯

一九七九年初，作為「撥亂反正」的政治安排，周恩來一九六一年六月十九日的《在文藝工作座談會和故事片創作會議上的講話》，在《文藝報》第二期正式發表。一九六二年二月十七日的《對在京的話劇、歌劇、兒童劇作家的講話》，在《文藝研究》第一期正式發表。配合著這兩個講話的發表，曹禺在《劇本》第二期上發表與時俱進的《幾點隨想》，對中國文藝界走過的曲折道路進行反思：「解放後我們努力改造，十三年的時間，應該說有了一點成績。背著『資產階級知識份子』的帽子，實在是抬不起頭來，出不出氣來。這個帽子壓得我們不能暢所欲言地為社會主義寫作，深怕弄不好，就成為『反黨反社會主義』的『毒草』。」

一九八〇年，曹禺在《劇本》第七期上發表《戲劇創作漫談》，針對話劇創作中的實際問題進一步反思道：「最近我看了《文藝報》上孫犁同志的一篇文章，寫得十分好，也十分透。他勇敢地提出『人道主義』的問題，這是很大膽的。我由此想到，我們寫『人性』寫得太不深了，甚至有人至今還不敢碰。每個人物都是有性格的，就看你敢不敢寫，會不會寫好。現在有的人好像頭上帶了緊箍，不管誰一念緊箍咒，他的頭就痛。這不好。不在於人家限制你，而是自己限制自己。這是有來源的，中國幾千年的封建束縛和幾十年的極左壓力，使得許多人謹小慎微，不能暢所欲『寫』。暢所欲寫，並不就是寫黑暗，一味寫黑暗是不利於祖國的。我是說，要寫那些叫人揪心的，使人不能忘卻的人物，寫他們的情操、信念。」

一九八〇年六月二十二日，曹禺在接受田本相、楊景輝採訪時，另有更加自由、更加大膽也更能切中時弊的談話：「為什麼我們不能創作出那種具有世界性的作品來？《戰爭與和平》、《復活》，在我們看來都是錯誤，虛偽，但確實有世界性。我們總是寫那些『合槽』的東西，『合』一定的政治概念之『槽』，一個蘿蔔一個坑，這是寫不出好作品的。」[17][18]

這裡的「合槽」與不「合槽」，正是曹禺創作於一九四九年之前的《雷雨》、《日出》、《原野》，與他創作於一九四九年之後的《王昭君》、《明朗的天》、《膽劍篇》之間最具實質性的一種區別。然而，當田本相把採訪記錄整理成《我的生活和創作道路——同田本相的談話》，準備在《戲劇論叢》一九八一年第二期公開發表時，曹禺又對自己的談話內容進行了刪改修正。用他自己的話說：「我很痛苦，我沒有時間，我自己做不了自己的主人。……我推不開，擺不脫，我不好意思，我怕叫人誤會，我還擔心得罪朋友，我已經得罪了不少朋友，我不想再得罪朋友了。」[18]

儘管如此，《我的生活和創作道路——同田本相的談話》一文，依然稱得上是曹禺晚年比較大膽的一次公開表態。只可惜，他對於人道主義及創作自由的公開表態，不久就被當作資產階級自由化的精神污染而遭到清算。一九八一年八月三日至八日，中共中央宣傳部在京召開全國思想戰線座談會，傳達鄧小平關於思想、文藝戰線要「堅持四項基本原則，反對資產階級自由化」的指示。同年十二月十二日，身為劇協主席的曹禺主持召開主席團擴大會議，討論貫徹中央對文藝工作的指示精神。這位七十二歲的膽怯老人，從此再也沒有公開使用過「人道主義」、「人性」之類的字眼，而是把自己內心深處的困惑與悲哀，用私人書信的方式寫給因大腿骨折在上海住院的巴金：

「我現在不知為什麼忽然有些神經，稍有什麼異常的現象，就能使我往不好處想，而且往往固執，必須另有一種與我所感到的異常現象正相反的『吉相』發生，我才放下心來。大約小時聽神秘鬼怪的故事太多了，到了老年，又回轉反應在我的頭腦裡。……我不是虛無派，不是頹廢派，更不是資本主義社會的什麼、什麼，我只是一個老人，一個毫無知識的老人，我只是想活下去，而且要認真活下去。」⑲

據曹禺國立劇專時期的學生與晚年的同事劉厚生介紹，「解放初期，他覺得共產黨什麼都是對的，要他幹什麼，他就幹什麼。另外，他也是『既得利益』者，比起解放前，他的地位、名譽和待遇啦，要高得多，統統都有了。在經歷了一段之後，他很清楚，每次政治運動過後，要麼都有，要麼都沒有了。這點，他看到了。所以，每到關鍵的時刻，他就猶豫了。是說真話，還是跟著表態？這時，他就不那麼率直了。……出這樣的人才真是不容易！但是，把他窩成這樣，也真是可怕。現在想起來越來越覺得，這幾十年的壓力，政治運動的壓力，對人的傷害太大了，所有的棱角都給磨掉了。……在我看，曹禺先生有點性格悲劇：又要適應這個環境，但是心裡又不甘；要是不顧環境逆潮流而動，說真話，動真格的，他又有點不敢。這就是他的悲劇之所在。」「曹禺先生主持劇協工作，不止一次說：『我就是個木魚啊！你們敲吧！愛怎麼敲就怎麼敲吧！』……他看了人家的作品，看了戲之後，他都說：『不易，不易！』這幾乎成了他的口頭禪，後來大家都當成笑話了。」⑳

六、垂老之年的人生感悟

作為全國劇協的終身主席、北京人藝的終身院長以及後來的中國文聯主席，曹禺在垂老之年發表了大量言不由衷的表態應酬文章，只是在零星寫出的一些文章和書信中，表現出了一些人生的感悟和人性的真實。

《福建戲劇》一九八一年第六期上，發表有曹禺的〈《西遊記》與美猴王——在首都戲劇界座談《真假美猴王》會上的發言〉。其中對於《西遊記》的分析評論，完全可以用來解釋他所創作的一系列高度宗教化的影劇作品：「佛教於西漢傳入我國，到了明朝，仍很盛行。我們馬列主義者認為宗教是迷信，是鴉片。然而在吳承恩生活的那個年代，佛教的思想、佛教的理論，是為一般人民和統治者所接受的。吳承恩雖然是個大知識份子，他也不能不接受。佛教在那個時候，似乎會給人以『安慰』。《西遊記》反映了那個時代人們對佛教的信仰和崇敬。因此，對『佛』這個問題，是不能推翻的；如果可以推翻，那麼《西遊記》將不復存在，就連中國的其他古典名著也將一樣不復存在。……孫悟空大鬧天宮成為了不起的個人英雄，後來又有個大轉折，被壓在五行山下五百年。直到唐僧要往西天取經，才把他解放出來，然後給加上『緊箍咒』，好駕馭他。……孫悟空永遠是個被同情的角色，而且永遠是個英雄。……到了西天，得到一個佛的封號叫『鬥戰勝佛』。」

一九八二年一月，北京人藝建院三十周年紀念文集《攻堅集》出版。曹禺在〈《攻堅集》序〉中，再一次發揮了自己童話神話般的宗教戲劇觀：「舞臺是一座蘊藏無限魅惑的地方，它是地獄，是天堂。誰能想像得出藝術創造的甘苦與艱辛呢？……一場驚心動魄的成功演出，是從苦惱到苦惱，經過地獄一般的折磨，才出現的。據說進天堂是美德的報酬。天堂是永遠的和諧與寧靜。然而戲劇的『天堂』卻比傳說的天堂更高、更幸福。它永不寧靜，它是滔滔的海浪，是熊熊的火焰，是不停地孕育萬物的土地，是亂雲堆起、變化莫測的天空。只有看見了萬相人生的人，才能在舞臺上得到千變萬化的永生。……他比孫大聖還要高明，一生豈止有七十二種形象變化？」

自一九八八年起，曹禺垂老之年的生活大部分是在北京醫院度過的。一九九一年九月二十八日，應《收穫》之約完成於北京醫院的《雪松》一文，是飽經人世滄桑的影劇大師曹禺，對於自己當年「如神仙，如佛，如先知」般「升到上帝的座」的神采飛揚、自由開放的創作心態的部分回歸：「其實，我這個人是極為歡樂的，我笑起來總是開懷暢笑，有時一連串講起往事，也是找最愉快的事情講。因為痛苦煎熬的感覺太重了，扣住全身，像一口巨鐘，我吐不出一口氣來，我真要縱身舉起這口鍾，再不能惶惑下去。像在夢中，我突然有了挾東山、超北海的力量，一蹬一抬，就把這不能用數量計算的沉重的巨鐘拋在大海洋裡。比任何霹靂都震耳的一聲巨響，激起的浪濤，像千百條鯨魚噴出的沖天水柱那樣光亮、輝煌、燦爛。自從盤古開天地，哪一個能見過如此使人震懼，使人生出無限希望、無限光明的境界啊！一切先知在混沌世界中說出的什麼極樂世界不正是如此麼？」㉑

接下來，曹禺還難能可貴地對自己一直以神道設教、替天行道的宗教先知加抒情詩人自居的身份特權意識，進行了以人為本的真誠反思：「眼前有一朵花，這自然不是老伴，因為她同我一樣都上了年紀了。這朵花是美的，真美，一點也不假。……她有個名兒，叫『玻璃翠』。……這平凡而又神仙般的花，卻使我想起『愛麗兒』（Ariel），莎士比亞的《暴風雨》中，那個縹緲的精靈……我認為莎士比亞筆下的精靈們，以愛麗兒最可愛，最像人。愛麗兒為主人效忠，施展百般千般的能耐，待功德圓滿，她向主人要求，實現以前立下的諾言——恢復她原來的自己。老人慨然應允。愛麗兒重新回到她自己的天地。這與我們的孫悟空大不一樣，他保唐三藏西天取經，歷經九九八十一難，終於到了西天，後來在一片慈祥、聖潔的氤氳裡，他成了正果，被封為『鬥戰勝佛』，慈眉善目地坐在那裡，不再想花果山，不再想原來的猴身。這與愛麗兒的終身的嚮往，就不同了。」

與《雪松》相配套，住在北京醫院的曹禺，還在一九九一年十月二十三日寫成的一首標題為《玻璃翠》的短詩中，清醒反思了自己一再被欺騙、被利用、被拋棄的人生悲劇：

「我不需要你說我美，／不稀罕你說我好看。／我只是一朵平常的花，／濃濃的花心，淡淡的瓣兒。／你誇我是個寶，／把我舉上了天。／我為你真動了心，／我是個直心眼。／半道兒你把我踩在地下，／說我就是賤。／我才明白，／你是翻了臉。／我怕你花言巧語，／更怕你說我好看。／我是個傻姑娘，／不再受你的騙。」㉒

經不起別人的讚美而一再被欺騙、被利用、被拋棄的「玻璃翠」，正是曹禺為自己像孫悟空那樣迷失自我的人生戲劇和戲劇人生的傳神寫照。這份柔弱中的執著與感悟，稱得上是曹禺一生中所達到的人生境界的最高點。通過這一文一詩，曹禺無形中給自己一直在歧路彷徨的戲劇人生和人生戲劇，圈上了一個還算圓滿的句號。

鄭秀在離婚之後一直沒有再婚，與曹禺之間也再無直接來往。不過，她對於曹禺的關心卻並沒有因此而中斷。一九八一年四月十九日，《曹禺傳》作者田本相第一次登門採訪，鄭秀坦白地介紹了她對於曹禺的看法：

「我們雖然不是夫妻了，還是同志；但寫《曹禺傳》是給後人留下東西，我也有責任幫助你。我們是同志，我客觀上說，他解放後不該當官，有個名義，就行了，何必參加那麼多活動，寫作別人是不能替代的。打倒『四人幫』後，這幾年，他又晃過去了。……恐怕他更寫不出來了，我是為他惋惜的。」

田本相在《苦悶的靈魂——曹禺訪談錄》中談到這次採訪時，記錄了他的美好印象：「不知怎的？我倒覺得她像愫方、瑞玨，有一種獻身精神。她離開曹禺後，沒有再結婚，帶著兩個孩子……」㉓

鄭秀逝世於一九八九年八月三十日，生命垂危之際，她曾委託二女兒萬昭去請曹禺到病床前見上最後一面，待到臨死前的最後幾秒，她禮佛誦經般念誦的依然是曹禺的本名「萬家寶」中的「家寶」二字。然而，曹禺最終也沒有來與她訣別。守候在鄭秀身邊的萬昭，只好一遍又一遍地自欺欺人：「爸爸就要來了，爸爸在開會……」可悲可歎的是，一場在清華園裡窮追不捨、死攪蠻纏的現代情戀，到頭來終歸是癡心女子被拋棄的情愛悲劇。

曹禺繼鄭秀、方瑞之後的第三位夫人是李玉茹。兩個人於一九七九年十二月七日在北京登記結婚。據曹禺介紹，「我認識玉茹是在一九四七年，在文華公司的時候，是吳性栽把她介紹給我的。她好學，沒有舊京劇演員那些毛病，當時她和方瑞也有來往。大概我在一九七八年去上海，住在上海大廈，她來看我。她先打電話給我，我幾乎都把她忘記了。」㉔

關於曹禺與李玉茹當年的相識，黃佐臨以見證人的身份提供了另一種說法：「曹禺在文華公司工作時，晚上有時就在文華公司吃晚飯；晚上開會，八九點鐘散了，他就到李玉茹家裡去了。鄧繹生就來電話，一兩點鐘打電話給我，問，這麼晚怎麼還沒有回來，到哪裡去了？我就說，老闆叫他去了。或者說，他還在老闆那裡。我並不反對他結婚，他應當找一個安定家庭的人過生活。」㉕

據李玉茹介紹，曹禺「還準備寫一部叫做《黑店》的戲，萬方比較瞭解，好像同她談過。還要寫一部《孫悟空的緊箍咒》，都是他曾經構思過的。」㉖由此可以看出，曹禺對於替天行道加修成正果的孫悟空式的英雄模範人物的反思批判，絕對不是心血來潮時的偶然為之，而是他以血的代價換來的一種人道覺悟。

王蒙在《永遠的雷雨》一文中，還談到曹禺晚年最為大膽也最為精彩的一個表現：「我愛他的劇作，但又實在不怎麼理解他。例如他晚年的一次精彩就相當出人意料。我說的是一九九三年政協八屆一次會議時，他扶病前來與中央領導會見，他發言建議將（當時的）文聯和一些協會解散，而他本人就是文聯主席。這堪稱振聾發聵。」㉗

這裡所說的中央領導，指的是時任國家主席、中共中央總書記的江澤民。到了一九九六年十二月十三日，曹禺因病逝世於北京醫院，終年八十六歲。

---

①本章主要內容，錄自筆者所著《戲劇大師曹禺：嘔心瀝血的悲喜人生》第十一章，該書二〇〇三年一月由山西教育出版社出版。

②張光年：《〈膽劍篇〉枝談》、《戲劇報》，一九六二年第一期。

③何其芳：《〈膽劍篇〉印象》、《文藝報》，一九六二年第二期。

④恩格斯：《反杜林論》、《馬克思恩格斯選集》第三卷，人民出版社，一九七二年版，第一三八、一四九頁。

⑤孔子《論語·述而》，見《新刊四書五經》第八十八頁，中國書店，一九九四年。

⑥周恩來《對在京的話劇、歌劇、兒童劇作家的講話》、《文藝研究》一九七九年第一期。

⑦曹禺：《漫談創作》、《戲劇報》一九六二年第六期。

⑧ 曹禺與田本相談話，田本相著《曹禺傳》，北京十月文藝出版社，一九八八年，第四一一頁。
⑨ 曹禺：《昭君自有千秋在》、《民族團結》一九七九年第二期。
⑩ 曹禺：《幾點隨想》、《劇本》一九七九年第二期。
⑪ 田本相著《曹禺傳》，第四二〇頁。
⑫ 田本相、劉一軍編著《苦悶的靈魂——曹禺訪談錄》，江蘇教育出版社，二〇〇一年，第一六四頁。
⑬ 《苦悶的靈魂——曹禺訪談錄》，第一四五頁。
⑭ 曹禺：《昭君自有千秋在》、《民族團結》一九七九年第二期。
⑮ 魯迅：《這也是生活》、《魯迅全集》第六卷，人民文學出版社，一九八一年，第五九七頁。
⑯ 錢理群著《大小舞臺之間——曹禺戲劇新論》，浙江文藝出版社，一九九四年，第三六三頁。
⑰ 《苦悶的靈魂——曹禺訪談錄》，第三十三、四十、四十一頁。
⑱ 《苦悶的靈魂——曹禺訪談錄》，第四十八頁。
⑲ 曹禺致巴金信，一九八一年十一月二十日。田本相主編《曹禺全集》第六卷，花山文藝出版社，一九九六年，第四十七頁。
⑳ 田本相採訪劉厚生記錄，《苦悶的靈魂——曹禺訪談錄》，第二七五、二七六頁。
㉑ 曹禺：《雪松》、《收穫》一九九一年第六期。
㉒ 曹禺：《玻璃翠》、《曹禺全集》第六卷，第八十頁。
㉓ 田本相採訪鄭秀記錄，《苦悶的靈魂——曹禺訪談錄》，第二一六頁。
㉔ 《苦悶的靈魂——曹禺訪談錄》，第一五二頁。
㉕ 田本相採訪黃佐臨記錄，《苦悶的靈魂——曹禺訪談錄》第二三四頁。
㉖ 田本相採訪黃佐臨記錄，《苦悶的靈魂——曹禺訪談錄》第二八四頁。
㉗ 王蒙：《永遠的雷雨》、《讀書》一九九三年第四期。

後記

曹禺影劇藝術的密碼模式

德國古典浪漫派詩人荷爾德林說過，「總是使一個國家變成人間地獄的東西，恰恰是人們試圖將其變成天堂」。把這句話移用來形容中國影劇大師曹禺的主要作品，同樣是可以成立的。

本書的母課題《現代戲劇與宗教文化》，係中國藝術研究院「九五」規劃一般課題。該課題於一九九八年七月立項，於二〇〇〇年七月結題，主要內容是從宗教文化學的角度，對中國現代戲劇史上的重點作家及經典作品，進行「存在還原」意義上的重新解讀與重新定位。《現代戲劇與宗教文化》結題完稿後，卻一直沒有找到正式出版的機會，後來幾次搬家，連手稿也不知道搬到哪裡去了。兩年的心血就這樣化為烏有，這是我多少年來一直耿耿於懷的一件事情。

在隨後的幾年裡，我關於影劇文化的相關研究，一直圍繞著這一課題逐步深化。通過重新閱讀大量的文獻資料，我決定對其中最有研究價值的曹禺影劇和田漢影劇，進行相對獨立的專項研究，並於二〇〇三年在山西教育出版社先後出版了兩本學術評傳《戲劇大師曹禺——嘔心瀝血的悲喜人生》和《影劇之王田漢——唯美愛國的浪漫人生》。本書初稿是在《戲劇大師曹禺——嘔心瀝血的悲喜人生》一書的基礎上，重新思考深化的結果，書中的大部分章節，已經在相關學術刊物中公開發表並得到好評。

在寫作本書的過程中，我有一個很直接的衝動，就是覺得中國許多時髦學者靠著炒作外國人的結構主義以及解構主義暴得大名，卻從來沒有見過一個人願意紮紮實實地按照結構主義的學術規則進行嚴格意義上的文本細讀。迄今為止，能夠把曹禺的影劇文本通過結構主義的文本細讀解讀明白的，本書應該是第一例。然而，就是這樣一部通俗易懂並且妙趣橫生的文藝性學術傳記，依然難以找到出版機會。為了適應市場需求和讀者趣味，近年來我逐漸轉入民國時代政學兩界的個案研究及傳記寫作，這本書稿也就被拋置腦後。

二〇一〇年是曹禺誕辰一百周年，應《南方週末》、《文藝百家》、《名作欣賞》、《民族藝術》等多家報刊的邀約，我忙裡偷閒重新改寫了這部書稿。這部並不過時而且也永遠不會過時的文藝性學術傳記，如今能夠得以出版，無論如何都值得我感恩慶幸的。

就中國影劇文化史的發展演變來看，曹禺影劇其實是遵循著中國傳統戲曲既詩以言志又文以載道、既委曲盡情又神道設教的綜合性藝術追求來進行創作的。所不同的是，頗為自覺地以「原始的情緒」和「蠻性的遺留」作為從事影劇創作的原動力和內驅力的曹禺，已經擁有包括關漢卿、王實甫、湯顯祖、孔尚任在內的傳統戲劇大師所不具備的世界性眼光。他運用舶來品的現代話劇和現代電影的文體形式，把魯迅在《女吊》一文中所說的傳統民間戲曲「開場的『起殤』，中間的鬼魂時時出現，收場的好人升天，惡人落地獄」的影劇模式，最大限度地擴充改造，從而集大成地形成了既根源於中國傳統神道文化，又充分吸納外國宗教文化的「陰間地獄之黑暗＋男女情愛之追求＋男權家庭之反叛＋專制社會之革命＋捨身愛人之犧牲＋天誅地滅之天譴＋替天行道之拯救＋陽光天堂之超度」的密碼模式。相應地，曹禺和他筆下的影劇人物最為基本的人生模式，頗為一致地表現為先在陰間地獄般的此岸世界中，以或替天行道、天譴詛咒或忍辱負重、奉獻犧牲的方式，朝著陽光天堂般的彼岸世界一再追求或一再出走；最終的結果或者是遭受悲劇性的天譴罰罪，或者是獲得喜劇性的人間正果。

儘管曹禺及其影劇作品，在中國影劇史上佔有著承前啟後且不可替代的集大成地位；就人類影劇史來說，曹禺影劇與黑格爾所說的表現「自由的個人的動作的實現」的古希臘戲劇和現代歐美影劇之間，還存在著一道難以逾越的文化鴻溝。曹禺原本就不是能夠最大限度地實現自己的理想信念的「自由的個人」，也就是恩格斯在《反杜林論》中所說的具備了「自我規定的意志」的人；中國文化在整體上也不是寬容保障「自由的個人的動作的實現」的以人為本的現代文化，而是每隔一段時間就要週期性地爆發一次「存天理，滅人欲」式的暴力革命和改朝換代的初級文化。古往今來的歷史事實充分證明，要真正在馬克思所說的「從宣佈人本身是人的最高本質這個理論出發」的人道主義本體論的前提上，實現馬克思和恩格斯在《共產黨宣言》中所描繪的「代替那存在著階級和階級對立的資產階級舊社會的，將是這樣一個聯合體，在那裡，每個人的自由發展是一切人的自由發展的條件」的理想社會，僅僅依靠階級鬥爭擴大化甚至於宗教神聖化的暴力革命和改朝換代，是遠遠不夠的。更為重要的是在馬克思所說的「人本身是人的最高本質」的人道主義本體論的前提上，逐步建設完善現代性的以人為本、意思自治、契約平等、民主參與、憲政共和、大同博愛的價值體系和文明常識；尤其是法律面前人人平等的法律制度、依法制約政府機構的公共權力的憲政制度、依法促進社會化擴大再生產的經濟制度；從而使任何性質的不合法、不人道的強理強權，逐步喪失其立足之地。只有這樣，黑格爾所說的以古希臘戲劇為源頭活水的表現「自由的個人的動作的實現」的以人為本的現代戲劇，才能夠在中國社會裡紮下根來開花結果。

總而言之，影劇大師曹禺是中國影劇史上既有的成績與驕傲，是迄今為止的中國影劇第一人，卻又不是十全十美、登峰造極的文化偶像。中國影劇人最應該做的，是更深入地研究並超越曹禺影劇，而不是通過新一輪的造神崇拜，來粉飾自己因喪失文藝創造力而只能跟隨在前輩大師後面走下坡路的貧乏無奈；更不是像影劇大師曹禺那樣，為追求超凡入聖的修成正果而付出喪失創作自由的沉重代價。只有這樣，才是對於影劇大師曹禺真正的尊重和最好的紀念。

本書是我在神往已久的彼岸臺灣公開出版的第四部學術專著。所有這一切，既要感謝宋政坤先生和蔡登山先生的真誠厚愛；同時也要感謝邵亢虎、蔡曉雯等一線編輯的職業創造。二十多年來，我一直堅持認為：假如沒有臺灣以及中華民國對於民主憲政的現代文明價值的執著堅守，整個中華民族的前途命運，將是不可想像甚至於是萬劫不復的。

二〇一一年五月七日初稿，二〇一一年八月十日改寫於北京家中。

美學藝術類　PH0056

天譴@天堂
——曹禺影劇的密碼模式

作　　者／張耀杰
主　　編／蔡登山
責任編輯／蔡曉雯
圖文排版／鄭佳雯
封面設計／王嵩賀

發 行 人／宋政坤
法律顧問／毛國樑　律師
印製出版／秀威資訊科技股份有限公司
114台北市內湖區瑞光路76巷65號1樓
電話：+886-2-2796-3638　傳真：+886-2-2796-1377
http://www.showwe.com.tw
劃撥帳號／19563868　戶名：秀威資訊科技股份有限公司
讀者服務信箱：service@showwe.com.tw
展售門市／國家書店（松江門市）
104台北市中山區松江路209號1樓
電話：+886-2-2518-0207　傳真：+886-2-2518-0778
網路訂購／秀威網路書店：http://www.bodbooks.com.tw
國家網路書店：http://www.govbooks.com.tw
圖書經銷／紅螞蟻圖書有限公司
114台北市內湖區舊宗路二段121巷28、32號4樓
電話：+886-2-2795-3656　傳真：+886-2-2795-4100

2011年10月BOD一版
定價：420元

國家圖書館出版品預行編目

天譴@天堂：曹禺影劇的密碼模式 / 張耀杰著. -- 一版. --
臺北市 : 秀威資訊科技, 2011, 10
面； 公分. -- (SHOW藝術 ; PH0056)
ISBN 978-986-221-840-2(平裝)

1. 曹禺 2. 傳記 3. 舞臺劇 4. 戲劇劇本 5. 劇評

854.6 100018179

讀者回函卡

感謝您購買本書，為提升服務品質，請填妥以下資料，將讀者回函卡直接寄回或傳真本公司，收到您的寶貴意見後，我們會收藏記錄及檢討，謝謝！

如您需要了解本公司最新出版書目、購書優惠或企劃活動，歡迎您上網查詢或下載相關資料：http:// www.showwe.com.tw

您購買的書名：________________________________

出生日期：________年________月________日

學歷：□高中（含）以下　□大專　□研究所（含）以上

職業：□製造業　□金融業　□資訊業　□軍警　□傳播業　□自由業
　　　□服務業　□公務員　□教職　□學生　□家管　□其它_____

購書地點：□網路書店　□實體書店　□書展　□郵購　□贈閱　□其他

您從何得知本書的消息？

□網路書店　□實體書店　□網路搜尋　□電子報　□書訊　□雜誌
□傳播媒體　□親友推薦　□網站推薦　□部落格　□其他__________

您對本書的評價：（請填代號　1.非常滿意　2.滿意　3.尚可　4.再改進）

封面設計____　版面編排____　內容____　文／譯筆____　價格____

讀完書後您覺得：

□很有收穫　□有收穫　□收穫不多　□沒收穫

對我們的建議：________________________________

____

____

____

請貼
郵票

11466
台北市內湖區瑞光路 76 巷 65 號 1 樓
秀威資訊科技股份有限公司 收
BOD 數位出版事業部

（請沿線對折寄回，謝謝！）

姓　名：________________ 年齡：________ 性別：□女 □男

郵遞區號：□□□□□

地　址：________________________________

聯絡電話：(日) ________________ (夜) ________________

E-mail：________________________________